泣き童子

三島屋変調百物語参之続

宮部みゆき

角川文庫
19796

目次

第一話　魂取《たまどり》の池

江戸市中では、神無月はじめの亥《い》の日に炬燵《こたつ》開きをする。

川崎宿《かわさきじゆく》にある実家《さと》の旅籠《はたご》〈丸千《まるせん》〉から江戸に出てきて、ここ神田《かんだ》三島町《みしまちよう》の袋物屋三《み》島屋《しまや》に落ち着き、おちかが迎える二度目の炬燵開きだ。まずは早朝から家族と奉公人が奥のひと間に集い、火防の愛宕《あたご》神を祭ってから、納戸を開けて炬燵道具を取り出しにかかる。

「お嬢さんがいらして、もう一年が過ぎたんですねえ。早いもんです」

三島屋に女中は三人いる。一年をどのように数えるつもりか、指を折ってしみじみと呟《つぶや》いたのが、古参のおしまだ。おしまの次には、この夏から奉公を始めた新参者のお勝《かつ》がいる。この二人は年頃が同じぐらい、つまり大年増《おおどしま》同士なのだが、そういう組み合わせだとしばしばありがちな、互いに互いを気にくわなくて横目でけんけん睨《にら》み合う——ということはまったくなくって、どういうわけかウマが合う。そそっかしいおしまと、おっとり者のお勝。気働きでも腕働きでも、補い合い助け合って、万事によろしい二人連れになっている。

　そして三人目の女中がおちかだ。十八歳のこの娘は三島屋の主人・伊兵衛《いへえ》の姪《めい》である。実家からは行儀見習いの口実で三島屋に預けられた身の上で、だから本来ならばそんな口実は脇に置き、お嬢さん暮らしをしていたって一向にかまわないのだが、おしまは面白いしお勝は優しいし、一緒になって働いている方が楽しいので、こうして二人に混じって襷《たすき》がけをしている。それで困ることと言えば、女中働きをしていながら、二人の相方から「お嬢さん」と呼ばれるのが少々面はゆいというくらいのものだった。

　三島屋は主人の伊兵衛が振り売りから一代で興したお店《たな》で、それには古女房のお民《たみ》の力も大きかった。お民は今も自ら鋏《はさみ》と針を持ち、陽のあるうちは仕事場にいて、職人や縫子たちと共に立ち働いている。

「おまえの叔母《おば》さんの臑《すね》には、そりゃあ見事な絎台胼胝《くけだいだこ》があるんだよ。いっぺん、見せてもらってごらん」

　叔父《おじ》の伊兵衛にそう焚《た》きつけられて、ねだってみたことのあるおちかだが、いまだにそれは果たせない。

「そうだねえ……。いつかおちかの気が変わって、羽振りのいい袋物屋のお嬢さん然と、叔母さん、箱根七湯《はこねしちとう》へ湯治に参りましょうよ――とでも言い出してくれない限りは、見せちゃあげません」

　と、お預けのままである。可愛い姪を甘やかしたくてしょうがないこの夫婦も、商いと仕事の虫なのだ。自然、奉公人たちも似たような虫を持つ者が居着くことになり、

「うちじゃあね、お勝さん。仰々しく炬燵を出したって、みんなろくすっぽあたりゃしないんだよ」

　朝から忙しく働いて、夜気の冷え冷えとするころにはもう眠気がさしている。炬燵にささるよりは夜具をかぶって寝てしまった方が早い、という手合いばっかりなのだ。

「張り合いがありませんよ」

　おしまが嘆くのも無理はない。

「それでも季節のものですからね。こうして据えてあるのを見るだけでも、何だか身体が温《ぬく》もるようですよ」と、お勝は微笑む。

　三島屋では、炬燵は三ヵ所に開く。主人夫婦の居室と、身内や商い仲間など気の置けない来客用の小座敷と、仕事場の職人や縫子たちの溜《た》まりである。三つとも置炬燵だ。掘炬燵はない。この家は貸家で、十二年前に借りたときには奥座敷に掘炬燵の炉が切ってあったのだが、手入れが面倒《めんどう》だからと伊兵衛が埋めてしまったのだそうだ。

　炬燵と一緒に、湯沸かし用ではない、暖をとるための火鉢もこの日が出初めになる。こっちはなにしろ数が多いし、納戸ではなく裏の物置に置いてあるので、使う前にま

ず洗ったり拭《ふ》いたりしなくてはならない。店先や来客用に置くものは見苦しくないかどうか、よく確かめる。これには丁稚《でっち》の新太《しんた》も手伝いに加わった。

「あ、この金魚の絵の手あぶり、おいらのです」

「あんたのじゃないの。お店のよ」

「おしまさん、ちょっと見て。これ、ひびかしら」

「あらその古伊万里《こいまり》は、去年からひびが入ってるんですよ。でもおかみさんのお気に入りなので」

「この手鞠《てまり》の絵がついたのも、おいら、好きなんです」

「きれいよねえ」

「新どん、お客様の前じゃ、ちゃんと〈手前〉って言ってるかい？　あんたもそろそろ〈おいら〉はやめないとね」

賑《にぎ》やかなおちかたちのそばで、お勝は大小の火鉢を数え、思案顔をしている。

「どうしたの、お勝さん」

「差し出がましいようですが、お嬢さん。火鉢をもうひとつかふたつ、買い足してもよろしいでしょうか。小さいのでいいんですが」

「かまわないと思うけど、どこに置く分？」

厠《かわや》のそばに置きたいのだと、お勝は言った。

「もちろん、火の用心はわたしがしっかりいたします」

おちかとおしまは顔を見合わせた。おしまが言った。「厠なんかあったためてどうするの？」

「ああいうところの冷えは、存外、身体に障るんですよ」

どこの家でも、厠は北側にあるものだ。冬支度を始めようという今の季節でも、確かに足元からすうすうと冷えて、行って戻ってくるとくしゃみが飛び出したりする。

「そういえば八十助《やそすけ》さんは、いっぺん腰を痛めてからこっち、厠の出入りが辛《つら》くなったって」と、おちかも言った。「とりわけ、寒いときにはホントに応《こた》えるようよ」

八十助はこのお店の番頭である。伊兵衛の懐刀と言ってもいい。小柄で痩《や》せていて、ぱちぱちと算盤珠《そろばんだま》のようによく動く目玉を持っている。彼が腰を痛めたのは去年の師走《しわす》のことだから、お勝は事情を知るまい。

「だいぶひどく痛めたんですか」

「ちょっとね。愉快な転び方をしたの」

そのときのことを思い出すと、今でも頬が緩んでしまうおちかだが、八十助にはとんだ災難だったので、あんまり笑ってはいけない。

「わたしのおっ母《か》さんは、風邪はうなじか、ひかがみから引き込むものだってよく申していました。厠のような冷えるところでこそ、足元を温めておけば万病を防ぐことにつながりますわ」

おしまが団子鼻をひくひくさせた。「ひかがみってどこさ」

「膝《ひざ》の裏側のことですよ」

お勝さんは物知りだと、おしまと新太の感嘆の声が揃った。お勝の身の上、三島屋に女中として入る以前の暮らしは、なかなか珍しいものだった。そのおかげで物知りになっていたとしてもちっとも驚きはしないが、お勝の口から「おっ母さん」の話が出てきたのは初めてである。

「それなら新どん、仕事場にひとっ走りして、おかみさんに聞いてみて。買っていいってお許しが出たら――」

「その足で今井屋《いまいや》に行って参ります」

近所の古道具屋である。

「言い値で買っちゃいけないよ。しっかり値切るんだよ!」

「はい、手前にお任せください!」

新太は、冬の到来を知らせる木枯らしのなかをすっ飛んでいった。

昼食《ちゆうじき》を終えると、おちかは伊兵衛の居室に呼ばれた。叔父は出先から帰って着替えたばかりであるらしく、羽織が衣桁《いこう》に掛けてある。

「まあ叔父さんたら、早く呼んでくだされぱいいのに」

袋物屋といえば、江戸市中には名店が二軒ある。池之端仲町《いけのはたなかちょう》の越川《えちかわ》と、本町《ほんちょう》二丁目の丸角《まるかく》だ。そして今の三島屋は、この二店に続けて三番目に指を折られるほどのお店なのだが、伊兵衛にはいまだに振り売り商いのころの気楽さが残っており、着替えやちょっとした雑用など、いちいち人を呼ばずに自分でやってしまうのだ。

「いいんだよ。それよりおちか、これから忙しいよ」

さっき出先で会った人から、急に百物語のことを持ち込まれた、というのである。

「こういう話に急ぎも何もあったもんじゃないが、先様は機会を待っておいでだったそうで、今日私とばったり会ったのはもっけの幸いだから、すぐにも聞いてもらいたいというんだ。いつものように、八ツ（午後二時）においでになるそうだから、黒白《こくびゃく》の間の支度をしておくれ」

叔父のために長火鉢の炭を足し、鉄瓶をかけるおちかを追いたてるような、忙しい口調である。

「叔父さんのお知り合いの方なんですか」

「うん、人物は確かだよ。また灯庵《とうあん》さん抜きの運びになるから、あの蝦蟇《がま》仙人がむくれるだろうけど、いいじゃないか」

「わかりました。すぐ支度いたします」

白の間に急いだ。

結局、叔父《おじ》さんは炬燵《こたつ》に目もくれやしなかったわね、と肩をすくめて、おちかは黒

黒白の間は来客用の座敷だが、囲碁道楽の伊兵衛が碁敵を招いて一局囲むためにしばしば使うので、この名がついた。それが三島屋の——今では知る人ぞ知る一種の名物——変わり百物語の舞台となったのは、おちかがここに来て以来のことだ。

おちかが実家を離れたのは、去年の春に起こった悲しい出来事がきっかけだった。祝言を目前に、許婚者《いいなずけ》が幼なじみの男に殺されたのである。手にかけた方もかけられた方も、おちかにとっては子供のころから仲良くしていた若者で、だからこそ二人のあいだにしこっていた想いや心の行き違いに気づかなかったおちかは、事が起こった後、悲しみよりも深い自責の念に落ち込んで、魂が破れたようになってしまった。それを見かねた両親が、目に映る景色と出会う人の顔が変われば、少しは立ち直りの足がかりになるかもしれないと、おちかを江戸の叔父夫婦に託したという経緯がある。

伊兵衛とお民も、最初のうちは傷心のおちかを扱いあぐねていた。おちかもおちかで、破れた己の魂を抱え、目の先は昼でも夜でも真っ暗だった。ただ、日々忙しく働いている三島屋の人びとと、活気ある商いを傍目《はため》に、一人で人形のように座り込んでばかりはいられないと、女中働きをしていただけだった。

そんな折、曼珠沙華《まんじゅしゃげ》が咲くある日のことだ。たまたま伊兵衛に急用が起こり、出か

けなければならなくなったというのに、折悪しく碁敵を招いていた。伊兵衛はおちかに、自分に代わってお客様の相手を務めるように言い置いて、さっさと出てしまった。残されたおちかは当惑するばかりだったが、訪ねてきた碁敵の客は、一年後の今よりもはるかに暗く翳《かげ》っていたはずのおちかの眼差《まなざ》しから、魂が破れていることを見て取ったのか、そしてそこに何かしら感じるところがあったのか、それまで固く封印して誰にも語ることのなかった彼の身の上話を、おちかに語ってくれたのである。

その不可思議な話は、おちかを魅了した。語った客も、語ったことで、あたかも見えない重荷をおろしたように、なにがしかの安らぎを得たようだった。その安らぎの温《ぬく》もりが、おちかの心にも小さな灯《あか》りをともした。

伊兵衛は、そこに光明を見出《みいだ》した。

心が砕けてしまうような想いをした年若い姪《めい》に、ただの慰めや励ましは効かない。それよりむしろこんな形で、巷《ちまた》の不思議、人の業、とりどりな人の生き様を聞き知って、それらの話から糸を縒《よ》り出し、おちかが自分の魂を繕うことができるよう計らってやった方がいいのではないかと、彼は考えた。

こうして、聞き手はおちか一人、一度に一人の客を招いて不思議話を語ってもらうという、変わり百物語が始まったのである。

この百物語の趣向に、厳しい決まり事はない。語り手は心のままに語り、伏せておきたい事柄は伏せたままでかまわない。人の名前や事の起こった場所を変えてもいい。そして、語り終えたら三島屋を立ち去るだけだ。聞き手のおちかも、「今日はこんなお話でした」と、聞いた話を叔父夫婦に伝えたら、あとは二度と云々《うんぬん》しない。事の真偽もどうでもいい。

語って語り捨て。

聞いて聞き捨て。

それだけが約定である。

この趣向を始める際に、伊兵衛は懇意にしている口入屋《くちいれや》に仲介を頼んだ。神田明神《かんだみょうじん》下《した》に店《たな》を持つ灯庵というこの口入屋は、伊兵衛が蝦蟇仙人と呼ぶのもぴったりの、坊主頭の脂っこい老人である。こういう顔の広い人に、三島屋の主人が不思議話を百まで集めようという粋狂を始めた――と、触れてもらうことは良いとっかかりになったが、変わり百物語の趣向がだんだんと評判になってゆくと、今日のように灯庵老人を通さず、直《じか》に持ち込まれる話も出てくる。あとになってそれが知れると、灯庵老人からはひとくさり嫌味を言い並べられるし、素性のよく知れない語り手を三島屋の奥に招き入れるのは剣呑《けんのん》なことでもあるのだが、おちかはさほど気に病んでいない。それというのも、灯庵老人が三島屋へ送り込む語り手の人物鑑定を誤ったことがあり、それで三島屋があわや押し込みに遭いかけたという椿事《ちんじ》が、ほんのひと月ほど前にあったばかりだからである。

幸い、それは本当に〈あわや〉で済んだ。この趣向がきっかけで、三島屋とおちかに縁がつながった助《すけ》っ人《と》たちのおかげである。何かの折には頼もしい十手持ちとも知り合いになれた。手練《てだ》れの口入屋でもころりと騙《だま》されることがあるというのは、それ自体がひとつの興趣ある怪談だ。

おちかはよくよく胸にたたみ込んだ。怪異を語るということは、人の世の闇を語ることだ。怪異を聞くということは、語りを通してこの世の闇に触れることだ。闇のなかには何が潜んでいるかわからない。そのわからなさまでをもまとめて聞き取って、胸に収めてゆく覚悟がなければ、この聞き手は務まらない。

語って語り捨て、聞いて聞き捨てる。言葉の真の意味でそれができるようになるまで、おちかは聞き手としての修業を積んでゆくつもりだった。

急な話なので、黒白の間の床の間に飾る花が間に合わない。どうしようかと困っていたら、おしまが栗の木の枝を手折ったものを二本、楽しそうに小鼻をひくつかせながら持ってきた。

「あのいたずら三人組のお土産ですよ。仙台堀でめっけたんですって」

栗は今が旬だ。八百屋の店先では笊《ざる》に山盛りになっているし、木戸番では焼き栗を売っている。つまり、とっくに毬《いが》がはぜて枝から落ちている頃合だ。だがこの枝には、充分に黄色くなって口を開いた毬が三つ、目に見えない細い糸で縫いつけられてでもいるかのように、危なっかしくくっついていた。

「あの子たち、面白いからお嬢さんにあげようって、毬が枝から落ちたり、栗が転り出したりしないように、抜き足差し足で持ってきたんですって」

おしまが言う〈いたずら三人組〉も、変わり百物語を通しておちかが得た小さな仲間である。大川の向こう、本所《ほんじょ》や菊川町《きくかわちょう》に住んでいる子供らだから、神田まで来るのは結構な遠っ走りになるのだが、三島屋の近所の八百屋のもらい子になった友達を訪ねて、ときどき遊びにやってきて、ついでにおちかに顔を見せてくれる。いたずら小僧どもに厳しいおしまのことは、鬼女と呼んで恐れたふりをしているが、こっちもこっちで実は仲良しだ。

「嬉《うれ》しいお土産ね」

「あいつらめ、〈おちか姉ちゃんによろしく〉とか言うもんだから、ちゃんとお嬢さんとお呼びって、雷を落としておきました」

涼しい顔でいうおしまは、実は雷が大嫌いである。自分で落とす分には差し支えないということか。

おちかはさっそく子供らに倣い、毬が落ちないよう抜き足差し足の手つきで栗の枝を活《い》けた。そこへ今度はお勝が新太を伴って現れた。炬燵道具を運んできたので驚いた。

「どうしてここに炬燵を置くの?」

「旦那《だんな》様が、今日のお客様はお嬢さんと同じぐらいの若い娘さんだから、親しく炬燵にささって語り合うのも一興だとおっしゃるものですから」

黒白の間に、そんな若い娘が来るのは初めてのことである。へえ、と思った。

「いくら娘さんでも、見ず知らずの人といきなり炬燵を囲むのは決まり悪いわ」

「では、少し脇に寄せておきましょう」

お勝は手早く置炬燵の櫓《やぐら》に布団《ふとん》を掛ける。お民が手ずから反物の端布《はぎれ》をつなぎ合わせてこしらえた、目にも華やかな布団だ。

「これ、叔父さんと叔母《おば》さんの炬燵でしょう。せっかく出したのに、目に入らないどころか要らないってことなのね」

「まあ、いいじゃありませんか」

火鉢から赤銅の火入れに炭を移しながら、お勝は微笑んだ。

「火入れと一緒に、焼き栗をなかに入れておきます。これならずっと温いままですからね。お話し相手と気が合うようでしたら、仲良く剝《む》いて召し上がってくださいね」

焼き栗は、新太がふたつ先の木戸番まで走って買ってきたのだそうだ。

「そこのがいちばん甘いって、直《なお》ちゃんが教えてくれました」

直ちゃんというのが八百屋のもらい子だ。

「わかったわ。新どんもおあがりなさい」

「手前の分はちゃんといただきました」

お八つの楽しみなのだ。

茶道具を調え、鉄瓶に軽く触れて湯の温《ぬく》もりを確かめて、

「それじゃお嬢さん、わたしはいつものように隣におりますから、何かありましたらお声をかけてください」

新太は仕事に戻るが、お勝は、おちかが黒白の間で変わり百物語の聞き手を務めるあいだ、次の間の小座敷に控える。それがお勝の、三島屋でのもうひとつの役割だからだ。

お勝は色白で、豊かな黒髪に、立ち姿もすらりとした美女である。だが悲しいことに、その顔と首筋は数多《あまた》の瘢痕《あばた》で覆われている。ある人はそれをさして、「疱瘡神《ほうそうがみ》に愛《め》でられた証《あかし》だ」と言った。

古来、疱瘡神は疫神のなかでも飛び抜けて強い力を持つといわれている。だからこの神の指に触れられ、瘢痕というしるしを残された人びとは、それがひどければひどいほど、疱瘡神の持つ力に深く接したことになり、神威の一端を分け与えられて、あ

らゆる魔を退けることができるという。

お勝の生業《なりわい》は、まさにそれだった。祝言やお七夜、棟上げなど、よろずの祝い事の場に座して、魔が入り込むのを防ぐ〈禍祓《まがばら》い〉である。

お勝もまた、おちかが変わり百物語を介して知り合った人だ。その前身を活かし、これからは黒白の間にすり寄ってくる魔を祓ってほしいというおちかの願いを聞き入れて、三島屋に入ってくれた。禍祓いから、変わり百物語の守役となったのである。

「いつも思うんだけど、お勝さん、一人でぽつんとしていて退屈じゃない？」

「ちっとも。縫い物がどっさりございますからね」

お勝はお民に、袋物作りも習っている。

「それでも、わたしもこちらの居心地がよくって、焼きが回ったようでございます。ときどき針を持ったまま居眠りしたり」

二人で笑ってしまった。

「笑い事じゃありませんわ。守役としたことが、肝心な時に寝ていては、遅かりし由《ゆ》良之助《らのすけ》でございます」

「お勝さんは、そこにいてくれることが肝心なのよ。でも、お話が聞こえてきて気になったりしないものかしら」

それはかねがね、おちかが興味に思っていたことだった。いっそお勝さんも座敷に入って、一緒に聞いたらどうかしら、と。

「それがですねえ、お嬢さん」

お勝は小娘のようにはにかんだ。

「お客様の語るお声も、お嬢さんのお声も、わたしには切れ切れに、ところどころしか聞こえないんでございます。それがちょうどいい案配に、子守歌のようになりまして」

だから焼きが回ったというのですと、自分の額をぺしりと叩《たた》いた。

「おしまさんも、たまに、へっついの前にしゃがんで寝てることがあるのよ。そりゃあ上手に、火吹竹を持ったまんま寝るの。ほんの十ばかり数えるあいだだけ寝ていて、はっと起きる」

「名人芸でございますよね。新どんは、箒《ほうき》をつっかえ棒にして寝ていることがございますよ」

「そっちは八十助さんからの直伝だって」

また二人で笑い合った。

「あたしたちも、たまにはおこたにすっぽりはまって、みんなでごろごろ昼寝を決め込むのもいいかもしれないね」

「まずはお嬢さんが先陣を切ってなさってくださいまし」

た。

「はいはい。お勝さん、冷えないようにしていてね」

「はい、ありがとうございます」

にっこり笑ってお勝が仕切りの唐紙を閉めると間もなく、おしまが客を案内してき

確かに若い娘だった。座ればそこにぱっと花が咲くような器量よしである。

「わたくしの名は文《もん》と申します」

若い娘は三つ指をつき、甘やかな声で名乗って頭を下げた。

「父は地主の岡崎一宇右衛門《おかざきいちうえもん》様の用人を務めております。父と母とわたくしの親子三人で、岡崎様のお屋敷の内に住まわせていただいております」

おちかも丁寧に頭を下げ返した。

「三島屋のちかでございます。お話の聞き役を務めさせていただきます」

急いで支度したので、おちかは来客に失礼がないくらいに着替えるだけで精一杯だったが、お文の装いは華やかだ。着物の柄は花勝見《はながつみ》で、もとは真菰《まこも》を描いたものだというこの文様を、鮮やかな朱と臙脂《えんじ》色を組み合わせて染めているところが美しい。帯は深緑色に、霰《あられ》模様の銀糸の刺繍《ししゅう》が光る。桃割れの髷《まげ》には帯と同じ布の手絡《てがら》をかけて、紅珊瑚《さんご》の丸玉の簪《かんざし》をさしていた。

おちかも年頃の娘だから、美しい衣装には目を惹かれる。つい見惚《みと》れていると、お文が恥ずかしそうに襟元に掌《てのひら》をあててうつむいた。

「花勝見は秋の柄なんですけど、いちばん好きな着物なので……」

おちかは微笑んだ。「とてもよくお似合いでございます」

「ありがとうございます。おちかさんも」

言ってしまってから、つと口元に手をあてた。ほっそりとした華奢《きゃしゃ》な指だ。

「おちかさんとお呼びしてよろしいんでしょうか」

「はい、どうぞ」

「三島屋のお嬢さんは、神田かいわいで三本指に入る小町娘だって評判を聞いていましたが、評判より、もっとおきれいですね」

今度はおちかが礼を述べた。若い娘同士で向き合って、互いの容姿や衣装の趣味を褒め合うのはなかなか気恥ずかしいものだが、こういうのは一種の儀式なのだろうなあと、何となく思う。

お文はつぶらな瞳《ひとみ》をぱっちりと瞠《みは》って、楽しそうに続けた。「この着物、日本橋通《にほんばしどおり》町《ちょう》一丁目の大野屋《おおのや》さんで仕立てたんですよ。いつでもご紹介いたします。とっても気の利いた手代さんがいて、こっちが何も言わなくっても、手妻みたいに次から次へと、好みに合った反物を出してくれるんです。お客の顔と、そのとき身に着けているものを見ただけで、どんな好みかわかるんですって」

「それは羨《うらや》ましいですね。三島屋も、お客様に手妻のようだとお褒めにあずかるような商いをしたいものです」

お文はおちかと同い年か、ひとつふたつ年下かもしれない。甘い声と人を隔てない素直な明るさは、少し子供っぽくはあるものの、伸びやかに育ったお嬢様らしい。

お文の父親は、地主の用人といってもただの雇われ人ではなく、家のなかで相当重きを置かれている人物なのではないか。藩にたとえるならば、代々の家付家老のようだな。

さて、生粋の江戸者ではないおちかには、岡崎と言われただけで、すぐにその名字の地主がどのくらいの旧家で、どんな格式で、どのあたりに家作と勢力を持っているのか見当もつかない。だがお文が口に出さない以上、敢《あ》えて問うこともないだろう。

お文の方は、地主の岡崎と言っただけで用が足りているつもりなのだろうし、この後に続く話が、もしかして岡崎家の事情に絡むものであるかもしれないなら、おちかも余計な詮索《せんさく》はしたくなかった。

ただ、ひとつだけ訊《き》いておかねばなるまい。

「お文さん、お供の方は、お話が終わるまでお待ちでしょうか。何でしたら、こちらにおいでいただいてもよろしいんですよ」

大事なお嬢様が、袋物屋風情の奥に一人で招かれていることを、お文の供の者は気に入らないかもしれない、と思ったのだ。

当のお嬢様はすぐかぶりを振った。

「いいえ、かまいません。きっと長い話にはならないと思いますし」

急にそわそわし、乱れてもいない髷のたぼに触って、ひとつ息をつく。その息が震えていた。

それでおちかにもわかってきた。お文は、そうとうあがっているのだ。

おちかはゆっくりとお茶の支度をした。

「あの、これからわたしがお話しすることは」

自称を〈わたくし〉から〈わたし〉に変えて、お文はまたそわりと髷のたぼに触れた。

「本当は、話しちゃいけないことなんです。わたし、きつくそう言い聞かされているんです。それくらい」

へんてこな話なんですと、へんてこなものを嚙《か》んだような口つきだ。

「でも自分の胸ひとつに収めておくのが苦しくって、苦しくってたまんないって、父に話してしまいました」

するとお文の父親は、ならば自分に打ち明けろと言ったが、

「そんなの駄目だわ」

お文は愛らしくくちびるを尖《とが》らせる。

「だって、これは女の話なんです。それに、打ち明ける相手がおっ父《と》さんじゃ、何だかおっ母《か》さんの内緒話を告げ口したみたいになっちゃうし」

これは本当に両親に愛され、大切にされている娘だからこその台詞《せりふ》である。

「左様《さよう》でございますね」と、優しくうなずいてみせると、お文はほっとしたようだ。

「そしたらおっ父さんが、そんなら三島屋さんで聞いてもらうといいって、教えてくれたんです。三島屋さんではへんてこな――いえ、珍しい話をお集めだからねって。うちのおっ父さんと三島屋さんのご主人は、囲碁仲間なんですよ」

なるほどそういうつながりだったか。

今度は〈父〉が〈おっ父さん〉に変わった。おちかが同じ年頃の娘だということを割り引いても、うち解けるのが早い。けっこうおちゃっぴいなところもありそうだ。

――炬燵《こたつ》の焼き栗、どうしよう。

指を汚して焼き栗を剝《む》き、口に放り込みながらおしゃべりするような育ちの娘ではないと踏んだけれど、意外と喜んでくれるかもしれない。炬燵から取り出す頃合が難しくなってきた。

「叔父《おじ》はお文さんのお父様と、碁会所で親しくさせていただいているのでしょうか」

「あら、それが違うんですよ。最初は愛宕下の目病み不動様でお近づきになったんです」

もう二年ばかり前のことです、という。

「目病み不動様、おちかさんもご存じでしょう？」

伊兵衛から聞いている。

「よろずの眼病を治してくださるお不動様だそうですね」

「はい。うちのおっ父さんはよく物貰《ものもら》いができるので、熱心に通って拝んでいるんです」

「わたしは叔父に、碁盤を睨《にら》みすぎて目が弱くなったから信心を始めたと聞きました」

今でこそ少しは熱が収まったが、おちかが三島屋に来る以前の伊兵衛は、それこそ病膏肓《こうこう》に入《い》るという囲碁好きだったそうだ。昼間は商いに忙しいので、どうしたって盤を睨み、定石の手引き書などをひもといてうんと根を詰めるのは夜になる。それでなくても細かいものを扱う商いに加えて、本来ならその目を休めるはずの陽が落ちてから、蠟燭《ろうそく》の灯や月明かりを頼りに字を読み、白黒の石を動かすわけだから、目が疲れない方が不思議だ。お民の言によると、当時の伊兵衛は夢中になって夜明かししてしまったこともあるそうだから、なおさらである。

「目病み不動様には、囲碁好き、将棋好きの人がよく通ってくるそうですよ。あと、本の虫の人たちも」

お不動様も大変ですよねと、お文は笑った。その笑いがしおしおと消えて、また震えるような吐息だ。

やっぱりあがっている。お文が胸元に隠して持ってきた話は、かなり胸塞《ふさ》ぎの話でもありそうだ。

思い切って、おちかは言った。「お文さん、よろしかったらおこたに移りませんか」

お文の表情の動きが止まったので、失敗だったか、と思った。

と、お文の目元から、縛っていたものが解《ほど》けるように笑みが広がってきた。

「嬉《うれ》しい！　いいですか？　わたし、おこたが大好きなんです。寒いときはもう、一日おこたから離れなくって、おっ母さんに叱られてばっかり」

こうして二人の娘は、炬燵を挟んで向き合うことになった。

「ああ、あったかい」

しみじみと嬉しそうに、お文は深々とため息をついた。

「さっきからずっと、おこたがあるなあって思っていたんです。でも、お行儀が悪いかなって我慢していました」

「すみません。もっと早くお勧めしておけばよかった」

気がつけば、お文の肩から力が抜けている。さっきまでは妙に強張《こわば》っていたのだ。

「内緒話には、こっちの方がいいですしね」

おちかが微笑み、わざと秘密めかして小声で言うと、お文も口元に指をあてて、うんうんとうなずいた。急に親しくなったようだ。

「あのね、おちかさん」

お文の目が一点にぴたりと据わった。

さあ、お話が始まる。

「はい」

「わたし、お嫁に行くんです。年が明けたら、祝言をあげることになりました」

「それはまあ、おめでとうございます」

あわてて炬燵布団《ぶとん》から離れて、おちかは丁重に頭を下げ直した。お文もあわてている。

「いいんです、いいんです。そんな丁寧にしないでください。恥ずかしい」

頬が上気して目が輝いている。

「お相手がどんな方か、お聞きしてよろしいですか」

「わたしの幼なじみなんです。岡崎様の分家筋の人で、早くにおっ母さんが亡くなったもんだから、いっときは岡崎様のおうちで暮らしていたこともあって、子供のころからずっと仲良しでした」

　おちかの胸の奥の、固く閉じてある小さな納戸のなかで、ちくりと痛むものがあった。

　──あたしと同じだ。

　でも、この納戸の扉は容易に開けない。いっぺん片付けて閉めたとき、そう思い決めた。

「それなら、何の心配もありませんね。すっかり気心の知れている人が旦那《だんな》様になるんですもの」

　うなずいて、しかしお文は強いて笑みを引っ込めるような真顔をした。

「わたしもそう思ってたんですけどね、おっ母さんには叱られました。幼なじみだって、いざ夫婦になってみたら、こんなはずじゃなかったってことが出てくるもんだって。あんまり手放しで喜んでばっかりいちゃいけないって」

　理屈はそうだが、はずむ娘心に通じる説教ではないだろう。

「一郎太《いちろうた》さんていうんですけど……わたし、その名前で呼んだことなんかありません。ずうっと〈いっちゃん〉。岡崎様は分家もたくさんありますけど、跡取り息子はみんな一郎太って名乗るんです。だもんだから、みんな綽名《あだな》で呼び合ってるし」

　綽名の方も〈いっちゃん〉がいっぱいになりそうな気がするが、ここでつまらない混ぜっ返しは不粋というものだろう。

「いっちゃんのおうちは分家のなかでも端っこの方ですから、本家の用人の娘のわたしなんかでも気楽に仲良くできたんですけど、お嫁に行くとなったら、奉公人の娘が本家に連なるおうちにもらっていただくんだから、しっかりけじめを付けないといけないって、うちのおっ母さん、うるさいんですよ」

けっしてうるさすぎるわけではなかろう。岡崎家が厳格な旧家であれば、本家の用人の娘ごときが、たとえ末端の分家であってもその長男と〈気楽に仲良く〉することを許すはずがない。お文の母はそのあたりを弁《わきま》えている人なのだ。

「この縁組みは、あたしには身に余る幸せなんだと、よくよく胸にたたんでおくようにって、毎日のように言われています」

とうとう、お文は〈あたし〉と言った。炬燵を囲んで顔を合わせるには、この方がふさわしい。おちかも気易く、ちょっぴりからかうような目をしてこんなことを言った。

「でも、お文さんは小さいときから一郎太さんがお好きで、一郎太さんもお文さんがお好きだったんでしょ？」

お文は素直に頬を染めた。声が消え入るようになった。「はい」

「よほど前から、お二人のあいだでは、いずれ夫婦になろうというお約束があったんじゃありませんか」

　真っ赤な頬で、お文はうなずいた。「どうしてわかるんですか」

「だってお文さんのお顔にそう書いてありますもの。お幸せですね」

　その書いてあるものを消そうかという勢いで、お文は手で顔をこすった。目がきらきらと輝いている。

「でもね、あたしがこうやって浮かれてばっかりいるから、おっ母《か》さん、ちょっとお灸《きゅう》を据えようと思ったみたいなんです」

「お灸ですか」

「はい。それにね、おちかさん。あたし」

　また顔をこすり、お文は目をしばたたいた。

「あたし、たいそうなやきもち焼きなんです。悋気《りんき》が強くって、それは自分でもいけないってわかってるんですけど、止められないの」

　おちかはにっこりと笑いかけた。「でも、一郎太さんがお文さんにやきもちを焼かせるようなことをなさりはしないでしょう」

「ええ、しません。そんなことはけっしてしやしません」

　強く言い切って、口をへの字に、お文はうつむいた。

「しないってわかってるんですけど、でも人の気持ちは変わるものでしょう。小さいときから、あたしはいっちゃんの一番の仲良しの女の子でしたけど、でも一番ていうのは、いつか二番になったり三番になったりするものでしょう」

それはやきもち焼きというより、心配性なのではないか。

「あたし、ずっと一番でいたいんです」

「お文さんが一番ですよ。だから一郎太さんのお嫁さんになるんです」

お文は素早く目をあげて、真っ向からおちかの瞳《ひとみ》を見つめた。「あたしもそう思っていました。けど、あたしがお嫁になって、ずっといっちゃんのそばにいたら、いっちゃん、あたしに飽きちゃったりしないかしら。ほら、よく言うでしょう。釣った魚に餌はやらないとか、女房にしたら、どんな美人でも三日で見飽きるとかって」

さすがに、おちかは呆《あき》れた。ただの取り越し苦労ではなく、取り取り取り越し苦労と言いたいくらいだ。

大切に育てられ、こんなに愛らしく美しく、何不自由ないように見えるお文だが、その胸の奥には意外と小さな魂が隠れているらしい。

——そういえば。

何か世間話の折に、お民が言っていたことがある。悋気持ちの人というのは、男女を問わず、実は小心者なのだと。

おちかが二の句を失っていることに気づかないほど、お文も莫迦《ばか》ではない。恥じ入るように肩をすぼめて、顎《あご》の先が炬燵蒲団《こたつぶとん》にくっつきそうなほど深くうなだれた。

「こんなことを言うの、おかしいってわかっています。だからこういう考えが浮かんでくると、急いでぶるぶるふるい落としたり、ごくんと呑《の》み込んでしまうように気をつけてるんです」

萎《しお》れている。

「お嫁入りが決まると、嬉《うれ》しいこともたくさんあるけれど、やっぱり不安なことも出てくるものでしょう。そのせいですよ。嫁いでしまえば落ち着きますよ」

「きっとそうですよね……」

という返事だけれど、うなだれたまんまである。

「でもあたし、どうしても自分が抑えきれなくなって、このごろときどき、いっちゃんに意地悪を言ってしまうんです。縁談を白紙にするなら今のうちだよとか、いざ祝言になったって、気が変わっちまって、ほかにお嫁にしたい人ができちまって、どうしてもあたしじゃ嫌だと思ったら、三三九度の杯を伏せれば間に合うんだよとか」

困ったお嬢さんである。

「そういうとき、いっちゃんはどんな顔をなさいます？」

おちかもさらにくだけて問いかけた。お文は今にもべそをかきそうになってきた。

「困った顔をします」

「そりゃそうでしょう。いっちゃんはお文さんに惚《ほ》れているんだから」

涙が滲《にじ》んできたのか、お文は指で目尻《めじり》を拭《ぬぐ》い、やっと面を上げた。

「あたしがそういう意地悪を言って、いっちゃんの気持ちを試すようなことをやらかすもんだから、それでおっ母さんも腹が煮えちまったんでしょうね。このことは固く胸に秘めて、けっして誰にも話すまいと思ってきたことだけど、あんたにだけは話してあげようって、昔話を聞かせてくれたんです」

好いて好かれて、めったにない幸せな縁を結ぼうとしながら、悋気と取り越し苦労を病んでいる愛娘《まなむすめ》に、母が語って聞かせた昔話だ。おちかはそれを聞こうとしている。

「これは、おっ母さんのおっ母さんの話なんです。あたしのおばあちゃんですよね。おばあちゃんの身の上に、本当に起こったお話なんです」

おちかは背を伸ばし、膝《ひざ》の上に両手を置いた。炬燵にささっているのでいつもとは勝手が違うが、これが聞き役おちかの姿勢だ。

「おっ母さんは江戸の生まれですけど、あたしのおばあちゃんは岩槻《いわつき》の人なんです。岩槻藩って、立派な儒学の学者さんがいたり、城下町は人形造りが盛んで有名なところなんですってね。おっ母さんの実家はもう絶えてしまってるので、あたしは何にも知らないんですけど」

うなずいて、おちかは言った。「お文さん、この黒白の間の百物語では、場所や人の名前を伏せておきたいときは、伏せてもいいし好きなように変えてもいいんですよ」

かまいませんと、お文は言った。「このお話は、とりわけ場所がはっきりしていることが肝心なんです。でも」

と言葉を切り、なぜか強く口を結んで何か考えてから、お文は続けた。「どこなのか、細かいことはお話の最後にします」

何か思い決めていることがあるらしい。

「わかりました」と、おちかは了承した。

お文の祖母は、岩槻藩内の山村の生まれであるという。

「おばあちゃんの実家は田圃《たんぼ》持ちで、だから小作人じゃありませんけど、昔のことだし山のなかだから、けっして楽な暮らしをしてはいませんでした。でも」

お文の祖母は、それでもなお人目を引く美人だったそうだ。

「おばあちゃんには、子供のころからこの人と思い決めた人がいました。父方の又従兄《またいとこ》で、惣一《そういち》さんといったそうです。やっぱり田圃持ちの家の人ですから釣り合いもいいし、早いうちから二人を添わせる話は決まっていて、年頃になるとすぐ縁談がまとまりました」

惣一が十七、お文の祖母が十六の時だったという。

「おっ母さんはおばあちゃんの末娘で、おばあちゃんには八人も子供がいました。あたしが生まれる前におばあちゃんは亡くなってましたから、顔は知りません。けどおっ母さんは、顔立ちも気性も、あたしはおばあちゃんにそっくりだっていうんです。だからこそ、この話を聞かせる意味もあるんだって」

お文の顔から目を離さずに、静かにうなずきだけ返しながら、おちかは聞いている。

「おばあちゃんの実家の近くに、いのかみさんという旧家がありました」

「いのかみ？」

聞き慣れない音で、おちかは首をかしげた。すかさず、お文は指でそらに字を書いてみせた。おそらく、お文が母親からこの話を聞かされたときにも同じことをしてもらったのだろう。

「漢字で〈井上〉と書いて、〈いのかみ〉と読むんです。珍しいでしょう？」

「そうですね。ほかでは聞いたことがありません」

「そのおうちは土地の神職で、二百年から続いている家柄だってことでした。お屋敷も中二階のついた風変わりな建て方で、お庭が広くって」

神職であると同時に山林地主でもあり、庄屋《しょうや》よりも格上の家柄だったそうだ。

「いのかみさんがお祀《まつ》りしている土地神様は、身体に苔《こけ》が生《む》すほど長生きした猪なんだそうです。猪が神様になるって、何だかおかしな話ですけど」

おちかが聞いてきた百物語のなかには、土地神様がからむものもあった。だから驚きはしない。〈いのかみ〉は、おそらく〈亥《い》の神〉なのだろう。それを祀る家の名字にするとき〈井上〉の字をあてたのだ。

「長生きの猪にどんなご利益があるか知りませんけど、この神様が、身体の苔を養うために、年に一度水浴びをするんだそうです。それには、ものすごく透き通っていて魚も住めないような綺麗《きれい》な水でなくっちゃいけない。だから、いのかみさんは、そういう水を湛《たた》えている池をお守りしていました」

井上家の屋敷のすぐ裏に、その池があったのだそうだ。

「手鏡みたいなまん丸の、小さな池です。池を挟んでお屋敷の対岸に小さい塚がありました。それでね、塚にも池の畔《ほとり》にも、いのかみさんの家の人じゃないと近づいちゃいけなかったんですって」

「村の皆さんで拝まなくていいんですか」

「人気《じんき》を嫌う神様なんです。だから、うやうやしく大事に祀っておけばいいの」

清浄を好む、気難しい神様だ。

「山の実りをくださる神様だっていうから、農家とはあんまり関わりないしね」

「要は、塚と池を綺麗にお守りすればいいんですね」

「はい。なかでも池が肝心です」

その小さな池の水は、まさに魚一匹どころかあめんぼうもいないほど澄み切っていて、空の色や周囲の山の色をよく映すので、〈鏡池《かがみいけ》〉と名付けられていた。

「でも、土地の人たちはそっちの名で呼んでいませんでした。もうひとつ、もっと大事な呼び名があったから」

魂取《たまどり》の池、というのだ。

おちかは少し身を乗り出した。「みだりに近づくと、神様のお怒りをかって魂を抜かれてしまうとでもいう謂《い》われですか」

久々に、お文の顔に笑みが浮いた。ちょこっと楽しそうである。

「百物語聞きをしているおちかさんでも、やっぱりそう思いますか？　あたしもそんなようなことをおっ母《か》さんに言ったんです」

「あら、じゃあ違うんですね」

「大違いなんですよ」と、お文は心持ち反っくり返った。この部屋にくる語り手は、語って聞かせておちかの相槌《あいづち》を聞くうちに熱が入ってきて、こんなふうになることがある。自分の話がほかの話よりも珍しいんだと、得意になってくるらしい。

「猪の神様、悋気《りんき》持ちだったの」

「は？」

「女の神様――だから牝《めす》の猪で、うんと昔に、夫を猟師に撃ち殺されてしまったんですって。それでその怒りと恨みで化生して、ただの猪じゃない物の怪《もののけ》みたいになって、土地に災いを起こすようになったんですけど、通りがかりの旅の偉いお坊さんに諭されて悔い改めてね、これからは土地の人びとを守護しますって約束して、神様に祀りあげられることになったっていうんです」

ふむふむと、おちかはうなずく。

「だけど、神様になってからも亡くした夫を恋しく思っていて、ずうっと寡婦をとおしていました。だから悋気持ちなんですよ」

自分のしゃべりが巧《うま》くないことに焦《じ》れたのか、お文はしゃにむに首を振った。

「ええと、ですからね、この神様は、仲良く寄り添ったり、手をたずさえたりしている人たちが嫌いなんです」

そういう者たちが近づくと、そこに不和をもたらすというのである。

「とりわけ、夫婦とか許婚者《いいなずけ》同士とか、恋仲の男女二人とかがいけないんです。いっちばんいけないんです」

鏡池に近づいてはいけない。鏡池の面に姿を映すなど、もってのほかだ。

その戒めを破ると、どうなるか。

「猪の神様が怒って、その二人は必ず別れることになったそうです」

ほう――と、おちかは口をすぼめた。

「弁天様《べんてん》にも、よくそういう謂われがありますよね」

「でも、この神様はもっと上手《うわて》なんです。もっと意地が悪いの。ただ二人を別れさせるだけじゃないんだから」

ほかに女ができちまうんです——と、お文は息を荒らげて言った。

「男の方に、必ず別の女ができちまうんです。それで、もともとの女を裏切って捨てるんですよ」

しかし、男女の不仲の原因のおよそ半分方は、どちらかに別の男や女ができてしまうことではあるまいか。ならば、この亥の神が格別に意地悪だとは言えまい。

おちかがそう言ってみると、

「でもおちかさん、考えてみて」

お文はおちかに顔を寄せ、眉間《みけん》に皺《しわ》を刻んで、いささか凄《すご》んでいるような声を出した。

「その横合いから割り込んできた女が、恋人に変心されて嘆く羽目になった女にとって、〈この人だけは嫌だ〉と思う女だったら、どうかしら」

おちかは目を瞠《みは》った。お文はおちかの驚きを味わうように、にやりと笑う。

「必ずそうなるんですか」

「必ずそうなるんです」

「ちょ、ちょっと待ってください」

おちかは手をかざしてお文の目線を遮った。

「たとえば――たとえばですよ、お文さんとわたしになぞらえてみますけど」

「はいはい」

「お文さんが常々わたしを嫌っていて、わたしもお文さんが嫌いで、顔を合わせたってろくすっぽ口をきかない間柄だとしましょう。そのわたしが、祝言間近のお文さんと一郎太さんのあいだに割り込んで、一郎太さんとわりない仲になって駆け落ちしてしまうとか、そういうことが起こるわけですね」

ね？　と問いかけてみたら、お文の目つきが尖《とが》っていた。

「そうですけど……。何もそんなに詳しく言わなくたっていいじゃない」

「あ、ごめんなさいね」

この娘《こ》、ホントにやきもち焼きだ。

と思ったら、お文がぷっと吹き出した。ああ、よかった。

「でも、それは確かに意地悪ですね」

「でしょう？　猪の神様は、夫を撃ち殺された恨みを忘れきれずにいるんでしょう。執念深いわよね」

隣近所の人の悪口を言うように、さらりと神様に剣突《けんつく》するお文である。

「だから別名〈魂取の池〉なんですね」

「そうなの。それも、ただ男の魂を盗《と》るだけじゃなくって、盗った魂をほかの女にくれてやるんですよ。ひどいじゃありませんか」

お文の憤り様が可愛いので、ついおちかは笑ってしまう。手放しで笑うのも悪いので、お茶を淹《い》れ替えて気をそらした。

「――あたしのおばあちゃん」

おちかの手元を見つめながら、お文は声音を和らげて言い出した。

「ホントにあたしとそっくりです。勝ち気で悋気持ちだったもんだから、よせばいいのに、その戒めを破ったんですよ」

茶器を持つおちかの手が止まった。思わず、息を呑《の》んでお文の顔を見直した。

お文は、またちょっとうつむいている。

「惣一さんが心底自分に惚《ほ》れてくれてるのか、試してみたくなったんだって、おっ母さんに話したそうです。だから、そういうところがあんたと似てるんだって、おっ母さんが言うんだけど」

確かに、その心の動きは今のお文とそっくりだ。

「惣一さんは嫌がらなかったんでしょうか」

「おとなしい人だったそうですから、おばあちゃんの言うなりに、いいよってついて行ったんでしょう」

二人とも、日頃の暮らしのなかで有り難みを感じているわけでもない土地神様のことを、ちょっぴり軽んじていたのかもしれない。どうせただの言い伝えだろう。自分たち二人は大丈夫だ、と。

恋し合う男女は、みんなそう思うのだ。そう思いたいから思うのだ。自分たちだけは大丈夫だ、何があっても離れないと。

「縁談がまとまって間もなく、ちょうど今ごろの季節の半月の夜に、二人でこっそりいのかみさんの地所に入り込んで、魂取の池の畔《ほとり》に立ったそうです」

半月の光を受けて、池の面はありありと二人の姿を映したという。

「鏡どころじゃない、もっとくっきり映ったそうでした。惣一さんが風除《よ》けに首に巻いていた手ぬぐいが、夜風に震えるのまで映って見えたそうでした」

二人は飽きず、寄り添う自分たちの姿に見惚《みと》れて佇《たたず》んでいたという。実際、美しい景色だったのだろう。

「それで、どうなりました？」

お文は、おちかが淹れ替えた新しいお茶に口をつけ、湯飲みをそっと茶托《ちゃたく》に戻した。

「それからひと月もしないうちに、惣一さんが別の女と駆け落ちして消えました」

二人のささやかな祝言は、三日後に迫っていたという。

「相手の女は？」

「──同じ村の農家の」

「娘さんですか」

「いいえ、女房でした」

おちかも返す言葉がない。

「惣一さんより十も年上で、二人の子供がいる大年増《おおどしま》ですよ。近所付き合いはあったけど、おばあちゃんの両親と折り合いが悪かったし、怠け者のくせに他人の悪口を言うのが大好きな、嫌な女だったそうでした」

「もちろん、お文さんのおばあさまも──」

「ええ、嫌っていたんですって」

魂取の池の威力、絶大である。

「おばあちゃん、たっぷり半年も毎日泣き暮らしたそうです」

両親に叱られ、魂取の池に行ったことを白状したらさらに叱られ、井上家からも厳しい小言を食らって、身の置き場がなかった。

「こういうときは、とにかく早く別の相手をめっけて嫁にやった方がいいって、おばあちゃんのおっ父《と》さんが言い出して、何だかわけがわかんないうちに次の縁談が決まって、あれよあれよという間に内祝言」

だが、惣一を失ってたかだか半年だ。

「おばあちゃんはまだ惣一さんを思い切れなくって、辛《つら》くって辛くってやっぱり泣きっぱなしだったそうです」

惣一の駆け落ちは村じゅうに知れていたし、お文の祖母の傷心も隠しようがない。そこで若夫婦の両親が話し合い、庄屋《しょうや》の伝手《つて》で、二人は城下に出て小さな八百屋を営むことになった。夫の実家が裕福で、それだけの金を工面することができたのも幸いだった。

「おばあさまの旦那《だんな》様は、どんな方だったんでしょうか」

お文はくるりと目を動かし、考えているようだ。

「おばあちゃんと惣一さんは、お雛《ひな》様みたいな組み合わせだって評判だったんです」

「美男美女だったんですね」

「ええ。でも新しい旦那さんは」

また目が動く。そして突然、おちかにこう訊《き》いた。「顎《あご》のない人っているでしょ？」

「はあ？」

間抜けな合いの手が出てしまった。

「ほら、いるじゃありませんか。本当に顎がなくってものが食べられないという意味じゃないけど、太ってるわけじゃないのに喉《のど》のところがたるんでて、顎がないみたいに見えるの。貧相で気が弱そうで」

また笑ってしまったおちかである。

「いますわねえ」

「風采《ふうさい》が上がらないっていったって、ここまで上がらないのは加減というものを知らないっていうような」

言いながら、お文も笑い出した。

「だもん、おばあちゃんの気持ちが収まるわけがありません」

その顎なし旦那と添って、お文の祖母は堪《こら》えていた。堪えて堪えて、やっぱりどうしても堪えきれないと思ったから、一計を案じた。

「どうしたと思います？」

お文のいたずらっぽい目のきらめきが、おちかに答えを教えてくれた。

「旦那さんと一緒に、もういっぺん魂取の池に行ったんじゃありませんか」

お文はぽんと手を叩いた。「ご明察！」

「内祝言から三月《みつき》を越して、八百屋の商いが落ち着いてきたので、実家の両親にあらためて御礼を言いたいからという口実で、

「おばあちゃん、旦那さんを引っ張って村に帰ったんです。それで、夜中にこっそり

寝所を抜け出して――」

　新妻が自分を嫌っており、この結婚を厭《いと》うていると知りつつ、どんな気持ちで夫は引っ張られていったのだろう。そちらの方が、おちかは気になる。

「その夜は満月だったそうです。二人の姿を池の面に、そりゃもうたっぷり映して、おばあちゃんたらさばさば帰ったんですって」

　夫の方は泣いていたというから、哀れでもあり可笑《おか》しくもある。ちょっとばかり、可笑しい方が勝ちだ。

「それで、どうなりました？」

　こう尋ねるのは二度目である。

　お文はしきりとまばたきをした。だが、そうやって、笑ってしまいそうなのをごまかしているのだと、おちかにはわかった。

「城下の八百屋に帰って二日目の夜中に、火事になったんです。お店《たな》も住まいも丸焼けになりました」

　何と、まあ。

「どこから火が出たのかわからなかったそうです」

　若夫婦は命こそ助かったものの、丸裸である。すべて灰になった。

「どうしてまたそんなことに……」

お文の目元が笑う。「不和が起こったんですよ。戒めを破った罰は、今度もちゃんと下ったんです」

お文の祖母の両親は、娘に新しい縁談を押しつけるとき、これがおまえのためなのだと、こんこんと説いたそうだ。

――そりゃ、惣一には遠く及ばない、風采が上がらない人だよ。だけどあの家は物持ちだ。おまえはまだ若いから身に沁《し》みてわからないだろうけれど、好いた惚《ほ》れたなんてほんの二、三年のことだ。末永く添って楽しく暮らすには、お金があるのが一番なんだよ。

「おばあちゃんも、惣一さんに未練があって、その気がない縁談だったけど、それでも親の言いなりになったのは、そのお説教が効いたからだっていうんです」

そして傷ついた心で、頑《かたく》なに意地を張って考えた。

――あたしはあの顎なし男と添うんじゃない。お金と添うんだ。

――お金と添って、うんと贅沢《ぜいたく》な暮らしをして、憎いあの女と裏切り者の惣一さんを見返してやるんだ。

「だもんだから、魂取の池は、おばあちゃんからお金を盗《と》ってしまったんですよ」

お文の祖母の心がお金の上にあったから、戒めを破った罰として、今度はその金を取り上げたのだ。お文の祖母と、彼女があてこんでいた富とのあいだに不和を起こしたのだ。

「火の出所もわからなければ、おばあちゃんたちの家を一軒焼いただけで収まってしまった火事でした。でも城下の人たちは、魂取の池のことを知りませんからね。火が燃え広がらなかったのは、消火に努めた人たちのお手柄だって、お城からご褒美の金品が下されたそうです」

若夫婦からは富が奪われ、まわりの人びとが富を得たわけだ。

ちゃんと筋が通っている。亥《い》の神様は間違わない。

「あら、まあ……」

驚き呆《あき》れながらも感じ入るおちかを横目に、ここで我慢が切れて、お文はころころ笑い出した。口に手をあて、身を捩《よじ》って笑う。

「おばあちゃんの旦那さん、焼け跡に座り込んで、煤《すす》で真っ黒けな顔をして、もごもご言っていたんですって」

——おかしいな。おまえの言うとおりなら、俺はおまえを捨てて駆け落ちしようと思うほど、どこかの誰かに惚れられるんじゃなかったのかい。

——俺もやっと、女に惚れてもらえると恃《たの》んでいたのになあ。

なるほど、そのように思っていたから、あるいは言いくるめられて信じていたから、素直に魂取の池についていったのだ。

「それを聞いた途端に、おばあちゃんはぽかんとしちゃって、何だか少し、ほんの少しだけど、そんなことをぼそぼそ愚痴る旦那さんが、面憎いような、可愛いような気がしたんですって」

――この人、いっぺんも女に惚れられたことがないんだ。

だから、ない顎をさすって、取り残されたみたいな顔をしちゃって。

お店を開いたばかりで火事を出し、若夫婦は城下にも居づらくなった。

「また庄屋さんに願ってお許しをいただいて、二人で江戸に出稼ぎにきました。また、少しは実家からお金をもらえたそうですけど、江戸は諸式が高いですから、仕送りをあてに、居食いなんかしていられません。二人で野菜の振り売りを始めて、一生懸命働いて、自分たちの口を養って」

そのうちに赤子が生まれ、さらに養う口が増えて、

「好きも嫌いもありゃしない。とにかく寄り添って働いて働いて、働いて暮らしているうちに、気がついたら小さいけど八百屋のお店を開いて、立派な夫婦になっていました」

それがあたしのおじいちゃんとおばあちゃんですと、お文は言った。

「御神酒《おみき》どっくりって言われるくらい、いつも一緒にいたんですって。亡くなったのも、たった一年、おじいちゃんの方が早かっただけだって」

そうか。お文は祖母に似てよかった。顎《あご》なし男に似ては、江戸市中の花がひとつ足りなくなるところだった。

「おばあちゃんは、うちのおっ母《か》さんがおっ父《と》さんに嫁ぐときに、この話をしてくれたそうなんです」

お文の両親は見合いで、華やかな心のやりとりがあったわけではないそうだ。

「とうとう末娘まで無事に嫁に出すっていうんで、おばあちゃん、ほっとしたんでしょうね。だから昔話なんかしたんでしょう」

――夫婦ってのはね、縁のものだよ。

「だから目先のことばっかりにおろおろしないで、自分に繋《つな》がっている縁を大事になさいって、おっ母さんに言ったそうです」

ついでに言うなら、どんなに胸が騒いでも、好いた人の気持ちを試すようなことをしてはいけない、と。

いやそれは、お文の母がお文に言い聞かせたかったことか。

おっ母さんというものは、娘にいろいろなお説教を垂れ、様々なことを教えてくれるのだ。風邪の用心から、生き方の指南まで。

うちのおっ母さん、元気かな。おちかはふと懐かしくなった。実家の母を想うと、胸の奥でも炬燵《こたつ》開きがあったかのように、そこがほっこりと温《ぬく》もった。

「たったこれだけのお話です」

語り終えてひと息ついたのか、お文の声音も、眼差《まなざ》しも落ち着いてきた。

「おっ母さんはこの話を、自分の両親の若いときの恥ずかしい話だって言いました。だから誰にも言っちゃいけないって。でもあたし、これは大事なお話だと思ったの」

そう思ったからこそ、一人で胸にしまっておかれなくなった。誰かに聞かせたい。

「それでもね、三島屋さんの百物語の聞き役が、旦那《だんな》さんやおかみさんだったら、あたし、ここには来ませんでした」

おちかにもその気持ちはわかった。

「これは女の話――いえ、好きな人のことを想ったり、好きな人の心の内を探ってみたりしたくなる、年頃の娘の話ですものね」

お文はしっかりとおちかの目をとらえて、うなずいた。

「あたし、これから何があったって、いっちゃんと一緒に魂取の池に行ったりしません。そういうことは、神懸けていたしません」

でも、一人でそう思い決めているだけでは頼りない、という。

「誰かあたしと同じような年頃で、これから人を好きになったり、お嫁に行ったりする娘さんにこの話を聞いてもらって、一緒に胸の内に閉じこめておいてほしいんです。おちかさん、そうしてくれますか」

もう話を聞いてしまった以上、否《いや》も応もない。ここは胸を叩《たた》いて請け合うべきだ。

「はい、今ここに閉じこめました。固くお約束いたします」

お文の目尻《めじり》がまた濡《ぬ》れてきた。睫《まつげ》が光る。

「そんならあたし、これから先、もしも悋気《りんき》の虫が騒いでも、自分を説き伏せて堪《こら》えることができます」

三島屋のおちかさんは、魂取の池に行っていない。あの人の人生には、そんなことは起こっていない。そんなふうに生きてはいけないと頑張っている。だからあたしも負けずに我慢しようと。

まったく勝ち気だ。だが、心地よい勝ち気っぷりではないか。

「魂取の池は、これから永いこと女の人生を生きるあたしたちが、けっして行ってはならない場所なんです」

お文は襟元に右手を差し入れた。手を出したとき、その指のあいだには結び文があった。

「これ、おちかさんに差し上げます。あたしのおばあちゃんの生まれ育った村の名前と、魂取の池の場所を書いてあります」

左右の掌《てのひら》を重ね、その上に載せた結び文を、お文は差し出してきた。

おちかはお文の瞳《ひとみ》を見つめ、結び文に目を落とし、それから自分の掌と指に汚れがないことを確かめて、結び文を受け取った。それを襟元深くに差し入れた。

「これから先、もしもわたしが岩槻藩へ行くとしても、それは名高い人形師の腕前を見物しに行くんであって、ほかの用事があるわけじゃございませんよ」

微笑んで、おちかはそう言った。

「あたしだって」

と、お文は言い返してきた。

「おちかさんにお話しできてよかった。いざ向き合ってみて、この人じゃ嫌だと思ったら、別口に当たるつもりでした」

「ありがとうございます」

娘二人は、花がほころぶように笑った。

「それじゃあたし、お暇《いとま》します」

我に返ったようにお文が炬燵から離れたので、おちかは手を打っておしまを呼んだ。

そのとき、思い出した。

「お文さん、焼き栗はお好きですか」

お文は、初めておちかと向き合ったときと同じように、愛らしく目をぱちりとさせた。

「はい！」

おちかは炬燵から焼き栗の袋を取り出して、両手に包んで差し出した。

「この世のあちこちにあるに違いない、だけどわたしたちには知りようのない、けっして近づいてはいけない場所を、ひとつ教えてくださった御礼です」

お文の手が伸びてきて、焼き栗の袋を包み、おちかの手を包み込んだ。

「いただきます」

わあ、あったかいと、子供のように開けっぴろげな笑顔になった。

「お文さん」

いずまいを正して、おちかはお文を黒白の間から送り出す。

「どうぞ、末永くお幸せに」

お文が去った後、おちかは一人、床の間の栗の枝を眺めていた。

この結び文、どこにしまおうか。

開けて中身を見るまでもない。このまましまってしまおう。そして終生、しまったまま暮らしていけたらいい。

それはおちかが、「この人の気持ちを確かめてみたい」と思うような人に、もう巡り合えないということだろうか。それともそんな必要を感じないほど、誰かと固い絆《きずな》で結ばれるということだろうか。

――あたしはどっちを望んでいるんだろう。

問いかけてみても、おちかの心は答えてくれない。遠く小さく、

――もっと以前に、この結び文が欲しかったね。

と、囁《ささや》いているのが聞こえるだけだ。

今夕は、叔父《おじ》と叔母《おば》に謝らなくてはならない。お客様とお約束しましたし、わたしもぜひそうしたいので、今日のお話はお二人にはお聞かせいたしません、と。

伊兵衛は残念がることだろう。お民はおちかの心の内を見ようと、運針の曲がりを確かめるように目を細めるかもしれない。

――早く、次のお客様をお迎えすることだわね。

おちかがひっそりと微笑んだとき、床の間に活《い》けた枝から、栗の毬《いが》がひとつ、ころりと落ちた。

第二話　くりから御殿

神無月末のよく晴れた朝、口入屋《くちいれや》の灯庵《とうあん》老人が三島屋《みしまや》に乗り込んできた。

日差しはあっても襟元からしんしんと冷えるような日和だというのに、明神下《みょうじんした》の店《たな》からこの三島町《みしまちょう》まで歩いてきただけで、灯庵は汗ばんでいる。脂っこい外見と粘っこい物言いで、三島屋では〈蝦蟇《がま》仙人〉と綽名《あだな》されている人だが、本当に暑さ寒さを超えてしまう仙術を体得しているのかもしれない。

「変わり百物語の新手のお客さんを紹介にあがったんですがね」

伊兵衛《いへえ》の居室で長火鉢をあいだに向き合い、脇に座したおちかに一瞥《いちべつ》をくれてから、蝦蟇仙人は切り出した。

「先様から、ちと注文がありましてな。語り手には内緒で立ち会わせてもらいたいというんですよ」

おちかは伊兵衛と顔を見合わせた。

「内緒と申しますと？」

うんですがな」
「ですから立会人が、黒白《こくびゃく》の間で語り手が語っているのを、こっそり見ていたいとい

まだ不得要領の表情の伊兵衛に先んじて、おちかは言った。「お話を盗み聞きした
いということでしたら、お断りいたします」

灯庵老人の、白目の濁った目玉がどろんと動いた。
「お嬢さん、ハキハキものを言うのがあんたの売り物かもしらんが、世間様のお買い
求めになるものは違います」

若い娘は素直が一番、という。
「そこんところをよく心得ておかんと、あんた一人だけ歳をとらんわけじゃなし、あ
っという間に嫁《いか》ず後家になりますわい」

今度は伊兵衛がおちかより先に言った。
「灯庵さん、話が逸《そ》れてますよ」
「今のは話じゃござんせん。格言です」

反っくり返ってうそぶくと、ますます蝦蟇に似て見える。
「今度の語り手と、立会人は夫婦です」

夫が語り手で、立ち会いたいという人が妻なのだ。
「旦那《だんな》さんの話を、おかみさんの方はよく知っとります。何度も聞いておりますから

な。今さら盗み聞きなんぞするはずもない」

それなら最初《はな》からそう言ってくればいいのだ。この意地悪な蝦蟇仙人め。

「旦那さんは大病から治ったばかりでしてな。まだ油断がなりません。おかみさんとしちゃあ、見ず知らずの三島屋さんで一人にするのは心配だ。話の途中で具合が悪くなることもあるかもしれんでしょう」

だから、こっそり様子を見ていたいというのだった。

「よござんしょうか」

「それなら、是非もないでしょう」

「では八ツ（午後二時）に。おかみさんは旦那さんより早めにこちらさんに伺うよう、手配しておきますわい。うちの大事なお客さんですんで、粗相のないようお願いします」

言い置いて、灯庵老人が引き揚げると、伊兵衛は首をかしげた。

「あの人にとっちゃ、うちもお客だと思うんだが、粗相のないようにという言い様はどんなもんかね」

そういう台詞《せりふ》は、蝦蟇仙人がこの場にいるとき口にしないといけない。後で言うのは弱腰じゃあるまいか。

「あっという間に嫁ず後家という言い様も、どんなもんでしょうね」

叔父《おじ》と姪《めい》はまた顔を見合わせた。二人のあいだを、小さな苦虫がぶうんと飛んでよぎったようである。

〈おかみさん〉は、陸《りく》と名乗った。

「どうぞよろしくお願い申し上げます」

この変わり百物語では、なにしろ話の内容が内容だから、名前や地名など、語り手が伏せておきたいことは伏せておいてかまわない。語り手自身の素性も同様である。が、お陸にそれを気にするふうはなかった。灯庵の上客であることをふりかざすふうもなかった。蝦蟇仙人よりずっと温和で、親しみやすい人だった。

お陸と夫の長治郎《ちょうじろう》は、横山町《よこやまちょう》一丁目にある白粉《おしろい》問屋「大坂屋《おおさかや》」の主《あるじ》である。いや、主だった。この月の初めに倅《せがれ》夫婦に代替わりをして、お披露目も済ませたところだという。

「ですから主人もわたしも、もうただの爺婆《じじばば》なんでございますよ」

二つになる孫の可愛いことを、花の咲いたような笑顔で語るお陸だから、確かにそこそこの歳のおばあちゃんなのだろうけれど、外見は若やいでいる。色白なのも人目を引くほどだ。やっぱり、商いものが効くのだろうか。

おちかはお勝《かつ》と二人、黒白の間の隣の小座敷でお陸と向き合っていた。間もなく大坂屋長治郎がやってきて、黒白の間でおちかと語らうあいだ、お陸はここにひそんでいることになる。

「お窮屈ではございませんか」

本来、客を座らせるような場所ではないから、おちかもお勝も気に病むのだが、お陸はかえって喜んでいた。

「なんですか、読み物に出てくる間者《かんじゃ》にでもなったような気分でございますわ」

はしゃいでみせてから、また恐縮する。

「本当なら、立ち会いなどいけませんでしょうに、ご無理を申し上げて相済みません」

立会人を入れるのはおちかにも初めてのことではあるが、無理しているわけではない。十人も二十人も見物人が来るというのでは困るが、お陸一人だ。それに事情が事情である。

「旦那様は、だいぶお身体の方が」

控えめに問いかけるお勝に、お陸はあっさりと打ち明けた。

「葉月の初めに、死にかけましたの。朝から妙に背中が痛いし、胸苦しいと言っていたかと思ったら、みるみる顔が真っ白になって、倒れましてね。心の臓の病でした」

「それは大変でございましたね」

「三途《さんず》の川を途中まで渡りましたわ。でも戻って参りました」

ちょうど彼岸の入りだったそうだ。

「あの世の皆さんが、ついでに主人も連れて戻ってくださったのかもしれません。こんなに急じゃ何だから、いっぺん帰りなさいと」

あの世の皆さん。ご先祖様とか先に逝《い》った両親とかいう言い方ではなく、〈皆さん〉。その言葉にはもの悲しいような響きがあって、おちかの耳にとまった。

また同じようなことがあったら、今度は三途の川を渡りきってしまうだろうと、医師から言い渡されているという。

「ですからその前に、語り置いておきたいのでしょう。今まではわたしばっかりが聞き手で、主人も物足りなくなったのかもしれません。他人様《ひと》にお聞かせするようなお話ではないんですけれど……」

おちかは言った。「そういうお話をお聞かせいただくのが百物語でございます。お気兼ねは要りません。おかみさんも、どうぞおくつろぎくださいませ」

「御用がございましたら、わたくしが何なりと承ります」と、お勝も頭を下げる。

不意にお陸が涙ぐみ、あわてて袖《そで》で目元を押さえた。そうやってうつむくと、髷《まげ》のてっぺんに白髪が目立った。銀糸混じりの博多《はかた》帯によく映る、これまた美しい白髪である。

「ありがとうございます」

礼は述べても、お陸は涙の理由を言わなかった。おちかもお勝も問わなかった。それはこれから、黒白の間で、長治郎の口から語られることだろう。

鯉のぼり。

てんで季節外れだが、おちかはそう思った。大坂屋長治郎である。この人の顔が鯉のぼりに似ているのだ。

目がぎょろりと大きい。口も大きくてくちびるが分厚い。だが、そういう顔つきによくある暑苦しい感じはなくて、どことなく愛嬌《あいきょう》がある。

身体は痩《や》せていた。顔色もくすんでいる。命取りの大病の虎口《ここう》から危うく逃れたが、今もその虎の鼻息がかかるくらいのところにいる――と、お陸の話を聞いていなくても、おちかにもそう察しがついたであろうくらいの窶《やつ》れが身にまといついている。

だがその口調は優しく、声音は温かみを帯びていた。お陸とは似たもの夫婦と言おうか。どんな人とでもすぐ打ち解けて、明るくやりとりすることができる。根っからの商人とは、商売っ気のあるなしではなく、こういうことを指して言うのではなかろうか。

「こちらの変わり百物語のことを灯庵さんに聞いたときには、てっきりあの人一流の面白い作り話かと思いましたが」

蝦蟇《がま》仙人は、お客に作り話をすることがあるらしい。三島屋では誰もそんなもてなしを受けたことがない。

「お嬢さんは、趣味人の叔父さんを持たれましたなあ」

「はい。趣味人かどうかは怪しいですが、いろいろと面白可笑《おか》しい叔父でございます」

長治郎も、自分の名前やお店《たな》のことを隠そうとはしなかった。病のこともするする語った。先に聞いて知っていることを、初めて聞いたような顔をして聞き入るのは存外難しいというか、後ろめたいものである。

「──という次第で、いつお迎えが来るかわからない身の上になりまして」

つい昔語りをしたくなりましたと、長治郎は言う。着物の肩口や腹まわりの皺《しわ》の寄り方から見て、病んで倒れる以前はかなり太りじしの人だったようだ。この鯉のぼりそっくりの顔が丸く太った身体の上に乗っていたら、いっそう人なつっこい風情であったろう。

「これまで、手前がこの話をしたのは家内だけでございます。あれには繰り返し話して聞かせましたから、耳に胼胝《たこ》ができているかもしれません」

当のお陸は、唐紙の向こうで今もまた静かに聞き入っているはずである。

「思い出すと、語らずにはおられませんでな。四十年も昔のことなのに、昨日見た夢のようにくっきりとしているのですよ」

昨日の出来事のように――ではない。昨日見た夢のように、だ。

「ただ、夢の話というのは大方がそうでございましょうが、あれがああしてこうなってとどのつまりはこう落ち着いてという、めりはりのあるお話ではございません。筋も通っておりませんから、本人には面白くっても、聞かされる方にはつまらない。ですから、いつも家内に相手になってもらっておりました」

「今日はわたくしがお伺いいたします」と、おちかはにっこりした。「夢のお話でも、夢のようなお話でも、変わり百物語には有り難い耳の宝でございます」

でも大坂屋さん――と、おちかは空とぼけて問うてみた。

「ずっとこのお話の聞き手になってこられたおかみさんが、今日はご一緒でなくてよろしいのでしょうか。その方がお話しになりやすいようでしたら、わたくしどもでは一向にかまいませんのですが」

長治郎は分厚い瞼《まぶた》をゆっくりとまたたくと、軽く首を振った。

「いえ、今日は家内がおらん方がよござんす。あれの耳の胼胝を休ませてやらんと」

そう思い決めて参りました、という。

「家内はこの話に慣れきっておりますし、手前の気持ちをおもんぱかって、いつも優しいことを言うてくれます。もう何十年も、そうやって手前に付き合ってきてくれました。手前もそれに甘えて過ごして参りました」

鯉のぼりの顔に、影がさした。

「しかしお嬢さん、これはそんな甘やかな話ではないのかもしれません。今さら〈かもしれない〉なんぞ、いい加減な言いぐさですが、手前にはそう思えてなりません」

だから一度、他人の耳で聞き取ってほしいのだと、長治郎は言った。

「ずいぶん前からそう思っていたのですが、そんな都合のいい機会などあるもんじゃございません。実は手前は、以前に何度か百物語会に混じったことがありますんですが——」

大勢の人が集って順繰りに怪談を披露するという、本式の百物語会の方だ。そういう場では百本の蠟燭《ろうそく》を灯《とも》し、一話が終わると一本の蠟燭を吹き消す。そうして百まで語り終え暗闇が訪れると、なにがしか怪異が起こるという。

「いざとなると、たくさんの人の前では、臆《おく》してしまって語れませなんだ。手前の話など、いかにも嘘くさく聞こえそうでしたし」

語りの本番に入る前に、自分の話がへんてこであることや、つじつまが合いすぎているとか合わなすぎているとか、とかく言い訳してしまう。怪異を語る人には珍しくないことだ。が、それにしても長治郎の顔にさす影が濃くなってゆくことは気にかかる。

おちかは茶目っ気を出してみせた。「どんなお話でもわたくしは驚きません。これでも百戦錬磨――とはとうてい申せませんが、いくつもの不可思議なお話を聞き取って参りました。ですから大坂屋さん、わたくしにちょっとあてものをさせてください」

「あてもの？」

「はい。大坂屋さんのお話の芯《しん》がどんなものか、わたくしが首尾よくあてましたなら、お褒めの言葉をいただけますか」

「はあ、それはもちろん」

「ではお尋ねいたします。そのお話には、もののけが現れますか」

鯉のぼりの大きな目玉が泳いだ。

「もののけ――と申しますとその、妖怪《ようかい》変化の類《たぐ》いですな」

「はい」

「それは、違いますなあ」

「では、神隠しの類いでしょうか」

「いえ、まったく違います」

「失《う》せ物にまつわるお話ですか」

「それも外れ」

分厚い掌《てのひら》を、いえいえと振ってみせる。

「古い器物、楽器とか掛け軸などにまつわる怪談でしょうか」

「いやいや違います」

「鄙《ひな》のお話でございますか。山中深くで起こる怪異とか、海に現れるあやかしとか」

「お嬢さんはいろいろなお話を聞いておられるのですなあ」

鯉のぼりに、少し笑みが戻った。

「確かに、手前の話の舞台は山のなかでございますが」

「まあ！」

「しかし、お嬢さんがおっしゃるのは山川草木の怪という意味でしょう。でしたら違います」

「外れでしたか」

おちかが口をへの字に曲げてみせると、長治郎は目を細めた。

「これは手強《てごお》うございます。わたくしも本気を出さなくては」

指で顎《あご》の先をつまんで、おちかは少し考え込んだ。

「では、お化け屋敷ではいかがでしょうか」

返事がない。目を上げてみると、長治郎が鯉のぼりの大きな目玉をさらに瞠《みは》って、だが驚くのではなく、放心したような顔になっていた。

「大坂屋さん」

声をかけると、重そうな瞼が動いた。

「さいですな」と、長治郎は一人で何度もうなずいた。「手前も今の今まで思い当たりませんでしたが、さいです、手前の話はまさにお化け屋敷ものでございましょう」

但し、と身を乗り出すので、おちかも座り直して「はい」と応じた。

「化け物が出る屋敷じゃありません。屋敷そのものがくるくると姿を変える——化けるんでございます」

今日のお茶請けはきんつばである。塗りの小皿に品よく載せられたそれに目を落として、大坂屋長治郎は話を始めた。

「手前は上方《かみがた》の生まれでございます。難波湊《なにわみなと》からもう少し西へ下った小さな漁師町で、両親《ふたおや》は〈三ツ目屋〉という屋号の干物問屋を営んでおりました」

海に近く、すぐ後ろに山並みを背負い、お椀《わん》を伏せたような形のいい入り江に面した町は、網元の屋敷のなまこ塀に日差しが明るく映える、美しいところであったという。

「手前の父方の縁者は、今もそこで干物問屋を続けておりますので——」

「では、町の名前は三島藩城下の三島町でいかがでしょうか」

おちかの合いの手に、長治郎はうなずかない。困ったような顔をした。

「お気遣いありがとうございます。しかし、昔語りのなかの仮の名前とはいえ、三島屋さんの屋号を使わせていただいてよろしいかどうか」

験《げん》が悪うございますからと、気兼ねする。

「それというのも、手前が十歳の春、あれもまさに彼岸入りの日でございましたが、この町では大変おそろしいことが起こったものでございますから」

五日も続いた長雨の挙げ句、町のすぐ後ろに迫る山の何ヵ所かが山津波を起こし、家々を押し潰《つぶ》して、大勢の人びとの命を奪い去ったのだという。

「海山に挟まれて、平地の少ない町でございました。町家はみんな軒先を寄せ合うようにして立ち並んでおりました。そこに山津波が押し寄せたのですから、ひとたまりもありませんで」

春の長雨はどこでも珍しいことではないが、その年の雨は格別で、雲はいつまでも低く、降っても降っても雨脚は弱まらず、柄杓《ひしゃく》の底を抜いたかのような降りようで、

「漁師の古老たちが、こんな雨降りは見たことも聞いたこともない、用心せねばと案じていた直後の出来事でございました」

山津波は夜明け前の薄闇のなかで起こった。泥流は町の三割方を押し潰し、海まで

押し流してしまったというから凄《すさ》まじい。百物語の怪奇譚《たん》とはまったく別の怖さに、おちかも身が縮むようだった。

「手前はまだ子供でございましたから、これはあとあと知った話になりますが、その二年ほど前から藩では山の開墾に手をつけておりましてな。手前のふるさと――」

「はい、どうぞ三島町でかまいません」

験など気にするより、長治郎が語り易いことの方が、おちかには大切だ。

「三島町でも、代官所から作事のお触れがありまして、人を集め、森の木々を次々と切り倒し、畑をこしらえておりました。それが災いしたようなのです」

それまでは、かなりの大雨が降っても山の森が水の流れを食い止めてくれていたのだ。その山が赤裸になっては、砦《とりで》を失ったようなもので、大水に抗することができなかった。

「少しでも藩の内証をよくしよう、領民どもの暮らしを豊かにしようと始めた開墾でございましたから、いっそう悲しい災厄でございました」

魚だけとっておればよかったのだ、山に手をつけたから土地神様のお怒りに触れたのだと、町の人びとは恐れ戦《おのの》き、生き残った人びとが代官所に押しかけるような騒動まで起こったそうである。

「お辛《つら》いことでしたね……」

「四十年も昔のことでございますよ」と、長治郎はおちかを慰めるような目をした。

「三島町も小さな町ながら、問屋通《とんやどおり》と呼ばれる通りがございましてね。干物や俵物を扱う問屋が寄り集まっておりました。手前の家もそのなかの一軒でした。そもそもは、港の側から数えて三つ目の干物蔵のあるお店《たな》だったことが、屋号の謂《い》われでございます」

問屋通で軒を接するお店の人びとは、ただ商売仲間であるというだけではなく、家族ぐるみで代々の付き合いで、互いに嫁取り婿取りもあり、固く結びついていた。山津波は、まるで遺恨でもあるかのように、そこをめがけて襲いかかり、すべてを根こそぎに奪っていった。

「なに、山に善心も悪心もあるわけもなく、たまたま場所が悪かったのでしょうが……」

たまたま。おちかは心のなかで繰り返す。そう、偶々《たまたま》なのだ。たまたまが、人に酷《むご》い仕打ちをする。

「手前はあのころ、まだときどき寝小便を垂れる癖がございましてな」

長治郎は小声になる。

「あの朝も、布団《ふとん》が冷たくて、早くに目が覚めていたんでございます。家の者たちはまだ起き出す前でございました」

濡《ぬ》れた布団が見つかれば、母親や女中たちに叱られる。ただ寝小便を垂れてしまっただけでも恥ずかしいのに、それを大声で咎《とが》められたら、いや気にするなと慰められても、なおさら身の置き所がなくなる。

「子供の浅知恵で、ともかく隠してしまおう、どこがいいかと布団を抱えて廊下をうろうろしているときに、ただならない地響きを聞きつけました」

とっさに、誰かが「ああ大変だ、みんな逃げて、表へ逃げて！」と叫んだのを覚えているという。

「暗くて姿は見えませんでしたが、あれはたぶん、うちでいちばんの早起きだった女中頭でしたろう」

長治郎は庭先へ飛び降り、後も見ずに逃げ出した。ともかく広いところへ逃げた。抱えていた布団をどこで手放したのか覚えていない。気がつけば雨と泥水でずぶ濡れになり、どこかの知らないおじさんに抱えられていた。そのおじさんが長治郎を抱えたまま、さらに半町（五十メートル強）ばかり走って逃げてくれた。

「手前は一人、命を拾いました。寝小便に救われた命でございます。そして、十で孤児の身の上になりました」

長治郎の両親は亡くなった。二人の亡骸《なきがら》は、潰れたお店の残骸《ざんがい》の下になっていた。三ッ目屋の奉公人たちや、近隣の人びとも同じようにして命を落とした。

おちかは黙ってうなずいた。どんな言葉もかけようがない。

「手前は一人息子でございましたが、問屋通には、赤ん坊のころから一緒に育った従兄弟姉妹《いとこ》や幼なじみがおりまして」

とりわけ仲良しの女の子が二人と、男の子が一人いた。四人はいつも、寺子屋に行くのも湯に行くのも一緒、しょっちゅう互いの家を行ったり来たりしていた。

「女の子がみいちゃんとおせんちゃん。男の子がはっちゃん」

かすかに節回しをつけて歌うように、長治郎はその子らの名をあげた。

「その三人も、揃って行方がわからなくなってしまいました」

両親や他の大人たちとは違い、仲良しの子供らの亡骸は、なかなか見つからなかった。身体が小さいから、瓦礫《がれき》のなかに埋もれてしまったのかもしれない。あるいは遠くまで流されてしまったのかもしれない。

だが、ひょっとしたらどこかで生き延びているのかもしれない。怪我をして動けなくて、どこかで養生しているから、すぐには会えないだけなのかもしれない。

それを恃《たの》みに、長治郎は、お救い小屋で犬の子のように震えて過ごした。一日待てば、二日待てば、親しい人がやってくるかもしれない。三日経てば、誰かが長治郎の名を呼んでくれるかもしれない。ひたすらにそう願いながら幾夜を送った。

その願いは空しかった。長治郎はずっと独りぼっちのままであった。

「山津波の後、ようよう雨は降り止《や》みましたが、町は町の体をなしておりませんでしたし、港も船も使えません。そちらを早く何とかしないことには、生き残った者たちも飢えと冷えで参ってしまいます。とりわけ子供や年寄りには、代官所の差配でのお救い小屋暮らしは厳しくなる一方でございました」

町には眼病が流行《はや》り始め、水が濁ったせいか腹を下す人びとも増えてきた。

「そこで網元さんが、町の北の山にある別宅を開けてくださいましてね。まず手前のような孤児や年寄りなど、弱っている者たちが二十人ばかり、そちらへ移ることになりました」

山の別宅はもともと網元の家の隠居所で、町の人びとは〈おかどさんの山御殿〉と呼んでいた。〈おかど〉というのは、この地方で金持ち・物持ちを指す呼称だが、三島町では網元のことと決まっていた。

「古いお屋敷でしたが、山のなかの家だというのに、お寺さんのような立派な瓦葺《かわらぶ》きでしてなあ。隠居所でさえ、それを許されていたのです。江戸の方には不思議でしょうが、漁師町では、網元というのはそれくらいの権勢があるものなんでございますよ」

鯉のぼりの大きな目玉に淡い光が宿る。

「わてらのおかどさんはやっぱりお大尽やなあと、あんなときでも誇らしく、頼もしく思ったものでした」

　ここで皆を待とう。誰かが聞きつけて、迎えに来てくれるかもしれない。仲良しの三人も、後から来るかもしれない。

「おかどさんの山御殿は大きゅうてね、いっぺんには巡りきらないくらい、たくさんの座敷がございました。母屋と離れのあいだを渡り廊下でつないであって、その下には湧き水の溜《た》まった丸い池がありました。大雨のせいか、すっかり濁ってしまっていて、目の下一尺（約三十センチ）もあるような大きな鯉が、腹を見せて浮いていたのを覚えております」

　長治郎たちにあてがわれた座敷は離れにあり、煮炊きには井戸の水を、水浴びや洗濯には池の水を使うことが許された。子供ながらも、怪我や病に弱っていない長治郎は、一日のほとんどを水汲《く》みと薪割りで過ごした。

「そうやってお手伝いをしていると、気が紛れたんでございますよ。じっと座って膝《ひざ》を抱えていると、ただもう悲しゅうて悲しゅうて涙ばっかり流れます。それじゃあ目玉が溶けてしまいますからな」

　それでも、たった十歳の男の子だ。語る長治郎の瞼《まぶた》の震えが、本当は目玉が溶けても泣いて泣いて泣いていたかったと告げている。

「山御殿から町を見下ろすと、毎日毎日、焼き場から煙が漂いのぼって、海の方へと吹き流されていきました」
　五十の隠居になった長治郎は、瞼を震わせながらも、今もまた乾いた目で語ってい
る。
「同じ座敷で寝起きしていたおばあさんが、どこぞで暦を手に入れてきて、壁に貼っ
てくれました。手前はそれを見ては、山津波から何日経ったか、山御殿に来て何日過
ぎたか、数えておりました」
　だから、あれはおかどさんの山御殿に来て五日目の朝だったと、はっきり覚えてい
る。
「目を覚ましたら、家に帰っておりました」
　は？　と、おちかは声に出さずに目だけを瞠《みは》って問いかけた。長治郎もおちかの目
を見て、ゆっくりとひとつうなずいた。
「目が覚めたら、そこは問屋通の家だったんでございます。両親と川の字になって寝
ていた座敷でございました」
　両隣の父母の布団は上げてあり、長治郎だけが寝坊したような恰好《かっこう》だった。
「手前は起き出して、目をこすりました。何度見直しても、うちでございます。母の
枕も、父の夜着も、手前がよく知っているものでございました」
　思わずがばりと伏して母の枕を嗅《か》いでみると、懐かしい髪油の香りがした。

「前後を忘れて、手前は座敷を飛び出しました。廊下に出ると、裏庭が見えました。沓脱石《くつぬぎいし》の脇に、父が去年の夏祭りに夜店で買った、蝦蟇《がま》の焼き物が置いてありました」

廊下の曲がり方も、ひとつ先の座敷の障子のいちばん下の升に穴が空いていることも、何もかも懐かしい我が家であった。

だが、誰もいない。人の気配はない。ただうららと、長閑《のどか》で暖かな春の朝日が差しかけているだけである。

勝手知ったる我が家のなかを駆け回りながら、長治郎は思った。これは夢だ。潰《つぶ》れて失くなってしまったうちの夢を見ているのだ。

「人の姿はありませんが、気配はあるんでございます。つい今し方までそこに誰かいたような」

長治郎が手を挙げ、「そこに」と指さすような仕草をしたので、おちかもそれを目で追った。たまたまだろうけれど、大坂屋の隠居が指さした先は、お陸がお勝に付き添われて潜んでいる場所だ。

「たった今、手前が目をやってそちらを見るまでは、確かに誰かおった。どこだ、どこだと走り回り、ぐるぐる見回すうちにも、その誰かの影がすうっと動いて消えるのが、目の隅に残るようでした」

台所にも火の気はなかったが、味噌汁《みそ》の匂いが漂っていた。長治郎は土間に飛び降り、竈《かまど》の上の鉄鍋《てつなべ》の木蓋《きぶた》に手をかけた。

そのとき。

——長坊。

「どこからともなく、声が聞こえてきたんでございます」

——かくれんぼしよう。

短い言葉を、噛《か》みしめるように口にする長治郎の目を、おちかはひたと見つめた。

「それは、大坂屋さんがご存じの方のお声だったんでしょうか」

鯉のぼりの大作りな顔がうなずいた。

「みいちゃんの声でした」

「仲良しの女の子ですね」

「はい、従姉《いとこ》のお道《みち》でございます。問屋通のなかではいちばん港に近い、一ッ目屋の娘です。手前よりふたつ年上で、よく手前にかまってくれる、おちゃっぴいな姉さんでした」

みいちゃん——と、長治郎は声に出して応じた。どこにいるのと、まわりを見回して何度も呼んだ。みいちゃん、みいちゃん。

——かくれんぼだよ、長坊。

長治郎と仲良しの三人は、外でも内でもよく遊んだ。なかでも、互いの家の奥でかくれんぼをして遊ぶのが好きだった。

そうか、またかくれんぼをするのか。みいちゃんとかくれんぼをするのか。

「息がはずんで、夢のなかでも胸がどきどきいたしました」

さあ、みいちゃんはどこにいる。

すぐ後ろで、戸が閉まる音がした。長治郎が、身体ごとよろめくほどの勢いでぐるりと振り返ると、台所の物入れの引き戸が閉じたところだ。

その引き戸に、ちろりとベロを出すように、紅色の帯の端っこが挟まっていた。

「みいちゃんの帯やと、すぐわかりました」

長治郎は引き戸に駆け寄った。手を伸ばし、指先が帯に触れようというとき、それは内側から強く引っ張られて、さっと消えた。

そして、今度はぼんちゃん、ぼんちゃんと呼ばれた。

「その声で我に返りました」

語る長治郎は、びくりと身じろいだ。左手で右肘《ひじ》に触ってみせる。

「手前はおかどさんの御殿で、布団《ふとん》の上に座り込んでおりました。暦のばあちゃん――おきよさんという人でしたが、おきよばあちゃんが手前の肘をこう、つかみましてな」

ぼんちゃん、うわごとを言うとるよ。

「しっかりせいと、手前を揺さぶっていたんでございます」

確かに、長治郎は起き抜けの短い夢を見ていたのだった。だが、とうてい夢とは思われなかった。母親の髪油の匂いは、まだ鼻先に残っている。

大好きなみいちゃんの声も聞こえ、気配も感じた。ほんの刹那《せつな》だが、懐かしく優しい、幸せだった日々が蘇《よみがえ》った。

「夢は儚《はかな》いものですが、そのころの手前の心にはまさに干天の慈雨のようで」

懐かしさと共にあらためてこみ上げてきた悲しみを、朝飯と共に嚙んで飲み込んで、長治郎はその日の仕事にかかったのだが、

「昼過ぎに、町から米や味噌を運んできてくれた網元さんのとこの人が、手前を探しにきまして」

身をかがめ、目を合わせてこう告げた。

――おまんは三ツ目屋さんのぼんやろ？　一ツ目屋さんは親戚《しんせき》やな。

うん、と長治郎はうなずいた。すると男は、ごつい手を彼の頭に置いて、ぐりりとひとつ撫《な》でてから、言った。

――今朝方、港で一ツ目屋の娘さんが見つかったで。

「よかったなと言って、また手前の頭を撫でるんですよ。むやみに強くごしごしする

ので、痛いぐらいでございました」

――一ツ目屋さんじゃ、娘さんだけがまだ見つかっとらんかったからなあ。

お道は、山津波に呑《の》まれて海まで押し流されていた。その亡骸《なきがら》が、巡ってきた大潮で港の内に戻されてきたのだ。

「手前はまたぞろ、夢を見ているような心地になりました」

その場にしゃがみこみ、頭を抱えて、しばらく動くことができなかったという。

「みいちゃん、帰ってくるって、わてに知らせてくれたんやなあと」

――一人で心細うさせて、かんにんな。

先ほどから、長治郎の語りの端に、上方なまりが混じるようになってきた。子供の心地に戻っているのだと、おちかは思う。

「みいちゃんは世話焼きや。生意気にそんなことを申しまして、おきよばあちゃんに叱られました」

おきよばあさんは泣き泣き叱るので、長治郎もばあさんの泣き声にまぎれて、少しだけ涙を流すことができたという。

「一丁前に、人前で泣くと、何やら堪《こら》えているものが一気に折れてしまうような気がして、我慢していたんでございますよ」

長治郎が湯飲みを手にしたので、おちかも静かに手を動かして茶を淹《い》れ替えた。茶の香りと淡い湯気の向こうで、長治郎はちょっと洟《はな》をすすった。

「それから二日経った朝ですが」

また、同じことが起こった。

「ただ、今度は家が違っておりました」

朝、目が覚めたら、いやそれもまた夢ではあったのだから、夢のなかで目を覚ましたわけだが、山御殿ではなくまた別の家のなかにいたのである。

「手前の家ではありませんが、知らない家じゃございません。お隣の長田屋《ながたや》さん、手前と同い年の仲良しの、初太郎《はったろう》の家でした」

はっちゃんだと、おちかは心のなかでうなずく。二人目の仲良しだ。

長田屋は鰹節《かつおぶし》の卸問屋で、お城にも出入りを許されている名店だった。初太郎はその跡取りである。生まれたばかりの妹もいたのだが、一家まるごと行方知れずになっていた。

「二度目ですから、手前も子供なりに落ち着いておりました」

――ここ、はっちゃん家《ち》や。

やっぱり誰もいないが、さっきまで人がいたような、温かな心地がする。

「何度も遊びに行ったことがありますし、問屋通に並ぶお店《たな》は造りが似ておりまして、手前には間取りがよくわかっておりました」

いつもはっちゃんと遊ぶところへ行けば、はっちゃんの気配が感じられるかもしれない。はっちゃんの声が聞こえるかもしれない。夢の中でも騒ぐ胸を押さえて、長治郎は駆け回った。

「はっちゃんと泥だんごをこしらえて遊んだ井戸端や、竹とんぼを飛ばした二階の屋根への上がり口や」

そこへ、ここへと駆けては止まってまわりを見回すうちに、人気《ひとけ》のない長田屋の奥に、ばたばたと響く足音が己一人のものではないことに気がついた。

「もう一人、子供が駆けておりますんですよ。手前が駆け回って探す先へ、先へと逃げて行って、手前が止まればその足音も止まり、手前の様子を覗《うかが》っているようで……」

そうか、またかくれんぼなのか。

――今日ははっちゃんとかくれんぼやな！

夢のなかで、長治郎は大きな声でそう呼びかけた。すると、どこからか子供の笑い声がした。

――長坊が鬼やで。

「忘れもしない、はっちゃんの楽しそうな声でした」

長治郎は鬼だ。よし、はっちゃんを見つけてやる。懸命に探し回った。

「お嬢さん、みんなと本当にかくれんぼをしたときには、手前は隠れるのは下手でしたが、鬼になると強うございまして」

いつも時をかけずに三人を見つけてしまうので、これじゃつまらないと、口喧嘩《げんか》になることがあるほどだった。

「ところがいっぺんだけ、あの長雨の半月ばかり前でしたかなあ、はっちゃんがえらい上手に隠れてしまって、どうやっても見つからないことがありました」

鬼だった長治郎に、先に見つかった二人が加勢しても、まだ駄目だ。

「しっかり者のみいちゃんも、だんだん顔が青くなりましてな。はっちゃんは神隠しに遭ったんじゃなかろうかなどと言い出すものですから、みいちゃんのはとこで、手前どものなかではいちばん年下のおせんちゃんは、ぐずぐず泣き出してしまいました」

長治郎も不安に泣けてきそうだったけれど、そこは男の子だ。おせんを背中にしょって、お道を励ましながら、なおも長田屋の奥を探し回った。

「そのうち、おかしなことがありました」

背中にしょったおせんの泣き声のほかに、もうひとつ泣き声がするのだ。

「厠《かわや》のある、裏庭の方から聞こえてくるんでございますよ」

三人が急いで裏庭に行ってみると、手水鉢《ちょうず》の奥の椿の木の下に大きな瓶《かめ》が転がって、かすかにぐらぐら動いている。

「ひと抱えもある水瓶でしたが、ひびが入って使い物にならないので、長田屋さんがそこにほかしてあったものでした」

泣き声はその水瓶から聞こえてくる。近づけば、それが初太郎の声だと聞き取れた。

「はっちゃんは、水瓶のなかに隠れていたんでございますよ」

華奢《きゃしゃ》で身体の柔らかい子供のことだから、大きな広口の水瓶に、すっぽり入ることは入れたのだ。が、出ようとすると肩がつっかえ、どうにも出られない。入ったときとは要領が違うのだ。

「困り果てて怖くなり、泣いていたという次第でしてなあ」

さすがに子供らの手には余る仕儀だったので、大人を呼んで水瓶を割ってもらった。初太郎だけでなく、四人が頭を並べて小言をくらうという結末になった。

「それはもう、忘れようにも忘れられない思い出でございましたから」

夢のなかの長田屋でも、はっちゃんとのかくれんぼなら、きっと裏庭の水瓶にいるに決まっている。長治郎はそう思って、迷わず駆けて裏庭に出た。

――そら、あの椿の木の下だ。

そこには確かに広口の水瓶があり、かすかに揺れていた。

「はっちゃん、みっけ!」

長治郎の声が明るく跳ね上がり、黒白の間の梁《はり》や欄間にもはね返るようだった。

「手前はそう呼ばわって、水瓶に飛びかかりました」

途端に、夢のなかの水瓶は、音もたてずにふたつに割れた。そこに初太郎の姿はなく、ただ、ふわりと人の気配がして、

「手前の脇の下を素早くくすぐって、くつくつ笑いながら逃げていきました」

——はっちゃん、ずるいでぇ。

拳《こぶし》を握って振り回したところで、長治郎は夢から覚めた。山御殿の離れの朝、おきよばあさんが、今度は彼を抱きかかえるようにして、心配そうに覗《のぞ》き込んでいた。

「ぼんちゃん、また夢を見たんだねと、おきよばあちゃんは言いました。手前は、夢のなかから駆け戻ったように息せき切っておりました」

初太郎の夢を見た、長田屋さんの夢を見たと、息を切らしたまますっかり話した。

「だからばあちゃん、今日ははっちゃんが帰ってくるよ、と」

まさに、そのとおりになった。長田屋では初太郎だけでなく、彼の両親も妹も、親が子をかばうように身を寄せて、押し潰《つぶ》された家の下から見つかったのだった。

「手前は洟垂らしの小僧でございましたから、まだ分別も何もございません。そこを、おきよばあちゃんによく言い含められました。ぼんちゃん、こういう話をうかうかとよその人にしちゃいかんよ」

確かに、どう思われるかわからない。

「おきよばあちゃんと二人だけの内緒にしておいたわけでございますね」

「さいですが、それが胸苦しゅうて」

長治郎にはあまりに不可解で、喉《のど》につっかえる謎であった。

「まず、こんな夢を見ると行方知れずの親しい人が見つかる――ということが、山御殿に身を寄せているほかの人にも起こっているのかどうか、気になってたまりません。それはおきよばあちゃんも同じだったようで、こっそりとまわりに聞き合わせたり、聞き耳を立てたりしてくれたんですが、どうもそんな気配はございません。手前一人の身に起きていることのようなのです」

それが不思議で仕方がない。

「手前一人を選んで、何でこんなことが起こるのか。身内の行方がわからんまんまで辛《つら》い思いをしている人はようけおるのですから」

ここで長治郎は、つと微笑んだ。「手前には、ほかに訊《き》く相手がおりませんからな。おきよばあちゃんに食いついて、しつこくせがんだものでございますよ。ばあちゃんなら、何でかわかるじゃろう、何でわてにこんなことが起こるんや、教《おせ》えて教えてと。ばあちゃんが教えてくれなんだら、よそへ訊きにいくで」

おちかも一緒に微笑した。子供の気持ちとしては無理もない。

「それで、おきよばあちゃんは何ておっしゃったのでしょう」

「困ったときには網元さんにすがる」と、長治郎は言った。「それがあの町の習いでございました。ですからばあちゃんも」

──網元さんのご威光じゃ。

「まんざら口から出任せじゃございません。三島町の網元の家には、代々千里眼が出るという評判がございました。なかでも、山御殿を建てた先代のご隠居は、三十余年を当主の座にあって、三年先までの豊漁不漁をぴたりと言い当て、一度も外さなかったというお方です」

ふむふむと、おちかはうなずいた。

「そういうお血筋の方が住まわっていた山御殿じゃから、わてらには思いもつかないような神通力がこもっておるんじゃろう」

──山御殿そのものが、神さんみたいなもんなんや。

「孤児のぼんちゃんを哀れんで、ぼんちゃんの仲良しが見つかると、山御殿がその力でそれと知らせてくれとるんやと、ばあちゃんは言ったもんでございます」

だから、長治郎が見ているのは〈夢〉ではないのかもしれない。先触れの幻であって、これも千里眼のなせる業なのかもしれない。

「手前には、〈せんりがん〉も〈じんつうりき〉も、ようわかりませなんだ。ただこの不可思議さは、まるでからくりのように思われましてなあ」

――この山御殿には、からくりの力があるんじゃなかろうか。

「からくりというものを、長治郎ぼんちゃんは見たことがおありでした？」

おちかの問いに、長治郎は四十年の歳月を飛び返り、長坊の顔になってうなずいた。

「山津波のあるちょうど一年前に、からくり見世物の一行が三島町を訪れまして、半月ほど華々しく興行して大評判をとりました」

仲良しの四人は、それぞれの親にねだって、一緒に見物に連れていってもらった。

「黒子の姿がなくて、勝手に人形が動いているように見える文楽や、春夏秋冬の季節の花や景色がぐるぐると映り変わる幻灯なんぞでございました。今から振り返れば他愛《たあい》ない仕掛けだったのでしょうが、漁師町の子供にはそれはそれは珍しくて、目を奪われるような見世物でございましたよ」

その当時、いちばん年少のおせんが、〈からくり〉という言葉を間違えて覚えてしまって、

「くりから、くりからと言っておりました」

くりから――と、呟《つぶや》くだに愛らしい覚え間違いである。

「そうや、この山御殿はくりから御殿なんやと、手前は得心がいきました」

心寂しい子供の得心は、それでも長治郎を元気づけた。

「次はおせんちゃんや。そう思って、手前は待ちました」

今度は少し日がかかった。長治郎がおせんの家の幻を見て、おせんの亡骸《なきがら》が見つかったのは、それから五日後のことだった。

「おせんちゃんの家は六つ目の蔵のお店《たな》で、ですから六ツ目屋なんですが、それがなまってむつみ屋の屋号を上げておりました」

おせんの亡骸は、海で漁師の網にかかって見つかった。むつみ屋ではおかみが命を拾い、大怪我をしてお救い小屋で寝込んでいたのだが、おせんの亡骸があがったことで、長治郎はおかみにも会うことができたのだった。

「夢の――くりから御殿が見せてくれた幻のむつみ屋さんでも、おせんちゃんとかくれんぼをなさいましたか」

鯉のぼりの眼差《まなざ》しが揺らいで、瞼《まぶた》が閉じた。「おせんちゃんは隠れるのが下手くそでしてな。いつもすぐめっかるんです」

幻のなかでも押入れに隠れていて、ときどきそっと戸を開けてはこっちを盗み見るので、すぐわかったそうである。だが、やっぱり今度も本人の手を取ることはできなくて、

――めっけたで、おせんちゃん。

そう言って押入れの戸を開けたら、なかは空っぽだった。そして女の子の笑い声だ

けが響いて、幻は消えた。

「そのときは格別でございましてな。目が覚めたら、まだ真夜中でございました」

おきよばあさんもいなかった。長治郎は一人、眠ったまま幻に引かれて座敷を出て、山御殿の母屋と離れをつなぐ渡り廊下の下へ降りていたのだ。

「池の畔《ほとり》に、一人で突っ立っておりましたんです」

はっとまばたきをすると、池の表に己の顔が映っていた。その一瞬前には、別の顔も映っていたように見えた。

「みいちゃんとはっちゃんとおせんちゃんが、手をつないで並んで手前を見ておりました」

夜風が吹きすぎ、池の面を騒がして、長治郎は身震いをした。仰げば、頭上には満天の星がきらめいていた。

「翌朝、起き出してもういっぺん行ってみたら、大雨からこっちずうっと濁ったままだった池の水が、きれいに澄み渡っておりました」

子供心に感じるものがあったという。

「ああ、終わったと申しますかな。災厄は去ったと申しましょうか」

そして、失われたものは二度と戻らない。

唐突に、「いただきます」と断ると、長治郎はきんつばに手を伸ばした。子供のように指でつまんで口元へ持っていって、ひと口嚙《か》んだ。

おちかは新しいお茶を淹《い》れた。

「みいちゃんの好物でした」

もぐもぐと口を動かしながら、長治郎が呟いた。

「きんつばがお好きだったんですか」

「はい。団子や大福じゃないところが、おしゃまでございましょう」

たまたま選んだだけの茶菓子だが、何かのお導きがあったかのように、おちかも胸を打たれた。

「美味《おい》しいなあ」

微笑んで、長治郎は目を上げた。

「山御殿には、それからもひと月ばかりお世話になりましたんですが」

むつみ屋のおかみの怪我がよくなり、独りぼっちで災厄を生き延びた長治郎の身の上を哀れんで、あちこち奔走してくれたので、

「おかみさんの遠縁で、岸和田《きしわだ》藩の御用達《ごようたし》を務めている小間物問屋の家に、手前はもらわれていくことになりました」

そこの屋号が〈大坂屋〉だった。

「倅《せがれ》が二人、娘が三人いる子福者で、養子がほしかったわけじゃございません」

長治郎を哀れみ、家族に迎え入れてくれた優しい人びとだったという。

「手前の家内は、大坂屋の三女でございます。手前が二十歳、家内が十七の時に添いまして、暖簾《のれん》分けをいただきましてな。まるで同じ商いをするのもつまりませんから、白粉《おしろい》を扱うことになりました」

若夫婦の、とりわけ長治郎の商人ぶりを見込んだのか、本家の主人が二人に江戸へ出ることを勧めたのは、それから五年後のことであった。

「江戸の分店があんじょう流行《はや》れば、本家の商いも広がるからと、ずいぶんと力を入れていただいて、手前は果報者でございますよ」

すると長治郎は、江戸に居着いて二十五年になるのである。それでも昔語りをすれば、上方なまりが端々に混じる。人は、故郷から離れがたいものなのだ。

ふるさとは、血の流れのなかに眠っている。

「いくつになっても、何年、何十年経とうとも、手前はあの夢、くりから御殿が見せてくれた幻を忘れませんでした」

昔語りの長坊が消えて、今、おちかが向き合うのは大坂屋長治郎である。

「毎年春の彼岸の入りになると、細かなことまで思い出しましてな。そのたびに、家内を相手に話をしました。幻の話のついでに、みいちゃんがしっかり者だったことを、はっちゃんが手先が器用だったことを、おせんちゃんの右のほっぺたに笑窪《えくぼ》があって、それをみいちゃんがうらやましがって仕方なかったことなんぞまで、何から何までしゃべってしゃべって、家内は飽きずに聞いてくれました」

懐かしいなあ。また会いたいなあ。

「夢でも幻でもいいから、もう一度あの三人に会いたい。ずっとそう願っておりましたが、かないませんでした。ただ大事に心の奥にしまっておくだけかと、近頃では諦《あきら》めかけていたのでございますが……」

思いがけず、その願いがかなった。

「先頃、手前が倒れましたときに」

葉月の初めに、三途《さんず》の川を半分渡ってしまったときである。

「目の前が真っ暗になって、わけもわからん暗闇のなかを漂って、ふと気がついたら、手前は我が家に、三ツ目屋におりました」

あのときと同じ、両親と川の字になって寝ていた座敷である。

「驚きはしませんでした」

ただそこにいるというだけで、胸にひらめくものがあったと、長治郎は言う。

「今度は手前の番だ、と」

今度のかくれんぼは、長坊が隠れて、みいちゃんとはっちゃんとおせんちゃんが鬼だ。

「仲良しの三人に、手前が見つけてもらう番なんだと、すぐとわかったんでございます」

そうや、やっと迎えに来てくれたんや。

「ずいぶんとかかったわい。四十年です」

おちかという聞き手にではなく、仲良しの三人が目の前にいるかのように、長治郎はしみじみと訴える。

「早《はよ》う見つけておくれ。手前は家のなかを駆け回りました」

行く先々で、子供の足音が聞こえてくる。一人ではない。確かに三人だ。長治郎が行く先に回り込み、近づけば離れ、足を止めればまた寄ってくる。

――いけずをせんと、めっけてくれや！

とうとう焦《じ》れて大声を出したとき、背中をぽんと押された。

すると三ッ目屋は消え失《う》せて、広々と凪《な》いだ川の流れが目の前にあった。

――長坊は、まだや。

背中から声がした。だが、振り返っても誰もいない。霧が流れて景色を覆い隠している。ただ川の水が音もなく流れているだけだ。

――こんなん急じゃ、おかみさんが気の毒や。

――いっぺんお帰り。

怖いからではなく、胸の震えにおちかはぞわりとした。急だから、いっぺんお帰り。

それはお陸も口にしていた台詞《せりふ》ではないか。

「川面《かわも》に目を落とすと、そこにはみいちゃんとはっちゃんとおせんちゃんが映っておりました」

あの日の姿のままの、三人の子供が映っていた。みいちゃんの色鮮やかな赤い帯。はっちゃんのくすぐったそうな笑顔。おせんちゃんのほっぺたの笑窪。

──長坊、またね。

「嫌だと、手前は怒りました」

帰らん、もう帰らん。一緒に連れていっておくれ。

「拳《こぶし》を握って地団駄を踏んで、叫びました。帰らん、どうでも一緒に行く、みんなと一緒に行く」

なんで、そんなにいけずをするんや。

なんで、わてだけまた仲間はずれにするんや。

長治郎は両手を挙げて顔を覆った。呻《うめ》くような声が、指の隙間から漏れて出た。

お陸には語れなかったこと。

長治郎が胸に想い秘めてきたこと。

それが今、溢《あふ》れ出てくる。

「わてかて、わかってるんや。わて一人だけ残ってしもうて、生き延びてしもうて、どんなにかみんなに済まんと思ってきたんや」

みんなに恨まれても、仕方ないと思ってきたんや。

「謝るから、なんぼでも謝るから、もういけずはやめて連れていっておくれよと」

泣いて叫んでも、応《こた》える声は聞こえない。ただもう一度、そっと背中に触れる小さくて柔らかい掌《てのひら》の感触を覚えたと思ったら、長治郎は息を吹き返し、お陸や倅や嫁たちに取り囲まれて横たわっていたという。

おちかの前で、逃げるように顔を覆ったまま、長治郎は続けた。「うちの皆の顔を見ても、よかったよかったと声をかけられても、手前は嬉《うれ》しくも何ともございませんでした」

ああ、帰されてしもうた。

喜びにむせぶ妻や子たちの前で、唖然《あぜん》と目をしばたたいていた。

「また生き延びてしもうた。また置いてけぼりや。みんな、まだわてのこと許してくれへん。仲間に入れてくれへん。ただただ、そう思うばっかりで」

何度お陸に昔語りをしようと、大坂屋長治郎が語れなかったのはこれなのだ。一人だけ生き延びてしまった。なぜ自分だけが残ったのかわからない。たった一人生き残った理由が、どうしても見つからない。

寂しくて悲しくて、胸の穴が埋まらない。

それをぶちまけたかったから、ぶちまけたくてたまらなかったから、大坂屋長治郎はここへ来たのだ。

「あんさん」

呼びかける声と共に、黒白の間と小座敷の仕切りの唐紙が、からりと開いた。そしてお陸が転がるように前に出てきた。

「お、おまえ」

思わず膝《ひざ》を崩して逃げ腰になるほど驚いた長治郎に、お陸はしゃにむに近づいてきてすがりついた。

「あんさん、やっぱりそんなふうに思ってたんですな。ずっと思っとったんでしょう？　一人だけ生き残って、済まない済まないて思っとったんでしょう」

夫の袖《そで》をつかんで揺さぶりながら、お陸は泣いていた。

「それがわからんと思いましたか。わたしかてわかっとりました。あんさん、昔語りをするたんびに、今にも消え入りそうな顔をするんやもん。どんなに辛《つら》いか、わたしかてわかっとりましたよ」

あんさんはアホや。

「いっぺんでも口に出して言ってくれれば、それは考え違いやって、なんぼでも説教してあげましたのに」

「だ、だっておまえ」

　おまえには聞かせられないよ——と、長治郎は弱々しく抗弁した。

「なんで？　なんでわたしにはよう言えませんのや。辛かったこと、怖かったこと、わたしは知らんからですか？　わたしにはわかりっこないからですか」

　膝を滑らせて、小座敷からお勝が現れた。おちかに目を合わせ、詫《わ》びるように頭《こうべ》を垂れる。おちかは首を横に振った。

　——いいのよ。これでいいの。

　変わり百物語には、こんなこともあっていいじゃないか。

「ええ、わたしは知りませんよ、孤児の心細さを知りません。幼なじみを亡くす悲しみを知りません。知りませんよ」

　言い募りながら、お陸は涙を拭《ふ》こうともしない。

「けど、あんさんの仲良しのみいちゃんやはっちゃんやおせんちゃんのことなら知ってます。ようけ知ってますわ」

　あんさんが話して聞かせてくれたから。

「みいちゃんの姉さんぶりも、はっちゃんの竹とんぼも、おせんちゃんの笑窪《えくぼ》も、みんなみんな知ってます。それもこれもあんさんが生き延びて、三人のこと話してくれたからや。みんなみんな話してくれたからや」

その三人が――と、お陸は声を詰まらせた。

「どうしてあんさんを仲間はずれなんかにしますかいな。あんさんにいけずなんかしますかいな。仲良しの三人だから、あんさんを案じて、あんさんをいっぺん、わたしに返してくれましたんや」

後ろめたいなんて。済まないなんて。

ましてや恨まれているなんて思ったら。

「あきませんのや！」

身を揉《も》むようにして叫ぶと、お陸はわあっと泣き伏した。妻に袖をつかまれ、引っ張られるようにして、大坂屋長治郎もがっくりと身を折った。

やがて夫婦は手を取り合い、おちかはお勝と、そっと黒白の間を退いた。

「くりから、ね」

その晩、おちかの話を聞き終えて、三島屋伊兵衛はゆっくりと呟《つぶや》いた。

「くりから御殿は、山御殿の神通力とやらでできたものじゃないね」

長治郎さんのここにあったんだよ――と、片手を心の臓の上にあてた。

「大坂屋さんのご夫婦は、隠居を潮に、三島町へ移り住むそうです」

帰り際にお陸が言っていた。主人が嫌だと言っても連れていきます。残りの人生を、仲良しの三人の墓を守って暮らしたい、と。

それは長治郎にとっても心安《やす》らかなことだろう。

「今夜はよく火の用心をして寝もうね」

出し抜けな伊兵衛の物言いに、お民《たみ》は眉毛《まゆげ》を吊《つ》り上げた。

「あら、いつもよく用心していますよ」

「そりゃわかっているがさ。今夜はさらに念入りに」

伊兵衛は少し照れている。だがまなざしは真面目だ。

「天変地異には、私らはどう抗《あらが》うこともできないよ。せめて火の用心ぐらいはと、つい思ってしまってさ」

今夜こうして夕餉《ゆうげ》を囲む顔と顔が、明日も無事に、同じように集えますようにと願わずにいられない。

「はい、わかりました」

「あら、おちかは素直だこと。あたしだけ仲間はずれのようですよ」

わざとむくれてみせてから、お民は笑った。

想いはお勝も同じだったらしい。夜半、おちかが寝間着の上に半纏《はんてん》を着込んで、お店《たな》と奥を見回っていると、同じ出《い》で立ちのお勝に行き合ったのである。

互いにはにかみ笑いをした。見回りを終えると、どちらともなく誘い合うようにして庭に出た。

星月夜であった。

「お勝さん、西はどっちだっけ」

「あちらですよ、お嬢さん」

三島町のある方角。問屋通のある方角。長坊と仲良しの三人がかくれんぼをして遊んだ、楽しい思い出のあるところ。

そして、三途《さんず》の川の流れるところ。

またたく星の下、肩を並べて、おちかとお勝は合掌した。

第三話　泣《な》き童子《わらし》

ちゅうちゅう、ちゅうちゅう。

帳場の神棚の前で、新太《しんた》が身を丸め、両の掌《てのひら》を頭の上に立てて耳に見立て、ねずみの鳴き真似をしてみせる。

霜月は子《ね》の月だ。この月最初の子の日は〈ねずみ祭り〉、商家にとっては商売繁盛を願う大切な行事である。大黒天《だいこくてん》を祀《まつ》り、ねずみの好物である大豆や小豆飯《あずきめし》を供えて、皆で祈念する。

三島屋《みしまや》には、こうした習わしに加えて、独自のしきたりもあった。お店《たな》の一同が、男も女も大人も子供も揃って両のほっぺたを白粉《おしろい》で白く塗り、鼻の頭に紅をさして赤くして白ねずみに扮《ふん》し、大黒天様の前で、今ちょうど新太がやってみせているように、ねずみの鳴き真似をするのである。

これは、かつて伊兵衛《いへえ》が振り売りのころ、得意先の米問屋で行われていたしきたりなのだそうだ。商売上手で人徳厚いそこの主人を見習いたいと、伊兵衛が進んで取り入れ、今日に至る。伊兵衛とお民《たみ》、夫婦二人の振り売り商いのころは二人きりで、夫婦がお店を構えて奉公人が増えれば増えただけの人数で、毎年行ってきた。

　今の三島屋は、通いの職人や内職まで含めると、三十人ほどの口を養っている。それだけの人びとが一度に集まり、みんなして白粉と紅を塗って、順繰りにちゅうちゅうやるのだから、けっこうな眺めだ。三島屋の名が上がるにつれて、このしきたりも近隣によく知られるようになり、近頃では見物人も来る。なかには遠慮なく（行儀の悪いことに誰かの白粉顔を指さしたりして）笑う連中もいるが、三島屋の人びとは気にしない。ひとつには、伊兵衛とお民がそれだけ皆に慕われているからであり、もうひとつには、この夫婦がなかなかいっぺんには揃うことのない顔を見回して、日頃は関わりの薄い内職の女たちまで一人一人に声をかけ、それぞれに小豆飯の折と酒一合をお土産に持たせて帰すからである。

　住み込みの奉公人たちへのふるまいは、仕事を早じまいにして、夕方からのお楽しみだ。仕出屋から料理を取り寄せて、皆でご馳走《ちそう》をいただくことになっている。実はこれ、三島屋で働く者たちにとっては、年始客の応対に追われる正月よりも楽しい息抜きなのである。

　とはいえ、大の大人が白ねずみの真似をするというのは、とりわけ男衆にとってはどうにも気恥ずかしいことだ。紅なしでも赤くなる者もいる。手早くやっつけてしまおうと、「ちゅうちゅう、ちゅうちゅう」ではなく、「ちゅちゅっ」ぐらいで済ませてしまうと、伊兵衛にやり直しをさせられる。

「白ねずみは大黒様のお使いだし、米蔵に棲《す》みつくから飯の食いっぱぐれがないという、有り難い生きものなんだ。もっと気合いを入れて真似しないと、大黒様のご加護をいただけないよ」

という次第で「ちゅうちゅう」「ちゅうちゅう」がいっぱいの景色なのだが、丁稚《でっち》小僧の新太のふりはやはり愉快で愛らしく、お店仲間ばかりか見物人たちのなかからも温かな笑い声が起こった。本人はそれに気を散らさず、鳴き真似を終えると小さな手を合わせて頭《こうべ》を垂れ、一心に拝んでいる。

順番が回ってきて、おちかも大黒天様の前に出た。おしま、お勝《かつ》と三人で居並ぶ。

「お嬢さんのお声に合わせて、あたしらも鳴きますからね」

お勝の鳴き声は「ちゅうう、ちゅうう」ぐらいにおっとりと、おしまのそれはどすが利いていたが、気を揃えて立派なねずみ鳴きができた。あとは番頭の八十助《やそすけ》と、主人夫婦を残すばかりである。

八十助のねずみ鳴きは堂に入《い》っていた。伊兵衛とお民は、まるでお経の一節を読み上げるような、調子のついた「ちゅうちゅう」であった。後ろで神妙にそれに見入りながら、まだ新参者のお勝が呟《つぶや》いた。

「来年からは、白ねずみの髭《ひげ》も付けられませんかしらねえ」

「それは番頭さんだけにしといてよ」

すかさずおしまが抗弁し、おちかは声をひそめてくすくす笑った。

年に一度の三島屋ねずみ鳴き興行が終わり、見物人たちも散ったころである。白粉と紅を落とし、素顔に戻って店へ出て行った八十助が、何やら眉《まゆ》をひそめて奥へ戻ってきた。

「お嬢さん、ちょっとよろしいですか」

呼ばれて、おちかは身軽に台所から廊下へ上がった。

「表に、人が来ているんです。お嬢さんにお会いしたいということで」

あら――と、おちかは小首をかしげる。

「もしや今日、百物語のお客さんをお招きしてるなんてことは」

「とんでもない。今日はあたしも早じまいさせてもらいますもの」

「灯庵《とうあん》さんにも頼んではおりませんよな」

「ええ。あの人も、うちのねずみ祭りのことはよくご存じでしょう」

八十助は、算盤珠《そろばんだま》のようにはしこい黒目を動かして、さらに眉をひそめた。

「じゃあ、まるっきりの飛び込みですな」

「その人、あたしと百物語をしたいと、はっきりおっしゃってるの？」

「はい。評判を聞いてきた、ぜひお願いしたいと」

「おいくつぐらいの方かしら」

「さあ……七十に届いているのでは」

多くの客を相手にしてきて、よく人を見る目を持つ八十助にしては、心許《こころもと》ない口ぶりだ。

本人もそれとわかっているのか、言い訳のように急いで続けた。「なにしろ髪が真っ白ですし、薄いのです。地肌が透けて見えるようで。お顔も皺《しわ》顔です。でも背恰好《かっこう》を見ると、もっとお若いようにもお見受けします」

病人か、病み上がりかもしれないとおちかは思った。急に窶《やつ》れて、本来の歳よりも老けてしまった。

「ただ、ものの言い様はしっかりなさっていますし、身形《みなり》も貧しくはございません。羽織をお召しですしな」

おちかは八十助の顔を覗《のぞ》き込んだ。

「それなら番頭さん、どうしてそんな嫌そうな顔をするの？」

お嬢さん――と、八十助は声を低める。

「その人に声をかけられたとき、手前は腹の底の方からこう、ぞぞぞうっと胴震いがしまして」

見れば、語るそばから、今も番頭の腕には鳥肌が立ってゆく。

「その人の目を見ましたら、もっといけません。何ですか、死んで浮き上がって二日も三日もそのまんま、ぷかぷかと腐っていく鯉の目を覗き込んだような気がいたしました」

八十助は普段、多弁ではない。おしゃべりではないというだけでなく、気の利いたことを言おうとか、小洒落《こじゃれ》た口をきいて相手を感心させようとか、煙《けむ》に巻こうとか、そういう欲がまったくない。

だからおちかは驚いた。腐ってゆく鯉の目の喩《たと》えは、八十助の心が思わず吐き出した叫びだ。八十助には本当にそう見えたのだ。

「番頭さんは、あたしがその人に会わない方がいいと思うのね」

うなずきながら、しかし八十助は目を泳がせる。そこに気迷いが見てとれる。

「でも、無下に追い返してしまうのも気が引ける。そうなのね？」

八十助の口の端がべそをかくように曲がる。

「後生ですから――と言われました」

後生です。私の話を聞いてください。

「何としてもお嬢さんにお会いして、この話を打ち明けたい、お願いしますお願いしますと、手前がお止めしなければ、その場に土下座しそうな勢いでございました」

わかりましたと、おちかが応じようとしたそのとき、表の方でわっと騒ぎが起きて、おしまの大声が聞こえてきた。

「大変、大変ですよ番頭さん！　お客様がお客様が！」

店先で人が倒れた、という。おちかは一瞬、八十助と顔を見合わせてから、言い切った。

「お断りするには、もう間に合わないようね。黒白《こくびゃく》の間にお連れしてください」

そして自分も大声をあげた。「お勝さん、お勝さん、床を延べて！　黒白の間よ！」

こうして、忠義一途《いちず》の八十助を震え上がらせた、新たな百物語の語り手と、おちかは対峙《たいじ》することになった。


確かに、わからない。この人はいったい何歳《いくつ》だろうか。

八十助はよほど困惑していたのだろう。この人の見てくれを語るのに、ずいぶんと言葉が足りなかった。

まず、この痩《や》せようはどうだ。子供なら、ふざけて骨皮筋右衛門《ほねかわすじえもん》と呼ぶだろう。頬から顎《あご》のあたりなど、肉がすっかり削《そ》げ落ちて骨の形が浮いて見えるほどだ。袖《そで》から覗《のぞ》く両手は、お化け草紙に描かれている骸骨《がいこつ》そのままで、もしも裸を見るならば、きっと身体ぜんたいがそうであろう。

顔色も悪い。血の気が失《う》せ、皮膚はあばら屋の破れ障子の桟からぶら下がるぼろぼろの障子紙のようだ。

お勝が大急ぎで延べた床に、今、その人は座っている。下着の上に褞袍《どてら》を羽織らせ、足元には布団《ふとん》をかけてある。大きな火鉢をふたつ据え、ひとつには鉄瓶、ひとつには鉄鍋《てつなべ》。鉄鍋にはとろりとした重湯が、まだいっぱい入っている。

奇妙な客は、ここに運び込まれるとすぐに気絶から覚めて、申し訳ありませんと無理にも起きようとするのを、皆で押し留《とど》めて横にならせた。お勝はまめまめしく額の熱を見たり、脈を計ったり、心の臓の音や身体のあちこちを確かめたり、そして、それらのいちいちに、弱々しい声でまた申し訳ない申し訳ないと繰り返す人に、こう尋ねた。

「お客様、今朝は何を召し上がりましたか」

客は黙って答えなかった。するとお勝はさらに聞いた。

「昨日は何か召し上がりましたか」

客もさらに答えず、逃げるように目をつぶった。その顔に、お勝は優しく言った。

「重湯をお持ちしますので、召し上がってくださいますね。三島屋のおもてなしでございます。どうぞお断りになりませんようにお願いいたします」

そのやりとりと、お勝の目配せで、おちかも了解した。この人はお腹が空っぽなのだ。飢えて弱っているのだ。

いったん、二人で飛び立つように台所に下がり、慌ただしく話した。

「重湯のほかに、何がいいかしら。滋養があって柔らかいもの？　それとも甘いもの？」

「胃の腑《ふ》がすっかり縮んでおられますから、白湯《さゆ》と重湯だけがようございます」

「いったい、どれくらいお腹が空になっていたのかしら」

「わたしの見るところでは、まず三日は何も召し上がっていませんね。でも、あの窶れようはともかくも、痩せているのは二、三日の断食のせいじゃございません。もっと先からでしょう」

「でも、そんなに困っているようには見えないのに……」

銀鼠《ぎんねず》色の網目格子の着物と羽織は、継ぎ接《は》ぎの跡のない上等な品である。倒れたときに脱げてしまった雪駄《せった》も、履き潰《つぶ》されたものではなかった。

「お熱はないし、震えは出ていません。どこか腫《は》れているとかむくんでいるとか、痛そうなふうもなし、病ではございませんでしょう。あんなふうに倒れるまで何も食べずにいた理由《わけ》は――」

言って、お勝はおちかを見た。

「それこそが、あの方が黒白の間でお嬢さんに語りたいとおっしゃっていることではありませんかしら」

ならば、聞かなくてはなるまい。

「ともかくお腹に温かいものを入れてもらって、そのあとの様子によって、お話より先にお医者様を呼ぶということでいかがですか」

「わかった。そうしましょう」

そして今、おちかは、床に座って肩を落とし、骸骨のような手で大事そうに椀《わん》をくるんで、重湯をすするその人を見守っているのである。

恐ろしさや悲しみのために、漆黒だった髪がひと晩で真っ白に変わってしまうという逸話を、おちかも知っている。だがこれまでのところ、この黒白の間で恐ろしさと悲しみに満ちた話を聞いてきた限りでは、そのために白髪と化した語り手に会ったことはない。

もしかすると、この人がその初めての例であるのかもしれない。

白髪頭の男が窶れた顔を上げ、おちかを振り向いた。ぐらりと、半身が傾く。また倒れる——と思ったら、違った。男がお辞儀をしたのだった。

空になった椀が、手のなかから滑り落ちそうだ。おちかはつと近寄って椀を受け取った。つかのま触れた男の手は冷たく、乾いていた。親指の爪が割れている。

おちかは思わず息を止めた。八十助と同じように、自分もぞっと震えると思ったからだ。男の目は間近にあった。まばたきをして眼差《まなざ》しを動かせば、否応《いやおう》なしに見てしまう。

白髪頭の男の目は、潤んでいた。涙が溜《た》まっていた。

ゆっくりと手を引いて、おちかは胸のところで椀を支えた。白髪頭の男は腰から下を覆う布団の上で手を揃え、もう一度ゆっくりと頭を下げた。

「ご馳走《ちそう》さまでございました」

耳を傾けないと、きちんと聞き取れないほどの弱々しい声音である。

「己の意地汚さを思い知りました」

男の目の縁で、涙の溜まりが揺れている。

「もう何も、水さえも喉《のど》を通らぬと思っていたのですよ。それなのに、重湯の匂いを嗅《か》ぐと唾《つば》が湧きました。ひと口いただけば、喉が鳴りました」

卑しゅうございます――

椀はきれいに空になっていた。鉄鍋ではまだ重湯が煮えている。

「お客様は、わたくしどもの変わり百物語に来てくださったのでしょう」

言って、おちかは微笑んでみせた。

「それならば、お話を語るために元気を出していただかなくてはいけません。もう少しいかがでございますか」

男は目をつぶると、ゆるゆるとかぶりを振った。「もう充分にいただきました。お嬢さんがおっしゃるとおり、私の話を語るくらいの力は、この身に戻って参りました。ありがとうございます」

おちかは膝《ひざ》をついてその場を離れると、椀を片付け、鉄鍋を火鉢の脇に寄せた。大ぶりの湯飲みに白湯を八分目まで注《つ》ぎ、男の元へ運んでいった。

「熱うございますから、お気をつけて」

男は白湯にすぐ口をつけず、湯飲みの温《ぬく》もりを愛《め》でるように掌《てのひら》でくるみこんでから、ふう、ふうと吹いてひと口呑《の》んだ。そしておちかに湯飲みを返して寄越《よこ》した。

「ありがとうございます」

「お客様、何かしら、いつも呑んでいるお薬はおありでございますか」

「持病があるかというお尋ねならば、ございません。お嬢さんはよく気がつく方ですね」

おちかはにっこりして、横目で隣の小座敷との仕切りの唐紙を見た。その向こうには、お勝が控えている。

「わたくしではなく、先ほどお客様のお世話をした女中が思いついたことなのです」

「ああ、それでは、三島屋さんにはいい奉公人がおいでですな」

姿勢を正し、あらためておちかは一礼した。

「わたくしはこの三島屋の主人《あるじ》・伊兵衛の姪《めい》で、ちかと申します。当家の変わり百物語の聞き手を務めております」

痩《や》せた顎《あご》をうなずかせ、白髪頭の男は座敷のなかを見回した。

「そしてここが、お嬢さんが話の聞き取りにお使いの黒白の間なのでございますね」

「左様《さよう》でございます。お客様はよくご存じでいらっしゃいますね。差し支えなければお教えくださいまし。当家のことは、どこでお耳に入りましたのでしょう」

「瓦版《かわらばん》で読んだのでございます」

言って、男は目を細めた。微笑もうとしたように見える。

「まあ、あれをご覧になったのですか」

気恥ずかしくて、おちかは首を縮めた。

去年の秋、この風変わりな百物語を始めようと思いついたとき、伊兵衛は灯庵をはじめ方々に声をかけて、怪談の語り手を募ってくれるよう呼びかけた。そのなかには読売つまり瓦版屋も混じっていたが、いくら珍しい話に目のない瓦版稼業にも、当時はまだわざわざ取り上げてもらえるだけの売りがこちらの側になく、それっきりになっていた。

それが今般、初めて取り上げられたのである。袋物屋では朱引の内で第三の名店へと成り上がった神田《かんだ》三島町《みしまちょう》の三島屋には、売り物のほかに名物がふたつある。ひとつはねずみ祭りのちゅうちゅう鳴きで、今ひとつは変わり百物語だと。とりわけ後者は主人の姪の小町娘が聞き手を務め、箱入り娘のこの姪と巷《ちまた》の男どもが相まみえることができるのは、ただこの怪談語りの場のみである云々《うんぬん》かんぬん。瓦版屋が、読み物におちかの美人絵をつけたいというから、それだけはご勘弁と逃げ通したら、見ようによってはおちかに似ていなくもないかなあというくらいの誰だかわからない娘の絵がついたものが出来上がった。

ちょうど十二日前、この前の子《ね》の日に撒《ま》かれた瓦版だ。そのせいで、今年のねずみ祭りは見物人が増えたのかもしれない。とはいえ、撒かれたのは神田一帯に限られており、浅草御門まで届いていない。そのくらいの数だったからこそ、おちかも（そしてお民も）不承不承ながら承諾したくらいなのだから。

「瓦版の美人絵よりも、本物のお嬢さんの方がお若いですな」

というよりあどけないのでしょうかと、白髪頭の男は言い直した。

「百物語の聞き手という難しい役目を負わせるのは、お気の毒なほどでございます」

「わたくしはこの三島屋の居候なのです。叔父叔母《おじおば》を頼って田舎から出てきた山出しの小娘でございますから」

「いや、そんなふうに言ってはいけない」

依然、弱った声音でありながら、その言い方はちょっと説教調であった。男は、自分ではそれに気づいていないようである。

「あの瓦版を見ましたとき、何かこう、目の前の霧が晴れると申しますか、胸のつかえがとれると申しますか」

いつかこの三島屋さんに伺って、己の話を語ろうと思った、という。

「そうできる時がきたならば、きっとそうしようと思いました。自分の気持ちが、自分でも不思議でございましたがな。これまではむしろ――」

と言いさして、白髪頭の男はむせたように咳《せ》き込んだ。おちかが近寄ろうとすると、痩せた手を挙げてそれを制した。

「むしろ、私の胸にあるこの話は、固く隠し通しておかねばならぬ。誰の耳にも入れてはならぬ。そうしておけば、いつかは己にも、そんなことがあったと思えなくなる日がくるだろう。忘れてしまうこともできるかもしれぬ。そのように思っていたものですから」

だが、今は違います。弱々しいが迷いのない口ぶりで言って、男は床の上で座り直した。

「半病人の体でこちら様に転がり込み、ご厄介になりながら、このまま語ることをお許しいただけましょうか。いえ、たってお願い申し上げます。どうかお嬢さん、三島屋さんの変わり百物語の聞き手として、手前の話をお聞きくだされ」

よろめく身体を何とか持ちこたえ、平伏する白髪頭の男の姿に、おちかは胸を突かれた。

「かしこまりました。お伺いいたします」

返事を聞いて、男の骨張った肩が揺れた。目の縁に溜まっていた涙が、一滴落ちた。

「でもお客様、たとえお話の途中でも、お客様のお身体が案じられるようでしたら、わたくしは聞き役をやめにいたします」

「ああ、それでかまいません」

涙に濡《ぬ》れた男の目には、けっしてそんな羽目にはならぬ、死んでも語りきってみせるという決意の色が見えた。

「それともうひとつ、お話が終わりましたら、当家でお医者様をお呼びします。診ていただきましょう。診ていただくと、お約束くださいませ」

「はい、お約束いたしましょう」

うなずいて、男は口元をほころばせた。おちかはその瞳《ひとみ》を正面から見つめた。

死んでぷかぷかしながら腐ってゆく鯉の目。腹の底からぞっとした。八十助はそう言った。おちかにはまだどちらも見えず、感じられない。ただ相手の涙が痛ましいだけだ。

「というよりも、お嬢さん」

「はい」

「話が済みましたら、私の方からお願いして、人を呼んでいただこうと思っておりました。重ねてご厄介をおかけしますが、そうしないことには、私の話はおつもりにならないのでございます」

ただ——と、白髪頭の男は目を伏せた。

「私が呼んでいただかねばならんのは、お医者様ではございません。その理由は、いずれお嬢さんにもたやすくわかっていただけるだろうと思います」

男の目が焦点を失い、動きを止め、とろんと呆《ほう》けた。まるで一瞬だけ死人になったかのように。

初めて、おちかの背中にひと筋、糸のように細いけれど冷たいものが、すっと走ってすぐに消えた。

「私は——」

いざ切り出して、男は詰まってしまった。

おちかは察した。「お名前やおところを伏せておかれたいということならば、この黒白の間でのお話には、珍しいことではありません。どうぞお気になさらずに」

いやいや――と、男は首を振る。

「隠そうというのではないのですよ。今はまだ知っていただきたくないのでございます」

「かしこまりました」

どう始めようか迷うのか、男はまた口をつぐんだ。とろんと呆けた眼差《まなざ》しはあの刹《せつ》那《な》だけで、今は目の奥に小さな光が宿り、考え込んでいるのがわかる。

おちかは助け船を出した。「お客様のお仕事を伺ってもよろしゅうございますか」

「ああ」と、男は救われたような顔をした。「私の生業《なりわい》は、家守《いえもり》でございます。大家とも申しますが、店子《たなこ》たちはそんな呼び方はいたしません。皆、差配さん差配さんで用が足りております」

おちかは大きくうなずいた。

おちかが生まれ育った川崎宿《かわさきじゅく》では、旅籠《はたご》の主人たちの寄り合いが町の自治の要《かなめ》であった。江戸市中では事情が違う。町の自治を司《つかさど》るのは町年寄や町名主と呼ばれる人びとで、ひとくくりに町役人ともいう。これらはほとんどが、古くからの地主たちである。

家守・大家、または差配人というのは、地主たちに雇われ、彼らの地所や家作を実際に切り盛りし、店賃の取り立てから揉《も》め事の仲裁まで、ありとあらゆる雑事を引き受けることを役目とする人びとだ。貸家にはぴんからきりまである。庭付きの大きなお屋敷から、九尺二間の裏長屋まで、およそ人が住んで店賃のやりとりがあるところは、すべて差配人という世話役がいなくては立ちゆかない。

「お忙しいお仕事ですね」

「今はもう隠居の身でございますよ。私は親父から大家株を引き継ぎましてな、永年勤めて参りましたが」

あいにく──と続けて、また止まった。何かが喉《のど》につっかえたかのように。

「あいにく、私には跡取りがおりませんで。株は地主様にお返しいたしまして、隠居料を頂戴《ちょうだい》した次第でございます」

差配人になるのに株が要るなんて、おちかは知らなかった。つい「へえ」という顔をしてしまったのだろう。男はそんなおちかに目を細めた。

「大家株というのは、お武家様のお徒歩《かち》株と同じで、金さえあれば誰にでも売り買いできるというものではございません。素性のよろしくない者の手に渡ってはいけませんからな。親子や身内のあいだで受け渡す際も、地主様のお許しが要るのです」

少し、口調が活気づいた。誇らしげな色も見える。この人もこの人の父親も、篤実な差配人だったのだろう。その日暮らしの長屋の店子たちには、「まったく口うるさいんだから」と陰口をきかれることもあり、またそれぐらいでなくては「大家と言えば親と同じ、店子と言えば子と同じ」という関わりを盤石に保つことはできないのだと、自らしっかり恃《たの》んでいる人でもあったのだろう。

さっき、わずかに表れた説教調の口ぶりも、これで納得がいった。

「それでは、今はのんびりと隠居暮らしをなさっておられるのですね」

男はうなずき、つと目を下げた。

「私の歳は、五十五になります」

男がなぜ目を逸《そ》らしたのか、おちかも察した。おちかを驚かすと決まっているので、その顔を見たくなかったのだろう。

この白髪頭は、やはり尋常ではないのだ。もちろん、人によって白髪の早いことはある。だがこの老けようが合わさると、話が違う。

「十七年前、三十八のときに親父が病で死にまして、跡を継ぎました。それまでも親父の手伝いをしておりましたから、差配人稼業の何たるかは知っているつもりでおりましたが、いざ務めてみると、これはまたやりがいもあるが骨も折れる、難儀な生業だと身に染みたものでございます」

男の仕える地主は江戸の古名主の一人、つまり名家であったそうだ。

「それだけ多くの地所や家作をお持ちでございますから、親父と私の二人がかりでも忙しい日々でございました。一人になるとなおさらで」

遠い眼差しになった。さっきのようなうつろな目ではなく、過ぎた昔を振り返っている。

「三十八ぐらいですと、差配人としてはまだ若造です。手練《てだ》れの店子には太刀打ちできません。とりわけ裏長屋にとぐろを巻いているような輩《やから》には――」

おちかがくすっと笑うと、男は顔を上げた。

「ご苦労が多かったのでしょうね。お顔にそう書いてあります」

「これはまた、お恥ずかしい」

骨張った手で、男は顔をさすった。

「でも、とてもお優しい目をなさっておられます。店子の皆さんとのあいだに、楽しいことや良いことも、たくさんおありだったのでしょう」

はいと、男はうなずいた。おちかが〈優しい目〉と言ったのは、お世辞ではない。

「当家も貸家でございます。家守さんのお世話になっています。わたくしはまだ年始のご挨拶《あいさつ》を一度したことがあるばかりですが、お客様とよく似た目をした方でございます」

「おいくつですか」

「だいぶお歳のようです。ごくごくたまにではありますが、叔父《おじ》は叱られることがあるようで、あとで笑ってこぼしております」

──まったく、死んだ親父が舞い戻ってきたようだよ。

「三島屋さんが叱られますか」

「はい。一途《いちず》に己のお店の繁盛ばかりを願ってはいけない、世のため人のために働くようにと」

男が微笑み、おちかも笑った。

「叔父にとっては碁敵でもある方で、互いに一目置き合っていると申しますが、どうやら家守さんの方が上手《うわて》のようです」

三島屋さんは囲碁がお好きですかと、男は呟《つぶや》いた。そして床の間の掛け軸を仰ぐ。

「それで合点がいきました。あの掛け軸はお誂《あつら》えなのですね」

本日は黒白の間を使うつもりがなかったので、花を活《い》けていない。ただねずみ祭りなので、白ねずみの絵を掛けてある。その意匠が珍しいのだ。白ねずみを描く絵には、米俵や小判などの縁起物を組み合わせるのが定道だが、この絵の白ねずみは碁盤の上で遊んでいる。

「これを描いてくれた絵師も、叔父の碁敵なんです。この座敷を黒白の間と呼ぶのも、叔父がしょっちゅうお客様を招いては、一局囲んでいたからでございます」

男は「ほう」と声を出して驚いた。

「瓦版には、その謂《い》われまでは書いてありませんでした。私はてっきり、物事の善悪を見極めて黒白をつける、という意味があるのだと思っておりました」

「当家の変わり百物語では、お客様はお話を語って語り捨て、こちらは聞いて聞き捨てが決まりでございます。善悪を見極めるなどという高飛車なことはいたしませんし、わたくしのような小娘には、そんなことは無理でございます」

穏やかに、おちかは言った。だからご安心ください、という想いを込めたつもりだ。幸い、その意は伝わったようである。先ほどから時どき引き攣《つ》っていた男の目元が、やっとほぐれた。

そして、その目がまた潤んだ。男の胸につっかえ、頭の内に居座っている何か——これから語られる話が、男の嘆きの源だろう。

心中でそっと、おちかは身構えた。

「私は二十歳で所帯を持ち、翌年には娘を授かりました」

男の話が本筋に戻った。

「親父が、ゆくゆく跡を継ぐ私に、家守稼業をするなら早く身を固めるのがいいと、まとめてくれた縁談でした。ところが皮肉なことに、家内は産褥熱《さんじょくねつ》で亡くなりまして、私は娘と二人、取り残されることになりました」

二十一歳の父親と、赤子である。

「それからずっとお一人で、娘さんを育てていらしたのですか」

「後添いをもらう気になりませんでした」

男は目をしばたたき、自分でも気づいたのか、指先で涙を拭《ぬぐ》った。

「短いあいだでしたが、女房は、気持ちのおおらかな、骨惜しみをしない働き者でした。私よりふたつ年上でしたから、まさに金の草鞋《わらじ》を履いて探したような女房でした」

惚気《のろけ》ているのではない。懐かしみ、惜しんでいる。

「赤子を残し、あんな若さでこの世を去って、無念でしたろう。それを思うと不憫《ふびん》でたまりませんでな」

たった一年でも、心の通った夫婦だったのだと、おちかは思う。

「あのころは私の母も存命でございましたから、赤子の面倒《めんどう》を見てもらえました。親父が差配を務めている貸家や長屋から、たやすくもらい乳をすることもできましたし」

差配さんとこのお嫁さん、気の毒だったね。もらい乳なら、あそこのお勝さんが赤子を産んだばかりだよ。向こうのおしまさんは、子供は乳離れしたけどまだおっぱいが張ってしょうがないって言ってるから、うってつけだよ——

「私が親父の跡を継いだとき、一人娘は十八になっておりました。立派な一人前です」

今のおちかと同じである。

「この娘に婿をとって、ゆくゆくは大家株を譲りたい。それでご相談しましたところ、有り難いことに、地主さんが縁談を探してくださることになりましてな」

地主としても、これと見込んだ人物を、頼りの家守《いえもり》の婿にしたいと思うのは当然だ。

「ところが、娘がこれを嫌がりました。頭から嫌だ嫌だの言い張りようで、私の話になどまったく耳を貸しません」

男の肩が、さらに落ちた。さっき言葉がつっかえ、「跡取りがおりませんで」と続けた事の次第が、ここにあるのだ。

「自分には思い決めた人がいる。将来を言い交わしている。だからほかの男と添えるわけがない、まっぴら御免だと」

おちかは黙ってうなずいた。

「娘に好いた男がいるなど、私はまるで気づいておりませんでしたから、藪《やぶ》から棒でございます。こういうとき、母親がいないと困る、父親だけでは足りないと思い知らされることになりました」

幸い、世慣れた地主は寛大で、

「若い娘が色恋に浮かれるのは珍しいことじゃない、こっちの縁談は急ぐわけでもなし、一年でも二年でも時を待てば、そのうち頭が冷えて落ち着くところに落ち着くだろうと、おとりなしをいただきました」

ここで男は、ひとつ息をついた。ひと息入れたというふうではなく、この先を続けるために、あらためて気力をふるい起こしたというように見えた。

「娘は、もんと申します」

「おもんちゃんですね」と、おちかは言った。親しげにしたつもりだが、男の表情は硬い。

「巷《ちまた》ではよく、祖父《じい》ちゃん子、祖母《ばあ》ちゃん子は三文安いと申します。お嬢さんはご存じですか」

おちかには初耳だった。

「祖父ちゃん祖母ちゃんは、どうしても孫を甘やかしますのでな。わがままいっぱいに育った子は、世間の相場より三文安くなるというのですよ。うちのおもんもその口でした」

きっぱり言い捨てるので、おちかは受け答えに困った。

「母親の顔さえ知らない娘が哀れで、私も厳しくしなかった」

それもいけませんでしたと、男は呟く。

「おもんがよろずに強情で、言い出したらきかないところのある娘だと、私も承知しておりました。それでも、この縁談の話のときには格別でございました。色恋という以上に、何かに憑《つ》かれているのではないかと思うほどののぼせようで、頑《かたく》なに突っ張るのです」

「お相手は、どんな方だったのでしょう」

おちかの問いかけに、男は疲れたようにかぶりを振った。

「おもんが口を割らぬのです」

言い交わした男がどこの誰なのか、名前も素性も言おうとしない。

「ならばその男を連れてこい、どんな人物か、親の私が知りたいと思うのは当たり前だろうと説きつけても、おもんは突っぱねるのです。おとっつぁんには会わせられない、気に入るわけがないんだからと」

よっぽどののぼせようだと、おちかは目をぱちくりしてしまう。

「私も娘が憎いわけじゃない。それがおもんの幸せだというのなら、そいつと添わせることも仕方がないかと、腹の底では考えておりました。でも娘はとにかく頑なでして」

今度は長々とため息を吐き出した。

「どうしてそこまで突っ張るのか、事情は後になって知れました。でもそれは、ひとまず脇に置いてくださるようお願い申します。ともかくおもんの縁談は棚上げで、相手の男のことには触れず、地主様のおとりなしどおりに、私もしばらくは遠巻きにして、様子を見守ることにしたんでございます」

「よくわかりました」

合いの手を入れて、おちかは火鉢へ手を伸ばし、鉄瓶から湯飲みに白湯《さゆ》を注《つ》いだ。湯はぬるくなっていて、ちょうど飲み頃だ。

喉《のど》を湿すと、男は目を上げた。

「そういう折でした。店子《たなこ》から、ある相談事が持ち込まれたんでございます」

市中にある看板屋の主人夫婦が、思い余った顔で訪ねてきたのだという。

「大きな看板屋で、職人だけで五人も使っておりました。職人頭でもある主人は、歳はそのころで四十を越していましたろう」

この夫婦は子だくさんで、生来の子供好きだった。

「親父が世話した一件でしたので、私もよく覚えておりましたが、その二年前の春先、看板屋の夫婦は、店の真ん前で見つけた捨て子を引き取ったのです」

生まれたての赤子で、へその緒がついたまま、おくるみに包まれていた。月足らずで生まれたのか身体が小さく、泣き声のか細い男の子だった。

江戸市中では、捨て子や迷子の身の上を預かるのも町役人の仕事である。だから差配人は大いに奔走する。たいていは養い親が見つかって引き取られるが、どうしてもいい口がない場合は、寺に託すこともあるし、差配人が自分で引き取ることもあるそうだ。

この赤子は幸運だった。

「看板屋は繁盛しておりましたから、内証が豊かでした。それを見込んで、産み落とした母親が店先に捨てたのでしょう。看板屋のおかみは、この子は捨てられたのではなく、うちに預けられたのだ、だからうちで引き受けると申しておりました」

「優しいおかみさんですね」

「ええ、本当にいい夫婦でした」

噛《か》みしめるように言う。だが、噛んでいるものは苦そうだ。いい夫婦のことを語っているのに。

「看板屋の相談事というのは、ほかでもないその赤子のことでございました。ああ、もう赤子ではありませんな。三つになっておりましたから」

養い親に大事に育てられて、よく太り、手足もしっかりしていた。

――実はねえ、差配さん。

不安に顔を曇らせて、看板屋の夫婦は切り出した。

「この子は、まるで口をきかないんだというんですよ」

おちかは目を丸くした。「まったく、ひと言も?」

「はい、ひと言も」

赤子のころはよく泣いた。あやせば笑ったし、ばぶばぶと声を出すこともあった。

「ところが、二つになり三つになるあいだに、言葉らしい言葉をしゃべるようにならない。覚えないらしいのです。ばぶばぶの年頃を過ぎたら、まるで声を出さなくなった。泣くことさえない。いや、なかった」

言い直して、男は顔を歪《ゆが》めた。

「ついひと月前までは、泣くこともなかったのだそうで」

ところがひと月前の朝、お店の皆で朝飯を食っているときに、にわかに火がついたように泣き出した。

「その場では、どんなに宥《なだ》めても叱っても泣き止《や》まないんだそうでございます。あわてたおかみが、どこか具合でも悪いのかもしれないと、抱き取って次の間に走り出たら」

ぴたりと泣き止んだ。

「拍子抜けしたおかみが朝飯の場へ戻ると、また泣き出すのです」

身もだえし、顔を真っ赤に、息を切らして泣き続ける。そばにいる人びとは、耳が破れそうになるほどだった。

「その日は仕方なく、おかみが一日そばにいて、子供の相手をしたそうです。そうすると実におとなしい。ただ、泣きもしないが口もきかない子供に逆戻りでございました」

「看板屋さんでは、それまで、その子が口をきかないことを案じてはおられなかったんでしょうか」

「私も真っ先にそれを訊《き》いたのですよ」と、男はわずかに身を乗り出した。「いったいに男の子は口が遅いものですが、それにしたって、三つになっても〈まんま〉のひと言も言わないのはおかしいでしょう」

先代の跡をとったばかりの年下の差配人の詰問ながら、看板屋の夫婦は首をすくめて恐縮した。

「言いつけはよく聞くいい子だし、赤子のころにはちゃんとばぶばぶ言っていたのだから、耳が聞こえないわけでも、声が出ないわけでもないのだろう。子供にだって、無口の性質があってもおかしくはない。口から先に生まれてきたようなお調子者より、よっぽどおとなしくて可愛いから、そのうち人並みにしゃべるだろうと、大して気にしていなかったというんです」

そんな呑気《のんき》なことでどうすると、私は夫婦を叱りました、という。

「自分らの子を立派に育て上げてきたあんたらなら、この子が変わっているのはすぐわかったろうに、何で放っておいたんだと」

熱心に語る白髪頭の男には、かつてそうであったろう威厳と生気の片鱗《へんりん》が戻ってきた。

「ともあれ、このひと月、ずっと同じ様子のままだそうでして」

口をきかず、おとなしくいい子にしていて、何かの拍子にいきなり泣き出す。泣いて泣いて泣き続け、誰がどう宥めてもあやしても止まらない。

「泣きすぎて息ができず、ぐったりしてしまったこともあるそうでございます」

それはまた面妖《めんよう》である。おちかも二の句が継げなかった。

「後先になりましたが、子供の名は末吉《すえきち》と申します。子だくさんの看板屋が、とっくに打ち止めだと思ったところに預かった目出度《めでた》い子供だから、末の吉だと」

地口のようだが、情のある命名だ。

「看板屋には末吉のほかに、七人の娘と息子がおりました。上の娘たち三人はもう嫁にいっておりまして、家には長男が残り、次男と三男は他所《よそ》へ修業に出ておりました」

仲の良い家族であったという。

「いちばん末はお七《しち》という女の子でして、この四女は十二歳でございましたが、末吉をよく可愛がり、何かと世話をやいておりました。末吉もお七に懐いておったそうですが」

このおかしな泣き方を始めると、そんなお七の力も及ばなかった。異様なほどの末吉の泣きように、お七の方が怖くなり、一緒になって泣き出してしまったこともあるそうだ。

——お父ちゃん、お母ちゃん、末坊はどこか悪いんだよ。お医者様に診てもらおう。拝み屋さんを呼ぼう。お祓《はら》いを頼もう。お七は懸命に訴えた。だが、看板屋の夫婦はおいそれとうなずくことができなかった。

「確かに末吉の泣き方はおかしい。だが、頭を冷やして考えるなら、三つの子供が泣いているというだけのことでございます」

それに、この面妖な大泣きも、ずっと止まないわけではない。最初のときのように末吉をその場から連れ出したり、うるさくてかなわんとまわりから人が離れたりすると、すぐに止む。

「一度など、さすがに怒った看板屋が末吉を押入れに閉じ込めたら、戸を閉めた途端に泣き止んだと申します」

末吉は、こんなふうになってからも飯はきちんと食べたし、行儀よくしていて、夜はぐっすり眠った。襁褓《おしめ》がとれるのは早かったが、おねしょをしたこともなかった。

ただただ、時おり火の点《つ》いたように泣き出し、何故かわからぬまま泣き続け、唐突に泣き止む。その繰り返しだった。

「こういうとき、たいていの親は、子供に疳《かん》の虫が湧いたのだと思うものでございます」

看板屋でもそうだった。末吉に虫下しを飲ませ、しばらく様子を見ることにした。

「ちょっとお待ちを」と、おちかは割り込んだ。「お話の腰を折ってすみません。でもお客様、末坊は、夜はぐっすり眠ったとおっしゃいましたね」

「はい、左様《さよう》で」

「それは、夜泣きは一切しなかったということでございますよね」

おちかもかつて、ひどく恐ろしい思いをしたことがある。取り返しのつかぬ怖いことを目の当たりにして、その景色が頭の奥に染みついてしまい、瞼《まぶた》を閉じると蘇《よみがえ》る。そのころは、夜はほとんど眠れなかった。目をつぶるのが怖くて眠れず、まどろむと夢を見て、泣きながら目を覚ましたものだ。

末吉が何かに怯《おび》え、怖がって泣いているのなら、きっと夜泣きもするのが筋だ。何かを悲しんでいるのだとしても同じである。頑是無い三つの幼子だ。おちかのように、自分で自分の心を慰める理屈を持たず、我慢するだけの気力もまだない。夜の闇はほかの何よりも怖く、心を騒がせるものであるはずだ。

「疳の虫でも、夜泣きはするものでしょう」と、おちかは言った。「何かを怖がっているのなら、なおさらでございます」

白髪頭の窶《やつ》れた男は、おちかを見つめて大きく、深くうなずいた。

「実は、お嬢さんとまったく同じことを、お七も申したそうでございます」

――疳の虫なんかじゃないよ、お母ちゃん。末坊が泣くのは、ちゃんと理由があるんだ。こんな泣き方、ほかの子は誰もしないもの。

「賢い子ですね……」

お七という、十二ばかりの女の子の一人前以上の知恵と優しさに、おちかは感じ入った。

「今ではきっといいおかみさんやお母さんにおなりでしょうね」

思わずそう呟《つぶや》くと、男の目に影が満ちた。また苦いものを嚙《か》むような口つきになる。

「本当に、看板屋の子供らは皆しっかり者でしたが、とりわけお七は」

言い切ることができず、下を向いてしまう。

嫌な予感に、おちかは震えた。

「それでお七は」

うつむいたまま、男は話を続ける。

「何が末吉を泣かせているのか、自分が突き止めると申しましてな」

以来、起きているときも寝ているときも、ぴたりと末吉に張り付いて離れなくなった。

「手習所へ行くときも、末吉の手を引いて連れてゆくのです。幸いおとなしい子ですから、手習所の師匠も大目に見てくださいました」

お七が読み書き算盤《そろばん》を習っているあいだ、末吉は静かに隣にくっついている。口をきかないのは相変わらずだし、ほかの子供たちにはまったく馴染《なじ》まなかったが、まわりを手子《てこ》ずらせることもない。

「厠《かわや》にも、湯屋にもお七と一緒に参ります。寝るときもひとつの床のなかで、手をつないで眠ったそうでございます」

そうやってお七は目を光らせていた。何がきっかけで、末坊はあんなふうに泣き出すのか。泣き出したとき、どうすると泣き止《や》むか。いったんは泣き止んでも、また泣き出すときとそのままのときの違いはあるか。

本当に聡《さと》い女の子だ。末吉を見張っていて、手がかりを得ようとしたのである。

「後でわかったことですが、お七は帳面を付けていましてな」

日付と、末吉が泣き出したときに居た場所。一緒にいた人の名前。朝か昼か夜か。

「ひらがなだけでは足りずに、自分で工夫して印を作っておりました」

ほとほと感心するしかない。

「その頑張りのおかげで、だんだんと筋が見えて参ったのです」

末吉は看板屋の外では泣かない。手習所でも、湯屋でも泣かない。お七と二人でいるときは泣かない。お父ちゃんといるときも泣かないし、お母ちゃんといるときも泣かない。

知らない人には泣かない。意外なようだが、人見知りで泣いているのではまったくない。

――それで、お七が夕飯の後、わたしらのところに来ましてな。

「とうとうわかったことがあると、思い詰めた顔をして、看板屋の夫婦に打ち明けたのだそうでございます」

末吉が泣き出すのは、看板屋で働く五人の職人たちの一人、決まった一人がそばにいるときだけだ、と。

「看板屋の職人は、三人が通いで二人が住み込みでございました。住み込みの二人は身寄りがございませんでな」

お七が名指ししたのは、そのうちの若い方、歳は十八で、職人としてはまだ見習いの、蓑助《みのすけ》という男だ。看板屋に住み込んで、やっと半年だった。

「ほかのみんなと一緒にいるときでも、蓑さんが来ると、末吉は泣き出す。蓑助がいなくなると泣き止む。決まってそうだと、お七は言い張ったのです」

――あたしと末坊が裏で遊んでいて、末坊も機嫌良くしてたのに、廁にいった蓑さんが通りがかりに声をかけたら、いきなり泣き出したってこともあるんだよ。

さらに驚くべきことに、お七は知恵を絞って、この考えの裏付けをとっていた。

「末吉を抱いたり、手を引いたりして、何気なく家のなかを歩き回りましてな。看板屋の者たちに引き合わせる。一度に一人ずつに会えるよう、辛抱強く」

するとなおさらはっきりした。末吉は、確かに蓑助の顔を見ると泣き出す。ほかの誰でもない。ただ蓑助だけだ。

――蓑さんだよ、お父ちゃん。

何だか知らないけど、末坊はあの人を怖がってる。

――あたしも何だか、蓑さんは好きじゃない。先《せん》から虫が好かなかった。

「後ろの言い分は、たぶんに後付けでしょう。末吉が怖がって泣くのが蓑助だとわかって、お七も彼が嫌いになったのでしょうが」

語るそばから、白髪頭の男は、己の言葉を退けるようにかぶりを振っている。なぜそんなに首を振るのか。おちかの胸は騒いだ。

――いったいどうしたもんだろうね、差配さん。

看板屋の夫婦は困《こう》じ果てていた。

――十二の子供の言うことと、三つの子供の泣くのを真に受けて、うちの若い者を責めることなどできないよ。

蓑助も口が重く、気質もけっして明るくはないが、真面目によく務めている。子供に好かれる人柄ではなかろうが、子供をいじめたり、からかったりすることはない。

――愛想のない野郎だが、我慢強いんだよ。末吉があの泣き方をおっぱじめると、あたしらだって耳がおかしくなりそうなのに、あいつは気にしねえ。嫌な顔のひとつもしねえんだよ。

もしもお七の言うとおり、末吉が蓑助を怖がって泣いているのだとしても、それは蓑助のせいではなく、末吉の勝手に過ぎない。

――そりゃ、蓑助はあんなふうに陰気だし、うちじゃあ新参者だ。でもね、だからってぞんざいにはできないよ。人を使って、人を教えるってことの呼吸は、差配さんだってわかるだろう。

よくわかるからこそ困りものだし、

「お七はよっぽど気を張っていたのでしょう。前の晩に夫婦にこのことを打ち明けた後、熱を出して寝込んでいるというのです」

おまえさんたち、寝込んでいる娘を置いて、私のところになんぞ来たのかと、差配人としてはまた夫婦を叱る羽目になった。

「それで、どのようになすったのですか」

語る男が息を詰め、額に汗を浮かべていることに気がついて、おちかは声を入れた。

「看板屋さんご夫婦の相談に、どのようにお応《こた》えになったのですか」

男は手で額の汗を押さえ、そのまま言った。「とりあえず、しばらく私が末吉を預かろうと申しました。すぐに連れておいで、と」

――おまえさんたちは、今はお七のそばについていてくださいよ。これからどうするかは、お七がよくなってから、とっくり考えることにしようじゃないか。

「私のところには、腰の曲がったばあさんながら、よく働いてくれる女中がおりましたから、子供の一人ぐらい、何とでも世話をすることができましたのでな」

看板屋の夫婦は家に帰り、ほどなくして今度はおかみが一人で、末吉を連れてきた。三つの幼子は、背中に小さな風呂敷《ふろしき》包みを背負い、無心に指をしゃぶっていた。彼を残しておかみが去っても、後を追うことはなかったという。

「末吉は看板屋の外では泣かない。お七の見立ては確かでございました」

差配人の家で、末吉は借りてきた猫の子のようにおとなしく、幽霊のようにひそやかだった。

「やっぱり、口はききません。ひと言もものを申しません。それでいながらこちらの言いつけはよく解する、手のかからない子供でございました」

おもんには渋い顔をされたそうだ。

「あれは柄にもない乳母日傘《おんばひがさ》で、子守のひとつもせずに育ってしまいましたからな。やれお稽古《けいこ》事だ、買い物だ物見遊山だと、外歩きばかりが好きな娘でございました」

その夜は女中が末吉と添い寝をし、何事もなく一夜は明けた。

だが、しかし。

「翌朝、とんでもない報《しら》せが舞い込んで参りました」

看板屋が押し込みにやられた、と。

「そのへんの素人の仕業じゃございません。よく仕込まれた押し込みの一味が、周到に支度した上で、狙った獲物を狩りに襲ったのでございます」

繁盛し、よく儲《もう》けていた看板屋に。

おちかは唖然《あぜん》とした。背中が冷え、男と同じように額に汗が浮いてきた。

「看板屋の皆さんは」

訊《き》いて、あとが続かない。

白髪頭の男の声が弱り、

「皆殺しの憂き目に遭いました」

かすれた嗚咽《おえつ》が、短く漏れた。

「ほとんどの者は寝込みを襲われたのですが、お七の熱が高いので、おかみだけは夜通し起きていたようでございます。気づいて逃げようとした様子があったそうで」

だが、逃げ切ることはできなかった。

「お七ちゃんも……」

男は無言のまま何度もうなずいた。

「誰も、助からなかったのですか」

力なく手を落とし、男は答えた。「あの夜、看板屋にいた者は根こそぎに」

火付盗賊改のお調べの際、家守《いえもり》である男も立ち会ったが、

「大人数で荒らし回った足跡が、そこらじゅうについておりました」

土足の足跡だけではなかった。血溜《だ》まりを踏んだ血の跡だ。障子が切り裂かれ、柱に刃物の痕《あと》が残っているところもあったという。

おちかは胸に手をあてて、大きく息をした。自分でも頬が冷たいのがわかる。

「恐ろしいお話で、あいすみません」

消え入るような男の声に、息を整えて向き直った。「いいえ、お話が恐ろしいからではございません。実はわたくしどもも今年、危うく押し込みの難を逃れたことがあるのです」

男ははっとおちかの目を見て、怯《おび》えるようにまばたきをした。「何と、三島屋さんも」

「はい。ですが、本当に幸いなことに、無事かわすことができました」

凶兆に気づいた頼もしい人びとの働きで、三島屋は救われたのだ。そのとき、知ったことがある。

「お客様、そうした押し込みは、昨日の今日で、思いつきのように襲うものではございませんでしょう。必ず下調べをしますし、しばしば、狙いをつけたお店《たな》の内に手引きする者を入れるとか」

男がすかさず応じた。「あるいは、お店の内の者を抱き込むのです」

皆殺しに遭った看板屋からは、見習いの職人の蓑助一人が、煙のように消えていた。

「蓑助が手引きしたのです」

密《ひそ》かに押し込みの一味に通じ、飼われていたのだ。

「陰気な男で、本人の言うままに天涯孤独の身だと皆で信じ込んでおりましたが、後追いながらお調べで、蓑助には岡場所に沈んだ姉がいることがわかりました」

その姉を身請けする金欲しさに、悪の道に踏み迷ったと思われた。踏み込んだ先はただの道ではなく、蓑助を呑《の》み込んで人でなしに変える、底なしの泥沼であった。そうでなければ主人一家の皆殺しの様を、まだ十二のお七までもが命を刈り取られてゆくのを見ておられまい。

「末吉がその顔を見るたびに泣き、泣いて泣いて息が止まるほど怖がっていた男は、人の皮をかぶった鬼でございました」

末吉は、その正体を見抜いて泣いていたのである。

お話は、ここで七分目まで参りました――

白髪頭の男の声に、おちかは我に返った。わずかな間だが放心していたらしい。男はおちかを労《いたわ》るような目をしている。

「百物語の聞き手を務めておられるお嬢さんにも、この話はお辛《つら》いのですな。今さらのように、己の抱えてきた闇の深さが見えて参りました」

その闇の残りは、あと三分。何がひそんでいるのだろう。

「私は、そのまま末吉を引き取ることにいたしました」

但し、ずっと手元に置こうと思ったわけではないという。

「あの子の力を、どう言い表せばいいかわかりません。人が隠している悪事を見抜くことができる。だがそれを言葉で暴くことはできず、ひたすら泣くばかり。神通力にしては、ずいぶんと半端でございましょう」

うなずいて、おちかは言ってみた。「神通力というほどのものではなかったのかもしれませんし」

千里眼でもない。言うなれば、幼子の力だ。

「三つぐらいの子供は、何かひとつのことには、大人よりよっぽど鋭いことがございます。蓑助という職人も、押し込みの手引きをしようと密かに企《たくら》みながら、悩んだり苦しんだり、ぎりぎりで思いとどまろうと迷ったこともあったかもしれません。そういう葛藤《かっとう》を、末坊は子供の勘で感じとっていたのではございますまいか」

白髪頭の男の目が、またちょっと焦点を失くした。口元から力が抜ける。

「──私も、似たようなことを考えたものでございます」

末吉が育ちあがってしまえば、この面妖な力も消えてなくなるのではないか。

「それにしても、江戸市中はこの子には騒がしく、居づらい場所ではないかと思えました。私の生業《なりわい》も生業です。家守稼業をしていると、どうしても世間は広くなります。それだけ大勢の人びとに関われば、悪事や凶事に触れる機会も増えることになる」

確かにそのとおりである。

「ですから私は、あの子をどこか田舎に遣《や》ろうと思いました。近在の農家にでも里子に出せば、少なくとも朱引の内にいるよりは穏やかな暮らしができるのではないかと」

だから、この子を手元に置くのはしばらくの間だ。いい養い親が見つかったら、すぐにそこへ渡す。見ず知らずの子供、しかもまったく口をきかず可愛げのない男の子に、白地《あからさま》に嫌な顔をするおもんには、そう説いた。

「私も懸命に奔走しましたが、なにしろ一家皆殺しの惨事をくぐった子供でございますし、末吉を引き取ったあとで看板屋があんな凶事に見舞われたというのを厭《いと》われまして、なかなか良い養い親が見つかりません」

「一人、難を逃れた運の強い子供だとは、受け取ってもらえなかったのですね」

「それが世間というものでございますよ、お嬢さん」

そうこうしているうちに、末吉は男の家でふた月を過ごした。相変わらず口はきかないものの、おとなしくて行儀はいいし、ときには笑うこともあって、男も女中も、それなりにこの子に情が湧いてきた頃合いであった。

「あれも霜月――新月の、ひどく冷え込む雨もよいの夜でございましたが」

午《ひる》過ぎに出かけたきりのおもんが、あたりの商家が表戸を閉じる時刻になっても戻らない。末吉に気をとられ、おもんにはそれまで以上に好き勝手をさせてしまっていた男も、さすがに気が揉《も》めた。

「提灯《ちょうちん》に火を入れて、心当たりまで探しに行こうかと支度をしているところへ、本人が帰って参りました」

しかし、様子がおかしかった。おもんは裏木戸から入ると、盗人《ぬすっと》のように抜き足差し足、人目を避けて逃げるように奥へ入ろうとする。男は、どろぼう猫をひっとらえるように娘を捕まえた。こんな遅くまで、いったいどこをほっつき歩いていた！

叱り飛ばす声が、途中で途絶えた。

「おもんは血の気の抜けた顔をして、瘧《おこり》にかかったように震えておりました。あんまり震えるので、娘を捕まえた私の身体までつられて震え出す始末でございました」

父親に叱られると、おもんはいつも、意固地に凍ったような目をする。だがその夜は、〈いつも〉を百倍にしたほど尖《とが》って、真っ暗な目をしていた。その暗い瞳《ひとみ》の奥底には、遠い蠟燭《ろうそく》の炎のように、何かが燃えていた。燃えさかっていた。

物音と男の声に気づいたのか、女中のばあさんが奥から顔を覗《のぞ》かせた。一緒に寝ていた末吉も起きてしまったらしく、女中の腕に抱かれている。

そのとき。

「末吉が、火が点《つ》いたように泣き始めたのでございます」

看板屋の夫婦から聞いた、まさにあの泣き方だった。身もだえしながら手を振り、足を踏み、顔を歪《ゆが》め、息も止まりそうなほどに泣き続ける。

――何よ、うるさいわね！

逆上して叫び、末吉に近づいて手を振り上げ、ひっぱたこうとするおもんを、男は止めた。腕をつかむ父親の血相が変わっていることに、おもんも気づいた。

――どうしたの、おとっつぁん。

お、おまえ、何をした？

息を詰めているおちかに、男は表情のない顔を向ける。

「最初《はな》からそう問い詰めたのではございません。娘を奥へ引っ張って行き、座らせて、顔を突き合わせてこう問いました。おまえ、何か良からぬことを企んでいるんじゃないか。末吉には、大人の悪だくみがわかるんだよ。それを悟って、あの子はあのように泣くのだ」

言って聞かせているあいだにも、おもんから離れると、末吉がたちまち泣き止《や》んだことがわかった。

「看板屋の蓑助のとき、末吉は、凶事が起こるその日に泣いたわけではございません」

「左様《さよう》でございますね。ひと月ほど前から泣き始めた――」

「それはつまり、押し込み一味に加わろうと、蓑助が真に腹を決めたときでしょう。いつどんな形で押し込むのか、段取りが始まったのがそのころだったのかもしれません」

だから、男はおもんにもそう問うたのだ。何か悪いことをやろうと考えていないか。

するとおもんは、けたたましく笑い出した。白目を剝《む》いて唾《つば》を飛ばし、

――何よおとっつぁん、何でそんな莫迦《ばか》みたいなこと言うの？　あのガキに何がわかるっていうのよ。

おもんの哄笑《こうしょう》は、やがて悲鳴のような泣き声に変わった。

――何《なん》にしたってもう遅いわよ！

その夜、娘の口から飛び出した言葉を諳《そら》んじて、男は一時、口を結んだ。固く引き

結ばれたくちびるは、男もまた悲鳴をこらえているかのように、続けるべき言葉を嚙《か》み殺してしまおうとするかのように歪んでいた。

「おもんに、想う男がいたと申しましたが」

はい——と、おちかは言った。

「恋仲ということではございませんでした。ただの岡惚《おかぼ》れ、片恋だったのです。先様はある老舗《しにせ》の紙問屋の若旦那《だんな》」

言いさして、男はたじろいだ。

「そのお店《たな》はもうございません。ございませんから、申し上げてもよろしいでしょう。実は、この三島町にあったお店でございます」

そこにも奇縁を感じました——と呻《うめ》く男の、白髪頭が乱れて額に髪がかかった。

おちかはすぐと言った。「ならば、わたくしは存じません。叔父《おじ》も叔母《おば》もこの町に居着いて十年余りでございますから、たぶん存じませんでしょう」

男は、しばらくのあいだはあえぐように息をついていた。

「おもんが言うには、若旦那とはその年の春、墨田《すみだ》堤の花見で見初め合った間柄だというのでございますが、そんなのは言い訳に過ぎません。要は、遊びに慣れた若旦那に、おもんはちょいとつまみ食いをされたのです」

それだもの、晴れ晴れと父親に引き合わせることができるわけもなかった。おとっつぁんは気に入らないに決まっているという言い分も、おもんが薄々、若旦那の多情と酷薄さを悟っていたからなのだろう。

恋にのぼせていた娘は、いきなり水を浴びせられて啞然《あぜん》とする。

——今になって、親が決めた許嫁《いいなずけ》がいるっていうんだもの。

それが嘘か真実《まこと》かわからない。だがともかくも、若旦那はおもんに手切れを言い渡した。

「それが、今日の夕刻のことだと申します」

若い二人の忍び逢《あ》いに、しばしば使っていた池之端《いけのはた》の茶屋の一室で、

(おまえとは、これっきりだよ)

すげなく背中を向けられた。

——どうして、あたしがこんな目に遭わなくちゃいけないの？

愛《いと》しいと言ったじゃないか。おまえ一人と言ったじゃないか。可愛さ余って募る憎しみに、刹那《せつな》、おもんの血はたぎった。

「それでおまえは、何をしたんだね」

娘を問い詰めながら、男はその場にへたり込んでいた。

「若旦那への仕返しに、いったい、何をしでかしたのだ」

おもんは答えたという。もっと血が出るもんだと思っていたけど、違うのね。

白髪頭の男の顔色は、倒れてここへ運び込まれてきたときに戻ってしまった。声はかすれ、震える手が宙に浮いている。

「霜月のことでございますから、茶屋の座敷には火鉢が出ておりました」

火鉢には、火箸《ひばし》もついている。

——とっさにつかんで、あたし、後ろから若旦那の首を刺したのよ。

不意を突かれ、まともに刺された色男は、棒のように倒れた。火事場の莫迦力か、あるいは怒りの力なのか、火箸は若旦那の首にしっかりと突き立っていて、もう当のおもんの手で動かすことはできなくなっていた。

「おもんは逃げ出しました」

さすがに、その足で家に逃げ帰る気持ちにはなれなかった。若旦那が本当に死んだのか、首尾を確かめたい気持ちもあった。それでも茶屋に戻るのは恐ろしく、市中を闇雲に歩き回って時を潰《つぶ》し、ようやく父親の待つ家に帰ってきたのであった。

——おとっつぁん、あたし、目が回りそう。

ほっと気が抜け、胆力も体力も尽きていることを思い出したのか、それだけ言って、おもんは気絶した。

「抱き留めて、そのとき初めて、おもんの着物の袖口《そでぐち》に、血がついているのを見て取ったのでございます」

白髪頭の男は、肩で大きく息をした。目に涙はない。乾いている。手の震えも止まった。

「その殺しの、下手人はとうとうあがりませんでした」

おもんを弄《もてあそ》んだ若旦那は、本当に死んだのだ。だが、その死は謎のままになった。

「おもんさんは、お上の手を逃れたんでございますね」

「ああいう茶屋には、世間の目を憚《はばか》る男女が多く出入りいたします。店《みせ》の側も、いちいち客の身元を探ったりいたしません。お足さえ払えば、放っておいてくれるものでございます。それに若旦那は」

男が言いよどんだので、おちかは代わりに言った。「女出入りの激しい好き者だった。茶屋でそんな死に方をしても、気の毒ではあるけれど、ひどく不審がられるような人ではなかった――」

白髪頭の男は、ゆっくりとうなずいた。

「それがおもんには幸いいたしました」

だが、罪は残る。おもんは人を殺《あや》めた。

「その日から、末吉は泣き続けました」

おもんを見ると泣く。おもんの手が血で汚れていることを、末吉の目は見抜いている。

そこに悪事がある。悪事が人の形を成し、生きて息をしてそこにいる。見える。見える。末吉は怯《おび》えて泣きわめく。

末吉の泣く理由を知るおもんには、ただ可愛げがないだけだった無口な子が、己の罪を責める獄卒のようにさえ見えたろう。

「もちろん、おもんも黙って泣かれ続けていたわけではございません」

怒鳴ったり脅したり、あるいは機嫌をとろうとしたり、様々な手を使ったが、どれも空しい。挙げ句に、末吉に顔を見せないことがいちばんだと、逃げ隠れするようにもなった。

「紀文《きぶん》さんの御殿じゃございません。しもたやで、ひとつ屋根の下に暮らしているのでございますからね。逃げ切れず、日に何度も泣かれてしまう」

私も参りました、という。

「事情を知らない女中のばあさんにも、何とも面目ありませんでした」

数日でへこたれた。十日で疲れ果てた。

「明日には末吉をどこかへ遣《や》ろう、娘から遠ざけよう。もう養い親が見つからなくともかまうものか、どこかへ捨ててやろう、いっそ川へ流してしまうかと、破れかぶれなことを思いました。そのくせ、妙なのですが」

一方で、これがおもんにふさわしい罰であるような気もしたという。

「うんと懲りておくれ。これからは善人になっておくれ。己の欲にばかり走ってはいけない。わがままはもうこれきりだと」

私もおかしくなっていたのかもしれませんと、白髪頭の男は言った。

「私も、末吉の泣く声に取り憑《つ》かれていたのかもしれません」

それが、次の惨事を呼び込んだ。

「若旦那の死から半月が経ち、私が出先から戻りますと、近所の者たちが集まって、家は大変な騒ぎになっておりました」

何事かと、男は恐れた。一瞬、おもんが死んだのかと思った。

「末吉の泣き声に耐えかね、己の所行を悔いて、首をくったか井戸に身を投げたか」

いいや、おもんは無事だった。死んだのは末吉の方であった。

「階段から落ちたのだと申します」

女中が、冷たくなった末吉を抱いて泣いていた。ぽかんと開けっ放しになったままの、子供の目は濡《ぬ》れていた。頬にも涙が残っていた。ついさっきまで泣いていたのだ。生きているときは泣いていたのだ。

泣きながら死んだのだ。

その首が少しだけ、おかしな方を向いていた。転げ落ちたとき歯があたったのか、くちびるの端が切れて血が滲《にじ》んでいた。

「思わず、私は娘の顔を探しました」

おもんは、能面のように父親を見おろしていた。末吉が転がり落ちたという、階段の上に立っていた。

「娘と目が合ったとき、私は察しました」

おもんが末吉を突き落としたのだ。おもんを見て泣き続ける末吉を、黙らせるにはこれしかなかった。

私が悪かった。私の間違いだ。一度切れた堰《せき》は、二度切れやすくなる。一度悪事を為《な》して逃れれば、二度目はもっと易くなる。

「おもんは、死んだ魚のような目をしておりました」

あなたもその喩《たと》えをするのかと、おちかは男の皺《しわ》顔を見つめる。年月のせいではなく、恐怖に苛《さいな》まれたために老いた顔を見つめる。

「死んだ末吉とそっくりの、命のない目をしておりました」

そして父親に、短くこう言ったという。

――可哀相にね。

「それから六年、二十四になりまして」

縁あって、おもんは嫁ぐことになった。

白髪頭の男は疲れていた。残った気力をかき集めて語っている。

「お嬢さんが今、ぎょっとなさったのも無理はございません。はい、人を二人も殺めた娘でございますが、私はおもんと暮らしておりました。何食わぬ顔をして、家守《いえもり》稼業も続けておりました。そして、当たり前の父親が当たり前の娘にするように、おもんを嫁に出したいと思ったのでございます」

おちかは膝元《ひざもと》へ目を落とした。「そんな顔をしたでしょうか。失礼いたしました」

確かに驚いた。だが、人を殺めた罪を押し隠し、黙って生きていこうというのなら、ほかにどんな手があろう。男の言うとおり、何食わぬ顔をしているしかないではないか。食って寝て、季節の移り変わりに身を任せているしかないではないか。

「お客様が、一人娘を守ってやろうとお決めになったのだとしたら、そうなさるのが筋でございます」

その言葉は、男の耳には入らなかったらしい。彼はもう、話の残りを語りきろうとする一心だ。

「言い訳がましくなりますが、その六年で、おもんはよほどましになりました。怠け者が働き者に変わりました。家事を手伝い、派手な稽古《けいこ》事も外遊びもぷっつりとやめました。あの跳ねっ返りのおもんちゃんが、人が変わったようだと噂する向きもあったほどでございます」

繰り言のようであり、必死の弁解のようにも、おちかには聞きとれた。

「あの娘《こ》にも、けっして人の心がないわけではございません。己の罪、抱えていかねばならぬ隠し事に、夜ごとうなされることもございました」

六年後の縁談も、本人はむしろ断ろうとしたそうだ。

「それ以前にも、いくつかお話はございましたのを、端から断っておりましたからな。この人と思い決めた若旦那《だんな》に裏切られたことで、男というものが怖くなってしまったのかもしれません」

白髪頭の男は肩を落とした。

「そんな娘に、私はだんだんと哀れを覚えてもおりました。まる六年、心を改めて日々を地味に暮らしているおもんに、もう人並みの幸せがあってもいいじゃないかと、つい思ってしまったのでございます。浅はかな父親と、お笑いください」

父親に説きつけられ、おもんもようやく承知したこの縁談は、つつがなくまとまった。

「嫁ぎ先は——市中の商家でございます」

男の言葉がつっかえて、喉《のど》が上下した。

「良縁だったのでございますね」

おちかは言って、思わず祈った。ここで終わればいいのに。先を聞きたくない。こんなことは初めてだ。はい良縁でございました、おもんは幸せになりました。それで話がおつもりになればいいのに。

「はい、有り難いことでございます」

話は続くのだ。おちかは、しまいまで聞き届けるしかないのだ。

おもんは若おかみとなり、夫との仲も睦《むつ》まじく、夫婦は次々と子をもうけたという。

それを聞いて、おちかはつい余計なことを思った。看板屋の夫婦と同じ、子だくさん。頭をよぎったその考えを、急いで振り払う。

「二十四歳では、商家の嫁としてはいい年増《としま》でございます。一日も早く子宝に恵まれるようにと、先様でもお望みでございましたから、これは目出度《めでた》いことでしたが」

次々と生まれる子供は、女の子ばかりであった。跡継ぎのほしい商家としては、これは困る。

「そうして、おもんが三十を過ぎてから、ようやく生まれた赤子が男の子でございました」

それまでに生まれた女の子たちは夭折《ようせつ》続きで、おもんと夫のあいだには、何とこの男の子一人しかいなかった。一家を挙げて喜んだのは言うまでもない。

「すえのきち」

男の低い呟《つぶや》きに、おちかは身震いした。すえのきち、末吉だ。

「お孫さんに、その名をつけたのですか」

いいえと、男はかぶりを振った。違う、違う。おもんの子の名前は違う。私の孫の名前は違います。

「胸騒ぎというものを、お嬢さんは信じてくださいますか」

おちかは無言でうなずいた。男もおちかにうなずき返した。

「ようやく生まれた男の子の無心な寝顔に、私は胸騒ぎを覚えました。それは私ばかりではなく、おもんも同じだったようでございます。口には出しませんでしたが」

——おとっつぁん、あたし怖い。

「私も恐ろしかった」

男が地主に大家株を返し、隠居したのはその年である。男の子の誕生から間もなくだ。

「白状いたしましょう、お嬢さん」

私は逃げたかった。隠れたかった。己の胸を震わせる恐ろしい予感から。娘の目に浮かぶ、かすかだが見まがいようのない恐怖から。

「もしもこの先、また何かが起こったら、自分はもう正気ではいられぬという思いもございました。だから生業《なりわい》を捨て、家移りもいたしました」

古参の女中は既に亡かった。男は一人、朱引の内を離れ、あたりに人家の少ない、鄙《ひな》なところを選んで移った。

「何が起こるとお思いになったのですか」

勇を鼓して、おちかは問うた。どんな胸騒ぎがあなたを苦しめたのか。

答えるかわりに、男は続けた。「おもんの産んだ男の子は、健やかに育ちました。あやせば笑い、まんま、ぶうぶと声を出す」

やがて寝返りをうち、はいはいをし、つかまり立ちをした。小さな歯も生えてきた。病もなく怪我もせず、二つになった。三つになった。

身体の成長とは裏腹に、その子は口をきかなくなっていった。

胸騒ぎはあたった。予兆は、予兆で終わらなかった。

「声は出る。耳も聞こえる。しかしその子は――私の孫は、まったく口をききません。おもんの夫も、舅《しゅうと》や姑《しゅうとめ》たちも、男の子は口が遅いものだ、気にするなと笑っておりました」

だが、語る男は知っていた。おもんも知っていた。この子は口をきかない。ずっときかない。時がくるまでは。

それは、どんな〈時〉なのか。

「お客様！」

叫んだおちかは、自分でもどういうつもりだったかわからない。白髪頭の男は、おちかがどんな想いであったとしてもかまわない、しゃにむに振り切ろうとした。身体が揺れ、顎《あご》が上がり、目が泳ぐ。おちかに負けじと張り上げた声が、無様に裏返る。

「一昨昨日《さきおとつい》、霜月のその日は、十七年前、おもんが自分を捨てた紙問屋の若旦那を刺し殺した日でございます！」

その日の朝、目覚めた子供は母親の顔を見た。おもんの顔を見た。

途端に、火が点《つ》いたように泣き出した。泣いて泣いて、息が止まりかけるほどに泣き続けた。顔色を変え、苦悶《くもん》に手を振り足を踏み、泣いて泣いて泣きわめく。

「おもんは狂乱いたしました」

我が子の泣き声に、その子が何者なのかと悟ったその時、おもんの心は千々に砕けた。

ああ、やっぱりそうだった。これはあたしの子供じゃない。あたしの罪の塊だ。

「居合わせた者たちが止める間もなく、おもんは階段を駆けあがり、二階の窓を突き破って飛び降りたのでございます」

地べたに落ちた、おもんの首は折れていた。死顔のくちびるの端に、ひと筋の血が滲《にじ》んでいた。

白髪頭の男は、とうとう両手で顔を覆う。指の隙間から、話のしめくくりを語る声が漏れてくる。

「報《しら》せを受けた私には、何を詳しく聞かずとも、おもんが死んだ理由《わけ》がわかりました」

若おかみのにわかな自死に、上を下への騒動になっているお店の内から、今はけろりと泣き止《や》んで、無心に指をしゃぶっている三つの男の子を連れ出した。

「まっしぐらに家に帰ると、雨戸をすべて閉《た》て切り、戸口には心張り棒をかいました」

夕刻になって、おもんの嫁ぎ先から人びとがやってきて、しきりと戸を叩《たた》いて男と子供の名前を呼んだが、

「私はじっと息を殺し、子供を抱きしめておりました」

ここにはいないと諦《あきら》めたのか、やがてあたりは静かになった。

「それから、私は末吉と二人きり、向き合っておりました」

末吉ではない。名前は違うと言ったじゃないか。

「お客様、その子は末坊じゃありません。あなたのお孫さんですよ！」

「正体は同じでございますよ、お嬢さん」

男の声に抑揚はなく、顔には色がなく、目には黒々としたものが淀《よど》んでいる。

「末吉はもう泣きません。わめきもしません。私を怖がる様子もございません」

夜が訪れ、更けてゆく。祖父と孫は暗闇のなか、互いの鼻の頭さえ見えぬ闇のなかで、ただ向き合っていた。頑是無い子供の小さな息が、男の耳をくすぐった。娘を亡くした五十五歳の男と、母を失った三つの男の子は、どちらもまんじりともしなかったが、

「私はときどき、ふっと気が遠くなり、自分はもう死んでいるという気がいたしました」

時の流れがわからなくなった。右も左も、上下さえも判然としなくなった。底なしの闇のなか、小さな子供の息づかいをする、しかし子供ではないものと、どこまでもどこまでも沈んでゆく――

やがて淡い夜明けの光が、雨戸の隙間から差し込んできた。

「私は見ました。末吉の顔を。あの子も私を見ておりました。丸くくびれた脚をあどけなく投げ出し、指をしゃぶって、私のすぐそばに座っておりました」

朝が来る。この子と共に、お天道様《てんと》を頭上にいただく一日が、また始まるのか。私はこの子と、この恐ろしい、人の子の形をした人ではないものと、

「もしかしたら、人を超えたものであるのかもしれないこの子と」

まだ生き続けていくのか。生き続けてゆくことが、私の受ける罰なのか。男が思ったそのときである。

子供がつと口から指を離すと、彼を見据え、彼に向かってこう言った。

——じじい、おれがこわいか。

人の声には聞こえなかった。

「お嬢さん、私は」

顔を覆っていた手をおろし、男はその手で、見えないものを摑《つか》む仕草をした。

「それを聞いて、私の分別は消し飛びました。いいや、心そのものが消し飛んだ。私は人でなしになりました。この手で、我が手で、その子の首を絞めたのでございます」

絞めて絞めて、息が止まるまで絞めあげた。気抜けするほどあっさりと、子供は息絶え、手足はだらりと、肌の温《ぬく》みも失《う》せた。

「それからまる二日、今朝方まで、私は亡骸《なきがら》のそばにおりました」

このまま自分も死ねるのではないか。じっとしておれば、きっと死ねるだろう。この子が自分も連れていくだろう。

だが死ねなかった。死ねなかったと繰り返しながら、空を摑むように指を曲げ、白髪頭の男は手をわななかせて泣き始めた。

「だから、こちらへ伺いました」

この話を誰かに聞いてもらわねばならぬ。すべて吐き出し語り尽くして、きっと信じてもらわねばならぬ。

「三島屋のお嬢さん」

乱れた白髪をそのままに、男はおちかに呼びかけてきた。身を縮め、その声に縛られたように動くこともできず、おちかは思った。この人は、そのふた晩で老人になったのだ。ふた晩でこの有様になり果てたのだ——

「確かにお聞き届けくださいましたか」

死んで白い腹を見せ、ぷかぷか浮きながら腐ってゆく鯉の目。それがおちかを見つめていた。腐臭さえもが漂うようだ。

八十助は正しかった。

「私の名は甚兵衛《じんべえ》と申します。かつては地主の橘《たちばな》様の家守《いえもり》を務めておりました。隠居所は千駄ヶ谷《せんだがや》の洞ヶ森《ほらがもり》にございます」

がくりと崩れ、畳に両手を突く。

「この手で孫を殺《あや》めました。神妙に、お縄を頂戴《ちょうだい》いたします。お手数ですが番屋へ人を遣《や》り、月番をお呼びくださいますように」

男が倒れ伏すのと同時に、お勝が黒白の間に飛び込んできた。お勝に抱きかかえられながら、おちかは声を限りに叫んでいた。誰か、誰か来て！　誰か来て！

おしまが、八十助が、足音も荒く踏み込んでくる。おしまの悲鳴に、碁盤の上で遊ぶつがいの白ねずみの掛け軸が、震えるようにふわりと揺れた。

第四話　小雪舞う日の怪談語り

一

〈初雪や　これから江戸へ　食いに出る〉

寒の入りを迎えると、江戸の町には、近在の農村の者たちが出稼ぎにやってくる。稲刈りが終わって農閑期に入った彼らは、少しでも生計の足しにと、冬奉公の口を求めるのである。

神田《かんだ》三島町《みしまちょう》の一角にある袋物屋の三島屋《みしまや》も、毎年この時季になると、冬奉公の女を一人迎えることになっていた。おこちという珍しい名前のその女は、亭主の源吉《げんきち》と共に、常陸《ひたち》と下野《しもつけ》の国境にある山深い里から降りてくる。冬のあいだ、源吉は荷足船《にたりぶね》の荷揚げ荷下ろしをして稼ぎ、おこちの方は三島屋の仕事場へ住み込んで女中働きをしながら、袋物の仕立てを習う。

「それでねえ、おちか。今年からは、おこちの娘も一緒に来るよ」

三島屋のおかみ、お民《たみ》の言葉に、おちかはまあと言った。

「母子《おやこ》で仲良く冬奉公に来るんですね」

おちかは三島屋の主人・伊兵衛《いへえ》の姪《めい》である。生家は川崎宿《かわさきじゅく》の旅籠《はたご》〈丸千《まるせん》〉だが、昨年の秋の初めから行儀見習いで三島屋に身を寄せており、今ではすっかり江戸の水に馴染《なじ》んで、三島屋の謎の看板娘と評されるようにもなった。ただの看板娘ではなく、〈謎の〉とひと言付くのは、おちかが商いの表に出ることを嫌って、もっぱら内働きばかりしているからであり、そうであっても花も恥じらう十八の器量よしであることは隠しようがないからであった。

「偉いですねえ。おこちさんの娘といったら、まだ小さいでしょうに」

「十一だそうよ。八人兄弟《きょうだい》姉妹のいちばん上なんですってさ」

娘の名はおえいという。

「おこちは、もっと早くからおえいを連れてきたがってたんだけど、下の子供たちが寂しがってどうにもならなかったんだって」

おえいはいい姉さんなのだろう。

「見込みがあるようなら、おえいは冬奉公だけでなくって、ずっと住み込みで入れてもいいんだ」と、お民は腹づもりを語った。「庄屋《しょうや》さんのお許しさえもらえれば、源吉もおこちもその方が有り難いって言ってるし」

小作暮らしの源吉とおこちに、八人の子供の口を養うのは大変だろう。そもそもおこちが、女中奉公の合間でいいから袋物作りを習いたいと言い出したのも、里に帰ってからもその腕で、いくらかでも銭が稼げたらいいと願ってのことなのだ。

「おばさんも、もうその気なんですね」

おちかはにっこりして言った。縫子と職人たちを束ねる仕事場の仕切りは、お民の裁量ひとつである。また仕事場の方は、住み込みの職人と縫子たちで日常の賄いなどもすべて行っているから、見習いが一人や二人増えたところで、何とでも助け合ってやっていかれる。

「もしもおえいが思ったより不器用で、縫子に向いてなかったら、お店の方の内働きに使おうかしら」

「そのときは、あたしが女中頭としておえいちゃんを引き受けますよ」

言って、おちかはちょっといいことを思いついた。

「おえいちゃんが一から縫子の修業を始めるなら、あたしも一緒に習おうかしら」

袋物を仕立てる仕事にも興味を惹《ひ》かれる。

「まあ、教えないではないけれど」

お民はため息をつき、思案顔になる。

「それならおちか、百物語の方はしばらく休んだらどうかしら。もともと叔父《おじ》さんの酔狂なんだから、嫌になったらいつでもやめていいんだよ」

おちかは三島屋に居着いて間もなくから、百物語――つまり怪談の聞き集めをしている。普通の百物語会とは違い、一度に一人の語り手を招き、聞き手もおちかが一人で務めるという変わったやり方をしている。

お民は伊兵衛の酔狂と言い切ったが、伊兵衛がこの趣向を始めたのはおちかのためだ。それは重々承知のはずのお民が今さら話を蒸し返すのは、つい先頃迎えた語り手の話がいささか持ち重りのするものだったばかりか、聞き終えたら番屋に人を遣《や》らねばならぬような内容であったからだろう。

確かに、あれ以来おちかもいささか気が塞《ふさ》いで、次の語り手を迎えることができないままになっている。これではいけないと、本人も思っているところなのだ。

冬奉公のおこちとは、昨年顔を合わせたのが初めてだが、働いても働いてもすり減りそうにないどっしりと厚い身体の人だった。あのおっかさんの娘なら、おえいもしっかりした子だろう。並んでお針を習ったら、こちらの気も明るくなるだろう。そしたら、また変わり百物語を始められる。

「何か少し、風向きが変わることがあれば大丈夫ですよ、おばさん」

あらためて笑顔になり、おちかはお民にそう言った。そして、その〈風向きが変わること〉が、思いがけない形で舞い込んだのは、それから間もなくのことであった。

おえいはいい子だった。

山里育ちの子供がいきなり江戸に連れてこられて、人に慣れず言葉に慣れないのは仕方がない。それでもおえいには母親譲りの気働きがあり、目に落ち着きがあった。里での厳しい暮らしを裏付けるしるしはあちこちにあり、なかでもひびの切れた赤いほっぺたは、三島屋の人びとを驚かせた。

丁稚《でっち》の新太《しんた》も、真冬になると子供らしい柔らかな頬にカサカサとひびが切れて、まわりの大人どもに可哀相がられたり、懐かしがられたりするものだが、おえいのそれは年季が違うというか、ひびの深さも幅の広さも、新太とは比べようがなかった。それでいて、本人がそれを苦にする様子のないところがいじらしい。

「おえいったら、もったいないって言って、なかなかご飯に手をつけなかったんですよ」

仕事場での様子を教えてくれたのは、女中のおしまである。

「実家《さと》じゃ、白いお米なんか年に一度ぐらいしか見たことがないんでしょうね」

もう一人の女中で、おちかが変わり百物語の聞き役を務める際には守役をしてくれるお勝《かつ》も、一目でおえいを気に入ったらしい。

「きびきび働くし、返事もいいし、大したものです」と褒めあげる。「お嬢さん、おえいと一緒にお針を習うなら、負けないように精進なさいませんと」

「いつから始めるのかしら」

「師走《しわす》の内は、下働きを覚えるだけで手一杯でしょう」

「じゃあ年明けからね」

どっちにしろ、お店の方も年内は慌ただしい。新しい年の初めに新しい習い事なら、きりもいい。楽しみになってきた。

そんなこんなのところに、来客があった。訪ねてきた本人は、客というほどの者ではないと断りを言う来客だ。なるほど確かに世間では、こういう人をむやみに恐れ憚《はばか》って大事にするか、表向きはいい顔をして迎えて陰では眉《まゆ》をひそめるか、どちらかということが多かろう。

「気ぜわしくなって参りましたので、ちょいとご機嫌伺いに参上いたしました。皆様、お変わりござんせんね」

にこやかな顔の鼻の脇に大きな黒子《ほくろ》が目立つ。そのせいで、三島屋ではもっぱら〈黒子の親分〉と呼ばれているこの人は、通り名を紅半纏《べにはんてん》の半吉《はんきち》という岡っ引きだ。四十がらみの小男で、いたって人の好《よ》いふくふくとした笑い方をするが、お上の御用となればぴりりと辛い山椒《さんしょう》で、その目つきが鋭く尖《とが》るときもあることを、おちかは知っている。何となればこの親分のおかげで、三島屋は、危うく押し込みの難に遭いそうなところを救われたことがあるのだった。

「お嬢さんのお顔の色もよろしくて、ひと安心いたしました」

先の百物語の語り手が番屋の厄介になった折には、またこの親分の手を煩わせた。あれから案じていてくれたのだろう。

「ご心配をおかけして……。その節はありがとうございました」

「なぁに、あれはあたしのお役目です」

冬陽のあたる縁側に半身になって腰かけて、黒子の親分は軽く手をあげた。

「それより今日は、お嬢さんを気散じのお誘いに参ったんでございますよ」

「気散じ？」

「はい。もちろんお嬢さんお一人ではなく、三島屋さんもおかみさんも、よろしかったらご一緒にいかがかと思いましてね」

「どちらへのお誘いでしょう」

最初《はな》からかわすつもりで、愛想良く、おちかは返した。

半吉は楽しそうに言った。「お嬢さんお得意の、怪談語りの会でござんすよ」

これには意表を突かれた。

「怪談語りを——今ごろ」

ひょいと口にしてしまってから、思わず笑った。他所様《よそ》のことを言えた義理ではない。三島屋の変わり百物語は、昨秋の曼珠沙華《まんじゅしゃげ》が咲くころから始めて、語り手と都合が合いさえすれば、節分だろうが晦日《みそか》だろうが藪入《やぶい》りだろうが、時を選ばず続けてきた。

「すみません。そんな酔狂な家はうちぐらいだろうと思ったもので」

「それがどうして、世間は広いもんでね」と、半吉も笑顔で応じる。「こちらさんは、毎年師走に、年に一度だけ行う怪談語りの会なんですよ。肝煎《きもいり》役の旦那《だんな》がおっしゃるには、こいつは年の瀬の心の煤《すす》払いだと」

「心の煤払い――」

「怪談語りをすると、人は神妙になるもんだって、旦那はおっしゃいましてね」

身が清められるのだ、と。

「小粋《こいき》な言い様でござんすよねえ」

いや、ただの洒落《しゃれ》た言い回しだけではなかろう。おちかの胸には素直に染みた。

怪異を語り、怪異を聴くと、日頃の暮らしのなかでは動かない、心の深いところが音もなく動く。何かがさざめき立つ。それによって重たい想いを背負うこともあるが、一方で、ふと浄《きよ》められたような、目が覚めたような心地になることもあるのだ。

それを指して〈煤払い〉というのなら、その肝煎役は、ただ面白がって怪談語りをしたがるだけのお人ではなさそうだ。

「長く続けておられる会なのでしょうか」

「十五年目になるそうですよ」

それは年季が入っている。感じ入るおちかの目に目をあてて、黒子の親分は、ここでちょっと声を潜めた。

「肝煎役を務めておられる旦那は大通《だいつう》のお一人――札差でござんす」

おちかの今度の瞬《まばた》きは、当惑のせいだった。「あの、すみません親分さん。わたしは江戸者ではございませんから」

半吉は、これはしたりと破顔した。「あいすみません、どこがわかりませんか」

「札差が、お上に仕えるお武家様の扶持《ふち》米を買い上げる商いだということはわかります。ついでにお金の融通もして、むしろそちらの方で儲《もう》ける商いだということも」

「ええ、ええ、そうですよ。いっそ高利貸しと言ってよござんす」

「大通というのは何でございますか」

「浅草蔵前《くらまえ》の札差は今、ざっと百八人おりますが、そのなかでも飛び抜けて財を持ち勢いのある衆のこと」

よろずの遊びに芸事に、もちろん遊里でも金を惜しまず、贅沢《ぜいたく》な散財を美や徳とする人びとだという。

「札差の男伊達《だて》は江戸の華と言いますが、一方じゃ、見かけが派手だし金遣いは荒いし、あんまり奇矯だと嫌う向きもあるんです。だが、この会の肝煎役の旦那はまことの通人で、ただの目立ちたがりとは違います。俳諧《はいかい》好きで、絵も書もよくするお方でね。文人なんですよ。またそうでなかったら、十五年も怪談語りの会を続けたりできませんや」

それも、心の煤払いとして。

「手順は毎度、万端調えてから、聞き手のお客さんにお声をおかけするんです。語り手はもう決まっていますから、お嬢さんは手ぶらで行って、ゆったり聴いてくればいいんです。旦那のお立場がお立場ですから、めったな者は招かれません。その点でもお嬢さんにはご安心でしょう」

集まるのは、多くても二十人ほどだという。

「そこらの百物語会みたいに、やたら人が多くって、ひとつの座敷にぎゅう詰めになるなんてことはありません」

おちかはくすりと笑った。「わたしはうちで変わり百物語なんかしておりますけど、そこらの百物語会には出たことがないんです」

半吉は、ほうと驚いた顔をした。

「そんなら、今度はいい機会だなあ。たまにはお客様気分になって、他所の会の仕切りをご覧になってみる。ねえ？」

たたみかけてくる。

「三島屋さんにも椋鳥《むくどり》が渡ってきたようだから、一日ぐらいはお嬢さんが外遊びをしても障りはござんせんでしょう」

「椋鳥？」

「冬奉公に江戸へ出てくる連中のことを、江戸っ子は椋鳥と呼ぶんですよ」

少し見下げた言い方だ、と続けた。

「だから、お嬢さんはそんな言い方をなすっちゃいけませんが、あたしはこういう御用なもんでね。ついがさつな口もききますから、ご勘弁ください」

黒子の親分は、おこちのこともとっくにご存じなのだ。

――さて、どうしたものかしら。

おちかとて、根っから人見知りで内気だというわけではない。〈謎の娘〉と言われるほど三島屋の内にこもっているのには、それなりの経緯《ゆくたて》と理由《わけ》がある。その理由がほどけぬうちは、あまり人混じりしたくない。

「肝煎役の旦那は、井筒屋《いづつや》七郎右衛門《しちろうえもん》さんとおっしゃいましてね。あたしは永いお付き合いをさせてもらってるんです。この怪談語りの会にも、何度もお招きいただいてるんでござんすが」

だから、半吉は会のことに詳しいのだ。あるいは、事前に万端調える側として手伝っているのかもしれない。

「ただねえ、今度は」

鼻筋の黒子《ほくろ》をいじりながら、半吉は言う。

「いっぺんぐらい親分も語っておくれよという旦那のご所望で、初めて、あたしも語り手として招かれたんですよ。これまでは聴くばっかりで気楽でよござんしたが、しゃべるとなると」

今からどうにもそわそわして落ち着かない、というのだ。

「何しろ、このがさつな口でござんすからね。井筒屋の旦那の失礼になってもいけません。半月ほど前から、青野《あおの》の若先生を聞き役にして、何度か稽古《けいこ》をしてるんですが」

「〈深考塾《じんこうじゆく》〉の青野先生ですか」

とっさに問い返して、おちかは気恥ずかしくなった。黒子の親分が、顔はしらっとしたまま、目元は（しめしめ）と笑っているようなのが、なおさら恥ずかしい。

〈深考塾〉というのは、本所亀沢町《ほんじよかめざわちよう》にある手習所だ。そこで子供たちを教えている師匠、若先生と呼ばれている青野利一郎《りいちろう》という浪人は、三島屋ともおちかとも縁があった。黒子の半吉親分だって、実はこの青野の若先生から繋《つな》がって知り合いになったのだ。

青野利一郎は、気はいいが口は悪いおしまに言わせると「青びょうたん」の御仁だが、子供らに慕われている人で、おちかも親しみを覚えている。もっと言うなら、少し心を寄せている。神田と本所はそう遠く離れているわけではないが、用もないのに顔を合わせることができるほど近くはない。久しぶりにその名を聞いて、つい飛びつくようになってしまったおちかだ。

「当日も、若先生がついて来てくださることになっているんです。あの先生も根っからの江戸者じゃありませんから、こういう珍しい催しに出てみたいとおっしゃるし、あたしも心強いですから」

半吉はつるつると舌を滑らせながら、いかにも困《こう》じたというふうに腕を組み、首をひねってみせる。

「しかしねえ、天下の大通・井筒屋の旦那の会に、野郎二人で煤《すす》けた面をぶら下げて伺うんじゃ、艶消《つやけ》しでしょう。ここはどうしても華が欲しいってんで、こうしてお嬢さんにお願いにあがったというわけなんですよ。いえ、これはあたしの勝手なお願いで、若先生は何もご存じないんですよ。ですから、お嬢さんが来てくだされば、きっと若先生もお喜びになるでしょうなぁ」

なるでしょうなぁのところで、ちらりと上目遣いになっておちかの顔色を覗《うかが》った。

——何だか、すっかり見抜かれて、段取りができてるみたい。

そこへ乗せられている感じである。

おちかの傷心のもとは、二年ほど前、思いがけない凶事で許婚者《いいなずけ》を失ったことだ。悲しみと苦しみは、今も癒《い》えない。この先も、すべてがきれいに消えて失くなることはあり得ないと思う。

だがまわりの人びとは、少し考えが違う。おちかが新しい幸せをつかみ取ることを願ってくれており、折あらば、おちかが足を踏み出せるよう、励まし焚《た》きつけるようなこともする。青野利一郎とのことでも、おちかの心が少し動いたのを見てとると、お民とおしまは奮い立った。おちかはあわてて、動いた心を元のところに押し込めることにした。

——これからもずっと、押し込めたままに。

それでいいのか。己の心が迷う小さな呟《つぶや》きが、おちかの耳の奥に聞こえる。一方で、そんな迷いを覚えることそのものが罪深いと、厳しく諫《いさ》める声もする。

「会があるのは、明後日、本所石原町《いしわらちょう》の三河屋《みかわや》という貸席でござんす。暮七ッ（午後四時）から始めて、そうですなあ、これまでの例から言って、六ッ（午後六時）には終わるでしょう。もちろん、行きはあたしがお迎えに上がって、帰りはこちらまでお送りいたします」

大川の向こうの会でござんすよと、黒子の親分はふっくり笑いかけてきた。

「この神田でお嬢さんが背負っておられるお荷物はおろして、身軽に両国橋《りょうごくばし》を渡ってみるのも一興じゃございませんかね」

勝手言ってあいすみませんがと言い添えて頭を掻《か》く、手練《てだ》れの岡っ引きの周到な親切に、ほだされてみないのもあんまり頑《かたく》なだろうか。

おちかは小さな声で言った。「――うちのお勝を連れていってもよろしいでしょうか」

お勝は柳腰に豊かな黒髪が麗しい美女だが、疱瘡神《ほうそうがみ》に愛《め》でられたしるしの痘痕《あばた》が顔にたくさん残っていて、それ故に、疫神の力添えを得て魔を祓《はら》うことができるという、不思議な女だ。

半吉はぽんと手を打って喜んだ。「おお、お勝さんがご一緒なら、あたしもいっそう心強いってもんでござんすよ」

こうして、おちかは師走《しわす》の怪談語りの会に出かけることになった。

二

「まあ、綺麗《きれい》」

胸の前で軽く掌《てのひら》を合わせ、お勝がため息をついてそう言った。

「よくお似合いでございますよ、お嬢さん」

井筒屋七郎右衛門の怪談語りの会の当日。あいにくの曇天で、朝からお天道様《てんとさま》は顔を隠したままだ。冷え込みもきつい。

三島屋の奥で、おちかは支度の真っ最中だ。共に出かけるお勝が手伝ってくれるのはいいとしても、おしまばかりか、仕事場の方を放り出して、お民もつきっきりでいるのが大げさである。

「ほらね、あたしの見たては確かだろう」

お民は小鼻をふくらませている。江戸棲《づま》で充分だというおちかに、せっかくのお出かけなんだから振袖《ふりそで》を着るものだと言い張ってきかなくて、結局、おちかが折れたのだった。

落ち着きのある深緑色の地に、桜と紅葉《もみじ》を散らした裾《すそ》模様の入った振袖は、冬枯れの今だからこそ引き立つと、お民は言う。内着は鹿《か》の子《こ》絞りの麻の葉模様で、これが振袖の袂《たもと》から覗《のぞ》く加減を、さっきからお民はしきりと工夫しては首をひねっている。

横にくっついたおしまも、「おかみさん、それだと出過ぎです」「そんなにしまっちゃ見えません」と、やかましい。内着はもう一枚重ねていて、こちらは淡い蓬《よもぎ》色だ。おちかの白い肌によく映えると、お勝は褒める。

「やっぱり、こうして地味な色目を重ねるところが粋《いき》ですねえ。上方《かみがた》とは違います」

「あら、お勝さんは上方にいたことがあるの？」

おしまがちょっと目を丸くするのに、お勝はやんわり笑った。「ええ、少しだけ」

「あちらは万事に大ぶりで派手だからね」

上方に行ったことはないけれど、袋物屋という商売柄、話は広く聞き集めているお民がうなずいた。

「何度お上の引き締めがあっても、どこ吹く風だそうじゃないか」

「こっちは公方《くぼう》様のお膝元《ひざもと》ですから、そうは参りませんものね」

「だけど、そういう気風の違いがあるから、お洒落《しゃれ》は面白いんだよ。あたしらの商売だって、この世からお洒落の欲が消えちまったら、たちまちあがったりなんだ。他人《ひと》様と違う恰好《かっこう》をしたい、目立ちたいという人の欲は、行きすぎるといけないけど、まるっきりなかったら、この世はみんな枯山水みたいになっちまって、つまらないよ」

説教じみたことを言いながらも、お民の目はおちかの支度から離れない。

「ねえ、おちか。だらり結びは、長いことに意味があるんだよ。これじゃ半端だから」

「いいえ、おばさん。あんまり長いと、あたし、歩くとき踏んでしまいます」

緋鹿《ひが》の子《こ》と黒繻子《じゅす》地の昼夜帯には娘らしい華やかさがある。それだけでおちかには充分だ。だらり結びは「わたしは家事をいたしません」という箱入り娘のしるしみたいなもので、おちかとしては何となく悔しいのだ。

「あんたも意地っ張りだねえ。いいじゃないの、お出かけなんだから」

「慣れなくて転んだら恥ずかしいもの」

ぽんぽん行き交うやりとりに、お勝は一人でにこにこしている。今日の会へ誘ってくれたのは黒子《ほくろ》の親分だが、青野利一郎も来るということを知っているのはお勝だけだ。お民やおしまの耳に入ったら大変な騒ぎになるので、固く内緒にしてくれと、念を入れて頼んである。

「それにしたって、やっと気散じに出かける気になってくれたかと思えば、またぞろ怪談の会とはねえ」

いささか嘆き節が入っているお民だ。

「行く方も行く方だし、誘う方も誘う方だ。黒子の親分さんも変わってるよ」

「でもおばさん、めったにない怪談の会ですよ」

「そうですよ、おかみさん。肝煎《きもいり》役が大立て者ですもん」

ちょっと野次馬なところがあるおしまは、井筒屋七郎右衛門の会だと聞いて、舞い上がっている。

「そうじゃないの。半吉親分の語りを聴かれるから楽しみだって言ってるのよ」

「どうせ捕り物話じゃないんですか。それよりお嬢さん、今日はお集まりの皆さんの中に、どんな殿方がおられるかわかりません。ここで良縁をつかんだら、天に昇るような玉の輿《こし》ってことが」

「ありません。怪談の会で良縁を見つけた話なんて、見たことも聞いたこともないわ」

「わかりませんよ。縁は異なものっていうんですから」

わいわい賑《にぎ》やかなところに、唐紙の向こうから「ごめんください」と声がかかった。幼い声だ。にこにこ顔のまま、お勝がするりと動いて開けてやる。

「おや、おえい」

床に両手をつき、身を丸めてぺったりと、おえいが頭を下げている。傍らには大きな盆があり、その上に布巾《ふきん》がふわりとかぶせてあった。

おえいは顔を上げると、真っ赤なほっぺたに、目をまん丸にしてお民を見た。

「おかみさん、お嬢さんのお召し上がりものをお持ちしました」

頬が赤いのはひびのせいだけではなく、あがっているようだ。声も上ずっている。

「ありがとう。こっちへ頂戴《ちょうだい》」

大きな盆を、お勝が受け取った。布巾をとると、おひな様が食べるのかと思うほど小さなおむすびがいくつかと、茶道具が載っている。おえいには重かったろう。

「おちか、少しお腹に入れてお行き。先様ではおもてなしがあるだろうけれど、空《す》きっ腹で行くのは行儀が悪いからね」

こうしたことに、お民は厳しい。

「はい、いただきます。おえい、今日はこっちのお手伝いをしてるのね」

おちかは幼い女中見習いに声をかけた。座敷のなかの華やかな景色に、まだ目を瞠《みは》ったままでいたおえいは、ちょっと跳び上がった。

「は、はい！」

「どうだい、おえい。今日のお嬢さんは綺麗だろう」

お民の言葉に、またぴょんとなる。

「はい、はい」

バネ仕掛けの人形のようにうなずいて、丸い目をくりくり動かして、裏返ったような高い声を出した。

「まるで天女様のようにおきれいです」

それを受けて女たちが笑うと、両手を頬に押し当てて小さくなってしまった。

「すみません、あたし」

「いいのよ、おえい。あたしも今日のお嬢さんは、天から舞い降りてきたようにお美しいと思います」

お勝が口を添えてやり、おしまがよっこらしょと立ち上がった。

「それじゃ、おえい、あたしらは仕事に戻ろう。いつまでもみんなしてお嬢さんに見《み》惚《と》れていたら、夕餉《ゆうげ》の支度が間に合わなくなって、番頭さんに叱られちまう」

はしっこい白ねずみのようにおしまに従うおえいに、おちかはまた声を投げた。

「ちょっとお出かけしてくるから、留守をお願いね」

おえいははじかれたように振り返ると、とっさに姿勢を正し、また甲高い声で言った。

「はい！ 行ってらっしゃいませ、お嬢さん」

二人が去ると、お民がおちかを見返った。「あんた、おえいをよく見てやってくれてるようだね」

「あら、何もしてませんよ」

おちかが仕事場に出入りしたり、おえいが何かの用でお店の方へ来るときには、努めて声をかけて話をし、様子をみるようにしているくらいだ。並んでお針を習うようになるまでに、少し馴染《なじ》んでおきたい。

「まだ小さいのに、よく励んでくれますね」

「そうだね。でも、新太はもっと小さいうちから、おっかさんの付き添いもなしに、一人でうちに来たんだよ」

「はいはい、新どんも偉いです」

今年の梅見に、おちかは新太を供に連れて出た。ただ働かせるばかりではなく、折あらばそうやって奉公人に見聞を広めさせることが、伊兵衛とお民の躾《しつけ》なのだ。帰り道では料理屋でお弁当をいただき、新太は初めてのお出かけとご馳走《ちそう》に、雲を踏むような風情だったし、おちかも楽しかった。

おえいが三島屋に居着いたら、いつかはあの子にも晴れ着を着せて、外へ連れ出してやりたい。こうして着飾ると気恥ずかしいけれど、やっぱりお洒落は楽しいものだと、おちかは思った。

「よい子はみんな、世の宝でございますわ」

お勝が言って、浮き立つような場を締めた。

おちかは歩いて行くつもりだったのだが、井筒屋の計らいだそうで、黒子の半吉親分は駕籠《かご》を仕立てて迎えにきた。おちかが前の駕籠、お勝は後ろの駕籠だ。そして半吉は何やら入念に駕籠かきに言い含めて、

「では、あたしは一足お先に。三河屋の前でお待ち申しております」

肝心の語り手は歩いて行くという。止める間もなく風のように去った。

「町なかですし、ゆっくり参りますから大して揺れやしませんが、少しこう、顎《あご》を引

くようにして座っておくんなさい」

駕籠かきの若衆が丁寧に言う。おちかが駕籠に慣れていないことも、半吉は承知していたらしい。

「ありがとうございます」

お勝がおちかの振袖《ふりそで》の裾《すそ》を丁寧にたくしあげてくれて、すだれが垂れた。冬場のことだから、すだれの内側にもう一枚、緋色《ひいろ》の布が下げてある。薄手の布で、暖簾《のれん》のように二枚になっているから、まったく隙間がないわけではないが、曇天でもあり、おちかのまわりは暗くなった。

「それでは行って参りやす！」

「お頼みしますよ」

駕籠かきと見送りの声を聞き、おちかの身はふわりと持ち上がる。

昼ながら薄闇に包まれて、怪談語りの会へと揺られてゆく。

久しぶりに会う青野利一郎の顔が目に浮かぶ。江戸の男伊達《だて》と囃《はや》される札差の大物、井筒屋七郎右衛門はどんな人だろう。十五年も続いているという怪談の会で、今日はどんな話が出てくるのだろう。おちかはとりとめなくいろいろなことを考え、胸は弾んだり、弾んだ分だけしんみりしたりした。

「じきに両国橋を渡ります。今日は風が強うござんすので、橋の上は冷えますが、ちっとご辛抱ください」

声をかけられて、おちかは吊り手に摑《つか》まり直した。行き交う人びとでいつも混み合っているという両国橋は、今日も人出が多いのだろう。先が詰まったのか、駕籠の歩みがちょっと停まった。

そのときだ。

「――三島屋のお嬢さん」

小さな声が呼びかけてきた。

おちかは驚いて左右を見た。おちかが乗っているのはありふれた四つ手駕籠で、両脇にはすだれがあるだけだ。大きく身動きしたら転げ落ちてしまうし、脇を通る人の気配は充分に感じられる。

小さな声が、また聞こえた。「もし、三島屋のお嬢さん」

すだれの裾を少し持ち上げてみたが、脇に人の足が立っているのは見えない。なのに、声はすぐ近くで聞こえる。

その声が続けた。「おえいは無事に、三島屋さんに入れたようでございますね」

吊り手を摑んで、おちかは身を硬くした。

「頑是無い子供ですが、きっとしっかり働きますので、可愛がってやってくださいまし」

おちかは目を瞠り、じっとしていた。と、そら、えいほというかけ声があがって、また駕籠が動き出した。

今のは、誰の声だ？

「あの」

身を硬くしたまま、おちかも小さく声を出してみる。

「どちらさまでしょうか」

駕籠は心地よく揺れている。橋の上にさしかかったのか、少し傾き、すだれの裾が風にはためいた。

返事はない。

もう一度、もっと大きな声で呼びかけてみようと思って口を開け、息を吸い込んで、そこでおちかは思いとどまった。

――だって、おかしいもの。

あの声は、ほとんど耳元で聞こえた。声の主が、すぐそばにいるようだった。ほとんどこの駕籠のなかに、おちかと顔を並べているかのように。

橋を渡ってゆく駕籠の両脇を、行きすぎてゆく人びとの気配がわかる。急いでいる人、ゆっくり行く人。男の足、女の足、走ってゆくのはお使いにゆく小僧さんか。

だが、さっきはそんなふうではなかった。人影さえさしていないのに、声だけがするりと忍び込んできたのだ。

おえいを可愛がってやってください。

おちかに向かってそんな言い方をするのは、普通に考えるなら、おえいの身内の誰かだろう。だが、母親のおこちであるわけはない。おこちは今も三島屋の仕事場で働いているはずだ。おえいの父の源吉が、ひょんな偶然で、たまたま出かけてゆくおちかを目に留めて挨拶《あいさつ》に来たのだとしたら、もっとそれらしい言い方をするだろう。まず顔を見せるだろうし、名乗るだろうし、もっとへりくだった態度になるだろう。だいいち、それなら駕籠かきが気づかないはずはない。

そう、あの声の主が誰であったにしろ、前後にいる駕籠かきに悟られず、おちかに近づいて声をかけるなどという芸当ができるわけはないのだ。

――それなら、あれは誰だったの？

まるで、おちかが駕籠の内に落ち着き、その駕籠が進みを止めるのを待っていたかのように、つと寄ってきて挨拶を投げていった。

片手をそっと口元にあてて、おちかはやわらかく微笑んだ。

本当なら、こういうときはもっと怖がるべきなのだろう。だが、はばかりさまこのおちかは、百物語の聞き手を務めているような変わり者で、駕籠には乗り慣れていないけれど、不思議なことには少しは慣れていて。

それに、あの声は優しかった。言葉に温《ぬく》もりがあった。あれが誰であれ、おえいにも優しく、温かい誰か──あるいは〈何か〉であるに違いない。

それにもうひとつ、あの声は大人の声ではなかった。おえいよりは年上だろうが、まだ幼さの残る声音だった。愛らしい声だった。

だから、ちっとも怖いと思えなかった。

はい、おえいのことは確かに引き受けましたと、返事をしてあげればよかった。怪談語りの会に着く前に、もう不思議な出来事に行き合ってしまった。おちかは一人、笑みを浮かべたまま大川を渡った。

三

八畳間の座敷をふたつぶち抜きにして、ざっと二十人ほどの男女が座っている。三河屋は二階建ての大きな貸席で、造作は簡素だが重厚だった。柱も梁《はり》も太い。廊下はよく磨き込まれ、歩けば白足袋《たび》の色が映る。貸席にもぴんからきりまであるが、まず三河屋はぴんの方なのだろう。

座敷のなかの化粧柱は丸柱で、艶《つや》やかな飴色《あめいろ》に光っていた。欄間には四季の花々と、鶏冠《とさか》と尾の長い風変わりな鳥が彫り込まれ、鮮やかな彩色がほどこされていた。見た

こともない鳥なので、おちかがしばらくじっと仰いでいたら、

「南方の異国の鳥で、確か極楽鳥というはずです」

と、青野利一郎が教えてくれた。彼の師匠の蔵書で、図画を見たことがあるそうだ。

おちかは思い出した。青野の若先生の師匠は隠居した御家人だが、書物好きで物知りの老人である。学者肌の人だが、珍しい風物や昔話、伝説の類《たぐ》いにも詳しいという。

集った男女は、それぞれにゆったりと間を開けて座を占めている。おちかたちと同じように連れだってきている人もいれば、一人客もいるようだ。連れと一緒の者は囁《ささや》きを交わし合い、一人客は座の雰囲気を味わうようにまわりを見回したり、供された茶を静かに喫したりしている。

相客たちは、目が合えば会釈をし、皆、愛想がよくて楽しげだ。ただ、誰も寄ってきて挨拶を求めるようなことはない。この会では、きっと最初《はな》から互いの素性を打ち明け、名乗り合うようなことはしないのだろう。三島屋の変わり百物語でも、語り手は名乗らずともいいし、話のなかに出てくる場所や人の名前を伏せたり、変えてもいいことになっている。怪談語りには、その方が互いに楽だからだ。

――お勝さんの痘痕《あばた》を気にする人もいないようだわ。

当のお勝は何でもないような顔をしているが、もしも露骨にじろじろ見られるようなことがあったら嫌だとひそかに気に病んでいたおちかだが、そんな心配は無用だっ

たようだ。

相客たちはみんなおちかより年上で、若々しい顔は見当たらない。男女は半々、ぜんたいに町人の客が多いが、利一郎を除いてあと二人、平袴《ひらばかま》を着けた武家がいる。どちらも年配で、一人客のようだ。供の者は別室で待たせてあるのかもしれない。

火鉢は豊富に据えられていて、手あぶりも客の数に見合うぐらい用意されている。外は寒かったけれど、人いきれもあって、ここは充分に温《ぬく》い。

上座には、床の間と違い棚を背にして白茶色の絹の座布団《ざぶとん》が据えてある。まだ、そこに座るはずの肝煎役《きもいり》は姿を見せない。

おちかたち四人は、座のいちばん後ろの列にいた。半吉と青野利一郎が前で、二人の肩のあいだから顔を出すような位置取りで、おちかとお勝が座っている。

おちかとお勝が着いたとき、半吉と利一郎は店の前で待ち受けていた。一同、おかみの挨拶を受けて二階へ通され、こうして落ち着いた次第だ。来たときにはまだ座敷には半分ほどの客しかおらず、

「どこでも好きなところに座ってよろしいんですよ」

半吉がそう言ってくれたが、おちかは後ろの方を選んだ。

おちかが駕籠《かご》から降りて、顔を合わせるなり、青野利一郎はつと目をしばたたき、眩《まぶ》しいものを見るようになった。振袖《ふりそで》姿に驚いたのだろう。半吉はしきりと感心し、

綺麗《きれい》だ綺麗だとほめそやしてくれたが、利一郎は何も言わなかった。当たり前の挨拶のやりとりがあっただけである。

そして彼の身形《みなり》の方も、いつもとちっとも変わらなかった。

——あの擦り切れかけた小袖は、いつかどうにかしなくちゃいけないわね。

いつものようにおちかはそう思い、その想いがまた心楽しい。

半吉は銀鼠《ぎんねず》色の結城紬《ゆうきつむぎ》の着物と対の羽織に、帯にさした十手の朱房がよく目立つ。お勝の松葉柄の江戸褄《づま》もたまたま銀鼠色で、袖口から内着の浅葱《あさぎ》が鹿の子《こ》を覗《のぞ》かせている。前後して座している二人は、年恰好《かっこう》からしても似合いの夫婦のように見えた。

ならば、もう一方の男女の組み合わせの利一郎とおちかはどうだろう。座敷に上がる前に腰の大小を預けた利一郎は、何だか余計に貧相に見えなくもない。

「——お座布団の色が、みんな違いますね」

しげしげと座敷を見回していたお勝が、感じ入ったように呟《つぶや》いた。

「鳥の子色、丁子《ちょうじ》色、朽葉色に青柳鼠《あおやぎねず》に千草色。火鉢の色も、座布団に釣り合うようにしてあります。柄もとりどりですし」

おちかのそばにある手あぶりは、数羽のふくら雀の絵柄だった。

「あちらには、びいどろを吹く女の絵柄がございます。あの女の髷《まげ》の長いたぼは元禄《げんろく》島田《しまだ》と申しましてね、ずいぶん昔に流行《はや》ったものです。あんな柄がついているところを見ると、年代ものの火鉢でしょう」

「お勝さんは目が高い」と、半吉が褒める。「三河屋のおかみも喜ぶでしょう。しかし、あたしなんぞは不粋ですから、さっきから床の間の掛け軸ばっかり気になって仕方がない。ありゃあ見事なものですが、おっかないですねえ」

床の間に飾られた一幅の掛け軸は、怒りの形相も露《あら》わな毘沙門天《びしゃもんてん》を描いたものだ。太い筆相の墨絵で、今にも軸を蹴破《けやぶ》り、座敷のなかに躍り出てきそうな迫力がある。

軸の足元には、素焼きの瓶《かめ》に、いっぱいに実をつけた南天が活《い》けてある。枝を切ってきてそのまま投げ込んだような活けようだが、その無造作な感じが、荒々しい毘沙門天の立ち姿とよく合っていた。もしも半吉の言うように、絵のなかの毘沙門天が動いたら、南天の赤い実も、ふるふると震えながら落ちるだろう。その様が目に浮かぶようだった。

三河屋の仲居たちが入ってきて、客のまわりを巡りながら、茶を替えたり、所望を尋ねたりしている。連子窓のそばにいる武家の一人が、肘《ひじ》掛けを頼んだらしい。すぐ男衆が運んできた。

そこへ、新たな客が案内されてきた。四十がらみの女と、うら若い娘の二人連れだ。娘は縞紬《しまつむぎ》の振袖に黒繻子《じゅす》の半襟をかけ、華やかな髪飾りを付けている。大年増《おおどしま》の方は裏模様の着物が粋《いき》である。一見して、裕福な商家の母娘《おやこ》のように思われた。

まわりの人びとに会釈しながら、前方の空いたところに座を占めた二人だが、娘の方が座りしな、ふと後方に顔を向けて、お勝を見たらしい。白粉《おしろい》顔に驚きの色を浮かべたかと思うと、逃げるように目を背けた。座るとすぐに母親の袖を引き、顔を寄せてしゃかしゃかとしゃべり出した。肩越しに、二人でちょっとこちらを盗み見て、薄笑いしながらまたしゃべる。濃く紅をひいたそのくちびるが、〈お化けみたい〉と動いたのがはっきり見えた。お勝を嘲《あざけ》っているのだ。

——何よ、失礼な。

半吉親分と語らっていて、お勝は気づいていない。よかった。

「怪談好きの娘さんのお仲間がいましたね」

青野利一郎が長閑《のどか》に言う。まったく悪気はなかろう。若い娘がもう一人来ましたねと言いたかっただけだろう。

が、おちかはちくりと気に障った。

——あんな娘と仲間？

口を結んだおちかを見て、利一郎も余計なことを言ったと悟ったらしい。

「や、おちか殿は好きで百物語をしているのではなかったですね」

「いいえ、好きでしております」

おちかはわざと、ぷいと言った。

「ですから今日もお勉強をしに参りました」

振袖なんか着てこなければよかった。あの娘と同じように見えてしまう。

「お勉強ですか」

「はい、後学のために他所様《よそ》の怪談の会を聴いてみようと思いまして」

「なるほど、なるほど。しかし、勉学のためではもったいない。晴れ着がよくお似合いですよ。あのいたずら坊主どもも、きっと見違えることでしょう」

いたずら坊主どもとは、〈深考塾〉の習い子で、おちかとも仲良しの三人組である。三島屋の近所に仲間がいることもあり、しばしば大川を渡って、「おちかねえちゃん」と遊びに来る。

「あ、いやあ、あの子らは、何があってもおちか殿を見違えたりしないな。ですからそういうことではなく、ええと」

おちかは可笑《おか》しくなってきた。やっと褒めてくれたと思ったら、勉学のためではもったいない、ですって。

「いいえ、今日は見違えてほしいです。この支度をするの、大変でしたから」

青野利一郎はさらにへどもどした。「ああ、それなら私も見違えました。私こそ見違えました。大いに見違えています」

そこまで一生懸命に見違えなくってもいい。こっちも混ぜっ返したくなるではないか。

「まあ、それは申し訳ありません。よっぽど、普段はくすんでおりますんでしょう」

「ややや、そういう意味では」

ますます可笑しい。それに、やっぱりこういうのはよくない。

「――すみません。慣れない恰好をして居心地が悪いので、ついつっけんどんになりました。ごめんなさい」

「いや、私こそ」

おちかは笑って頭を下げ、やっと利一郎の頬も緩んだ。黒子《ほくろ》の親分がよくするように、鼻筋を掻《か》いている。

半吉とお勝は打ち解けて話し込んでいる。おちかもそれに倣い、少しだけ利一郎の方に頭を寄せてしゃべった。

「お武家様もいらしていますね」

「ええ。この会の肝煎は、よほど信用があるのでしょう。家やお役目に関わる話なら、うっかりした場所ではできないものです」

「三島屋でお迎えしたお武家様は、まだ若先生お一人です」

「そのうち、誰か来ることもあるでしょう。おちか殿の変わり百物語も評判になっていますからね。私も瓦版《かわらばん》を見ました」

つい先頃、三島屋主人の酔狂な変わり百物語と、聞き手を務めるおちかのことが、瓦版のネタになったのである。

おちかはあわてた。「若先生のお目に入ったんですか」

神田近辺だけに撒《ま》かれるものだと思って承知したのに。

「いたずら坊主どもが持ってきてくれたんですよ」

そういうことがあり得ると、考えておくべきだった。今度はおちかが困り、利一郎は笑っている。

「あんなもの、どうぞ忘れてください。商いの助けになるからって、叔父《おじ》に拝み倒されたんです」

早口に弁解しているところに、三河屋のおかみが姿を見せた。上座の側の唐紙の前に座して、丁寧に一礼する。

「本日は三河屋へお越しいただきまして、まことにありがとうございます。これより会が始まりますが、御用の際にはいつでも手前どもにお申し付けくださいませ」

おかみが脇に退いて、今度は廊下側の方に頭を下げた。その前を、並外れた長身の男が一人、悠々とよぎって上座へと進んでいく。座敷に集った客たちのあいだから、ぱらぱらと拍手が起こった。

男は膝《ひざ》を折り、上座の座布団《ざぶとん》に収まった。そこで軽く頭を下げる。

「お待たせいたしました。井筒屋七郎右衛門でございます」

客たちも一斉に目礼する。

「恒例の会ではございますが、師走《しわす》の押し詰まったなか、また本日はあいにくのお天気で、先ほどから小雪が舞い始めたようでございますが、こうしてご参集いただきまして、皆様に御礼申し上げます」

おやというように、客たちの目が窓の方へと向いた。

「ご承知のとおり、この会は、年の瀬のひとときに集い合い、不思議話のあれこれを語って聴こうというだけの趣向でございます。難しい決め事はございません。皆様どうぞお楽に、いっとき、浮き世を離れた心地になりましょう」

張りのある声だった。

井筒屋七郎右衛門は、おちかが思っていたよりも若かった。三十代半ばぐらいだろう。

半吉の誘いを受けたあと、三島屋のなかでいろいろ聞いて、おちかも〈蔵前風〉という札差の派手な風俗やふるまいを、少しはわかってきたつもりだった。だが、目の前にいる井筒屋七郎右衛門は、聞いてきた話とはずいぶん違った。大黒紋の小袖《こそで》にひとつ印籠《いんろう》を下げてはいるが、脇差しはなし、髷《まげ》もよく見る本多髷《ほんだ》だ。

――札差のお洒落《しゃれ》はね、ひきずり羽織といって、目を剝《む》くくらい丈が長いんです。

そりゃあ異なものなんですよ。

おしまはそう言っていた。確かに井筒屋七郎右衛門の羽織は長尺だが、本人の背も高いからおかしくない。

むしろ目を惹《ひ》くのは、彼の顔立ちだった。異相と言ってよかろうか。目鼻が大きく、小鼻が張り出していてくちびるが厚い。目元と口の脇の皺《しわ》はくっきりと深く、表情が動くとその皺も活《い》き活《い》きと動く。とりわけ目元の皺は、切れ上がった目尻《めじり》に沿ってこめかみの方まで届くもので、

——似ている。

上座の後ろの床の間の、毘沙門天に似ているのだ。

「お嬢さん」

お勝がおちかの耳元で囁《ささや》いた。

「井筒屋さんは、絵も書もよくするお方だと、親分さんに聞きましたけれど」

おちかも囁き返した。「ええ、そうよ」

「あの毘沙門天様は、井筒屋さんが描いたものじゃありませんかしら」

「ご自分の顔に似せてね」

二人で、目を合わせてうなずきあった。

「毎度同じ口上で、聞き飽きたというお客様もおられましょうが」

一座の顔を見回しながら、井筒屋七郎右衛門は響きのいい声で続ける。

「そもそもこの会は、私の父、先代の七郎右衛門が始めたものでございます。親父はよく言っておりました。私らのような稼業をしておりますと、一年を過ごすうち、知らず知らずに市塵《しじん》にまみれ、金の垢《あか》に汚れて、顔も心もくすんで参ります。ならば年の瀬に家屋敷の煤《すす》払いをするように、心にも煤払いをしようじゃないか。そしてそれには、怪談語りがもっともふさわしく、効き目がある」

言って、大きな目を細くして笑う。

「まあこれも最初はこじつけで、ただ親父が怪談好きだっただけなんでございますが」

座のなかからもさやさやと笑いが起きた。

「しかし、怪談語りをいたしますと、種々のお話を通して、神仙の御力、あるいはあやかしの不思議や恐ろしさに、自《おの》ずと身が引き締まることは確かでございます。人の知恵や理屈の届かぬ出来事を聞き知り、人の身の分際を弁《わきま》える。魂魄《こんぱく》震えて塵《ちり》が落ち、我欲滅して気が澄み渡る。その効用の有り難みに、先代の跡を引き継いだ私も、怪談語りの興趣の虜《とりこ》になったという次第でございます」

座したまま、井筒屋七郎右衛門は客たちに向かって両手を広げた。

「会を始めましたなら、お開きのその時まで、皆様のご身分もお立場も、上も下もなくなります。ゆるりとおくつろぎを」

ここでは名前に用はない。ただ語る声と聴く耳が要るばかりだ。

「本日は、五人のお客様にお話をいただくことになっております。それではどうぞ、お楽しみくださいませ」

挨拶《あいさつ》を終えると、腰をあげて座布団を裏返し、その場所を空けて、上座の脇に寄った。続いて、いちばん前の列に座っていた初老の男がすいと動くと、空いた座布団の上にと移った。どうやら、この会では語り手があそこに座る決まりらしい。

「本日皮切りのお話をさせていただきます」

さあ、始まりだ。おちかは思わず、膝の上で指を握りしめて、小さく息を吐《つ》いた。

四

第一の男は語る。

手前は還暦を過ぎておりますが、これは手前が十のころの出来事でございます。それほど遠い昔話とお聞き受けくださいませ。

手前は北国に生まれました。山を背負い、海に面して幸多いところで、生家は俵物問屋を営んでおりました。手前の曾祖父《そうそふ》の代で身代を築きまして、家業は祖父、父と受け継ぎ、父の代ではもとの倍ほどの身代になりましたが、そこでぷつりと絶えました。今では屋号も残っておりません。その顚末《てんまつ》が、これからお話しする出来事でございます。

このお話は、手前の父が、曾祖父が建て、祖父が手入れをして住まって参りました家の建て増しを言い出したことに始まります。父には俗に申します普請道楽の気味がございまして、それまでにも祖父の隠居所を建てたり、親戚《しんせき》筋の家の新築にあれこれ口を出したりしておりましたので、いざ己の家の建て増しとなりますと、いっそう張り切っておりました。

本当は、父は建て増しではなく、元の家をすっかり壊して建て直したがっていたのです。しかし、古家とはいえ先祖から受け継いだ財産であり、まだ充分に住めるものを無下に取り壊すのは世間体もよろしくないと、親戚縁者からの取りなしがあり、建て増すことで話がまとまりました。

普請道楽は、男のかかる道楽のなかでも、もっとも厄介なものだと申します。それでなくとも、父は大きな身代を笠《かさ》に着て、己の意を通すことに慣れ、何かと派手に蕩《とう》尽《じん》したがるところがありました。これには、ごくおとなしい気質の母も、折々に困っていたようでございます。父の両親は既に亡く、お店《たな》はすっかり父のものでございましたから、母は家を守る刀自《とじ》として、厳しかった姑《しゅうとめ》に倣い、父の頭を押さえるのが自分の役目だと思い決めていた節もございます。ですから建て増しでさえもわがままで贅沢《ぜいたく》だと、母は内心思っていたようでございまして、親戚筋からの取りなしは、有り難い助太刀だったことでしょう。

それでも家の主《あるじ》は父でございますから、建て増しの段取りはとんとん進みました。新築を諦《あきら》めた分、さらに熱が入ったきらいもございました。家の裏手を木置き場に、近在の山々から伐《き》り出された銘木や古木が次々と積み上げられてゆく様や、その木の香のかぐわしかったこと、それを見やる父の得意げな顔を、手前は今もよく覚えております。

ところが、そのようにして普請が進み、建て増しの部分の棟上げが済んで、今日は建前の祝いだというところまで運んで、とんだ椿事《ちんじ》が出来《しゅったい》いたしました。父が親しく頼りにして、この普請の一切を任せていた頭領が、夜明けを待って飛ぶようにやって来たかと思えば、息せき切ってこう言うのです。

――旦那《だんな》さん、まことに面目ないことですが、この普請をいったん止めさせてください。

驚いて理由を問うと、建て増し部分の柱のなかに、逆さ柱を一本立ててしまったらしいというのです。

ご存じの方もおられましょうが、逆さ柱と申しますのは、木の根の部分を上に、頭の部分を下にして柱を立ててしまうことを申します。古くから、これをやるとその家の主人が病むとか、凶事が起こるとか、火事が出るとか申して忌み嫌います。

頭領は老練な大工職で、父とも永い付き合いでございました。素人の普請好きであれこれ口を出したがり、己の言い分を通したがる父の機嫌をとりながら、上手に事を運んできてくれました。昨日や今日、頭領になったという人ではありません。そんな手練《てだ》れがうっかり逆さ柱を立てたというだけでも不審でございますが、さらにおかしいのは、はっきり「立てた」というのではなく、「立ててしまったらしい」という言い方でございます。

頭領本人も、自分の言い分が面妖《めんよう》であることは、重々承知のようでした。汗をかきかき申しますことには、

――この四、五日、あっしはどうにも夢見が悪くてかないません。毎晩のように、どことも知れぬ真っ暗がりのなかで、何か大きな、正体のわからねえ化け物に追いかけ回される夢を見るんでございますよ。

一晩二晩は気のせいかと思っていたが、こうも続くと何やら胸が騒ぐ。今、請け負っている普請はこちら様の建て増しだけだし、

――あっしはしがない大工職でございますが、あんな悪夢を見るような後ろ暗いこ

とは、誓ってこの身にございません。そうなると、やはりこちら様の普請に何やら手違いを起こしてしまって、それが障りになって悪夢を起こしているとしか思えないんでございます。

そして、この普請の手違いといったら、逆さ柱くらいしか思い当たらないと申します。確かに、それまで普請場で事故《あやまち》が起こったことはございませんし、小さな怪我人さえもなく、日々着々と進んでおりましたから、頭領の言い分にはそれなりに理が通っているように思われました。

頭領は、念のため、立てた柱をすべていったん引き倒し、材木も取り換えて、一からやり直したいと申します。

——まことにお恥ずかしい限りでござんすが、今こうして普請場を見渡しても、どれが逆さ柱か、もう見分けがつきません。

手前の父はひどく不機嫌になりましたが、いったんはこの申し出を吞《の》みました。建て増しといっても豪勢なもので、二階建ての一階部分だけで部屋数が七つもあるようなたいそうなものでしたが、余分のかかりはすべて頭領が捻出《ねんしゅつ》する、旦那さんには一切持ち出させないとまで申しますから、その低姿勢に、父としても否《いな》を言う理由はなかったのです。

ところがそこへ、母が口を入れました。

――上手の手から水が漏れることがあるといっても、頭領がうっかり逆さ柱を立てるなんて、あたしには得心がいきません。

そもそも、この建て増しの普請がいけないのではないか。時期が悪いのかもしれないし、建て増ししようとする方角がいけないのかもしれない。

――いっそ、取りやめにしましょう。あたしの胸も騒ぎます。頭領が悪い夢を見なさるのは、今は普請をやめろという、ご先祖様のお知らせかもしれません。

日頃、父の言うことなすことに、内心では文句はあっても口に出すことがなかった母の、一生に一度の父への意見でございました。

これが、父の癇《かん》に障りました。

これまでいっぺんも自分に逆らったことのないおとなしい女房にまっこうまっこうと意見され、驚いたことも驚いたのでしょう。それにこれを言い出したときの母の顔には、本人にそのつもりはなくとも、やはり（建て増しなど贅沢だ）（こういう道楽はいけない）と、先《せん》から胸に秘めていた想いが表れておりました。それを見てとって、父はなおさら怒ったのです。

にわかに父は意地になり、頭領の申し出をつっぱねました。

――確かにおかみが言うとおり、あんたのような手練れが、うっかり逆さ柱を立てるというのはおかしい。だから、そんな手違いは起こっていないんだよ。

母の言い分を逆手にとった言い様です。

——だいたい、もしもこの普請が悪いことで、ご先祖様がお知らせくださるというのなら、頭領じゃなくてこの私が悪夢を見るのが筋というものだろう。頭領が悪い夢にうなされるのは、頭領の勝手だ。私の普請と関わりがあるわけはないよ。

居丈高に叱りつけ、このまま建て増しを続けると決めてしまったのでございます。意固地になった父には、それ以上、誰の意見も通りません。頭領と大工たちは互いに顔を見合わせるばかり。母も気を削《そ》がれて口を閉じてしまいました。

こうして普請は続きました。おかしなことに、父がそう決めた途端に、頭領は悪夢を見なくなりました。当の本人がいちばん不思議がっておりましたが、

——そらみたことか。

意地悪く勝ち誇る父の前で、首をすくめるしかなかったようでございます。

それから四月《よつき》ののちに、建て増しの普請は無事に終わりました。何の障りもなく、もちろん怪我人を見ることもございませんでした。

古い家と建て増しした家は、渡り廊下で繋《つな》いでありました。古い方にはお店の部分もございますし、奉公人たちが住み込んでおります。そこで古い方を本屋《ほんおく》、建て増しした方を新屋と呼ぶようになりました。

手前は子供でございましたし、父が知恵を絞り贅を尽くして建てた新屋の眺めは嬉《うれ》

しいもので、いっときの揉《も》め事などきれいに忘れ去ってしまいました。それは、あの一件以来、いくらかの屈託を胸に抱えたままであった母にしても同じだったように思います。母にしてみれば、嬉しいよりは安堵《あんど》の方が強かったかとは思いますが。頭領もほっとしておりました。親類縁者や得意先の皆様ばかりか、近隣の人びとまで集めて行った盛大な新屋の落成祝いの宴席では、こっそり父に詫《わ》びを入れておりました、父も上機嫌でそれを受けておりました。

しかし――

これで目出度《めでた》し目出度しというふうに、事は収まりませんでした。手前どもが新屋に移り住んでほどなく、怪しい出来事が起こり始めました。

新屋では、頻々と人が迷子になるのでございます。

己の家のなかで迷子になるなど、笑い話のように聞こえます。新しい家、それも広い家でございますから、造りに慣れぬうちは、座敷を間違えたり、厠《かわや》に行って戻ろうとして方角がわからなくなったり、まさに笑い合ってしまうような些事《さじ》があってもおかしくはございません。

ただ、新屋で起こる迷子は、そうした微笑ましい類《たぐ》いのことではございませんでした。

最初にこれに遭ったのは、こうという名の古参の女中頭でございました。新屋にものを取りに行こうと、渡り廊下を渡って仕切りの板戸を開けたら、妙な座敷に出てしまった。何が妙かと申しますと、まず家具も道具も何もない座敷だということでございます。

六畳間に、押入れも物入れも、床の間もございません。ただ、次の間へと続く唐紙が閉じているばかり。またその唐紙が一面に真っ白で、たった今貼ったばかりのように、冴《さ》え冴《ざ》えとしているのでございます。欄間はなく、壁は一面に白漆喰《しっくい》で塗り固めてあり、窓もございません。

何度も申しますように手前の父は普請道楽でございましたから、新屋の造りには凝りまして、座敷の細部にも意匠を凝らしました。白地に無地の唐紙など、新屋には一枚も使っておりませんでした。

奇妙に思いながらも、おこうはその唐紙を開けて次の間へ進みました。すると、次の間も同じ眺めでございます。その次も、その次も。廊下に出ることもできません。唐紙を開けては先に進むうちに、おこうも膝《ひざ》が震えて参りました。これはおかしい、何かにたばかられているのではなかろうか。足を止め息を整えて、今度は来た方へと戻ってみることにいたしました。

しかし、また同じ眺めが続きます。気丈なおこうは通り過ぎた座敷の数をかぞえておりましたが、それがそのうち十に達しました。これはますます面妖です。新屋には、座敷は七つしかございません。階段をのぼって二階にあがったわけでもないのに、座敷の数が増えている。ただただ平らに真っ直ぐに、前にも後ろにも同じ座敷が続いているのでございます。

いよいよ怖くなったおこうは、走って座敷から座敷へと抜けてゆきました。足がもつれて転び、立ち上がってまた走ります。

そうこうするうちに息があがり、もう走れない。震えながらうずくまっていると、ひとつ向こうの座敷の方から、呼ぶ声が聞こえて参りました。

――こう、こう、こっちだこっちだ。

男の声だったと、後で話しておりました。低くしゃがれた、それでいて耳によく響く声だったそうでございます。

おこうはその声に励まされ、すがりつくようにして面前の唐紙を開けました。と、また同じような座敷がある。ただその座敷の反対側には、唐紙ではなく板戸がありました。観音開きの板戸でございまして、ちょうど、渡り廊下の新屋の側の仕切りにあるものと似ていました。

やれ助かったと、おこうは板戸に近づきました。そのとき、板戸についた金の引き手の形が、渡り廊下にあるものとは違っていることに気がつきました。あれは丸環でございますが、こちらの引き手は角形で、しかもひどく古びて赤錆《あかさび》が浮いているのでございます。

——こう、こっちへ来い。早く来い。

呼びかける声を聞きながら、おこうは立ちすくんでしまいました。心の臓が躍り、身体は震えております。

——こうよ。

板戸の向こうの声が、脅しつけるような響きを帯びました。何かひどくいきり立っているような、荒い鼻息が混じっています。

——おまえが来ぬなら、こっちから行くぞ。

おこうは前後を忘れました。踵《きびす》を返して、もと来た方へと走り出しました。走って走ってまたいくつもの真っ白な座敷を抜け、息が切れ目の前が真っ暗になり、もう倒れるかと突き抜けるように次の唐紙を開けたら、身体ごと渡り廊下に躍り出ておりました。

おこうはその場にへたりこみました。ようよう気を取り直すと這《は》うようにして本屋に戻り、おかみ、つまり手前の母に、今あったことをぜいぜいと打ち明けて、子供のようにべそをかいたのでございました。

ひとつ申し添えますと、おこうがその面妖《めんよう》なところに迷い込んでいたのは、ほんの短いあいだのことでございました。家の者は誰も、おこうの姿が見えないことに気づいていなかった——不審を覚えるほど、長くおこうが姿を消していたわけではないのです。ですからこれは迷子としか言い様がなく、神隠しの類いではございません。
最初にこの話を聞いたとき、家の者たちの受け取り方は様々でございました。俵物問屋で働く男衆は、いったいに気が強く、豪毅《ごうき》が売り物でございます。おこうは夢でも見たのだろうと、鼻で笑う者もおりました。主人である父も、当然その伝でございましたが、母は険しい顔をいたしました。おかみがそうでございますから、女中たちにもその気分はうつりました。

　しかし、このことについて、手前どもが長く不審がり、あれこれと思い煩う暇はございませんでした。その日を皮切りに、次から次へと他の者たちにも同じことが起こり始めたからでございます。
内働きをする女中たちが、まず等しくこれに遭いました。手前の幼い弟と妹は、子守の乳母と共に遭いました。そのとき五つだった弟の一人は、戻ってから三日も高い熱を出して寝込むという仕儀にもなりました。

　この怪異は、時を選ばず起こります。朝でも、昼日中でも、起こるときは起こるのです。避《さ》けようのないところがますます恐ろしく、女中たちが怖がって騒ぐので、日頃は奥に用がない男衆たちも、順に新屋に足を踏み入れるようになり、また次々と迷子になって、命からがらという様子で戻って参ります。彼らは互いに焚《た》きつけ合い、肝試しのようにして出かけるのですが、戻るとみな一様に顔の色を失っておりました。戻った者の語ることは、いつも同じでございます。真っ白な座敷をいくつも通り抜け、錆《さ》びた角形の引き手のついた板戸の前に出て、脅すような声を耳にするのでございます。その声の主が息を荒らげて、そこにいる者の名を正しく呼び、

——おまえが来ぬなら、こっちから行くぞ。

その言葉に嘘はないと身に迫って感じられるような恐ろしい気配が、板戸の向こうに立ちこめていたと申します。

さて、こうして次から次へと家の者が迷子になるなかで、父と母と手前だけは、いまだ無事でございました。事の起こりから険しい目をしておりました母は、弟と妹がこの怪事に遭うに至って、新屋を嫌って本屋《ほんおく》に戻っておりましたので、手前が難に遭わずに逃れていたのは、そのおかげでございましょう。

話の向きでお察しと存じますが、母が最初《はな》からこの出来事を真面目に受け取っておりましたのは、件《くだん》の頭領の悪夢と結び付けて考えていたからでございます。一方、それが気にくわない父は、誰が何度この目に遭っても、気迷いだ、勘違いだと強弁し、一向に引き下がりません。父にそういう意固地な一面がございますのは、先ほどもお話ししたとおりでございます。

その父が止めるのを押し切って、母が頭領にこのことを知らせたときにはいちだんと怒りを強くあらわし、手前ども子供らの前で、したたか母を叩《たた》きました。

当家に駆けつけた頭領は、話を聞くと震え上がりましたが、

——ならば、あっしが試してみましょう。

きっぱり言って一人で新屋に足を踏み入れ、父を除く皆が案じていたとおりに、顔色を失くして戻ってきたばかりか、戻るなり頭を抱えてしまいました。

——これは申し訳ないことをいたしました。

やはり逆さ柱があったのだろう。なぜそんなことをしでかしてしまったのか、なぜ見分けがつかなかったのか、ただただお詫《わ》びするしか仕方がない。

——あっしの夢見が悪くなったときに、どうでも旦那《だんな》を説きつけて、普請をやめていただくべきでした。

手前の父が、これを聞いて恐れ入るような者であってくれれば、その後のことはございませんでしたでしょう。

父はかえってつむじを曲げました。

——皆で臆病《おくびょう》風に吹かれているんだ。ありもしないものを見て、聞こえもしないものを聞いたように思っているだけだ。

強気に言い放つのを、頭領と母とで必死に諫《いさ》めましたが、ますます聞きません。そ

してとうとう、とんでもないことを申します。皆を新屋から遠ざけ、跡取りの長子である手前を連れて、新屋に踏み込むというのです。

——順番からいっても、もう私とこの子が行くのが筋だろう。

父は、首尾良く迷子になり、件の板戸の前に行き着いたなら、角形の引き手をつかんで、その戸を開け放ってやると申しました。

——板戸の向こうに何がいるのか、この目でとくと確かめてやる。

諫められて逆に取りのぼせ、意地になった父は、手前の目にも、ただ怒りに我を忘れているだけでなく、一種異様に映りました。日頃は表に出ることはなく、何か事があると浮かび上がってくる父のこのような気質——それは、裕福な商家に生まれ育ち、幼いころから人を使うことに慣れ、また自身も商才に恵まれて利を集め、その結果、およそ暮らしのなかで己を矯《た》める機会のなかった男の、「思いどおりにならぬことがあると我慢ができない」という傲慢《ごうまん》短気でございましょう。あるいはそれが今度の怪異の根っこにあるのではないか。幼いながら、手前はそんなことも思ったように覚えております。

その手前の身は、母が守ってくれました。父が手前を引きずるようにして新屋へ連れていこうとするのを、引き戻し、かき抱いて止めてくれたのです。父はその母を拳《こぶし》で打って罵《ののし》り、手前にも、ここで俺についてこなければ捨ててしまうと申しました。

母に抱かれて泣くばかりだった手前は、目尻《めじり》を吊《つ》り上げ、赤鬼のような顔に肩を怒らせて、新屋に踏み込んでゆく父を見送りました。

それが、父の最後の姿になりました。

父が新屋に踏み込んで間もなく、どこか奥の方で魂消《たまげ》るような叫び声があがりました。

番頭が男衆を引き連れ、及び腰ながらも新屋へと入りまして、探し回った挙げ句に、ようやく父を見つけました。北側にある厠《かわや》の前に、手足を投げ出して倒れていたのです。

駆けつけた人びとは、最初、父が仰向《あおむ》けになっていると思ったそうでございます。ぽっかりと瞠《みは》った両目と、叫び声をあげたまま固まったように開きっぱなしの口を──父の顔を見たからでございます。しかし、父の身体は背中の方が上になっておりました。つまり、うつぶせになっている。それなのに顔が見えました。

首が捻《ねじ》れていたのでございます。まるで、強い力で頭をつかまれ、無理矢理《むりやり》後ろを向かされたかのように。口の端からひと筋の血が垂れて、父は息絶えておりました。

左右の指には、赤錆《あかさび》がうっすらとついておりました。

主人を失った手前の家は、父の死から一月《ひとつき》の後《のち》、あれ以来、踏み込むどころか近づくことさえ憚《はばか》られ、無人のまま放置されていた新屋からにわかに火が出まして、瞬く間にその火がまわり、本屋もお店《たな》もろともに焼け落ちました。冬場の海風の強い時季だったとはいえ、曾祖父《そうそふ》、祖父、父と三代の財を支え蓄えてきてくれた蔵にまで火が飛んで、手前ども一家はすべてを失いました。

やがて母が再縁し、手前の身にも様々な経緯がございました。それでも、こうして父の享年を追い越すまで、これということもない平穏な暮らしを続けて参りましたが、父のあのような死に方は、今に至るも謎のまま、この心の奥深くに刻み込まれております。

父の身になぜあのような災いが降りかかったのか、角形の、赤錆の浮いた引き手のついた板戸の向こうに潜んでいたものが何であったのか、手前には思い至る手がかりさえございません。ただ父の葬儀の折に、切れ切れながら、生前の父の行状にまつわる悪い評判を、いくつか耳にいたしました。死人の悪口は言うものではないと申しますし、それは礼儀でございましょうが、当の本人が死んでからでなくては口にのぼせることができぬ憤懣《ふんまん》や非難というものも確かにあると、この歳になった手前にはわかります。

手前の父は、お店の繁盛の陰で、人の恨みを買うこともあれば、人を泣かせることもあった由にございます。それは母が知っていることもあり、母にも初耳のこともあったようでございますが、手前に詳しく語ってくれることはなく、聞き出す機会もないままになってしまいました」

五

男が語り終えて上座から下がると、客たちがさわさわと身動きし、控えめな咳《しわぶ》きも起こった。

「ありがとうございました」

正座した腿《もも》の上に拳を載せ、井筒屋七郎右衛門が男に軽く頭を下げる。そしてすぐと、次の語り手を目で促した。

二人目の語り手が立った。列の半ばにいた、消し炭色の着物に黒繻子《じゅす》の昼夜帯を角出しに結んだ女である。町家の婦人だろう。上座に直ってこちらに顔を見せると、お民よりも少し若いぐらいの年配に思われた。

「本日二つ目のお話をいただきます」

井筒屋の声に、女は目礼を返した。第一の男と同じように、伏し目になって口を切る。

第二の女は語る。

最初のお話はたいそう恐ろしく、また興趣の深いものでございました。

これから皆様のお耳汚しになりますわたくしの話は、わたくしの身に起こった出来事ではございません。わたくしが十七のとき、ちょうど年の瀬の今ごろの時期でございましたが、わたくしの生家で奉公していた女中が語って聞かせてくれた話でございます。

女中の名はお関《せき》と申します。もとはわたくしの乳母でございました。わたくしには兄が一人おりますが、他の妹弟《きょうだい》には恵まれませんでしたので、お関はわたくしが育ちあがりますと、そのままわたくし付きの女中として仕えてくれたのです。

その年の霜月にわたくしも縁談が決まりまして、新年を迎えましたら祝言を執り行うことになっておりました。ただでさえ忙《せわ》しない折にわたくしの嫁入り支度が重なり、そのころのことを思い出しますと、ただもう目が回るようだったことばかりが胸に浮かびます。

わたくしの嫁入りを潮に、お関も里に帰ることになっておりました。野州《やしゆう》の小さな村でございます。お関の身の上についてはおいおい語ることになりますので、今はそれだけお聞き置きを願います。

お関はよろずに骨惜しみせずよく働き、わたくしの世話もよく焼いてくれました。わたくしは産みの母よりもお関の方に懐いて育ったような具合でございました。嫁入りでお関と別れることになるのは寂しく、心細いものがございました。その気持ちはお関にも通じておりましたようで、日頃は余計なおしゃべりをするような者ではございませんでしたが、あのときただ一度、ふと口がほぐれたようになって、昔話をしてくれたのです。

お関は村の小作農家の娘でございました。葱《ねぎ》畑を子犬のように転げ回って育ったと申しておりましたから、まずはお転婆《てんば》娘だったのでしょう。それでも年頃になりますと縁づいて、同じ村のなかではだいぶ暮らし向きが上の、土地持ちの農家の嫁になりました。嫁ぎ先には、働き者であるところを見込まれたのだろうと思います。

嫁してほどなく、お関は子を宿しました。臨月が迫るころ、ちょうど夏の盛りを迎えておりました。

さて、お関が暮らすこの村の境には、幅三間（約五・五メートル）ほどの小川があり、そこに粗末な造りの木橋がかかっておりました。浅瀬が多く、岩がそこここに突き出ているので渡し船が用をなさず、歩いて渡ろうとするとしばしば人が足をとられ、わずかな深みにはまって流されることもあるという性悪な川で、それでも、この村から他所《よそ》の村への行き来や、城下へ出る際には必ずここを越えねばならなかったそうですから、村人たちは難儀したのでしょう。土地の庄屋《しょうや》と村長《むらおさ》が何度となく代官所へ願い上げ、ようよう橋を架けるお許しが出て、お関が物心ついたころにはもうこの橋があったそうでございます。

この木橋にまつわって、風変わりな戒めがございました。一人でこの橋を渡るときに限った戒めでございますが、けっして軽んじず、固く守らねばならぬと言い伝えられておりました。

それは、橋の上で転んではいけない、うっかり転んでしまったら、必ず自分で立ち上がらなくてはいけないというのでございます。

どうにも奇妙に聞こえます。一人歩きをしているときなのですから、転んだら自分で立ち上がらねばならぬのは当たり前でございましょう。

ところがこの木橋の上で転ぶと、一人でいるにもかかわらず、しばしば誰かしらの腕が伸びてきて、助け起こしてくれるというのです。

でも、その腕にすがってはいけない。荷物を背負っていようと、あるいは転んで怪我をしていようと、差し出された腕には目をやらず、一途《いちず》に自分で立ち上がらないといけない。さもないと、助け起こしてくれたその腕に押しやられ、どこかへ運ばれてしまうというのでした。

いったいいつごろから始まった戒めなのか、そこにどんな謂《い》われがあるのか、お関も存じませんでした。ただ、村の人びとはこれを固く守り、常々、この木橋を渡るときにはできるだけ連れだって行くようにしていたそうでございますし、むやみにこの話をすると、子供でもそれはそれはきつく叱られたそうでございます。

こうして語って参りますと、このお話のなかでお関の身に何が起こったのか、皆様もうおわかりかと存じますが――

その夏、足元も見えないほど張り出したお腹を抱えてこの木橋を渡ったお関は、橋の半ばでつまずいて、転んでしまったのでございます。

お関は一人、姑《しゅうとめ》の言いつけで、近在の知り合いの家に届け物に行くところでございました。夏の最中《さなか》に、臨月の嫁にこんな用を言いつけるというだけで姑の人となりが知れますが、そこで萎《しお》れず怖がらず、一人で出かけるお関も気が強うございました。肝の太いところもある女でございましたから、

――転ばなきゃいいんだから。

そのくらいに考えて出かけていったのです。

――でもお嬢さん、いずれお嬢さんにもおわかりになることでございますけど、お腹がこう前に出っ張って参りますと、身ひとつだったころとはまるで勝手が違うんでございますよ。身体も重くなりますしねえ。

手振りも賑《にぎ》やかに教えてくれましたが、足元が見えずに転んでしまったというので

す。

転んで尻餅《しりもち》をついたとき、お関がとっさにお腹の子をかばったことは言うまでもございません。少しのあいだじっとそのままでいて、お腹の赤子が元気に蹴《け》るのを感じ、ほっとして身を起こそうとしたのでございます。

そのとき、お関の後ろから、するりと腕が伸びて参りました。

背中の側から抱えるように、二本の腕が差し出されたのです。ですから顔は見えません。後になって思い出そうとしても、男の腕だったか女の腕だったか、それもはっきりしなかった。ただ、その腕の野良着の袖《そで》に、きれいに繕った跡があったことだけは、妙によく覚えていると申しておりました。

――ああ、すみません。ありがとうございます。

お関はその腕に礼を言い、つい、ええ本当についでございましょう。お腹の子のことで、頭がいっぱいだったのかもしれません。それにつかまってしまいました。おかげで楽に身を起こし、お腹をかばいながら立ち上がったところで、あっと大きな声が出ました。

――いけない！

にわかにどっと冷汗をかいて、お関は橋の上で前後を見回しました。犬の子一匹おりません。人影はございません。誰もいないのです。橋の前にも、橋の後ろにも。

お関を助け起こしてくれた腕は消えておりました。ただ足元に、姑から言いつかった風呂敷《ふろしき》包みが落ちているばかりでございます。

お関はゆっくりと息をして、風呂敷包みを拾い上げました。それを胸に抱くようにして、一歩、二歩と足を踏み出し、橋の残りは小走りになって渡りました。川幅が三間しかないのでございますから、短い橋です。造作もないことでございました。できるだけ早く、橋から遠ざかろう。お関は足を速めました。そこは、子供のころから何かと通い慣れた小道でございます。夏の日差しに乾いた土埃《つちぼこり》があがり、見渡す先には陽炎《かげろう》がたっておりました。

しばらく歩くうちに、お関は奇妙なことに気がつきました。あたりがあまりに静か過ぎるのでございます。

川縁《かわべり》から小道に沿って、雑木林が茂っております。そのなかで、つい先ほどまでは鳥が囀《さえず》り、油蝉がうるさいほど鳴いておりましたのに、今はまったく聞こえません。そういえば、川のせせらぎも聞こえなくなりました。振り返ってみると、お関の背後には、ただゆらゆらと陽炎がたちのぼっているばかりでございました。

小道はそこから緩やかな登り坂になっています。お関は弱気になりそうな気持ちを引き立てて進んで行きました。臨月近い身体では、坂を登るのもひと苦労です。顎《あご》の先から汗を滴らせ、首に巻いた手ぬぐいを使いながら坂の上までたどり着いたところで、今度こそ本当に怪しい景色に出くわしました。

そこから下りにかかる坂の先で小道が広がり、掘っ立て小屋がいくつか屋根を寄せ合っているのでございますが、

——いったい、ここはどこかしら。

見たこともない場所なのです。こんなところに小屋などあるはずがない。この先はまだ、小道が延びているはずなのでございます。

遠目に見ても貧相な小屋でございました。少しずつ足を押し出すようにして進んでゆくと、さらに気が滅《め》入《い》るような貧の有様が見えてきました。捻《ねじ》れた柱はささくれだった木の皮もそのままに、板葺《ぶ》き屋根にはごろごろと石が載せてあります。壁は破れ、破れたところに筵《むしろ》を張ってある。道ばたにはどこからか水が流れ込み、泥水がそこここに溜《た》まっていました。お関の村も豊かではありませんが、これほど惨めな眺めではございません。

さあ、どうしたものだろう。回れ右をして来た道を駆け戻ろうか。このまま先に進んでしまっては、取り返しがつかないような気がする。その思いに胸をふさがれて、いつの間にか息を殺し、片手で大きなお腹を押さえ、片手で風呂敷包みを胸に抱きしめて、お関は立ちすくんでおりました。

そこへ、しゃがれたような人の声がかかりました。

――おい、そこのおかみさん。

お関は跳び上がりました。手前の掘っ立て小屋の陰から、骨と皮ばかりのように痩《や》せた老人が、こちらに身を乗り出しておりました。色あせた野良着の片肌を脱ぎ、裾《すそ》は尻っぱしょりしているので、お化け絵の餓鬼のように痩せさらばえているのがよく見えました。腰は曲がり、髪は抜け落ちて、耳のまわりにだけ白髪がしょぼしょぼと残っております。剝《む》き出しになった頭の形も、左右に張り出した耳も、奇妙に歪《いびつ》でございました。

でも、それよりも何よりも、お関の呼気と汗まで凍らせたことがございます。それは、こちらに向けた老人の、顔が見えないことでございました。

この話を聞いた折、わたくしもこのくだりがいちばん不思議で、何度もお関に問い返しました。いったい、顔が見えないとはどういうことか。老人には顔がないのか。のっぺらぼうのお化けのようなのか、と。

するとお関はひどく困った目になり、首をひねりながらこう申しました。

――それがお嬢さん、あたしにも上手《うま》く言えないんですけれど、のっぺりしているわけじゃないんです。

目鼻立ちはあるようなのだ。しゃべれば口元が動いているようだ。

――ただ、どんなに目を凝らしても、はっきりと顔が見えないんでございますよ。

見れば見るほどに目鼻立ちが曖昧《あいまい》になり、血の気が抜けて白くなった肌の色ばかりが浮き上がってくる。顔のところだけ、白い靄《もや》でもかかっているかのように。身動きできずに縮み上がっているお関の方に、老人は二歩、三歩と近づいて参りました。片手には目笊《めざる》を持っておりました。

――おかみさん、あの木橋の上でしくじりなすったね。

老人はゆるゆると首を振りました。

――戒めを忘れたかい。こりゃあ厄介なことになったもんだよ。

恐ろしさに息が詰まるのを堪《こら》えて、お関は震えながら問い返しました。

――すみません、ここはどこでしょう。

老人は歪な頭をちょっとかしげて、笑ったようでございます。少なくとも、声には笑いが含まれておりました。

――どこだろうかね。ここにいる連中にもわからんことさ。

連中と言われて、お関はぐるりを見回しました。すると、傾いたように屋根を寄せ合って立ち並ぶ掘っ立て小屋のそこここから、人びとが顔を出し身を覗《のぞ》かせておりました。

男も女も、老人も子供もおります。野良着姿が多ございますが、褌《ふんどし》ひとつの男もおり、女のなかには無惨に崩れた横兵庫《よこひょうご》の髷《まげ》に、朱色の襦袢《ジュバン》の前を合わせている者もおりました。遊女のなれの果てでございましょう。誰も彼も痩せこけており、一心に見つめても、顔立ちが模糊《もこ》として見てとれないことも、老人と同じでございました。

——どこであれ、命のあるうちに来るところじゃあない。

老人の言葉に、お関は泣き出してしまいそうになりました。お腹を抱きしめると、また赤子が蹴《け》るのを感じました。

——困るんです。あたしはもうすぐ赤子を産むんです。何としても無事に赤子の顔を見たいんです。

お願いします、お願いしますと、身をかがめるようにして、お関は何度も老人に頭を下げました。涙がぽろぽろと落ちました。

——どうにかして、ここから帰してください。何でもいたします。

老人は黙り込み、しばらく頭をかしげて考えておりましたが、やがて小声で言いました。

——身重の女に、あんまり酷なこともできまいよ。こっちへおいで。

小屋の裏手へと、お関を手招きしました。まだじっとお関を見つめているらしい、顔のない不気味な人びとから逃れるように、お関は急いで老人について行きました。

掘っ立て小屋の裏手には、ねじくれた木の根を張ったままの切り株が、いくつも並んでおりました。老人はそのひとつに腰掛けると、お関にも手近なところに座るように盛りにと指図をいたします。老人の傍らには筵が敷いてあり、白っぽく乾いた豆が山盛りになっておりました。豆のひとつひとつはお関の小指の爪にも足らぬほど小さく、妙にひねこびた形をしていて、今まで見たこともない類《たぐ》いのものでございました。老人はこれを目笊でふるっていたらしいのです。

――これを食べているのかしら。

ほんのわずかではございますが、お関の恐怖はやわらぎました。豆のようなありふれたものを食べるのならば、ここの者たちは、少なくともあやかしや獣よりは人に近いということになりましょう。

――何をしている。早くお座り。

急《せ》かされて、お関も切り株に尻《しり》を載せ、老人と向き合いました。

老人は、叱るように声を強めて切り出しました。

――あの橋の上でしくじってここへ来たあんたは、橋を渡り切っておらんのだよ。ここから引き返してもとのところに帰るには、橋代を払ってもらわにゃならん。

お金で済むなら何とでも工面して払いますと、お関があわてて口に出さないうちに、老人は遮りました。

――あの木橋の橋代は、金じゃない。

――それなら何でしょう。お米がいいんでしょうか。

お関がすぐとそんなことを言ったのは、老人たちがあんまりに痩せておりますし、傍らの筵の上に盛り上がっているちっぽけな豆が、まずそうだったからでございます。

――いやいや、違う。

白くぼやけたような老人の顔が、そのときはふと、面白がっているように見えました。

――ここから出る橋代は〈寿命〉だ。

その声は喉声《のどごえ》になり、明らかにお関をからかうような調子を含んでおりました。

――あんたか、あんたのお腹の子か、どっちでもいい。寿命を寄越《よこ》すことだ。

当惑するお関に、老人はくつくつと笑いました。

――困るかね。命は惜しいか。だが、ここにいたままでは、命があってもないのと同じになるよ。それくらいなら、寿命をいくらか切って差し出して、もとのところへ帰った方がよかろう。

お関にも、老人の言葉の意は通じました。

――どのくらい差し出せばいいんですか。

すると老人は、牛馬を値踏みするかのようにお関を眺め回しました。

――そうさなぁ、あんたのなら十年、お腹の子のなら一年が相応だね。

ここで差し出してしまえば、お関の寿命は、どれくらいかは知れませんが、その定められたものより十年短くなり、これから生まれてくるお腹の子のそれは、一年短くなるということでございます。

お関は寸時も迷いませんでした。

——わかりました。あたしの寿命を十年差し上げます。それを橋代にしてください。

老人の白くぼやけたような顔が、にやりと笑ったようでございました。

——短気に言うねえ。後で悔やんでも知らないよ。

——いいえ、後悔なんてするもんですか。

——十年も寿命を差し出したら、あんた、早死にしちまうかもしれんのだぞ。お腹の子が育つのを、ろくに見ることもできなかったらどうする。

——わかっています。でもかまいません。この子の寿命を差し上げるわけにはいきませんから。

——お腹の子の分なら一年でいいんだよ。そっちの方が得だとは思わんのかね。

——いけません。この子の寿命を削るなんて、それだけはできません。

——よく考えなよ。十年を引いたら、あんた、明日にも寿命が尽きてしまうかもしれん。

お関は負けずに言い返しました。

——そんなことがあるわけない。ここで十年を差し出して、あたしがこの子を産み落とす前に寿命が尽きてしまうのなら、おじいさん、あんたはこの子の寿命も取り上げることになります。それじゃいんちきだ。それともおじいさんは、あたしにそんないんちきを仕掛けているんですか。違うでしょう。身重の女に酷《ひど》いことはできないと言ってくれたじゃありませんか。

　お関なりに、必死に頭を働かせて抗弁したのでございます。

――あたしの寿命があとどれぐらいであろうと、ここで十年をさっぴいても、無事に身二つになるまでの分は残る。だからこそ、おじいさんもこの取引を持ちかけてくれたんでしょう。さっきあたしをじろじろ眺めていたのは、なぜかは知らないけれど、おじいさんには人の寿命を見抜く眼力があるからなんでしょう。

あたしはそれを信じますと、お関はすがるように申しました。

――おじいさんを信じて、この取引に乗るんです。あたしはこの子の顔を見られたなら、その日に死んでもかまいません。だから、あたしの十年をとってください。

ちっともひるまぬお関の様子に、老人はまた笑ったようでございます。

――おかみさん、あんた気が強いね。姑《しゅうとめ》に嫌われるよ。

　そのときはからかうような声音ではなく、少しばかり感じ入ったようでございました。

　老人は切り株から腰を上げました。

――じゃあ、それで手打ちとしよう。大きな声で騒ぐんじゃないよ。

何をされるのかと身構えたお関の前で、老人は、それまで下げていた右手を持ち上げ、お関の額のところにかざしました。

そのとき、お関ははっきりと目にしました。老人の右の掌《てのひら》の真ん中に、大きな口があるのです。そのくちびるは紅を引いたように赤く、血を舐《な》めたようにぬらぬらと濡《ぬ》れて光り、口のなかには真っ白な歯がぞろりと生え揃っておりました。

――じっとしているんだよ。

老人はその掌の口を、お関の額に押しつけました。思わず、お関はきつく目をつぶってしまったそうでございます。

――ひどく痛いわけではなかったんでございますけどね、お嬢さん。

嚙《か》まれるというより、確かに齧《かじ》りとられるような感じがしたそうでございます。

――ひい、ふう、みい。

老人は数をかぞえあげながら、掌の口にお関の額を嚙ませました。十まで数えて、

――さあ、橋代はもらった。真っ直ぐと帰って、残りの寿命を大事に暮らすといい。

お関の額を、強く突き放すように押しやりました。お関はまたぐらりとよろめき、お腹を抱えて身を丸めました。

そしてはっと目を開けると、あの木橋の上に戻っておりました。

鳥の声と蟬の鳴き声が、四方八方から降るように、お関を包み込みました。お関はまだ、大事にお腹に手をあてておりました。風呂敷《ふろしき》包みもきつく抱いておりました。そのままそろそろと足を踏み出して木橋を渡り、いつもの小道へと降り立ちました。土埃《つちぼこり》が舞い陽炎《かげろう》のたつ向こうに、道は白々と延びておりました。

雲を踏むような心地ながら、お関は無事にお使い先の家へとたどり着きました。先様に包みを渡し、冷たい水に一杯ありついて、ようよう人心地がついたとき、不意に夢から覚めたように思い至りました。

——あれは、豆じゃなかった。

筵《むしろ》の上に盛り上げてあったもののことでございます。

——ひしゃげた豆のように見えましたけれど、実は違いました。そのときになって気がついたんでございますよ、お嬢さん。

あれは豆粒ほどに小さい、無数のしゃれこうべであった、と。

お関はその後、元気な男の子を産みました。

夫婦のあいだに恵まれた子供はその子一人きりで、あとはどうしても授かりません。子だくさんを喜ぶ農家では、それはお関の咎《とが》にも損にもなります。ほかにも何かと姑とぶつかることがございまして、結局嫁して六年で、お関は不縁となり嫁ぎ先を追い出されることになりました。おまえは姑に嫌われるだろうという、あの老人の言葉があたったような形になりましたが、それがもとからのお関の定めであったのか、それとも老人がああ言ったから決まってしまった道なのか、いかがでございましょうね、皆様それぞれのお考えにお任せしたいところでございます。

――息子は跡継ぎですから、連れて行くわけに参りませんでした。

涙ながらに子供と別れ、実家に戻されても身の置きどころのないお関は、やがて江戸に奉公に出ることになりました。そうしてわたくしの生家に寄りつき、乳母になった次第でございます。

わたくしにこの話をしてくれたとき、お関は四十でございました。

――あたしが生まれながらに授かった寿命は、十年引いても、今はまだ尽きていないんでしょう。

それでも、ここまできたらいつ死んでもかまわないと、お関は笑っておりました。ところでお関が守った一人息子は、早くに生き別れた母親のことをけっして忘れず、恨むこともありませんでした。それどころか、自分が跡を継いで家の主《あるじ》になり、何かと小うるさい祖父母も順に看取《みと》ったところで、お関を里に呼び戻そうと決めました。わたくしの嫁入りを機に、お関が故郷に帰ることになったのは、そういうわけでございました。

——もうこれで、お嬢さんにお目にかかることもございませんでしょう。お名残おしゅうございますが、関はいつもお嬢さんのお幸せを願っております。

わたくしはそのとき、お関に尋ねようかと迷い、尋ねないままにしたことがございます。

いったい、あのような危急の場にあって、己の寿命の十年か、これから生まれる子の一年か、どちらかの寿命を寄越《よこ》せと迫られたとき、一瞬の迷いもなく己の十年を差し出すことができるのが、母親というものなのか。

それはやがて、わたくし自身が子を授かり、産み育ててゆくうちに、この身に染みてわかることでございました。ええ、わたくしがお関であったとしても、己の十年を差し出すことに、いささかの躊躇《ためら》いも覚えなかったことでしょう。たとえ子供の寿命が百まであると聞かされても、そこから一年を刈り取るなど、できることではございません。我が子にはその百年を、一日と余さず生きてほしいというのが母の願いでございます。

お関は既にこの世におりません。その三年後、四十三で亡くなりました。あの木橋の先で十年を差し出していなければ、五十三まで生きられたことになる勘定でございますが、本人がそれを悔いたとは思えません。

わたくしも、あのときのお関と同じ歳になりました。いずれお関のいるところに渡り、また二人で親しく顔を寄せ合って、四方山《よもやま》話のあれこれに興じるときがくることを、楽しみにしております。

六

「ここで、ひと息入れることにいたしましょう」

二人目の語り手が下がり、井筒屋七郎右衛門が手を打つと、仲居たちが座敷に入ってきた。火鉢に炭を足したり、茶を淹《い》れ替えたり、たばこ盆を回したりとてきぱき立ち働く。客たちもそれぞれに厠《かわや》に立ったり、足をくずしておしゃべりを交わしたりする。

「どれ、空模様はいかがでしょう」

半吉が腰を上げ、手近の窓の障子に手をかけて、つと滑らせた。寒気が流れ込み、そのなかにふわりと粉雪が混じっていた。

「ああ、こりゃあまだまだ降りそうだ」

湿った綿を重ねたような分厚い雲の、灰色に赤みが混じっている。雲がこういう色合いのときは、まとまった雪になるという。

おちかたちのところにも仲居が回ってきて、熱い茶を淹れ、菓子の皿を勧めた。練り羊羹《ようかん》と小さな餅菓子《もち》である。

「お話を聞き終えた後、それをめぐってあれこれやりとりするということはないんでございますね」

ぜんたいにしめやかな座の雰囲気を見回して、お勝が言った。青野利一郎もうなずく。

「怪談語りというより、法話を聞いているような心地です。それが肝煎役《きもいり》のお好みなのでしょう」

井筒屋七郎右衛門は、前の方の列の客たちと親しげに話している。温和な表情を浮かべていても、目に宿る光には力がある。

「井筒屋さんは、こんな場じゃなしに相対《あいたい》したら、きっと怖いようなお人なんでしょう。親分さんはご存じでしょうが」

お勝に言われて、黒子《ほくろ》の親分は微笑した。

「さて、どうでしょうな。ああ、ねえさん、あたしにもたばこ盆をおくれ」

「まあ、そうやってはぐらかすんですね。つれないこと」

語らいのうちに、おちかは一人、胸の内で考えていた。二人目の女の、木橋の戒めのことである。

――橋というのは、怪異を呼びやすいところなのかしら。

これまで三島屋で聞いてきた限りでは、橋にまつわる怪異譚《たん》はなかった。だが、行きの駕籠《かご》のなかの出来事がある。あれも、これから両国橋を渡ろうというところで起こった。

「おちか殿、いかがされました」

利一郎に声をかけられて、おちかは目を上げた。

「今のお話のことを、少し考えていたんです。あの木橋は、いったいどこに通じていたんでしょう。橋というものは、不思議な出来事を呼び寄せる場所なんでしょうか」

「そのとおりでございますよ、お嬢さん」

四人は驚いた。いつの間にかすぐそばに、井筒屋七郎右衛門が近づいて、小腰をかがめて笑顔を向けてくる。彼が着物の裾《すそ》を払うと、心地よい衣擦《きぬず》れの音が立った。

「皆様、お楽しみいただいておりますか。親分、今日は新しいお客様を連れてきてくれて、ありがとうよ」

半吉は座り直した。「これはもったいないお言葉をいただきます――」

「いいよ、いいよ。この会では硬いことは言いっこなしさ」

鷹揚《おうよう》に手を振って、井筒屋七郎右衛門はおちかの方へ向き直った。

「お嬢さん、橋というのはね、もともとは道のないところに架けるものでしょう。その意味では、梯子《はしご》や階段も同じですがね」

はいと、おちかはうなずいた。

「それだから、思わぬものを呼び入れたり、この世ではない場所へ通じてしまうことがあるんですよ。なぁに私も、この会で聞き齧《かじ》っただけの耳学問でございますがね」

間近にある異相に、眼の光。おちかはそこに問いかけた。「呼び込んでしまう〈思わぬもの〉は、必ず恐ろしいものでしょうか」

井筒屋七郎右衛門は小首をかしげた。「さあ、それは――なんぞ、お嬢さんには心当たりがおありですか」

おちかは笑みを返した。「いいえ、ただ不思議に思うだけでございます」

この場で行きの駕籠での出来事を話してしまうのは軽率に思えた。妙な言い様になるが、青柿をもいでしまうようにもったいないという気もする。

「ほほう。ところで私のこの会は、葬式のように湿っぽいと嫌われることもあるんです」

にこりと笑って、井筒屋七郎右衛門は軽やかに立った。

「しかし、お嬢さんのような方には、この会の神髄を味わっていただけそうだ。甘いものなどつまみながら、お開きまでのんびりお耳を貸していってくださいよ」

ほかの客にも挨拶《あいさつ》を投げたり、呼び止められて少し話したりしながら、肝煎役は上座の方へ戻ってゆく。彼がおちかたちから離れるのを待っていたかのように、あの母《おや》娘連《こ》れがこちらを振り返り、また喋々《ちょうちょう》と囁《ささや》きを交わし始めた。こちらを見やる横目に棘《とげ》があり、忙しく動くくちびるには毒がある。声は聞こえなくても、その顔や仕草を見ているだけで腹立たしくなってくる。

おや、今また、〈お化けがどうこう〉と言ったようだ。〈お化けの分際で〉か。

「お嬢さん、お気になさいますな」

お勝がおっとりと言って、おちかの袖《そで》を軽く引いた。

「ああした方々には、わたくしは慣れっこでございます」

「でも、こうしてお招きを受けている場であんな剝《む》き出しに嫌な目つきをするのは、肝煎役にも失礼だわ」

「嫉妬《やきもち》でござんすな」

ぽうと煙の輪を吹き出し、半吉が言った。

「嫉妬？」

「井筒屋の旦那《だんな》がわざわざ三島屋のお嬢さんに挨拶をなすったんで、悔しがっているんですよ。だから余計に張り切って、連れのお勝さんをくさすんです」

親分の言に、青野利一郎が微笑んでいる。

「それでなくたって今日はお綺麗《きれい》で人目を惹《ひ》きますし、語りを聞いているときのお嬢さんの真摯《しんし》なお顔にも、旦那は感心なすったんでしょう。あたしも鼻が高いや」

「そういうものでしょうか」と、おちかは利一郎に訊《き》いた。

「そういうものでしょうかね。私より、お勝殿に訊いてはいかがですか」

「あら、若先生もそうやってはぐらかす。お嬢さん、今日はつまりませんね」

「つまりませんか。こいつは面目次第もございません」

笑い合っているうちに仲居たちが去り、唐紙が閉じて座が静まった。

「それでは、三つ目のお話を始めましょう」

井筒屋七郎右衛門の声に、三人目の語り手が上座にあがった。

窓際に、肘《ひじ》掛けを使って座していた武家の老人である。小柄で皺《しわ》顔、小さな髷《まげ》のほとんどが白髪になっている。紋付きの黒縮緬《ちりめん》の丸羽織は、光沢があって重みが感じられる。

老人が座を見渡すと、たじろいだ客たちがある。あの母娘など大いに驚いた。

老人の右の眼は、真っ白に濁っていた。瞼《まぶた》が下がって半目になっている。病だろうか、あるいは怪我をしたのか。いずれにしろ、右目は見えなくなっていると思われた。

口元に淡い笑みを浮かべると、先の二人のように伏し目にはならず、きりりと座へ顔を向けたまま、老人は語りを始めた。

第三の男は語る。

それがしは齢《よわい》五十八を数えますが、このように右目が光を失いましたのは、六年前の春先のこと。白底翳《しろそこひ》という眼病でござる。痛みはまったくなく、今では左目ひとつの暮らしにすっかり慣れ申した。お集まりの皆様にはかたじけないが、それがしのこの眼は、これから語る話といささかの関わりを持っておりまする故、暫時この白目にご辛抱をくだされたくお願い申し上げる。

ご覧のとおり、それがしは両刀を手挟む武士の端くれにござるが、既にして隠居の身。本日は永年懇意の肝煎役殿のお招きに与《あず》り、老骨に鞭《むち》打ちまかり越した次第にござる。

老人の遠い日の昔話と、お聞き流しを願いたいこの話は、それがしの母の物語でござる。母を通し、また父の物語にもなりましょうか。

上野《こうずけ》の山中にある我が藩にて、我が家は八十石取りの平士の家柄、郡奉行《こおりぶぎょう》支配の検《け》見《み》役を拝命しておりました。検見とは一般に、領内の稲作の作柄を調べることをさして申しますが、我が藩ではこれを役職とし、作柄を調べると共に年貢徴収の用務にあたる者と定めておりました。

それがしの父は実直勤勉、検見役としてよく領内を巡視し、よく理を通し情にも厚い、地方の者どもに慕われる人柄でござった。母は同じく郡奉行支配の軽輩の家の生まれで、十五の歳に当家に嫁したものでござる。この母も父によく仕えた賢女であり、父との仲は睦《むつ》まじく、それがしにとっても慈母でありましたが、ひとつだけただならぬ秘密を抱えておりました。

母は、ある種の〈千里眼〉の持ち主であったのでござる。

但しこれは生来の特質ではなかった。母が千里眼を得ましたのは、六歳の夏、疱瘡《ほうそう》にかかって病が篤《あつ》く、どうにか命は拾ったものの、右目の光を失ったときからでござる。左様《さよう》、こうして語るそれがしと同じく、母も右目が盲《めし》いておりました。

その右目で、母はしばしば人の病を見抜きました。

幼いころは、当の本人にも、己の光を失った右目に映るものどもがいったい何であるのかわからず、怯《おび》えたこともあったようでござる。しかし母は気丈な人でありましたし、一と二を足してよく三を導き出す知性に恵まれた人でもありましたから、徒《いたずら》に恐れるばかりではなく、やがてこの異能に馴染《なじ》んで生きることがかない申した。

母の弁によりますと、対峙《たいじ》する人の身体にもし病が取り憑《つ》いておるときには、その身体の部分に何やら霧のようなものが渦を巻き、重なって見えるというのです。左目に映る人の姿に、右目には病の部分がかぶって見える。右目を閉じるとその霧のようなものが失《う》せるので、これは右目にのみ見えるものだと得心がいったと語っておりました。

その病の霧には、様々な色合いと大きさがござった。経験を重ねるうちに、母にはその色合いと大きさで、だいたいどんな病であるのか見分けがつくようになって参りました。いくつか例をあげますと、まず卒中の場合は、頭のその部分に黒い霧がかかる。身体のどこかに凝《こご》ったような血の色が脈打つような霧がかかるときには、そこの臓腑《ぞうふ》に腫物《しゅもつ》が生じておる。水腫《すいしゅ》は冷え冷えとした白色、瘧《おこり》や風邪の気は血が混じった痰《たん》のような色合いで、多くの場合喉元《のどもと》に見えるそうでござった。

ちなみに、母にこの異能を与えたもとである疱瘡は毒々しい朱色でござったが、これが少し薄くなると麻疹《はしか》であり、母もなかなか見分けが難しかったと申しておりました。

母のこの眼力の優れたところ——あるいは恐ろしいところは、病に取り憑《つ》かれたその人にはまだ何の自覚もない、つまり発症していないうちから、母には見えたというところにござる。言うなれば、母はやがてその人の身体に表れるであろう病を予見していたことになり申す。このおかげで、長子のそれがしを含め父母のあいだにあった我が家の五人の子らは、しばしば流行病《はやりやまい》の難を免れました。我らの身近に病の兆しの霧が見える者があれば、母が目ざとく見抜いてそれがしらを遠ざけてくれたからにござる。それがしが母のこの眼力をさして〈千里眼〉と呼ぶ所以《ゆえん》もそこにござる。

母が父に嫁したのは十五の歳であったと申しましたが、そのころには既に、母は身に宿ったこの眼力を自在に使いこなせるようになっておりました。ただ、強いて人には語らなんだ。口に出してもなまなかに信を得ることができる事柄ではなく、かえって悶着《もんちゃく》の種になりかねぬと悟っていたからでござる。無論のこと父にも、舅姑《きゅうこ》にも固く伏せたまま嫁入りを済ませました。

ところが父と添って三月《みつき》ほど経ったころ、母は父の左瞼の上に朽葉色の霧がうごめいておるのを見つけました。母の経験では、これはいわゆるものもらいの霧でござった。ただのものもらいならば、とりたてて案じるまでもないのでござるが、父のこの霧は妙に色が濃く、また春の泥のなかにうごめく泥鰌《どじょう》のように、薄気味悪くとぐろを巻いておりました。放っておけば大事になるかもしれぬ。母は自分が右目の光を失っておりましたから、数日深く悩んだ末に、思い切って父に打ち明けることにしたのでござる。

父はもちろん驚き、笑いました。母の態度が真剣でなければ、また日頃睦まじい夫婦でなかったならば、怒っていたことでしょう。だが父は、生真面目な人の常で一面では小心、言い換えるなら慎重居士であり、母を笑っておきながら、ひそかに城下の眼医を訪ねて診察を請いましたところ、外目にはまだわからぬものの、瞼の裏に思いのほか根の深い腫物が見つかりまして、半年ほど養生を重ねてようよう根治にこぎつけました。その眼医に、あと半月診療が遅れればこの目を失っていたことだろうと言われ、父は母の予見を――眼力のほどを身に染みて悟ることになり申した。

以来、母の眼力は夫婦の秘密になりました。

ちなみに父の父、母の舅《しゅうと》は胃の腑を、父の母、母の姑《しゅうとめ》は肺を病んで没しましたが、母は二人が病みつく一年以上も前からそれと察知しており、細かく心を砕いておりました。

さて、話はここからようやく本題に入ります。

先に申しましたように父は藩の郡奉行配下でござった。我が藩に郡奉行は二人おり、どちらも十年以上この役務にあって忠勤に励んでおりましたが、それ故にと申すべきか、それなのにしかしと申すべきか、互いに嫌い合い憎み合い、権勢を競って不倶戴天《ふぐたい》《てん》の間柄でござった。いわゆる犬猿の仲じゃ。諸藩のお家騒動と申せば一門や重臣どもが起こすものでござろうが、我が藩の揉《も》め事は、決まってこの郡奉行の二家にからんで生じるもので、やたらと土臭い。また、山がちの我が藩では、農地の采配《さいはい》万端を握る郡奉行の役職が、それだけ重いものだったとも申せましょう。

この片方の家を仮に田端《たばた》家、もう片方を井上《いのうえ》家といたしましょう。検見の役務に就く者は、そのころで二十人余を数えておりましたが、睨《にら》み合う二人の郡奉行の下、このたかだか二十人余でさえも左右の党派に分かれ、田端に付くか井上に与《くみ》するかで、出世はもちろん出処進退にまでいちいち張り合っておりました。それがしの父はこうした党派争いを嫌い、中立の立場を貫いておりましたが、それにはなかなか苦労が多く、それがしを頭に五人の子を養うようになってからというものは、いっそ旗色を鮮明にしてどちらかに与した方が、日常の役務も滑らかに進むのではないかと思い悩むようになり申した。

たまたまこの二人の郡奉行は歳も近く、いずれも五十路《いそじ》に達したところ。壮健にして意気盛んではありましたが、老境の入口におりました。どちらの家にも嫡男がおり、何かの形で親父殿が隠居引退という仕儀に至れば、彼らが順当に家を継ぐ。しかし、家は継いでもそのまま郡奉行の座に納まれるわけではない。奉行職は、若輩者にいきなり務まるほど軽い役務ではござらん。また、このころ田端の嫡男は馬揃《うまぞろえ》番の筆頭に、井上の嫡男は作事方の組頭に、それぞれ就いておりましてな。この二役は両家の跡継ぎには相応の役職であり、我が藩の習いとしては、ここから役人として研鑽《けんさん》を積み、やがて重職へと昇る出世の道ではござったが、しかし、双六《すごろく》にたとえるならばまだ道中の半ばである。

つまり、二人の郡奉行の身に何かが起これば、その家は郡奉行の座を明け渡すことになり申す。

父はここで思案いたしました。

田端殿と井上殿、どちらかの奉行に病の気は宿っておらんものか。

母の眼力をもってすれば、見てとることができる。そしてもしも両者のどちらかに病の霧がかかっておれば、父は思い切ってそちらの党派を離れ、病におかされておらぬ奉行の方に寄ろうという考えでござる。

——健勝であればこその権勢だ。

父はそのように母を説きつけました。

下役の検見役《けみ》の妻《さい》が郡奉行《こおりぶぎょう》の前にまかり出てお目見えする機会など、めったにあるものではござらん。ただ、このときの父には成算がござった。殿が江戸出府から戻られて、領内巡視を執り行う時期に、ちょうどあたっていたのでござる。

この巡視は、与力衆と目付衆が前後を固めるものものしい行列でござるが、先導を務めるのは郡奉行でござる。その際、巡視先にいくつか殿の休息場を設けます。場所は代官所や庄屋《しょうや》の屋敷などになりますが、これを定めて万事を仕切るのも郡奉行の役割で、それには配下の平士も下士もこぞって人手を出し、殿の供応に相務めることになり申す。

父は、その場に母を送り込もうと算段したのでござる。遠目にでも両郡奉行の姿を拝むことがかなえば、それで充分、母の眼力を働かせることはできるという考えでござった。

今、こうして語っていてもこの皺《しわ》の多い頰が緩んで参りますが、このときの我が父母の懸命、奮闘には涙ぐましいものがござった。生真面目であるが故に党派を嫌い、挙げ句に上役同役たちとの日々の軋轢《あつれき》に疲れた父は、どんな些細《ささい》なことであれ、これでどちらかに気持ちを振り切ることができればと、一途《いちず》に恃《たの》んでいたのでしょう。母もまた、そのような父の苦しみをよく解していたのだと、それがしは思っております。

こうして父が画策――と申しますのも大仰ながら、根回しに励んだ結果、母は首尾良く、殿の巡視先のひとつ、羽尾《はねお》の庄というところで、休息場のお水番の役にありつきました。お水番と申すのは言葉のとおり、殿をはじめ巡視の重臣上士たちの手足を洗い、汗をとる水を汲《く》み盥《たらい》を運ぶ下働きの女たちのことを申します。通常、これはその庄や村の長《おさ》の妻女が務めるものでしたが、父は軽輩の家から入れた妻の薫陶のためにと、検見の上役に頼み込んだようでありました。

こうして母は、ひそかに恃んでいた以上に間近に、巡視の一行の姿を拝むことがかなったのでござる。ちなみにこの巡視には、馬揃番――これは我が藩では城方の警護を仕《つかまつ》る重要な役務でござるが、その筆頭に就いておった田端の嫡男も同行しておりましたから、母は覚えず、その姿も垣間《かいま》見ることになり申した。郡奉行の父が先導を務め、子が警護の采配をとる次第で、田端の家にとっては限りなく誇らしい一時でありましたろう。また田端の嫡男は、領内でも三本の指に入るほどの馬術の名手と讃《たた》えられる人物でもありました。

　さて、滞りなく巡視が終了し、帰宅した父を、先に戻った母は待ち受けておりました。

——あなた、井上様の肝のあたりに、薄緑色の霧がかかって見えました。

郡奉行の井上殿は、肝の病にかかっているらしい。領内でも名うての酒豪で、酒癖の悪いことでも知られた人でござった。

——釣った魚が魚籠《びく》のなかではねるように、ぴくりぴくりと動く霧でございました。

——して、田端殿の方は。

——何も見当たりませんでした。いたって清浄なお身体でございました。

ついでに言うならその嫡子も健勝そのものでおられたと、母は言葉を添えましたが、父はほとんど聞いておらなんだ。

——でかした！

父は手を打って喜びました。このような際に喜ぶなどとは、武士にあらざるふるまいではござるが、これはあくまで内々のことであったとお聞き許しをいただきたい。

——これで私の身の振りようも決まる。

その日を境に、父は田端の側に与することに決めたのでござる。

そうして——

母がその眼力で見てとったとおり、井上殿が間もなく肝を病んで郡奉行のお役を退いたという運びになるならば、それがしの語る話はただ、懐かしい父母の自慢話に終わってしまいましょう。この先は、ちと異なります。

殿の巡視からひと月と経たぬうち、田端の嫡男が野駆けに繰り出したところ、野道で思いがけず兎穴《うさぎあな》に馬の脚をとられて落馬し、首を折って命を落とすという惨事が起こりました。先ほど申しましたとおり、彼は馬術の達人でありましたから、これは誰にとっても言葉を失うような椿事《ちんじ》でござった。

重ねて不幸なことに、田端の男子は嫡男のみであり、この家は跡継ぎを失い申した。これに驚き、激しく気落ちしたものか、田端殿はほどなくお役を返上し、妻女ともども仏門に入ってしまいました。

父はただ呆然《ぼうぜん》としておりました。

そのころ、それがしはようやく物心がついておりましたが、ある夜父が母を呼び、二人で一室に籠《こ》もり、時に父が声を荒らげて母を叱り詰《なじ》るのを、胸を痛めつつ切れ切れに聞いていたことが思い出されます。

そのとき、父のあまりに激しい叱責《しっせき》に、耐えかねたように母は、このように抗弁しておりました。

――あなた、わたくしの右目に見えるのは、人の病ばかりでございます。人の運命や、心の向きまでは見えません。そのように強くお叱りを受けては、立つ瀬がございません。

まことに皮肉な成り行きで、そのときは泣いておりました母も、晩年、己の心の臓に冷え冷えと白濁した影を見つけて、当主となったそれがしを呼び、あれはこれこれこういう次第だったのだと打ち明けてくれたときは、少しばかりはにかみながら、懐かしむように微笑んでおりました。父は既に鬼籍に入っており、母もそれからほどなく、安らかにみまかり申した。

臨終の間際になって、母はもうひとつ申しました。

――あなたはゆくゆく、右目を底翳《そこひ》で失います。母の目に見えるのはごく薄い影ですから、よほど先のことでしょうけれど、覚悟を決めておきなさい。

母の予見は、なるほど遠い将来でしたが、確かにこのようにして的中しました。それがしの光を失ったこの右目には、あの折の母の慰めるように優しい笑みが、今もありありと残っております。

ここまで語り終えると、老人は健常な左目の方も静かに閉じて、ひとつ深く息をした。

やがてその目を開くと、一座の客たちを見回して、穏やかに言い出した。

「語りの締めに、申し上げることがござる。底翳を病んで右目を失い、一年ほど経たころからですが、このそれがしにも母のそれと似た眼力が——千里眼があることが判り申した。我が右目にも、人の身に取り憑《つ》き、やがて発症する病が見えるのでござる」

客たちはざわめいた。おちかも思わず身じろいでしまった。

「そこなお女中」

老人は、ぴたりとあの振袖娘《ふりそで》を指さした。骨張った指先は頼りなく震えているが、その仕草に迷いはない。

「あなたは遠からず疱瘡《ほうそう》にかかる。それがしの目にはくっきりと見える。今から心正しく善行を積み、徳を蓄えておかねば、その白い頬が疫神のしるしの痘痕《あばた》で覆われることになろう」

振袖娘はとっさに口元を押さえ、それからきゃっと叫んで顔を背けた。豪華な花《はな》簪《かんざし》が外れて落ちる。隣の母親も跳び上がり、身体ごと投げ出して娘をかばう。

「お武家様、何をおっしゃいます！」

母親の甲高い叫びにも、老人は動じない。母娘《おやこ》を睨《にら》み据え、さらに重々しく続けた。

「それがしの話を聞いておったろう。ならば意味するところはわかるはずじゃ。母ならば、娘の心根の卑しきところを矯めるのが務め。己の浅ましきふるまいを省みて、この際、共に心を入れ替えてはどうかな」

決然とした冷たい声に、母親は顔色を失った。娘は長い袖で顔を覆って泣き出した。

「井筒屋さん、あんまりでございます」

母親は振袖娘をかき抱くと、よろめくように立ち上がった。娘は声をあげて泣きじゃくっている。

「こんな怪談語りの会なんか、ろくなものじゃない。来るんじゃなかった。おいとまいたします!」

荒々しくも見苦しく、手あぶりを蹴飛《けと》ばすような勢いで、母娘は座敷から逃げ出していった。

残された客たちは、一陣の風に吹かれたように啞然《あぜん》とした。

やがてゆっくりと低く、井筒屋七郎右衛門が笑い出した。それに応じて、語り手の老人の皺《しわ》顔にも笑みが広がってゆく。

「豊谷《ほうこく》先生、これは困ったことをしでかしてくだすった」

井筒屋七郎右衛門は、老人をそう呼んだ。号であろう。この二人は書か絵か俳諧《はいかい》か、何かを共にする趣味人の仲間なのだ。

「あなたはふらりと江戸へ来て、また国許《くにもと》へ帰ればいいが、私は江戸に根のある商人でございますよ。お得意様をひとつ、し損じてしまったじゃありませんか」

責めるように言いながら、札差は愉快そうに笑っている。

「相済まぬ。口が過ぎたかの」

豊谷と呼ばれた老人は、座の客たちに笑顔を向ける。

「歳をとると懐が深くなると申しますが、この老骨に限っては、むしろ短気の性がつのっておるようでしてな。かの母娘の無礼な言動が、先ほどから鼻について我慢がならぬ。ちと懲らしめてやろうかと、ひと芝居うってしまった」

お許しいただきたいと、笑顔のまま詫《わ》びた。

「あのお嬢さんは、もう疱瘡を軽く済ませているのかもしれませんよ」

肝煎役《きもいり》の問いかけに、老人はつるりと顔を撫《な》でてから答えた。「あのように不躾《ぶしつけ》に、疫神に触れた者のことを笑い罵《ののし》るのは、疱瘡の怖さを身近に知らぬからだと推量した」

外れてはいなかったろう、という。

「はいはい、恐れ入りました」

井筒屋七郎右衛門が戯《おど》けてみせて、老人は座の客たちに言った。「それがしは、母のような眼力を備えてはおりません。本日ここにお集まりの皆様と同じく、己の病も寿命も見えず、今日という日があれば明日もあることを信じ、ただ平穏を祈って暮らす老人でござる。今の一幕は座興に過ぎぬ。ご安心くだされ」

その言葉で、凍ったようになっていた場の空気がほぐれた。小さな笑い声もたつ。

おちかの隣でお勝が姿勢を正し、上座から下がってゆく老人の方に首を伸ばした。老人もそれに気づいた。二人の目が合う。

お勝は深々と頭を下げた。老人も目礼を返してきた。その、見える方の目も見えぬ目も、湛《たた》える眼差《まなざ》しは温かい。

七

冷え込んで参りましたと、三河屋のおかみがまた仲居たちを連れてきて、火鉢の炭をかきたてる。薄暗くなった座敷の上座には燭台《しょくだい》も置かれた。

「怪談語りの会らしい趣向ですなあ」

ぽつりと揺らめく蠟燭《ろうそく》の炎の色に、半吉は目を細めている。

おちかは細く窓を開け、お勝と並んで外を見やった。小雪はちらちらと降り続けており、窓下に広がる三河屋の中庭の松の木も、綿をかぶせたようになっている。雪は地面にうっすらと降り積もり、ぐるりに面白い形をした岩を配した小さな池の面には氷が張っている。

「この三河屋さんは、亀がお好きなようでございますね。庭のあちこちにございます」

お勝の白い指がさす先には、なるほど大小の亀の置物が見えた。こちらも降る雪に白く彩られている。

「ずいぶん立派な貸席よね」

中庭を囲んで二階建ての建物に、ずらりと窓が並んでいる。向かいのそれにはすべて灯《あか》りが映っているが、こちら側は今日は貸し切りらしい。

「さて、皆様」

上座には井筒屋七郎右衛門がついていた。

「ひとつ困ったことになりました。本日四番目の語り手は、先ほど頭から湯気をたててお帰りになったあのご婦人だったんですよ」

ちっとも困ったようではなく、口元はほころんでいる。

「これで四番目の話が抜けてしまうことになりますが……実はね、豊谷先生」

と、またあの老人に呼びかける。

「今朝、目を覚ます寸前に、私はおかしな夢を見たんです。朝方に見る夢は正夢だと申しますが、これが本当に、今日のこの次第を先取りしたような夢でしたよ」

「ほう、どのような夢でござるか」と、老人も受けた。

「なあに、たって語るほどの内容じゃございませんがね」

言って、肝煎役は客たちの方にその異相を向けた。

「この怪談語りを始めたのが私の親父、先代だということは申し上げましたが、親父には験《げん》を担ぐ向きがあったといいますか、迷信深いところがありましてね。その伝で、四という字を嫌いました。無論、四は〈死〉に通じるからでございます。じゃあ、九の方はどうかと思うでしょう。そっちは〈苦〉に通じますからね。だが親父は、浮き世には〈苦〉があるのが当たり前で、あんまり〈苦〉を知らんと人の性根が緩む。だからそっちはいいんだと言うんです。ただ〈死〉の方はできるだけ御免被りたい、そう言ったって誰も逃れられるものじゃございませんが、ちっとでも遅く来てもらうように、身辺から遠ざけておくのが筋だと言うんですよ」

そういうわけでと笑いながら、

「父の代には、井筒屋には四番蔵がございませんでした。三番から五番へ飛ぶんです。しかし私は私でこういうのが嫌いでね。何でも飛ばすのはよくない。三の続きに四がなかったら、世の理《ことわり》が通りません。算盤《そろばん》だって困るでしょう」

座の客たちは明るく笑った。

「それで、私の代になって四番蔵を作りました。なに、先からあった蔵の呼び名を順に変えただけですよ。古参の奉公人たちのなかにはまぎらわしいって嫌がる者もおりましたが、押し切ってしまいました」

ところがね——と、軽く身を乗り出す。

「今朝のその夢のなかでは、その四番蔵が煙のように消えていたんです。私は錠前の束を持ってね、こう、左見右見《とみこうみ》して首をひねっている。いったいうちの四番蔵はどうしちまったんだろうとね」

ここで客の一人が手を挙げた。年配の男女を伴った若い男だ。

「蔵が消えたというのは、三番蔵の次に五番蔵があるのですか。それとも、四番蔵のあったところは空いているのでしょうか」

井筒屋七郎右衛門は目を大きくした。

「いいことをお尋ねくださいますね。後の方なんですよ。四番蔵のあったところは、更地になっているんです。柱の跡だけ残っておりましてね。ちょうど、蔵がどっかに散歩に出かけてしまったみたいだった」

三番目の語り手の老人は、皺顔をさらにくしゃくしゃにして笑っている。

「こいつはどうしたもんかと、夢のなかで私が困《こう》じておりますと、おかみが出て参りました。うちの山の神ですよ。そしてこう言うんです。おまえさん、目出度《めでた》いじゃないの。四がなくなって〈死〉が遠ざかった。おまえさんはまだまだ長生きするってお知らせですよって。ほう、そういう解釈があるかねえと感心したところで目が覚めました」

私は起き抜けに四番蔵を見に参りましたよ、と続ける。

「ちゃんとございました。蔵に足が生えて、散歩に行くわけはありませんからな」

座の笑いが高まると、蠟燭の炎が揺らめいて、毘沙門天《びしゃもんてん》の怒り顔にかかる影もやわらかに揺れた。

「ですからあの夢は、今日の会のことを知らせていたんですな。四番目が煙のように消えてしまう。ええ、煙にしてはちっと騒がしい消え方でございましたが」

肝煎役は、あの母娘《おやこ》の退出に、ちっとも悪びれていない様子である。

「怪談語りをいたしますと、どうしても人死にやあの世の話に触れることになります。今日はとりわけ、寿命に関わるお話が続きました。ですから、うちの山の神の言を借りるわけじゃございませんが、ここで四番目が消えたのは、目出度いことでございましょう。今日お集まりの皆さんのお近くから、〈死〉は消えました。どなた様も長生きをなさいますよ」

自然と拍手が起こって、蠟燭の明かりの揺れる座敷のなかには、温かな空気が流れた。

「どうも――先《せん》から仕込んであったようですね」

青野利一郎がこちらに囁《ささや》いたので、おちかは耳を寄せた。「はい？」

「四番目の語り手がいなくなってしまうという、この筋書きです。これで死が去りましたという口上は、とっさの機転にしては出来過ぎだ。最初から脚本《ほん》が書いてあった。

そう思えてきました」

「でも、あの母娘は本当に怒っているように見えましたけれど」

「ええ、ですから母娘の方は本気でしょう。だが井筒屋さんの側は、ああいう運びにすれば母娘が怒ることを承知していた。怒って出ていってしまうだろうことも」

そうかしら——と、おちかは上座の肝煎役《きもいり》を見やる。近くの列の客たちと語らっている。

「あれで得意先をひとつ潰し損じたと言っていましたが、どうなのかな。むしろ井筒屋さんの方から付き合いを切りたい客を、わざわざ丁寧に招いておいて、満座の前であして追い払ったのかもしれません」

「じゃあ、あのお武家様も井筒屋さんと呼吸《いき》を合わせてお芝居をしたと？」

「よほど気心の知れた間柄のようですからね。造作ないでしょう」

　それにしてもと、若先生は首をひねる。

「ご老体の家は、八十石取りの平士だと言っていましたね」

「はい。検見《けみ》というのは大事なお役目のようでした」

「上野の小藩でそれくらいの家格と扶持《ふち》では、ああして気楽に江戸に出て、井筒屋のような人物と親しく交わるのは難しいはずです」

「隠居されたからではありませんか」

利一郎は苦笑した。「隠居の身なら、なおさらです」

こういうとき、おちかは若先生とのあいだにちょっと隔てがあるのを覚える。

「あの方の代かご子息の代で、よほど目覚ましい栄達があったのだろうなあ」

今は三河屋のおかみを相手に茶を飲んでいる老人を、利一郎は計るように見つめている。

おちかは小さく言った。「そういうことをお気になさるんですね」

「は？」

利一郎の声にかすかだが心外そうな響きがあったので、おちかはすぐ後悔した。習い子たちに慕われ、周囲の人びとの信を集めて、町場の暮らしに馴染《なじ》んでいるように見える青野利一郎だが、家と禄《ろく》を失った浪々の身の上には、やはり足りぬものがあるのかもしれない。それは、おちかには理解の届かないことだ。

「何でもありません。井筒屋さんとあのお武家様は、どういうお知り合いなのかなと思っただけでございます」

二人のひそひそ話に、お勝は素知らぬ顔を決め込んでいる。一方の半吉は急にそわそわし始めて、しきりと黒子《ほくろ》に触っている。

「参ったな。もうあたしの番ですよ」

あがっている。おちかは微笑んで利一郎に囁いた。「あらかじめ筋書きが決まっていたとしても、半吉親分は知らなかったみたいですね」

利一郎もうなずいた。「ずいぶん稽古《けいこ》しましたから、うまく語れるはずですよ」

「それじゃあ、五番目の語り手にお願いしましょうか。半吉、こっちへ来ておくれ」

井筒屋七郎右衛門から声がかかった。

「ここの語り手に名前は不要、身分や立場を振りかざすのは不粋と決めてありますが、この人のことはご存じの向きも多ございましょう。何より、その朱房は隠しようがないしねえ。だから名乗っていいよ、親分」

黒子の親分は小腰をかがめて客たちの脇を抜けてゆき、上座に回った。

「それでは、肝煎の旦那《だんな》からのたってのご用命で、つまらんお話をさせていただきます」

鼻筋が赤くなっている。こんなに縮こまって座る半吉を、おちかは初めて見た。

紅半纏《べにはんてん》の半吉は語る。

あたしは本所深川《ふかがわ》一帯でお上の御用を務めております、半吉と申します。通り名を〈紅半纏の半吉〉と呼ばれることもござんすが、これはあたしの生国——遠い西国ですが、そこでは捕り物に関わる町方の者が紅色の半纏を着る決まりがございましてね、そこからきた通り名でございます。もっとも、この鼻筋の大きな黒子が目立つので、黒子の親分と呼ばれる方が、近頃では多ござんす。

あたしの身の上話と申しましたら、およそみっともないことばかりでござんして、生国を追われこうして江戸に流れ着くまでのはんちく者の半生に、面白いことなどちっともございません。ですからそこは、ざっと二十年ばかりをすっ飛ばしておくんなさい。このお話は、あたしが本所の一角に居着きまして、そのころそこを縄張にしていた親分に拾われて、駆け出しの小者として務め始めたころのことでございます。

当時のあたしは、相生町《あいおいちょう》にありました湯屋の釜番《かまばん》をしながら、親分にはちょっとした用事を言いつけられては走ってゆくという、まあ子供かよく慣れた犬でもできるような働きをするのがせいぜいでござんした。そういう時期は長く続きましたから、釜番としては年季が入り、今でも十手を返上したら湯屋の親父が務まると思っておりますが。

あれは春先の、梅の咲き始めのころでござんした。あたしが焚《た》きつけと薪集めの荷車を引っ張って湯屋に戻りますと、親分のところから小僧が使いに来ておりました。

——半吉兄さん、親分が呼んでおられます。これからしばらく住み込みの仕事になるそうですから、下帯の替えを持ってこいとの仰せですよ。

あたしはびっくりしましたが、ちょいと得意にもなりました。いよいよ使い走りを抜け出して、捕り物につながる仕事をもらったのかと思ったんですよ。

——住み込みって、賭場《とば》に潜り込むのかい。それともどこかの中間部屋《ちゅうげん》かよ。

早合点のあたしに、小僧は青洟《あおばな》を垂らしてきょとんとしております。

——親分に聞いておくんなさい。

あたしは急いではせ参じました。親分はお上の御用を務めながら、おかみさんに提《ちょう》灯《ちん》屋をやらせておりまして、その日も大勢の職人たちが働いておりました。気が逸《はや》っていたあたしは、呑気《のんき》に提灯張りをする職人どもより、自分の方が一格上になったような気がしましてね。その分、鼻息も荒くなっておりました。何しろ若造のことで、こうしてお話ししていると顔が赤くなって参ります。

ところが親分の用件は、聞いて拍子抜けするようなものでした。

——深川十万坪《じゅうまんつぼ》の先の小原村《こはらむら》というところに、この近くの料理屋の寮があってな。そこの離れに病人が寝ている。

重篤な病人でいつまで保《も》つか知れないから、そばにいて看取《みと》ってやれというんですよ。

——病人の世話には小女が一人ついている。おまえの賄いもその女がしてくれる約束だから、まず退屈だろうが易しい務めだ。

あたしはがっくりしましたよ。ついさっき、提灯張りの連中を横目に反っくり返ったばっかりでござんすからね。

——病人の世話はしなくって、ただそばについてりゃいいんですか。

——てめえに死にかけの病人の世話が焼けるもんか。

そりゃあ、親分の言うとおりです。あたしはそんな気の利く野郎じゃなかった。

——じゃあ、何をすればいいんで。

——病人のそばにおかしな者が寄りついたら、そいつが余計な悪さをせんように見張っとれ。

これまた変梃《へんてこ》な話です。危篤の病人の枕辺に、どんなおかしな者が寄りついて、どう悪さをするっていうんでしょう。

——親分、いったいその病人は何者なんです？

親分はもともと渋柿を噛《か》んだような顔のお人でしたが、三下のあたしが一丁前に問い返したもんだから、渋柿を噛んだ狆《ちん》のようになりましたね。

——行きゃあわかるさ。

それっきりで追い立てられ、あたしは十万坪先の小原村とやらへ出かけることになりました。

今も十万坪はだだっ広いところでござんすが、だいぶお屋敷が建ち並んできております。だが二十年も前といったら田圃《たんぼ》のほかに何もねえ。天地が逆さになったって、ただ空が下にきて田圃が上になるだけで障りはございませんというくらいに何にもなかった。冬枯れで田圃にも畑にも人がおりませんでしたから、なおさらです。件《くだん》の寮というのは、池之端《いけのはた》にある鈴丁《すずちょう》という料理屋の持ち物で、そのころは隠居した老夫婦が住み着いておりました。共白髪の品のいい爺《じい》さん婆さんでございましたよ。何でこんなところに寮があるのか訊きましたら、婆さんがこっちの地主の娘だったんですな。今、寮があるところは、開墾が進んでそのあたり一面が田圃になる前には、婆さんの生家があった場所なんだそうです。こぢんまりしているが、生け垣と風よけの松をぐるりと植え回したこぎれいな家でござんした。一方の離れの方は、座敷が二つに竈《かまど》のついた土間があるだけの簡便な造りでした。廁《かわや》は寮の外にあるのを使います。寮には女中と下男が一人ずつおりました。あたしはこの二人とはろくに口もきいておりません。病人の世話とあたしの用は、親分が言っていたとおり、離れ付きの小女が一切合切をやっておりました。

この小女がまた、男か女かどっちかと言われたらそりゃ女なんですが、骨太で色黒で愛想の欠片《かけら》もねえ。これは近所の農家の女で、鈴丁が雇っていたんです。どうやら、ここの病人にも、病人のところに来る者にも関わるなと言い含められていたらしい。あたしの方もふてくされていましたし、何かのときのために懐に匕首《あいくち》を呑《の》んでおりましたて、てんで素っ堅気の男には見えなかったでしょうから、女もなおさら怖かったたんでしょう。まめに働いてはくれましたが、あたしと目を合わせるのも嫌がっておりました。

さて肝心の病人は――

離れの畳は上げてあって、板敷きに粗筵《あらむしろ》が敷いてありました。なぜかしら仕切りの障子は取り払ってあって、離れのなかは冷えましたよ。

病人はそこの煎餅《せんべい》布団《とん》に、仰向《あおむ》けになって寝ておりました。

一見してわかるのは、まず男だということばかりです。褌《ふんどし》を締め色が抜けたような浴衣《ゆかた》を着せられていましたが、最初は案山子《かかし》が寝かせてあるのかと思いました。ざんばら髪に、尖《とが》った鼻が板張りの天井を向いて、目と口はぽかりと開けっ放し。その口元から饐《す》えたような臭いがたっておりました。

口元に指をあててみると、かろうじて息はしております。ときどき震えるように瞬《まばた》きもします。だが、声をかけても返事はねえし、身体を動かすこともできません。

この男が何の病で死にかけているのか、あたしには見当もつきません。ただ、尋常な病じゃないことはわかりました。病人の肌が、煙でいぶされたように真っ黒に変わっていたからでございますよ。

あたしが初めて見たときには、爪先《つまさき》から両脚を伝って、臍《へそ》のすぐ下あたりまで黒くなっておりました。そこから上は蛙の腹のように青白くって、血の気が抜けておりりました。

　とっさに思ったのは、こいつは感染《うつ》る病じゃあるまいなということです。もしそんな危ないものなら、親分があたしを追いやるわけはありませんが、そのときはあたしも病人の有様に魂消《たまげ》ていて、そう判じる分別が消し飛んでいたんです。

　さっきのとおりで小女は頼りになりませんし、こんなところで意気がってみても仕方がない。あっしはしおしおと寮の方へ足を運んで、鈴丁の隠居夫婦に頭を下げ、話を聞くことにしたんです。

　本所の親分の命で参りましたというこのあたしが、子供の使いよりまだ頼りなく、何にも知らされていないのに、隠居夫婦は呆《あき》れ返りました。あたしが若造でしたから、哀れんでもくれたんでしょう。

　──あと十日か、十五日か、どれほどかかるかわからないけれど、あの人は頭のてっぺんまで黒くなったら死んでしまうよ。

　そして、あれは病ではないと言いました。

　──あんな病はこの世にない。だからあんたにも私らにも感染りゃしないから、安心してくださいよ。

　──で、あれは何なんです。

　隠居夫婦は顔を見合わせました。

――人の恨みと言えばいいかねえ。

――そうですねえ、呪いみたいなものでしょう。

あの人の身から出た錆《さび》だよ、と申します。

――そんなに他人の恨みをかってるなんて、あの病人はどこのどいつで？

――あんた、それも知らずにおいでなすったのか。本所の親分さんも人が悪いね。

――あの人の名は与之助《よのすけ》といってね、もとは岡っ引きだよ。だけど、あんたの親分さんのようなお人とはわけが違う。

――お上の御用を名目に、さんざん弱い者いじめをした人さ。本所深川から両国橋のまわりまで、いっとき、あの人の悪名を知らない者はおらんかった。

――それがとうとう、年貢の納め時がきたってことでしょうよ。歳はまだ五十に届かないっていうのにねえ。悪いことはするもんじゃありませんね。

南無阿弥陀仏《なむあみだぶつ》、南無阿弥陀仏と、夫婦で手を合わせます。今度はあたしが呆れ返る番でござんした。

皆さんもご存じでしょうが、岡っ引きというのは、お天道様《てんとう》の下を胸を張って歩けるような者じゃございません。筋者が、蛇《じゃ》の道は蛇《へび》で悪党どもの消息に通じ、捕り物のお手伝いをしたのが始まりの仕事でござんすから、十手を預かると、それをかえって笠《かさ》に着て、脅しやたかりに走る者もおります。

与之助はその口でござんした。他人様《ひと》の弱みに食らいついては貪《むさぼ》り尽くし、とりわけ若い女には非道なことをしたそうですし、筋のいい商家がいくつもこいつのせいで潰《つぶ》されたそうでござんした。

これについてはあたしもいろいろ聞きましたが、詳しく語ると、怪談語りじゃなくなって、ただ胸が悪くなるばかりでござんすからね。まあ、意地汚い小悪党が十手を持ったら、およそ考えつく限りの悪さをしでかしたと、それくらいに思っておいてください。ひとつだけ確かなのは、この与之助という岡っ引き崩れは、地獄の獄卒が輿《こし》を仕立てて迎えに来てもおかしくねえ野郎だったってことです。

あたしは、十万坪の端っこに建つちっぽけな離れで、そういう人でなしの最期を看《み》取《と》ろうとしていたんでございます。

——病人のそばにおかしな者が寄りついたら。

親分はそう言いました。その意味は、離れに泊まり込んで最初の晩にわかりました。

小女は通いなんで夜は帰っちまいますし、あたしは病人の隣の板敷きの三畳間に布団を持ち込んで、幸い、隠居夫婦が酒と肴《さかな》をおごってくれたもんですから、ちびりちびりと舐《な》めているうちに眠気がさして参りました。

そうして夜が更けて、妙に生臭い隙間風に起こされました。

何とも鼻の曲がるような、そこらじゅうに腐った魚のはらわたでもぶちまけたような臭いでした。あたしは胃の腑《ふ》がえずいちまって、げえっと声をたてました。

半月の夜でした。離れに雨戸はありますが、土間が近いんで、煙抜きや戸口の方から月の光が差し込んできます。すぐと目が慣れて、あたりを見回すことができました。

そうして気がついたんですよ。隣で寝ている病人の、布団の向こう側、ちょうど真ん中へんに人影があるんです。

こう、背中を丸めましてね。首をうなだれて小さくなっている。そしてゆるゆると動いている。

——何してやがるんだ？

順番からいうなら、いつどうやって、どこから離れに人が入り込んだのか、そっちの方を訝《いぶか》るのが先でしょうが、ともかくあたしはそうっと起き上がって手をついて、床の上を這《は》って首を伸ばして、隣の部屋を覗《のぞ》いてみました。

その黒い人影は、病人の右腕をさすっておりました。だからゆるゆる動いていたんです。手つきを見るなら、痛いところを撫《な》でてやっているような様子でしたが、しかしあたしはぞうっと総身に水を浴びたようになりました。影法師のように黒い人影の、袖《そで》から覗く腕は生きている者の腕じゃございませんでした。骸《むくろ》の腕ですよ。痩《や》せて乾いて色が変わって、肌が剝《む》けているところさえありました。その様が、春の夜の半月の淡い光に浮かび上がって見えたんです。

情けない話ですが、あたしは声も出ませんでした。這いつくばったまんま、その恐ろしい景色に見入るだけでね。

しばらくすると、何かひゅうひゅうと鳴るような音が聞こえてきました。何だろうと耳を澄ますうちに、あたしは今度は心の臓が凍るかと思いましたよ。

病人の声なんです。与之助の喉《のど》から、壊れた笛の音のような声が漏れ出している。言葉にはなりません。ただ泣くような呻《うめ》くような声でござんした。

あたしはがたがた震え出しました。這いつくばった恰好《かっこう》のまんま後じさりしようとして、寝床の脇にだらしなく放ってあった徳利に足がぶつかりましてね。大きな音がたった。すると、病人の腕をさすっていた黒い人影が、ぶるっと身じろぎしたように見えました。

あたしは思わず大声をあげました。いったんは逃げようとして土間へ転げ落ち、したたか額を打って目から火が出ましたが、それでようやくちっとは意気地が戻った。このまんま逃げたんじゃ、親分はもちろん、親切な隠居夫婦にも合わせる顔がござんせん。えいやっと跳ね起きて、懐にあるはずの匕首《あいくち》もどっかへ転げてしまったらしく、しょうがない、素手でこうっと身構えて腰を落としましてね。

――曲者《くせもの》め、御用だ！

どうぞ笑ってやっておくんなさい。そのときのあたしは、本当にそう呼ばわったんです。それぐらいしか思いつきませんでね。

影法師のような人影は消えていませんでした。与之助は、昼間見たときと同じように、案山子《かかし》のように転がっておりました。

あたしは手探りで灯をつけました。淡い光に、さっき影法師がゆるゆるとさすっていた与之助の右腕の、手首から肘《ひじ》くらいにかけてですがね、そこが黒く変わっているのが見えました。

野郎の両目と口は、相変わらずぽかりと開けっ放しになっておりました。ひゅうひゅうと泣く声は、もう聞こえませんでした。

それから毎晩、同じようなことが続きました。一夜ごとに半月が細ってゆく下で、離れには毎晩、あの影法師が現れるんです。そうして、与之助の身体をさすっていくんですよ。朝になって検《あらた》めてみると、夜のあいだに影法師にさすられていたところが、煙でいぶされたように黒く変わっておりました。

日に三度、あの小女が襁褓《おしめ》を替えて、毎朝浴衣《ゆかた》も着替えさせてやるんですが、これまた手足のついた案山子か、いっそ箒《ほうき》でも扱うような眺めでござんした。

あたしは小女に、

——病人の身体の真っ黒けなところが、だんだん広がっているよな。あんたにもわかるだろう。

尋ねてみても、小女は顔を隠して逃げていくばっかりでした。

与之助の背中にはけっこう見事な彫り物がありました。その場じゃあたしにはわかりませんでしたが、あとで親分に教わったら、普陀落渡海《ふだらくとかい》とやらの有り難い景色を写した珍しい図柄で、肩で風切っていたころの与之助には自慢の彫り物だったそうです。それも病で真っ黒に塗り潰されて、日に日に見えなくなっていきました。

日によって、現れる影法師は違いました。男だったり女だったり、老人だったり若者だったり、夫婦なのか兄妹《きょうだい》か、男女の二人連れが病人を挟んで現れたこともありました。

——ああやって病が進んでいくんだ。

いつか影法師が布団《ふとん》の上の方に座って、与之助の頭をさすったら、そのときが野郎の最期なんだという見当もつきました。

それと、魚のはらわたが腐ったような臭いですが、あれは影法師が出てくると臭うんじゃなくって、影法師が与之助をさすって、さすったところが黒く変わるときに臭うんです。だから黒くなるってのは——まあその、腐ってゆくのと似てたんでしょうね。野郎の喉が切なそうにひゅうひゅう鳴るのも、そうやって病が広がるときは、あれだけ弱っていてもそんな声が絞り出てくるくらい、痛いからじゃねえのか。

最初で懲りたので、あたしは影法師を見つけても、動いたり音をたてたりしないよう、じいっと息を殺していました。あたしが何もしなくたって、現れて半刻《はんとき》もすると、影法師は勝手に消えていくとわかりましたからね。現れるのは決まって丑三《うしみ》つ時（午前二時ごろ）です。

――亡者なんだから、しょうがねえ。

あたしは腹をくくりました。与之助には、地獄の獄卒じゃなく、奴に苦しめられ、命まで搾り取られた哀れな連中が、亡者と化して迎えにきてるんだってね。

だからって、夜ごとそんなふうにおっかない景色を見ていたら、眠れやしません。あたしは昼のお天道様《てんとう》の下ようやくほっとしてぐうぐう寝て、気が塞《ふさ》ぐもんで飯はまずいし酒は増えるし、顔が荒《すさ》んできてたんでしょう。七日目ぐらいだったか、寮の隠居夫婦に呼ばれました。二人して、そりゃあ親切に案じてくれましたよ。

――半吉さん、病人より先に、あんたが参ってしまわないかね。

――なあに、大したことありませんや。

そのとき隠居夫婦が語るには、与之助はここに来る前は、下谷《したや》の裏長屋に転がり込んでいたそうなんです。そのときからもう病んでいて、そっちは酒毒のせいでした。手が震えて呂律《ろれつ》もあやしい。昼日中から譫言《うわごと》のようなことを言う。それで十手も取り上げられる羽目になったんですよ。お上の御用を金看板にできなくなっちゃ、ああいう野郎はおしまいです。いっときの勢いはどこへやら、金はねえ、世間の目は怖いで、うずくまるように隠れていたそうですよ。

そうしてある日、出し抜けに寒気がするといって倒れて寝付いちまって、だんだんと足の先から黒くなり始めたんですが、

——以来、丑三つ時になると、長屋のまわりで犬は吠《ほ》えるわ、夜中だというのに烏《からす》は鳴くわ、赤ん坊は疳《かん》の虫を起こすわで、ほとほと困《こう》じ果てたというんですよ。そりゃ、あの影法師のせいですよ。与之助のところにあれが来るから、犬や赤ん坊が怖がったのに決まってます。

——そっちでは、どなたか野郎のそばで夜を明かして確かめたんですかい？

——差配さんがね。そのあと、三日も枕があがらないほど寝込んじまったとか。

鈴丁は昔、与之助に金を積んで、厄介な引き合いを抜いてもらった恩があるそうです。野郎は悪党だが、その方が得になると思えば、堅気の善人に恩を売ることもあったんですな。

——それで、あの人をここの離れに移すことにしたんです。どういう恩でも、恩は恩ですから。

——ご隠居さんは太っ腹ですねえ。

その話を聞いてあたしも合点がいったんですが、うちの親分が〈余計な悪さをせんように見張っとれ〉と言ったのは、あの影法師どもが、与之助を連れていくだけじゃ足りなくて、野郎に情けをかけた鈴丁の隠居夫婦にも祟《たた》るようなことがねえように見張れ、ということなんでしょう。

しかし、それはあたしにもどうしたらいいかわかりませんや。今はただ、毎晩じっと目を開いていて、だんだんと影法師が与之助の頭の方へ近づいてゆくのを見ているしかありません。

——半吉さんも用心なすってください。

——ええ、お任せくださいよ。

その日の夕餉《ゆうげ》の膳《ぜん》から、あたしの飯には必ず卵がつくようになりました。いや、これも笑い話にしてください。おかげで精はつきましたが、以来あたしは卵が苦手になりました。

半月が新月になり、また半月へとふくらんでいくあいだ、あたしはこうして影法師と与之助に付き合いました。あたしが亡者と亡者に取り殺されていく男を眺めているうちに、梅は盛りを過ぎちまった。

梅が咲ききって桜が咲き初めるあいだに、いっぺん寒の戻りがあって、冷たい霙《みぞれ》が降りました。離れの軒先から滴る雨音を聞きながら、その日、あたしはとうとう、与之助が頭のてっぺんに子供の掌《てのひら》ぐらいの大きさを残して、あとはすっかり黒くなっちまったことを確かめました。

——そうすっと、いよいよ今夜か。

あたしはかい巻きにくるまって、野郎の布団の裾《すそ》に陣取って、丑三つ時を待ちました。夜半になって霙はやみましたが、広い十万坪を風が吹き渡っていく音が物寂しく、不吉に思えたもんでござんす。

その夜現れた影法師は、十二、三ばかりの子供の形をしておりました。子供が現れたのは初めてでしたよ。与之助の顔の脇に座って、骸《むくろ》の腕を伸ばし、小さい手で野郎の頭のてっぺんをさすり始めました。

影法師の形はぼんやりと闇に滲《にじ》んでいますんで、男の子か女の子か判じかねます。どっちにしろ、与之助はこんな子供まで手にかけるような野郎だったんだと、あたしは今さらのように腹が煮えました。

これで最後だと思うし、腹も立つし哀れだし、自分でもよくわからねえんですがね、あたしは初めて、影法師に話しかけていました。

——おまえさん、こいつに恨みは言わなくていいのかい。

子供の影法師は、手を止めてあたしの方に顔を向けたようでした。よく目を凝らすと、襷《たすき》髪を束ねてねじって留めて、じれった結びにしていました。

で着物の袖《そで》をくっているのも見えました。肩が痩《や》せて、華奢《きやしや》でしたよ。ああ女の子かと思うと、なおさら胸が締めつけられます。

——あいすみません。

影法師はあたしにお辞儀をしたようです。

やっぱり子供の、女の子の声でした。小さい声というんじゃねえ。布団のこっちと向こうにいるのに、どこやらうんと遠くから聞こえてくるような声なんです。

——いろいろ恨みはありますけど、親子ですから、せめて三途《さんず》の川の渡し場まで、おとっつぁんの手を引いてやろうと思って参じました。

——ああ、そうなのか。

胸を突かれるものがありました。

——おまえさん、与之助の娘なんだね。

はい、と影法師がうなずきました。

——いくつで死んだんだ。どうして死んだんだ。名前は何ていうんだい。

影法師は返事をせずに、うつむいて、また与之助の頭をさすり始めました。あたしも言葉に詰まっちまって、小娘が与之助の頭をさするのを、黙って眺めておりました。

そのうちに、小さい影法師の手が止まりました。与之助の喉《のど》がひゅうひゅう鳴るのもやみました。離れの軒下を吹き抜ける風の音が、出し抜けにあたしの耳を打ちました。

小娘は手をあげて、与之助の顔の上にそうっと掌をかぶせました。

終わったんだ。そう思ったら、急に矢も盾も堪《たま》らなくなって、

――おまえさんたちの供養に、俺がなんぞしてやれることはあるかい？

あたしがひと膝《ひざ》乗り出すと、影法師はこっちに顔を向けたようです。

――見届けてもらったから、もう充分ですよ、半吉さん。

ふうっと笑ったように見えたと思ったら、影法師は消えました。瞬《まばた》きしたら、もう消えていたんです。

灯《あか》りを点《つ》けると、与之助は頭のてっぺんまで、くまなく黒くなっていました。その目も口も閉じていました。さっき、娘が閉じてやったんです。与之助は、眠るような顔で息絶えておりました。

お話はこれだけで、与之助の亡骸《なきがら》は鈴丁が茶毘《だび》に付し、懇ろに弔ってやりました。

離れでも隠居夫婦の身辺でも、その後あやしいことは起こらなかった。ただ、離れはその翌年の春の大風であっけなく吹き倒され、結局取り壊されちまったんですがね。

あたしが親分の提灯《ちょうちん》屋に帰ると、職人たちが揃ってぎょっとして、今にも腰を抜かしそうになりました。あたしはその二十日ばかりのあいだに、面変わりするほどげっ

そり寠《やつ》れていたんです。

親分だけは、あたしの顔を見ても平気の平左《へいざ》でございましたよ。あたしが与之助の最期を語り、野郎のことをいろいろ尋ねると、面倒《めんどう》くさそうに口をもごもごしながら、訊《き》いただけのことは答えてくれました。

——いいものが見られたな。ありゃあ、俺たちの稼業の悪い手本だ。てめえはしっかり働けとどやされまして、あたしは神妙に釜焚《かまた》きに戻りましたよ。

そうそう、それからつかの間、どっからどう話が漏れて広がったんだか知りませんが、

——亡者に名前を呼ばれた男。

なんて、囃《はや》されることはありましたが。

八

すべての語りが終わると、酒の支度が調えられた。これから酒宴をするのではない。献杯である。井筒屋七郎右衛門が音頭をとり、座の人びとはしめやかに清酒を口にした。艶《つや》やかな美しい黒漆の銚子《ちょうし》と杯で、清酒には金箔《きんぱく》が浮いていた。

献杯が終わると、肝煎《きもいり》役は立ち上がり、

「お清めでございます」

客たちに向かって小皿の塩をまいた。そして居住まいを正して上座に直る。

「おかげさまで、今年もつつがなく心の煤《すす》払いを終えることができました。厚く御礼申し上げます。どなた様もお足元に気をつけてお帰りください」

仲居たちが客のひとりにひとつ、更紗《サラサ》の風呂敷《ふろしき》の包みを配り始めた。重そうな包みだ。

半吉が嬉《うれ》しそうに教えてくれた。「深川の名店、平清《ひらせい》のお重でござんすよ。開けてびっくりの三段重のご馳走《ちそう》です。あたしはいつもこれが楽しみで」

語りの場に酒肴《しゅこう》を供さないのは、座が乱れるのを嫌うからだろう。粛々と怪談語りを行って、客には豪勢なお土産を持たせて帰す。

「やたら賑《にぎ》やかにするよりも、粋《いき》な趣向でございますわねえ」

お勝の言うとおりだと、おちかも思った。

「この会の後、旦那《だんな》はきまって、お気に入りのお仲間と新吉原《なか》へ繰り出すんですけどね」

そっちはそっちで黄金《こがね》を使って煤払いだと、半吉は笑った。

座敷の次の間に控えて、井筒屋七郎右衛門は去ってゆく客たちを送り出す。おちかもお勝と居並んで、丁寧にもてなしの礼を述べた。

「三島屋のお嬢さん、これに懲りずにどうぞまたおいでになってくださいよ」

底光りするような大きな眼で、じっとおちかの瞳《ひとみ》を覗《のぞ》き込み、肝煎役は言った。

「はい、ありがとうございます」

「お嬢さんには、いつかは語り手をやっていただきたいものだ。怪談は、聴くのもいいが語るのもまた乙なものでございます」

この方は、わたしのことをどこまでご存じなのかしら。どこまで見抜かれているのかしら。そう思わずにはいられない。引き込まれるようにして、おちかは答えた。

「いつか、いいお話が見つかりましたら、語り手としてお招きにあずかります」

「きっとですよ。約束だ」

そのとき初めて、井筒屋七郎右衛門の身にまとった長尺の羽織の袖のあたりから、白檀《びゃくだん》の香りがほのかに漂うのを、おちかは感じた。

半吉と青野利一郎に付き添われ、おちかとお勝は駕籠《かご》に乗り込む。お土産の重箱は、三河屋がこのまま三島屋に届けてくれるというから、これまた行き届いている。

雪は、怪談語りのあいだじゅう降り続けていたらしい。今は小やみになっているが、三河屋の屋根も道も真っ白に変わっている。厚い雲は綿を重ねたようだったのに、そこから舞い落ちてきた雪はさらさらと小さくて、踏みしめるときゅっと音がした。

身をかがめて駕籠に入る刹那《せつな》に、おちかはふいと思いついた。

橋は現世《うつしよ》の外に通じる。他所《よそ》では触れられぬものに、そこでは会うことがある。

「すみません、両国橋にさしかかったら教えてくれませんか。そこで少しだけ停めてほしいんです。長くはかかりません」

手ぬぐいでほっかむりして、襟巻きを巻いていても、駕籠かきは寒そうだ。

「へえ、かしこまりました」

心得たもので、お勝はおちかのこの申し出に、何にも問い返さない。半吉と利一郎は不思議そうな顔をした。

「どうかなすったんで、お嬢さん」

「何でもないんです。親分、若先生、今日は楽しゅうございました。ごきげんよう」

すだれが降りて、また一人になる。駕籠が動き出し、おちかは小さくため息をついた。

心地よく揺られていきながら、今夕聴いた話のあれこれが、言葉の端々が、聴きながら心に浮かんだ場面の数々が、小雪のように小さな欠片《かけら》になって、おちかの心のなかを舞う。青野利一郎や半吉や、井筒屋七郎右衛門の様々な表情も思い出される。

――あんまり上手に会えなかったなあ。

そう思うのは利一郎のことだ。もっと気の利いたことや、娘らしく可愛らしいことを言えばよかった。

――だけどあたしって。

やっぱり、そういうのはまだ早いのか。それとも、ずうっとこういうままなのか。

「お嬢さん、両国橋でござんすよ」

駕籠かきの声がした。

「じゃあ、停まってください」

駕籠の揺れが止まったので、狭いところで精一杯姿勢を正すと、おちかは胸の前で両手を合わせた。目をつぶる。

あんまり大きな声は出せないが、心で思っているだけでは通じまい。

「三島屋のちかでございます。行きがけにご挨拶《あいさつ》をいただきました。あの折は失礼いたしました。おえいのことはどうぞご心配なく、三島屋でしっかりお引き受けいたします」

そこで目を開け、さらに言った。

「もし、かなうものでございましたら、お姿を見せてはいただけませんか。あなた様にお目にかかったことを、おえいにも話して聞かせてやりたいと存じます。どうぞお願いいたします」

胸の奥で心の臓がことりことりと打っている。怖いのではない。ただどきどきする。

いくつか静かに息をしてから、おちかはすだれの裾《すそ》に手をかけ、掌《てのひら》の幅ほど持ち上げてみた。

駕籠の脇に、真っ白な粉雪に覆われた道の上に、二本の足が立っていた。

小さな足だ。それに、これは何というものだろう、藁《わら》で編んであり、草鞋《わらじ》と脚絆《きやはん》がひと続きになったものを履いている。江戸には見当たらないものだけれど、雪深い山中の里では珍しくないものなのだろう。

——ああ、いらした。

おちかはもう少しすだれを持ち上げてみた。すると、端布《はぎれ》を継ぎ合わせて色も柄もまぜこぜの、綿入れの裾が見えた。袖《そで》は筒袖になっていて、手の先はそこに隠れている。

古ぼけてはいるが、温かそうな綿入れだ。縞《しま》や絣《かすり》や、様々な端布が縫い合わされており、右前の端にある、白と黄色のひな菊の柄のものがよく目立った。

——どうしよう。

強く迷った。もっとすだれを押し上げて、こちらの顔を見せ、相手の顔も見ていいものだろうか。

その逡巡《しゆんじゆん》のうちに、手が滑ってすだれがすとんと落ちた。急いでもう一度持ち上げてみると、そこにはもう何も見えなかった。

おちかは両手で胸を抱いた。お顔は見られなかったけれど、ご挨拶はできた。それでよかったのだ。

「ありがとう、用事は済みました。どうぞ駕籠を出してください」

残りの道を、想いを抱きしめて、おちかは三島屋へと帰っていった。

「ただいまと言ったと思ったら、もうこれですよ」

お民がくるりと目を回してみせる。

「怪談語りの会はどうだったの？　ちっとは話して頂戴《ちょうだい》よ。まずは落ち着いて座ったらどうなのさ」

「あとで話しますから、それよりおばさん、おえいを呼んでくださいな」

振袖を着替えながら、おちかはやたらとお民を急《せ》かした。

おえいはおこちと湯から戻ったばかりだそうで、ほっぺたの赤みが増していた。お嬢さんの急なお呼びだというので、何か不始末でもあったのかと怯《おび》えた目をしている。寄り添うおこちも頬が強張《こわば》っていた。

「ごめんなさいね。叱ろうというのじゃないの。ちょっと教えてもらいたいことがあるだけなのよ」

身を寄せ合うようにしている母娘《おやこ》に、おちかはまずあの履き物を説明した。

「こういう形で――きっと臑《すね》のところまですっぽり履くんだと思うのよ。里で使っているものかしら」

おえいが母親の顔を見て、おこちがうなずいて答えた。「そんなら雪沓《ゆきぐつ》でございます」

「おうちで作るの？」

「はい、あたしらみんな、子供のころから教わって編むんでございます」

「おえいも自分の分を編むの？」

おちかの性急な問いに、おえいはまだひるんでいる。

「は、はい」

「そう。ほかの人に編んであげることもあるかしら」

今度は黙ってこっくりとうなずいた。

「それじゃあね、おこちさんでもおえいでも、端布を使った綿入れを作ったことはある？　筒袖でね、丈は雪沓のちょっと上ぐらいまでくるの」

「そういうものでしたら、冬の雪のあいだは、あたしらの里ではみんな着ております」

「そうなんだ。じゃあ、前のちょうどこのへんのところに、白と黄色のひな菊の柄の端布を使った綿入れを知ってる？」

おちかが帯の下のあたりを叩《たた》いてみせると、おえいがぱっと目を見開いた。

「ああ、そんなら」

「知ってる？」

答えていいのかと問うように、おえいは母親の目を覗《のぞ》く。おこちの方はピンとこないらしい。

「知ってたら教えてくれない？　誰がよく着ているのかしら」

おちかは熱心に身を乗り出した。おえいは少し首をすくめる。

「――その柄は、あたいの古い夏着です。こっちへ来る前に、おっかさんがおこぼさんの綿入れを縫って差しあげるとき、うちの古着をほごして使ったんです」

「おこぼさん？」

これにはおこちが、大真面目な顔で答えた。「あたしらの村の外れにある石仏様でございます。峠道にあって、村の者《もん》はみんなで拝みます」

「おこぼさんって、仏様なの」

「昔、村の者がその峠道に転げてるのをめっけたんですよ。このくらいの」

と、ちょうど座っているおえいの頭の高さに手をあげてみせて、

「岩のかたまりなんですけども、お地蔵さんかお坊さんみたいな形をしているもんで、村長《むらおさ》がこれは粗末にしちゃなんねえって、そこに据えて拝むようになったんです」

なるほど、それならば〈おこぼさん〉は、〈小法師さん〉の意味だろう。

「そうなの。へえ、そうなのか」

おちかは嬉《うれ》しくてたまらなくなった。

「おえいもいつも、おこぼさんをよく拝んで暮らしていたんでしょ？」

はい――と、おえいはうなずいた。

「今度おっかさんと一緒にこっちへ出てくるときも、おこぼさんにご挨拶した？」

おこちが答えた。「村の者は、いつでもおこぼさんを拝みます。峠を越えて行くときも、戻るときも」

おこぼさんは、おえいたちの村の小さな守り神なのだ。

「今年からはおえいも出稼ぎにくるから、二人とも元気で働けますようにって、おこぼさんの綿入れを縫って差しあげて、よくお願いしてきたんでしょう？」

「そうですけども」

いけませんでしたでしょうかと、おこちの声が気弱に細る。おえいも半分べそをかきそうな雲行きだ。これはしたり。

「何がいけないもんですか！　ごめんね、おかしなことを聞いて」

おちかは笑って謝った。

「おこぼさんはあったかい綿入れをお召しになって、喜んでおられるわ」

おちかは、おえいの小さな手を取った。

「おこぼさんは、いつもおえいのことを見守っておられるよ。だからいい子で励んでね。新しい年がきたら、あたしと一緒にお針を習おう」

母娘を下がらせると、お民とお勝とおちかの三人になった。お民は目を白黒させている。

「今のは何なの、おちか」

言ってしまうのは、やっぱりもったいない。おちかは嬉しくて一人でくつくつ笑う。

「あら嫌だよこの娘《こ》は。お勝も何なのさ、にやにやして。あんたには、今のが何だったのかおわかりかえ」

「いいえ、わたくしにもさっぱりでございますよ、おかみさん」

こちらも普段着に戻ったお勝は、さっぱりした顔で笑っている。

「でも、お嬢さんがこんなに楽しそうになさるんですから、きっと良いお話なんでしょう。それよりおかみさん、三河屋さんからお重が着く頃合いでございますよ。大立て者の井筒屋さんがどんなお土産を持たせてくださったのか、開いて見てみましょう」

「そうね、それがいいわ」

おちかは先にたって腰をあげた。ついでに、ちょっと窓に寄って開けてみる。

「まあ、また降ってる」

窓の外の夜空は、天から粉をふるうような眺めに変わっていた。

この雪道を小さな雪沓でほとほと踏みしめて、おこぼさんは山から降りてきた。初めて出稼ぎに行く村の子を案じて、江戸までやってこられたのだ。三島屋ばかりでなく、村の子が行くところにはどこへでも、そうやって足を運んでいかれるのかもしれない。

——こっちも大雪で、びっくりなさったことでしょう。

おちかは降る雪に微笑みかける。

怪異というなら、これも怪異だ。だがいいじゃないか。煤《すす》払いの済んだ心の梁《はり》に、清らかな白い雪が降りかかるようで嬉しい。その雪の優しさが、おちかの心に染み通る。

冬はこれから、まだまだ長い。

第五話　まぐる笛《ふえ》

三島屋《みしまや》に来て二度目の正月を迎え、おちかは十九になった。

松の内の商家は、どこも忙しい。年始回りの挨拶《あいさつ》があるし、こちらが年始回りを迎えることもある。そして三島屋では、三日の朝から表戸を開けて商いを始める。新年で干支《えと》が変わるから、身の回りの小物や袋物もそれに合わせて換えようという洒落者《しゃれ》のお客様がいるからだ。

正月の忙しさは楽しさでもある。その浮き立つような気分と、元日から続いた晴天のおかげで、おちかの心も一新された。昨年秋に、まるで転がり込むようにして黒白《こくびゃく》の間にやってきた甚兵衛《じんべえ》という元家守《いえもり》の老人の話と、彼が番屋に引き立てられていったあの顚末《てんまつ》から、おちかはようやく立ち直った。

あれ以来ずっと空けたままの黒白の間に、次の語り手をお招きしよう。おちかのその気持ちを見抜いたかのように、口入屋《くちいれや》の灯庵《とうあん》老人が相変わらずの蝦蟇《がま》面で三島屋にやって来たのは、鏡開きの日のことである。

本日の蝦蟇仙人は渋面だった。おちかの新年の挨拶も鼻先で聞き流している。

「今日ばかりは、どこへ行ってもこれから逃げられんわ」

伊兵衛《いへえ》の居室の火鉢に向かい、勝手知ったる他人の家の心やすさでどっかりと座り込んで、それでなくても皺《しわ》っぽい鼻の頭に、さらに皺を寄せている。

何が老人の気に障るのかと、おちかはまわりを見回した。

「これって、何のことでしょう」

「小豆《あずき》を煮る匂いだよ」

ふんふんするまでもなく、確かに台所から匂ってくる。鏡開きだから、汁粉を作っているのだ。三島屋は、職人や縫子たちまで入れたら大所帯だから、汁粉の量も多くなる。朝からおしまが大鍋《おおなべ》を相手に奮戦しているところだ。

「お汁粉、お嫌いなんですか」

蝦蟇仙人は目を剥《む》いた。「汁粉は好きさ。甘いものは大好物」

「でも」

「汁粉の匂いと、汁粉にする前の小豆を煮る匂いは別物ですよ」

そうかしら。

「世間にゃ珍しいことじゃありません。寿司《すし》は好きだが、寿司飯をこしらえているときの匂いが嫌いな人はおります。蕎麦《そば》が好きでも、蕎麦を茹《ゆ》でている湯気の匂いは駄目だという人もおります」

灯庵老人は、おちかに何かを言い聞かせようというとき、わざと丁重な口調になることがある。実に嫌味が利いている。

「困りましたね。窓を開けたら寒いし」

「手早く話を済ませますよ。お嬢さんも目出度《めでた》くひとつ歳をとったことだし、何事も段取りよく進めていかないと」

「あっという間に嫁《い》かず後家になってしまいますもんね」

蝦蟇仙人はむっつりと茶を飲んだ。先んじて一本取って、おちかはちょっと嬉《うれ》しい。

「で、次のお客ですが――」

「新年、最初のお客様ですね。わくわくして待っておりました」

「百物語にわくわくするとは、お嬢さんはますます縁遠くなりますな」

いちいち嫌味だ。

「明日、お約束を取り付けてございます。このお客は二本差しでございますよ。お嬢さん、粗相のないようにお相手できるかね」

「お武家様なら、先《せん》にもお迎えしたことがありますから」

「ありゃ浪人者でしょう。武士じゃなくて手習所の師匠だ。今度のお客は本物です」

勤番者だと、灯庵老人は言った。参勤交代による藩主の出府に付き従い、江戸に出てくる武士たちのことである。

「浅葱裏《あさぎうら》でございますがね、田舎者だと軽んじちゃいけません。江戸者に足元を見られんように、ああいう人たちはかえって見高に威張るものだから、なかなか機嫌の取りようが難しい。その割には万事にしわい屋で、小銭の出入りにも目くじら立てて騒ぎよるし」

灯庵老人は、ずいぶんな言い様をする。

「わたしも田舎者ですし、語り手のお客様がどこからおいでになろうが気にしません。でも灯庵さん、江戸勤番のお武家様たちのお耳にまで入るほど、この百物語のことを言い広めているんですか」

おちかには、そちらの方がよっぽど気になる。すると、蝦蟇仙人は白地《あからさま》に心外そうな顔をした。

「私が広めたんじゃない。あの瓦版《かわらばん》のせいですがな」

もう二月《ふたつき》は前の話だが、三島屋の変わり百物語とその聞き手を務めるおちかのことが、瓦版のネタになったのである。

あ痛《いた》ぁ。まだあれが祟《たた》るのか。

「好きで書いてもらったんじゃありません。叔父《おじ》さんがどうしてもというから」

言い訳がましいのが自分でも嫌になる。

か。

「江戸勤番のお武家様が、あんなものをご覧になるんですね」

「田舎者ほど江戸のことを知りたがるんですよ。ああいう人たちは物見高い」

ますますずいぶんな言い様だ。灯庵老人は、勤番武士に何か恨みでもあるのだろうか。

「念には及びませんが、そういう語り手の方ですから、身分やお名前は」

「はい、お伺いいたしません」

「つるつる安請け合いするもんじゃない。まったく、とんだ跳ねっ返りだよ」

言って、蝦蟇仙人は目を凝らしておちかを見据えた。こうして間近に覗《のぞ》き込むと、口入屋の老人は見事な三白眼である。

「――笑っちゃいけませんよ」

「はい？」

「お客様の語りを聞いて、笑うようなことがあっちゃいけません。きっと言い置いておきます。よろしいですな」

黒白の間でおちかが聞き取る話に、根っからの笑い話はない。それくらい蝦蟇仙人も百も承知だろうに、何で今さら念を押すのか訝《いぶか》しいが、問い返すとまた面倒《めんどう》だ。

「よくよく気をつけます」

しおらしく、おちかは頭を下げた。

さて、当日である。

黒白の間を訪れた語り手は、思いがけず若い武士であった。それもたいそう若い。小柄で華奢《きゃしゃ》で色白で、頰の線がまだ柔らかい。おちかは丁重に挨拶し、いつもの口上を述べながら、

――小鳥みたいな方だわ。

つい、たいへん失礼であろうことを思ってしまった。歳は二十歳くらいか、もう少し上かもしれないが、小柄なせいで少年のようにさえ見えるのである。

若侍は縞縮緬《しまちりめん》の着流し姿だ。足袋《たび》こそ白足袋だが、普段着である。

睦月《むつき》のうちはまだ縁起物がいいと、今日は床の間に七福神の掛け軸を掛けてある。備前《びぜん》焼の花器に松と南天を活《い》け、ほのかに香を焚《た》いた。灯庵老人が「ありゃ浪人者だ」と言い捨てた青野利一郎《あおのりいちろう》がここに来たときには、あまりに立派で大仰すぎる刀置きしかなかったので、その後、いい具合に古色のついた黒漆塗りのものを調達しておいた。

若侍はそこに両刀を置き、語り手の場所である上座に座して、姿勢はいいが、何となく落ち着きがない。

――こういう方のことだから、灯庵さんも、粗相をするなと念を押したんだ。

その一方で、老人自身は「浅葱裏」だの「物見高い」だの、語り手を軽んじるようなことを平気で言っていた。あれも、この方がお若いからだったのだ。

おしまが来て、茶菓を出して去った。次の間へ続く唐紙の向こうでは、いつものようにお勝《かつ》が控えている。百物語を始める支度は調った。おちかは息を整え、若侍と正対した。

沈黙が落ちる。

若侍はまだ目がきょときょとしている。初々しく滑らかな月代《さかやき》に、うっすらと汗が浮いているようだ。

「本日はようこそ三島屋におでましくださいました。わたくしがお客様のお話をお伺いいたします。名をちかと申します」

間が保《も》たないので、もう一度挨拶《あいさつ》して頭を下げてみた。すると、慌てたように若侍も頭を下げ返す。

さっきから、まともにおちかの顔を見ようとしていない。おちかの目から逃げようとしているみたいだ。

話の切り出し方がわからないのだろうか。いわゆる〈口の重い〉方なのだろうか。

そういえば、おしまの案内で黒白の間に通るときにも、

「御免」

と、ひと言、蚊の鳴くような声を出しただけだった。

「お客様、三島屋の百物語は、この黒白の間のなかだけのお話でございます。聞いて聞き捨て、語って語り捨てを決まりとしております。また、お客様のお名前やご身分を明かされる必要もございません。お話のなかに出てくる方のお名前も同様でございます」

さっきも説明したことだが、もういっぺん繰り返す。聞き役のおちかとしては、こうして水を向けるしか術《すべ》がない。

それでも若侍は黙っている。

「口入屋《くちいれや》の灯庵さんからもお聞き及びと存じますが、わたくしは三島屋の主人・伊兵衛の名代として、この百物語の聞き手を務めております」

やっぱり若侍は黙っている。少し待ってみようかとおちかも黙っているうちに、だんだんと若侍の額と頬と耳たぶが紅潮してきた。

――お怒りなのかしら。

「本来でしたら、主人・伊兵衛がご挨拶に参りますべきところ、たいへん失礼とは存じますが」

仕方がないのでまた謝りにかかったら、若侍が泳ぐように右手をあげて、おちかを制する仕草をした。と思ったら、その手が所在なげに下がり、拳《こぶし》を握った。うなだれて、さらに顔が赤くなる。

——あら、どうしよう。

若侍の華奢な肩がかすかに揺れている。月代が汗で光り始めた。

身を低くしてつい乗り出したおちかの前で、若侍はぶるりと胴震いすると、思い切ったように面を上げ、口を開いた。

「あの、お客様」

「まんど、みったくねぇところばおみせして、すまんごとでござります」

先ほどの「御免」よりはずっと力の入った、これがこの方の地声なのだろう。小鳥のような外見にそぐわない——と言ってはまた失礼だろうが、芯《しん》の通った凛々《りり》しい声音だった。

そして、(あ痛ぁ)という顔をした。昨日、灯庵老人に瓦版のことを言われたとき、おちかもこういう顔をしたはずだった。そして今のおちかは、ただただびっくりしている。

ええと、今のお言葉は？

若侍は今やゆでだこだ。耳の先まで真っ赤になっている。

「ああ、まいね」

片手でその顔を押さえ、ひと声呻《うめ》いて小さくなってしまった。

「こんだら、さだだじゃ。おでば何ぞしよってのしとんのか、きまげてたまんね」

語調と仕草から推す限り、自分で自分を叱っているようである。

おちかはぽかんと座っていた。若侍の言葉の意味はわからない。だが、灯庵老人がなぜあんなふうに念押ししていったのか、その理由はわかった。

お国訛《なま》りだ。

この方のお国訛りがきついので、話を聞いて笑うなと、蝦蟇《がま》仙人は言ったのだ。

目の前が開けたような気分だった。そして、いけないときっと言われたことを、おちかはやってしまった。つい笑顔になったのだ。

「お、お客様」

相済みませんと急いで頭を下げて、

「どうぞそんなにお気になさらないでくださいまし。お客様のお話しになり易いお言葉を使ってくださって、わたくしは一向にかまいません」

恐れ入ってみせた方がいいのだろうけれど、目の前の若侍があんまり悔しそうで恥ずかしそうで、まさに身を揉《も》んでいるのが労《いたわ》しく、どうしても難しい顔ができない。

「だども、そんでは」

小鳥のような若侍の顔は、くしゃくしゃに歪《ゆが》んでいた。これが小さな子供なら、半べそ顔だと言いたいところだ。

「話ばべっごちゃに――いやいやいや」

拳で額をごしごし擦《こす》ると、息を整え、若侍は何とか言い直した。

「話がわからない、でしょう」

おちかはにこやかに笑ってみせた。

「わからないときには、お聞き直しいたします。ずっと伺っていくうちに、わたくしも少しずつお客様のお国言葉を覚えますし」

「はあ……」

若侍は深々とため息をついた。眉間《みけん》の皺《しわ》は深く、口元がぎくしゃくと動く。

「それがし、江戸出府は二度目でござる」

おお、お国訛りではなくなった。

「それでも、初の出府の際からこちら、折々に、江戸詰の長かった上士に教わり、江戸言葉を話せるよう、努めて参ったのです」

少しずつ区切りながら、確かめるように言葉を口にする。二度目の出府というならば、むしろ、よく江戸言葉を使いこなしている方ではないか。若いから覚えが早いのだろう。

「しかし――このような場では、すっかり頭が、う、うろになりまして、言葉に詰まると」

お国訛りが先に出てきてしまうのだろう。
「実はわたくしも江戸の生まれではありません。実家は川崎宿《かわさきじゅく》で旅籠《はたご》をしておりま
す」と、おちかは言った。「川崎は大きな宿場町でございますから、様々な土地から
お客様がおいでになって、いろいろな言葉を話されます。それが耳に馴染《なじ》んでおりま
すから、そんなに驚きません」
「はあ」と、若侍はまたため息を落とす。「先ほどは、これでは駄目だ、何をしに来
たのかわからない、というようなことを、申し上げたのです」
「はい、わかりました」
応じて、おちかは若侍の顔を見た。
「ほら、そうして教えてくだされば大丈夫でございますよ。ね？」
若侍はおどおどとおちかを見やると、すぐその目をそらしてしまって、汗の浮いた
額に拳をあてた。これまた子供のような仕草だ。
「それがしは――赤城信右衛門《あかぎしんえもん》と申します」
若侍は小声で言う。おちかは明るく受けた。
「ようこそおいでくださいました、赤城様」
見守るうちに、若侍の額と頰の赤みが引いてきた。小作りに整った顔立ちである。
「一説に、赤城の姓の源流は上野《こうずけ》にあると聞き及びますが、奥州《おうしゅう》にも多くござる。そ

れがしも、ですから」

「赤城様は北の国のお生まれなのでございますね」

「そのぐらいのまでえ――いや、ええと、だいたいの見当でよろしいのですか」

「はい、結構でございます」

彼が仕える藩や主家のことなど、言ってはまずいだろうし聞くつもりもない。ただ、おそらく話の舞台になるであろう土地の気候や風土に関わることは聞いておかねばならない。

「今ごろの季節は、赤城様のお国はまだ雪が深いのでございますか」

赤城信右衛門は勢いよくうなずいた。

「それはもうでっこな雪が――ああ、いやもう大変な大雪が降ります」

おちかは微笑んだ。「どれぐらいたくさん降り積もるのでしょうか」

「ええと、貴女《あなた》の――」

「ちかでございます」

「おちか殿の背丈より、もっと高く積もります。月のうち、半分方は雪の日です。晴れても風が出ますと、地吹雪になります」

地面に積もった雪が強い風に舞いあげられて、あたかも空から降ってくるような眺めになるのだという。信右衛門は手振りもつけて教えてくれた。

ずっと、とても寒いのでしょうね」

「息が凍るほどでがんす」

言って、少し躊躇《ためら》うように間を置いてから、信右衛門は続けた。「おでがこんまいころ、河原でてんばたあげて、糸がいだって何ぼかどでんすたんで」

わざとお国訛りで言ったのだ。よし、ここであててみせなくては、おちかの女がすたる。

「赤城様が、小さな子供のころ」

うんうんと、信右衛門はうなずく。

「河原で、何かをあげたら、糸が――凍ってしまったのですね？」

「そうです、そうです。いだるというのは、凍ることです」

信右衛門は嬉《うれ》しそうだ。おちかも楽しくなってきた。

「河原で、糸を使ってあげるものといったら、凧《たこ》でしょうか？」

「おお、凧です、凧です」

「河原で凧をあげていたら、糸が凍ってしまって」

何ぼかどでんしたというのだから、

「とても驚いた？」

「ご明察でござる」

笑うと、信右衛門はいっそう童顔になる。

「その折には、それがしの父も、驚いておりました。この土地でも、凧糸が凍るほど冷えるのは、何十年に一度だと」

言って、信右衛門の口調がふっと沈んだ。「父は一昨年の二月にみまかりました」

亡くなったのだ。

「お悔やみを申し上げます」

おちかはしとやかに頭を下げ、信右衛門はうなずいて応じた。

「そして先頃、母も逝《ゆ》きました。つい七日ほど前のことでござる」

おちかは掛け値なしにどでんした。思わず声が高くなる。「お母様が？　たった七日前に？」

「はい」

「でしたら赤城様、お国にお帰りにならなくてはいけないのではありませんか」

こんなところで百物語などしている場合ではあるまい。

「お国までどれぐらいかかる――」

言いさして、やっと気づいた。それを訊《き》いてしまうと、おおよその場所の見当がついてしまう。

たじろいでいると、赤城信右衛門は目元だけで微笑み、軽く首を振った。

「それがしの国は、遠いのです」

江戸言葉で語るときは、いかにも教わったばかりですというふうに、書いたものを読むような口調になる。そこに、今はかえって悲しみが滲《にじ》んでいた。

「国を発《た》つとき、既に母は、病んでいました。たぶん、もう会えまいと、覚悟しておりました」

一語一語、嚙《か》みしめるように言う。

「母の死の報《しら》せは、昨日、それがしのもとに届きました。それほど遠いのです」

たった一人の母親が七日も前にこの世を去ったと、昨日になって、やっと知った。

「それに我が家――それがしの故郷《くに》では、母のようなお役目を負う者が没した場合、身内であっても、男どもは、葬儀をすることが、できません。おなごだけで、見送るのでござる。我が家からは、妹が母の見送りに立ち会い申した」

おちかは軽く目を瞠《みは》った。

「赤城様のお母様は、何か大事なお役目を担っておられたのでございますか」

無言で、顎《あご》を引くようにして、赤城信右衛門はうなずいた。

「これは、それがしらが住まう土地の、秘事でござる」

書いたものを読むような口調に、一抹の重々しさが加わった。

「口外してはいけないことなのですが」

おちかは黙って先を待った。

「おがぁのなんぎば知れんまんまだら、とじぇんでこらえきれんで」

信右衛門は、忙《せわ》しなくまばたきしながらそう呟《つぶや》いた。

「母のことを、どなたかに、話したくなりました」

母の苦労が誰にも知られないままでは、悲しくて。

「黙ったままでは、胸が塞《ふさ》がるようで」

信右衛門は悲しみを堪《こら》えている。

「語ってはいけないことなのです。ですが、語りたくなり」

「わたくしどもの変わり百物語のことを思いついてくださったのですね」

信右衛門はうなずいた。「評判を聞きましたから」

神田《かんだ》三島町《みしまちよう》の袋物屋三島屋が、風変わりな話を集めている。そこで語ったことはけっして外には漏れない、と。

「江戸屋敷の長屋で、定府の朋輩《ほうばい》に、瓦版《かわらばん》を見せてもらいました」

あれも役に立つことがあるわけだ。

「先に話だけ、聞かされましたが、瓦版はなかなか、見せてもらえなかったのです。朋輩も、大事にとっていて、まっこはだって——うんと頼み込んで、ようやくです」

何とも恥ずかしい。おちかの方が顔が赤くなりそうだ。

「赤城様、確かにわたくしどもでは、この黒白の間で伺ったお話は、ここに封じ込めてしまいます。わたくしのこの胸に。固くお約束いたします」

赤城信右衛門のまばたきが止《や》んで、少しだけ潤んだような目がおちかを見た。

「それがしの母の負っていたお役目を、父は、承知していたはずでござる。だが、母がそのお役目のために命を賭《と》して働く様を見たことは、父にもなかったと思われます。これは、それほどの秘事でござる故に」

語りたい。だが語ってはいけない秘事だ。ただ世間の評判だけを頼りに、赤の他人に打ち明けていいものか。いや、赤の他人だからこそいいではないか。赤城信右衛門の心が揺れる様が、おちかには目に見えるようだった。

「赤城様の妹さんは、おいくつでいらっしゃいますか」

「――十八でござるが」

おちかは微笑んだ。「わたくしは十九でございます。歳が近いからどうだということはございませんし、差し出がましい申し条かもしれませんが、わたくしを妹さんだと思って、懐かしいお母上様の昔のことをお話しいただく、というのはいかがでございましょう」

信右衛門は軽く首をかしげておちかを見つめた。きっと、国許《くにもと》の妹の顔とおちかを重ねて見ているのだろう。おちかはじっと動かずにいた。

信右衛門の目元が和らいだ。「そうですね。それは名案です」

どでんする話だけんども、兄サの言うごと、よっぐ聞ぐんだよ。

「それがしは――」

切り出して、これは違うというようにかぶりを振ると、咳払《せきばら》いをして、信右衛門は始めた。

「おではこんまいころ、十《とお》になるくらいまででがんすが、めっしいな子ぉでした」

おでは「それがし、私」だ。

「赤城様は、十歳ごろまで――」

「めっしいというのは」

信右衛門はちょっと考え、眉《まゆ》を寄せた。

「身体が小さく、ひ弱という意味でがんす」

信右衛門は今でも華奢《きゃしゃ》である。子供のころはもっと弱々しかったのだろう。

「おでは赤城の家の長子でがんすが、こないめっしい子ぉはどうでだちかんと、六つのとき、母方の遠縁の家さ、いぐことになりました。尼木村《あまぎむら》さいう、山ンなかで」

「お母様のご親戚《しんせき》のおうちに預けられたのですね」

主君の江戸出府に随行しているのだから、赤城家は在郷ではなく城勤めの身分なのだろう。ならば一家は城下に住んでいる。信右衛門だけそこから離れて、いわば静養に出されたのだろう。

「赤城様のお身体が丈夫になるまで、水や食べ物のいいところで育てようという、ご両親のお考えがあったのでしょうね」

「ンではなくて——」

信右衛門はちょっと言いよどんだ。

「前の年の春、おでの妹が生まれまして、母が妹に一心に打ち込めるよう、なんど手のかかるめっしいおでを他所《よそ》へ遣《や》ろうと、そういう話でがんした」

「だって」おちかは言葉に詰まった。「赤城様は跡継ぎでいらっしゃるのに」

妹を大事にするために、ひ弱で手がかかるからといって、長男を他所へ遣る。そんな逆さまな理屈があるものか。武家では、跡継ぎの男子がほかの誰より大事なはずではないか。

おちかがあんまり驚いたからだろうが、信右衛門は宥《なだ》めるような仕草をした。噛んで含めるように、

「おでの国許では、家を継ぐには、おなごの方がえらいことがあってです。えらいというのは、大事だという——大事な立場にあるということで」

大事な立場。〈それがしの母の負っていたお役目〉という、あの言葉。

「毎年長月《ながつき》の朔日《さくじつ》には、おなごだけの祭りがあってです。寺や神社や、町や村の長《おさ》の家さ集って、おなごだけで賑《にぎ》やかに祝います」

おちかは少し考えた。「そうしたことも、これからお話しいただく秘事と関わりがあるのでしょうか」

信右衛門はうなずき、おちかの顔を見つめて、ふと頬を緩めた。

「してもぉ、おちか殿は江戸のお方ですな。北国だぁ、城町より山里の暮らしぃの方が、まっこいっかいで」

「いっかい？」

「厳しい。辛《つら》い」

そうかと、おちかも気がついた。

町なかより鄙《ひな》の方が水や食べ物がいいだろう、子供の成長にもいいだろうというのは、しょせんは町場の者の考え方で、てんで甘い。本当に自然の厳しいところでは、大人にも子供にも、山里より城町の方が暮らしやすいに決まっている。田舎で静養などというきれい事があるわけはないのだ。

わたくしも江戸者ではございません、田舎者ですなどと殊勝な顔をして言ったおちかだが、北国の暮らしは何も知らない。はしなくも、それが露呈した恰好《かっこう》だ。

「きっとそうなのでしょうね。失礼いたしました」

信右衛門はやわらかく笑った。

「おではべそったれで、家が恋しゅうて、おっかが恋しゅうて、よう叱られました」

泣き虫で、家が恋しいと泣いてはよく叱られた。照れくさそうに言う。

「そんでも、おではもっけもんで、食うものも着るものも足りて、いっぺおんじに大事にしてもらったもんです」

「いっぺおんじ？」

「尼木村の家は、母の又従兄《またいとこ》の庄一平《しょういっぺい》いう人の家でがんす。こン人は杣頭《そまがしら》って、村の杣衆の束ね役をしよる人でした」

いっぺい、しょういっぺい。珍しい名前で、またおちかが戸惑うとわかっているからだろう、信右衛門はもう一度ゆっくり繰り返してくれた。

「おでが国は、檜《ひのき》の産地でがんす。山に入って檜を育ててぇ、伐《き》り出してぇ、百年も前から、土地の者たちはそれで食ってきよりました。そんだから、杣衆は山の宝でがんす」

「赤城様のお国では、山で働く人たちは偉いんですね。あ、えらいというのは」

「大事な人びとで」

「はい、わかります」

「杣頭という束ね役は、代々、〇〇平《へい》と名乗るんでがんす。庄一という杣が杣頭になると、庄一平」

なるほど、わかってきた。

「〈平《ひら》〉いうのは、山を開いて――開くというのは、ほっぽっておいて檜が生える山ではなぐてぇ、植林して檜の山にする、その開いた山を数えるときに、ひと平、ふた平、と呼んだんで。それを杣頭の名前につけるうちに、〈ひら〉から〈へい〉になり、〈ぺい〉になって」

杣頭の名前によっては〈重五郎っぺい〉とか〈又三郎っぺい〉とか言いにくいふうになり、だから村人たちのあいだでは、杣頭が代官所からいただいた屋号で呼び合うのが習わしなのだそうだ。

「庄一平の家は、秤屋《はかりや》の屋号をいただいておったです」

「でも、赤城様は、〈いっぺおんじ〉と呼んでいらしたんですね」

「ンです。おんじというのは、年かさの男の呼び方で、意味は〈おじさん〉ですけんども、もうちっと親しいような」

おじちゃん、おっちゃん。それぐらいの感じだろうか。

江戸のど真ん中の三島屋の、静かな黒白の間にいて、火鉢の温《ぬく》もりを感じながら、おちかの心の目には、遠い北の国の景色が見えるような気がしてきた。

赤城信右衛門が生まれ育った藩は、冬には大雪が降り、冷たい風が吹きすさぶ北方の地にある。その藩の財政を支えているのは豊かな檜の森で、しかしそれは一朝一夕にできたものではなく、百年この方、その地に住み着いている人びとが営々と山を開いてきたからこそ恵まれたものなのだ。

領民の暮らしを支える男たちは、きっとよく日焼けして力が強く、きびきびと立ち働き、山のことなら隅から隅まで知り尽くしているのだろう。村の家々は厚い茅葺《かやぶ》き屋根をいただき、朝に夕に煙抜きから白い煙が立ちのぼる。女たちは深い山の懐に抱かれて家を守り、子を育てる。

「以前、ここで小さな子供さんのお話を聞いたことがあるんですが、その子は松や杉の産地の山里育ちで、その村では山の営みの一切を仕切る役目の人を、〈山頭《やまがしら》〉と呼んでいたそうです」

「はあ、そっだら、どのあたりになっがな。北国はどこも、銘木売りにけっぱっとるで」

山がちで田畑が少なく、寒さが厳しくて実りが薄いから、銘木を産物として藩の財政を潤そうと懸命なのである。あるいは〈けっぱる〉は、〈頼っている〉の意味か。

「赤城家は代々、藩の西番方馬廻《ばんかたうままわり》役を拝命しておるのですが」

家格のことを語るためか、信右衛門が角張った言葉つきに戻った。おちかもぴりりと座り直した。

「は、はい」

「我が藩には、番方を東西ふたつに分けるしきたりがござる。東番方には主家との繋《つな》がりの濃い家々が、西番方には土地との縁が濃い家々が組み入れられます」

番方というのは主家や城下の警備にあたる役職である。内向きのことを司《つかさど》る役方と比べると、素朴に〈武士らしい〉役職だ。武張っていると言ってもいい。

「母が父に縁づいたのも、赤城が西番方の家だったからでござる。尼木は領内でもっとも古い村落のひとつで、土地との繋がりが濃い。それがしの母の生家も、もとは尼木村にありました。つまりは母の故郷でござる」

又従兄の庄一も暮らしている。

「それなのに、それがしを尼木村に遣ろうという話が起こったとき、当初、母はひどく嫌がりました。それがしもうっすら覚えているのですが、いつもはおとなしい母が、そのときばかりはひどく父に抗弁して、一郎太《いちろうた》を他所へ遣るのは致し方ないが、尼木村だけはいけないと」

一郎太は信右衛門の幼名だろう。

少しのあいだ、沈黙が落ちた。

「おっかが、なしてあげにかづけったか」

またお国訛《なま》りに戻り、自分で自分に問いかけるように、信右衛門が言った。〈かづける〉は、逆らうの意味だろう。

その目が遠くなっている。遠くにある、何かを見ている。思い起こし、心の目で見据えて、これから言葉にしようとしている。

「はい」と、おちかは合いの手を入れる。

決然とした眼差《まなざ》しで、信右衛門はおちかに向き合った。

「おでがその理由を知っだのが、その年の夏の盛りのことでがんした」


異様に暑い夏だった。

尼木村に来て二月《ふたつき》ほどの一郎太には、前年までと比べようがないからわからない。ただ、いっぺおんじもおんじの家の人たちも、宗願寺《そうがんじ》の和尚さんまでそう言っている。実際、日中の日差しの強さと眩《まぶ》しさには子供ながらも驚いたし、毎日のように、村のまわりの檜の山をそっくり包み込むような陽炎《かげろう》が立つ、その景色にも目を瞠《みは》った。城下の町では、陽炎などめったに見ることがなかった。

尼木村の子供たちは、朝は起き抜けからそれぞれの家の仕事を手伝い、昼過ぎまでは宗願寺の本堂で、住職と寺僧から読み書きを習う。まさしく寺子屋だ。城下には赤城家のような平士の子息が通う藩の学問所があり、一郎太も年明けから通い始めたばかりだったのだが、よく熱を出したり腹を下したりして休みがちだったので、いろはも覚えきらないうちに尼木村に来てしまった。ここでは一から学ぶのと一緒だった。

宗願寺は古い山寺で、宗旨は浄土宗である。村を囲む山々が次々と開かれ、檜の植林が進んで整然とした形に変わっているなかで、宗願寺のあるここばかりは雑木が繁り放題のまま残されており、丈も枝振りも様々な木立の隙間から、朝な夕なに住職の南無阿弥陀仏《なむあみだぶつ》が流れ、合間に子供たちの声が混じる。

境内にある小さな鐘撞《かねつ》き堂の鐘は尼木村の時の鐘でもあり、小吉《こきち》という寺男が撞いていた。この小吉はうっかり者で、しばしば鐘を撞くのを忘れてしまうのだが、村の人びとは、日々の仕事には追われても時に追われる暮らしはしていないので、誰も困らない。ただ、それでは子供らの手前も示しがつかないので、彼が鐘撞きを忘れるたびに、住職は厳しく叱る。それが宗願寺の名物になっていた。

一郎太が尼木村に来たとき、いっぺおんじは、最初に宗願寺へ連れてきた。

「まんず、和尚さんに挨拶《あいさつ》せぐばなんね」

おんじに手を引かれて急な山道を登り、山門をくぐると、山肌の色に溶け込むような、苔《こけ》むした寺に行き着いた。草木染めの衣を着た住職は、いっぺおんじよりはよほど歳若い人で、丸めた頭はつやつやと輝いていた。

わけもわからぬまま家を追われ、母と引き離されて、ただただ寂しく悲しいばかりだった一郎太は、挨拶といったところで、下を向いていただけである。ただ、住職が

しみじみと一郎太を眺め回していたことと、

「光恵《みつえ》様のお子だぁな」

「はい。このお子が村サけえってくるこどになったんも、なにさのお導きでがんしょう」

おんじとそんなやりとりをしていたことは、耳に残った。

光恵というのは、一郎太の母の名である。その母が、故郷の村では「様」をつけて呼ばれている。山里の生まれながら、赤城家という平士ではあるが番方の旧家に嫁いだから、母上は敬われているのだなと、子供なりに思った。それで余計に母が恋しくなってしまって、帰り道ではまたべそをかいた。

「泣ぐんでないよ。おめさはこの村のえらい子だぁな。泣いてばっかいだら、おっかにしょうしい（恥ずかしい）でな」

いっぺおんじは、そう言って頭を撫《な》でてくれた。

おんじは連れ合いに先立たれていたが、家には大勢の雇い人や女中たちがいた。息子も二人いて、そのころには一人前の働き手に育ち上がっていたから、大人ばかりの家である。一郎太は秤屋ではただ一人の子供で、宗願寺の寺子屋にも一人で通わねばならない。迷うような道ではないからとおっ放されて、初めの数日は心細く一人歩きをしていたが、すぐに、いっそ一人の方が楽だと思い知ることになった。

子供が集まるところなら、町場でも村でも、どこにもガキ大将がいる。尼木村のガキ大将は、藤吉《とうきち》という九つの男の子だった。固太りで身体が大きく、図抜けて力も強い。顔も大きいが目鼻の造作は真ん中あたりにちまちまと集まっていて、何かというと自分の耳を引っ張る癖があり、気にいらないことがあるとすぐどすどすと地団駄を踏む。

この藤吉に、一郎太は早々に目をつけられてしまったのだ。いちばんの理由は一郎太が見るからにひ弱そうだったことだろうけれど、たとえそうでなかったとしても、藤吉は一郎太を放っておかなかったろう。

藤吉の家も屋号持ちである。鉈屋《なたや》という。村にはもう一軒、蔵屋《くらや》という屋号持ちがいて、杣頭《そまがしら》はこの三軒が回り持ちで務めることになっていた。

尼木村にも村長《むらおさ》はいる。村長は宗願寺の檀家《だんか》総代でもあり、村の内政のすべてを仕切るが、山のことにはまったく口を出さない。そも、村長の家からは杣になる者がいない。山のことにおいては、屋号持ちの三軒が村長よりも偉いのである。

杣頭にはそれだけの権威がある。だからこそ、その権威が一ヵ所に留《とど》まって淀《よど》むことがないよう、回り持ちになっている。しかも杣頭はひとつの屋号持ちにおいては一代限りで、たとえばいっぺおんじが杣頭をやめても、おんじの長男は杣頭にはなれない。おんじの次の杣頭は、必ず鉈屋か蔵屋から出る。またこの代替わりは、杣頭が年老いたとか、怪我をしたとか病だとか、そうした理由に限らない。山火事や大水や干《かん》魃《ばつ》があったり、村で流行病《はやりやまい》が出たりしても、杣頭は代わる。そういう意味では杣頭はただの職人頭ではなく、神職に近い立場なのだった。

順繰りなのだから、三軒の屋号持ちは、けっしてそういう立場を争っているわけではない。それでも、何となく張り合ってしまうというのは人の性《さが》だろう。とりわけ、三軒の女子供や雇い人たちは、自分たちが当事者ではないからこそ、当主が杣頭になれば反っくり返ってしまうし、杣頭が他家に代われば悔しがる。

藤吉もそうだった。実に素直に子供らしく悔しがっていた。

鉈屋では、彼の祖父が杣頭を務めていた。秤屋のいっぺおんじの前の杣頭である。そして藤吉の祖父が杣頭をやめたのは、五年前、檜《ひ》の伐《き》り出しの際に不手際があり、杣が一人押し潰《つぶ》されて死んだからだった。

そういう不幸があった際には、すぐさま杣頭を代える。その杣頭の非を問うからではなく、あくまでも凶事を祓《はら》うためだ。この理屈が、いくら身体が大きく、年上の男の子たちにも恐れられる力持ちであっても、頭の中身は九つの子供である藤吉にはわからない。うちのおじいは何も悪くないのに、秤屋に杣頭をかすめ取られたぐらいに思っている。これは、藤吉の祖母や母が、愚痴混じりにそんなことを彼の耳に吹き込んでいるせいもあるようだった。

それでも、秤屋の息子らはもう大人なので、さすがの藤吉でもかなわないというか、相手にしてもらえないでいた。そんなところへ、飛んで火に入る夏の虫で、一郎太という他所者《よそ》が、秤屋に引き取られてきたのである。しかもこの他所者は、何だか知らんがべそをかいてばかりいる意気地なしだ。藤吉が大喜びで一郎太にちょっかいを出してきたのは、まあ無理のない話だった。

毎朝、一郎太が宗願寺へ向かうと、途中で藤吉と彼の仲間——ガキ大将の腰巾着《ぎんちゃく》が待ち構えている。こづき回され、からかわれ、昼飯に持たせてもらったふかし芋や稗《ひえ》餅《もち》を取り上げられ、それでも泥だらけになって宗願寺へたどり着けるならばまだいい方で、いっぺんなど目が回るほど殴られてから、肥だめまで引きずって行かれて突き落とされた。

この宗願寺のある山は、寺のある場所から先で急に険しくなる。ずっと登ってゆくと、村の人びとが〈大峠《おおとうげ》〉と呼ぶところに行き着くのだが、そこへ至る道は普段は閉ざされていた。大峠は難所であり、季節を選ばずよく突風が吹くからだと、一郎太は教わっていた。この決まりはよく守られていて、宗願寺から先へは誰も登らない。

そういう決まりを破りたがるのは子供の常であるし、村いちばんのガキ大将ならなおさらだろうが、藤吉（と腰巾着たち）は意地悪いことに、自分で決まりを破ろうとするのではなく、一郎太に破らせようとした。住職と寺僧の目を盗んで一郎太の着物を剝《は》いで赤裸にしておいて、着物を返してほしいなら、大峠まで登っていって、夏場になると山の高いところで咲くアカナナエという花を取ってこいと脅しつけたのである。

このときは、裸に剝《む》かれた一郎太が宗願寺の裏で藪《やぶ》に隠れて泣いているのを、寺男の小吉が見つけた。小吉はうっかり者だけれど、気は優しい。日頃宗願寺の子供たちを見慣れているので、何があったのかすぐ見当もついたのだろう。自分が寝起きしている掘っ立て小屋に一郎太を隠すと、着物を探しに行ってくれた。小吉に見つかったのを悟った藤吉たちはとっくに逃げ散っており、着物は宗願寺の厠《かわや》に捨てられていたのを、小吉がきれいに洗って乾かしてくれた。

小吉は、昔はいい杣だったのに、酒を飲み過ぎて腕が鈍り、ついでに頭も莫迦《ばか》になったのだと噂されている。一郎太もそれは知っていた。実際、小吉は子供の目にも、本当にしょうのないうっかり者に見えた。だがこのときは、かつての大酒飲みの名残だろう赤い鼻の頭を擦《こす》りこすり、照れくさそうに言葉も少なく、一郎太を説教することもなく世話を焼いてくれて、何事もなかったかのように秤屋へ帰してくれた小吉の温情は有り難かった。小吉はこのことを、誰に告げ口することもなかった。

しかし、一郎太がそんないじめに遭い続けておれば、ほかの大人たちとて気づかぬわけはない。秤屋の女中たちは何度か鉈屋にねじこんでくれたが、それで止まるような藤吉ではなかった。

加えて、一郎太にとって何より理不尽に思えたのは、住職といっぺおんじが何もしてくれないことだった。

「ぼんもやり返せ」

「おんしは光恵様の子だら。負けとってはまいね(負けていてはいけない)」

住職はここでも恭しく「光恵様の子」と言ったけれど、一郎太にはちっともその威光が感じられない。

「おでは赤城家のあととりだぁ」

武士の子だ、もののふだ。泣きながらそう訴えると、ならばそれらしくふるまいなさいと説教されるばかりである。

「殿様に仕えるお家柄だって、そンだけでおぞがい(立派な)わけだぁねえ」

そんなふうだから、一郎太にとっては、寺子屋への行き帰りは毎日生き地獄だった。宗願寺の本堂へ入ってしまえば、手習いのあいだは何とか無事だ。藤吉も住職に叱られるのは怖いからである。とはいえ、住職がちょっと目を離した隙に、頭から墨汁をぶっかけられたことはある。

いったいどうして、自分はこんな目に遭わねばならないのだろう。なぜこの村に追いやられ、閉じ込められているのか。なぜ城下の赤城の家に帰ることができないのか。

たった六つの、泣き虫の意気地なしの子でも、思い詰めて思い詰めて、思い立った。一人でこっそり城下へ帰ろう。

こうして、一郎太は家出を試みた。後になって知ったことだが、その日は一年のうちでいちばん日が長い、夏至の日だった。

水筒を腰につけ、台所から盗んだ昨夜の残り飯のおにぎりを懐に、小さな手で草鞋《わらじ》の紐《ひも》を結んで、山の端をかすかに染める朝日の色を頼りに、秤屋を後にした。いったん、村の南側の峠に出て、そこからはひたすら下ればいい。迷うはずがない。嫌々ながらも数ヵ月を村で暮らして、そこそこ山には馴染《なじ》んでいる。大丈夫だと、自分では思っていた。

とんでもない思い違いだった。宗願寺の朝の鐘が、また小吉が撞《つ》き忘れたのか、陽の高さからしたらずいぶん遅れて鳴るころには、一郎太は見事に迷子になっていた。

足元には細い道がある。人が歩んで踏み固めた道だ。なのに、歩いても歩いても檜の森の奥深くへ入り込むばかりだ。山を下るつもりなのに、道をたどってゆくと、なぜかしらいつも登っている。これではいけないと踵《きびす》を返して下っていくと、またすぐ登り道に行き当たる。どうしてこうなるのか。山で迷う者によくあることで、同じ場所をぐるぐる廻《まわ》りながらだんだん大きな円を描いてしまい、目的の方向を見失っていたらしいのだが、山歩きを知らない六つの子には、そんなことは思いも及ばなかった。

息を切らし、震えながら泣きながら、転んでも立ち上がって顔を拭《ふ》き、わななく膝《ひざ》にむち打って、それでも果敢に歩き続けたのは、ただもう城下の家が恋しいからだった。だが、その一心を受け入れて道を開けてくれるほど、尼木村を囲む山は物わかりがよくはなかった。

そのうちに、どこからかせせらぎの音が聞こえてきた。夏場のことで、大汗をかき涙まで出して歩くうちに、水筒の水はとっくに飲み尽くしてしまった。一郎太は水を求めて、ほとんど這《は》うようにせせらぎの音を目指した。

整然と立ち並んだ檜の森の向こう、なだらかな下りの先に沢が開けている。そのあたりは雑木林が残っており、硬く濃い葉に小さな赤い花をつけた繁みが、沢へ降りる斜面を覆っていた。

こういうところは、足元の地面が滑る。それを知らない一郎太はまたぞろ見事に滑って転んで、ずるずると沢まで落ちてしまった。頭を打たなかったのは幸いだが、袴《はかま》の尻《しり》も脚絆《きゃはん》も、草鞋もべっとりと泥水に濡《ぬ》れた。手をついて身を起こしながら、思わず声をたてて泣いて――

その泣き声が引っ込んだ。

目と鼻の先、赤い花の繁みのなかから、にゅうっと一本、手が出ている。

肘《ひじ》から先、肉付きのいい日焼けした腕である。掌《てのひら》を上に、何か握っていたかのように、五本の指が鉤型《かぎがた》に曲がっている。指の爪には泥が詰まっている。腕の内側に、ひと筋、血がついている。

泥水にまみれてへたり込んだまま、一郎太はゆっくりと口を開けた。何か言おうと――にょっきりとこちらに差し出されているその腕に、何か声をかけなくてはいけないというような気がした。

こんなところに腕がある。ならば人がいるのだ。倒れているのだろう。どこの誰だ。だがここは斜面だ。一面に繁っている濃い葉と小さな赤い花。低く広く地面に枝を張っていて、おかげで一郎太はひどく怪我をしないで済んだ。

こんなところに腕がある。だが、この腕の持ち主の身体は、繁みのどこに隠れている？

そのとき、一郎太の頭のてっぺんに、何かがぽたりと滴った。

それは彼の額を伝い、鼻筋まで流れ落ちてきた。むずがゆいような感触に、一郎太は何気なく指でそれを拭《ぬぐ》った。

その指先が赤黒く染まった。

顔の前に片手をあげたまま、一郎太は頭上を仰いだ。

沢へ下る斜面の端に、人が両手を広げたような恰好《かっこう》の木が立っていた。節くれ立った幹のそこここが白っぽく変色し、夏だというのに大半の葉が落ちている。病んでいるのか、寿命が尽きかけている古木なのか。

その、沢の方へ張り出した枝の一本に、人の腕がつかまっていた。腕だけだ。やっぱり肘から先だけだった。そのほかには何もない。

肘のところで千切られている。

――あっこにあるのは右腕だ。

指の向きで、それとわかる。

――ンだら、下にあるのは左腕だ。

頭上の右腕の千切られたところから、また一滴、赤黒いものが滴ってきて、今度は仰向《あおむ》いた一郎太の額の真ん中に落ちた。

前後を忘れて、一郎太は悲鳴をあげた。


赤城信右衛門は懐紙を取り出し、ここで額の汗を拭った。

聞き入っていたおちかも、ひとつ息をついた。ふう、と肩が下がる。

おしまが出してくれたお茶は、手つかずのまま冷え切っている。淹《い》れ替えようとしたら、手が滑って鉄瓶の蓋《ふた》を落としてしまった。

「失礼いたしました。わたくしもこんな粗相はめったに――」

信右衛門は冷えた湯飲みを手にすると、一気に飲み干した。語り続けで喉《のど》が渇いていたのだろう。

「おでも、こがんしてたなぐるは――こんなふうに思い出して話すのは初めてでがんすが、おちか殿は、こげな話はひげもすもなかんじょ」

おちかには、こんな話は珍しくもないだろうと言ったようだ。

「いいえ、こういうお話は初めて伺います。その、腕の持ち主の身体は」

信右衛門は首を振った。「見つかりませんでした。喰《く》われておったのです」

二本の腕はただ千切られていたのではなく、嚙《か》み切られ、喰い残されていたのである。

「山の獣の仕業でございますね？　熊とか山犬とか。山犬は、群れで人を襲うとか」

おちかも実家の旅籠《はたご》で、いくつか話を聞いたことがある。

信右衛門は、おちかが淹れ替えた新しい茶から立ち上る湯気に目を細めている。

「獣で――がんすが、はい」

ふ、と鼻息を吐《つ》き、語りに戻る。

「おでが、なんし魂《たまげ》消るような声で叫んだんで」

その時刻には、どうやら一郎太が家出したらしいと悟ったいっぺおんじが山に入り、山知らずの子が城下へ出ようとして迷い込むならこのあたりだと、見当をつけて探し始めていた。その読みは正しく、一郎太が叫んだとき、いっぺおんじは間近に来ていたのである。

「すぐにおんじらが駆けつけて、おでを助けてくれました」

いっぺおんじに、秤屋の杣《そま》が二人ついていた。彼らは一郎太を見つけて安堵《あんど》する間もなく、頭上と繁みのなかに残された二本の腕に仰天する羽目になった。

「おんじらは顔色さ変えてぇ」

杣の一人はまだ若者だったが、その場で文字どおり腰を抜かしてしまったという。

「そのうちに、もう一人の杣がおんじを呼んで、これさ見でくれと、腕がつかまっとる木のそばを指さして」

いっぺおんじはそれを見ると、さらに青ざめた。

――こりゃ、まぐるじゃ。

低く、呻《うめ》くようにそう言った。

――いかん。まンずぼんを連れで帰らねば。

「おではおんじにしがみついて、何とか息をしとるぐらいで、そのままおんじに背負われて、村さ帰りました」

杣たちの足は飛ぶように速かった。無惨に残されていた二本の腕をろくに検《あらた》めることもなく、ともかく、今は早くその場を離れようというふうだった。

「ンで村に戻ると、そっから先はもっど騒ぎになりました。他所《よそ》者でこんまいおでにはがんじょせんだけんど、あれは――」

言いかけて口をつぐみ、信右衛門はおちかに問いかけてきた。

「人の腕だけあげな恰好で食い残すのは、どげん獣でがんしょう」

おちかには見当もつかない。

「あの腕は、どっちも木の枝につかまっとったで。人が獣に追われて、木の上に逃げたんでがんす。ンでこう、しがみついて」

なるほど、そうだろう。

「そこを身体ごと喰われで、腕さ残る」

信右衛門は両腕で、大きな顎《あご》が下から上へ、ものに噛みつく恰好をしてみせた。

「そうですね……。残った腕も、そのうちに片方は落ちてしまった」

「ンです」

信右衛門はうなずく。「どだい、人をそげなふうに喰らう獣は、どんだけ大きいか。いくら尼木が山ンなかでも、そげな熊はおらん。山犬の、群れサなしてもそげなことはできません」

背中がぞわりとする。「でしたら、どんな獣なのでしょう」

信右衛門の目がまたたいた。

「まぐる」

一郎太を見つけた沢で、いっぺおんじが言ったという言葉である。

「まぐらういうのは、食うことです。それも大食らいすることをいいますが、まぐるというのはそこからきていて」

それがその、獣の名前だ。

「おんじだけじゃねえ。あっちでもこっちでも、村の衆も言いよりました。あれはまぐるの仕業じゃ、まぐるが出た――」

蔵屋の杣衆が三人、昨日から山二つ向こうの番小屋へ出かけて、まだ帰っていない。今、村を空けているのはその三人だけだった。

一郎太を秤屋に連れ帰ると、いっぺおんじはすぐにも杣衆を集め、山狩りの支度にかかった。女たちは炊き出しを始め、村の子供たちは宗願寺へ集められることになった。

一郎太は小さな石地蔵のようになってしまって、自分で自分の身体をぎゅっと抱いたきり、ろくに口もきけず身動きもできない。そんな様子の子供にかまける余裕は誰にもなく、自然とほったらかしにされることになって、彼一人は秤屋に残され、男たちが慌ただしく出入りし、女たちが立ち働く土間の隅で身を縮めていた。

そこで耳にしたのだ。村の人びともしきりと、「まぐる」「まぐる」と口にするのを。

その口つき、顔つきには、さっき沢で見たいっぺおんじのそれと同じ、一種ただならない鬼気が漂っていた。

「まぐるはこげな暑い夏に出るんじゃ。うちのおどがよう言っとった」

「今年は山桃が咲いても、熊サ見んかったな。まぐるの年じゃからじゃ。あいつらは、まぐるが出よるとわかるんじゃ」

恐れ、怯《おび》えて囁《ささや》き交わす人びとがいる一方で、この物々しさを可笑《おか》しがり、宥《なだ》めようとする者たちもいた。

「まンだまぐると決まってねえ。まぐるはめったに出るもんじゃねえだで」

「だどもおでのおどが」

「おめのおどはまぐる見たっか。この村でまぐる見たもんがいっかよ」

「そんだけど……」

「先にまぐるが出たんて騒ぎは、足引沢《あしびきざわ》の方だっぺよ。山みっつも向こうじゃ」

「んだな。もう二十年にはなるか」

「いんや二十年じゃきかね。そんでありゃまぐるじゃなかった。空騒ぎじゃ。あんで本庄村《ほんじょうむら》はいい笑いもンになっただら」

「そンでも、山狩りはせんとまいね。蔵屋の衆が戻らんうちは、うずぅちゃ（油断しては）なかん」

山狩りに出て行く男たちのなかに、鉄砲を持った者が混じっている。一郎太は驚いた。杣の働きを尊ぶこのあたりでは、飛び道具を使って猟をすることは固く禁じられている。子供が手作りの石打《ぱちんこ》で鳥を撃つことさえいけないのだ。万にひとつ、檜《ひのき》の山で働く杣にあたっては危ないからである。

その禁を破って鉄砲を持ち出すのだから、まぐるというのはよほど途方もない獣なのだ。子供心にも察しがついて、一郎太はますます身を縮め、怖い分だけ余計に耳をそばだてるようになった。

いっぺおんじは顔色を失くしたままだった。立ち居振る舞いはいつものようにきびきびしているし、女たちに用を言いつけるときは穏やかだけれど、目が凍ったようになっている。おんじはあの腕を見たからだ。喰い千切られた傷口と、腕だけになってもなお必死に枝につかまっていた、あの指の曲がりよう。あそこに、喰われるものの恐怖が残っていた。

それに、もうひとつ見た。おんじが呼ばれて見にいって、さらに顔色を失くしてしまった、木のそばのぬかるみに残っていたもの。おんじにおぶさって沢から離れるとき、もしやそこにも人の身体の一部があるのかと、一郎太は首を巡らせてみた。目に入ったものは別のものだったけれど、充分に訝《いぶか》しく、薄気味悪かった。

足跡だった。小ぶりな樽《たる》ほどの大きさがあったろう。人の手の形に似ているけれど、もっと不恰好《かっこう》で、指先にあたるところが一段と深くえぐれていた。

村に戻ってからは、おんじは一度も「まぐる」という言葉を口に出していない。一緒にいた秤屋の二人の杣も。だが、笑って宥める男衆たちとはまったく逆に、おんじたち三人は、あれが「まぐる」というものの仕業であることを、もう固く信じているように見えた。

数人の見張りを残して男衆が山狩りに出かけてしまうと、村のなかはいったん落ち着いた。女たちも日々の仕事に戻ったり、宗願寺へ子供らの様子を見に行ったりする。人びとの声や炊き出しの匂いに囲まれていたことで、一郎太もだんだんと人心地が戻ってきて、そうなると意気地なしの子供なりに知恵が湧いてきた。

このままここにいては、いずれ宗願寺へ連れていかれてしまう。山狩りが終わるまでお寺に留《とど》められることにでもなったら、藤吉と腰巾着《ぎんちゃく》たちと、ずっと一緒にいなくてはならない。そんなのまっぴら御免だ。

どこかへ隠れよう。どこがいいか。一郎太が思いついたのは、秤屋の屋根裏部屋である。

二階の座敷の天井に上げ蓋《ぶた》があって、そこから梯子《はしご》を下ろし、屋根裏に上れるようになっているのだ。秤屋では物置に使っているらしく、何度か女中が出入りしているのを見かけたことがあり、面白く思っていた。

一郎太は土間を抜け出した。しばらく降りてこられなくなるだろうから、厠《かわや》へ寄って行こうと思い立ち、裏庭に回ったら、建物の角を曲がって、村に残った見張りの一人がやってくるところだった。一郎太はあわてて薪小屋の陰に身をひそめた。

秤屋は村の東側の端にあり、母屋の裏庭のすぐ先にまで山が迫ってきている。尼木村のまわりでは珍しく、この山にはみっしりと見事な竹林があり、その足元には熊笹《くまざさ》が生い茂っている。見張りの男はひょろりとした若者で、伐採用の手斧《ちょうな》を肩に預けて、その熊笹の繁みの方へとぶらぶら歩いていく。遠目にちらりと、何となくむくれたような顔が見えた。足で器用に熊笹を分けて、竹林のなかへ分け入っていく。

若者の筒袖《つつそで》の背中には、鉈屋の号が染め抜いてあった。背がひょろりとしているだけでなく、肩や腕の肉が薄い。そのうちに彼は手斧を振るって、用もないのにそこらの若竹をぴんぴんと打ったり、熊笹を引っ張って千切ったりし始めた。

一郎太にも、若者が不機嫌であることがわかってきた。山狩りに行かれず、村に残されたのが不満なのだろう。見張りなんてつまらないのだ。

ほうけ（愚か者）じゃ。薪小屋の陰で、一郎太は思い出したようにぶるりと震えた。

あンしは、あの腕を、あのぬかるみの足跡を見とらんで、あげな顔ができるんじゃ。

あれを見とったら、村に残れて嬉《うれ》しかろう。

そんなことを思うだに、目の裏にあの沢で見たものが蘇《よみがえ》る。一郎太はしゃにむに手で目を擦《こす》った。

　──おんじは、怖くなかろうか。

　さっき、あの沢では怖がっていた。目のまわりも、鼻の頭まで血の気が抜けていたのだ。

　それでもおんじは先頭に立って山狩りに出かけて行った。杣《そま》でも三人だけではかなわないが、大勢いれば「まぐる」を相手にできるのか。鉄砲があれば勝てるのか。

　竹林を進んでいくと登りがきつくなる。裏庭から仰ぐだけでも、竹林が秤屋の母屋の方へのしかかるようになっているのがわかる。それでもさすがに杣で、見張りの若者はすいすい上がって行ってしまう。藍《あい》染めの筒袖が熊笹に呑《の》まれるのを見届けて、一郎太は素早く身を翻し、薪小屋の陰から飛び出して母屋に戻った。厠は諦《あきら》めよう。ともかく、見つからないうちに隠れなくては。

　家のなかでは女中たちの声がしていた。誰かが笑っている。そうだ、村にいれば何も心配ない。おんじたちが「まぐる」を退治してくれる。じっと辛抱していればいい。「まぐる」も怖いが藤吉も怖い。そんなことばかりで一郎太の頭はいっぱいだった。

　二階へ上がって座敷に入り、上げ蓋の梯子をおろしているとき、家の外で何か聞こえたような気がした。以前、いっぺおんじに連れられて山歩きをしたとき（一郎太は足が痛くなって、帰り道にはおんじにおぶってもらったのだが）、杣たちが山で作業をしながら、互いの居場所を知らせ合うために、指笛を吹くのを聞いたことがある。今の音は、それと似ていた。ひゅっと鋭く息を吐き、くちびるを鳴らすのだ。あの見張りの若者だろうか。

屋根裏にあがると、一郎太のばたばたした動きに埃《ほこり》が舞った。物置といっても大したものがしまってあるわけではない。古びた木箱や壊れた道具、古着の包み。屋根裏部屋の天井は、一郎太でもかがまないと頭がついてしまうくらいの高さだが、家の端から端まで仕切りがなく、柱があるだけなので、広々と抜けている。ところどころに設けられた細い鎧戸《よろいど》は、開け放つことはできないが、格子を動かすことで外の光を入れることができるようになっていた。

一郎太は腹ばいになり、まず家の正面の側の鎧戸から外を覗《のぞ》いてみた。女中が一人、襷《たすき》を外しながら門の方へと小走りに出て行くが、もう慌ただしい様子はなくなった。

腹ばいのまま向きを変えて、裏庭の方の側に向かった。外で、今度は竹林がぴしぴしと鳴る音がたった。見張りの若者が降りてきたのか。

首尾よく隠れることができて気持ちが落ち着き、一郎太は、あの若者のむくれたような顔に、見覚えがあると思い出した。藤吉に似ているのだ。あのガキ大将は四人兄弟の末っ子だ。もしかしたら、さっきの若者は藤吉の兄さんだったのかもしれない。ならば、山狩りに混ぜてもらえず、腐っているのはいい気味だ。

ぴしぴしぴし。

鎧戸の格子を動かし、その隙間から一郎太が下を覗くと、竹林が音をたててしなっているのが見えた。裏山の上から下へ、何かにかき分けられて、あるいは押さえつけられて、竹林がゆさゆさ揺れている。

一郎太の目に、最初に飛び込んできたのは、藍染めの筒袖だった。その名称の由来である筒のような形をした袖が、竹林のなかに妙な恰好で、妙な高さに浮かんでいる。まるで、さっきの若者が竹林の真ん中あたりに登って、そこで腕を横に突き出しているかのようだ。怪訝《けげん》な眺めに、一郎太はまばたきをした。

すると、それが見えた。それの色は竹林と熊笹の濃淡入り交じった草色に紛れていて、すぐには見分けがつかなかったのだ。

それが竹林から半身を乗り出し、太い前脚を裏庭におろした。べたりと、粘つくような音が一郎太の耳に届いた。

それは大きかった。身体の厚みと形は、ちょうど釣り船をひっくり返したようだが、釣り船より優にひとまわりは大きい。頭が細く、胴が太くて、尻《しり》の方にいってだんだん細くなる。身体はだんだらの草色で、喉《のど》の下から腹にかけては青白く、ぶっくりと膨れて垂れ下がり、地面を擦っている。

今、その腹を持ち上げるようにして胴震いしながら、それは裏山から全身を現した。

ついでに、口の端にぶらさがっていたあの藍染めの袖を、邪魔くさそうに振り捨てた。ぱっと血が散った。あの袖には中身が入っている。さっきの若者の腕が。

それ以外の身体はどこへ行った？

あれの腹のなかだ。さっきの指笛のような音は、若者があれに喰《く》われたときの悲鳴だったのだ。ぱっくり喰われて、あんな声しか出せなかったのだ。

竹林がしなり、きりきりと音をたてて曲がると、ぶんと風を切ってもとに戻った。その直後、何かが宙に弧を描き、秤屋の母屋の壁をしたたか打った。どすんと、腹にこたえる振動を感じた。

しっぽだ。それには長い尾がある。

寸詰まりの蛇のような身体に、蝦蟇《がま》のような腹。四本の脚としっぽは蜥蜴《とかげ》のそれに似ている。但し桁《けた》違いの大きさだ。

家のなかで女たちの声がした。ざわめき。それからほんの一呼吸をおいて、甲高い悲鳴があたりに響いた。

それは悲鳴を聞きつけた。頭を低く、ぐいと身体を沈めると、女たちのいる方へと向き直る。そのとき、それの頭のところで何かにちかりと陽が反射した。目だ。

――あの前脚。

人の手の形に似ているが不恰好で、指にあたるところが深くえぐれていた、あの足跡。あれと同じ形。えぐれていたのは、この高さからでも見てとれるほど、太く鋭い爪があるからだ。

それはぱっくりと口を開けた。身体の半分が開いてしまったように見える。それほど大きな口だった。ぞろりと生えそろった歯は血に染まり、肉片がひっかかっていた。それはぶよぶよした喉の白い皮を震わせて、それはひと声吼《ほ》えたてた。百匹の野犬の声を合わせたよりも大きく、ほかのどんな物音をも打ち消してしまうほどに野太い。汚らしく濁った、誰のどんな悪い夢のなかでさえ轟《とどろ》いてはいけないような咆哮《ほうこう》だった。

この化け物が、「まぐる」だ。

雄叫《おたけ》びと共に、まぐるは四本の太い脚で力強く地面を蹴《け》ると、女たちの悲鳴がする方へと突進した。


「――獣害というものは」

赤城信右衛門の声に、頭のなかいっぱいにまぐるの姿を思い描いていたおちかは、目を上げた。

「どんな土地にもあるもんでがんす。ンでも、それは鳥が畑を荒らすとか、熊や猿が山の若芽や木の実を喰い荒らしてしまうとか、猪が柵《さく》を壊すとかいうようなことであってでぇ、進んで人を喰う獣は、存外おりません。熊でも山犬でも、よほど飢えねば人里には近づかんもんだ」

しかし、まぐるは別だと信右衛門は言った。

「あれは最初《はな》から人喰いで、人だけを狙います。山の生きものにはかまいませんで」

うなずき、おちかはふと自分の手元を見て、指が震えていることに気づいた。信右衛門に悟られまいと、軽く握りしめる。

「村に入ってきたまぐるは、逃げ遅れた女どもを何人か呑《の》み込んで、助けようと駆けつけた見張りの男を踏み潰《つぶ》しよりました」

逃げ惑う人びとを追って家々に体当たりし、荷車や材木の山を蹴散らし、怯《おび》えて騒ぐ牛馬に吼えたて、通り道にあるものすべてを踏み潰し、しっぽで叩《たた》き壊しながら暴れ回った。

まぐるには、鉈《なた》や手斧《ちょうな》ではまったく歯が立たない。その腐ったような草色の皮膚は蜥蜴や蛙によく似ているが、まぐるには硬い鱗《うろこ》があった。人が振り回せるくらいの大きさの刃物では、力いっぱい投げつけても、斬りつけてもはじかれてしまう。

誰が思いついたのか松明《たいまつ》に火をつけて振り回すと、まぐるは火の色にたじろぎ、咆哮の音色も変わった。火だけは怖いのだ。これに励まされて次々と松明や薪を持ち出し、人びとが必死に立ち向かっていくうちに、うっかり村の道具小屋に火が移った。

「いっぺおんじらは、四方に分かれて山に入っとったんですが、村の騒ぎを聞きつけて、とって返してきよりました。かなり遠くまで登っとって騒ぎが聞こえんかった男衆も、火の手を見てどでんしたようでがんす」

転げるように村に戻りついた男たちは、夏空の下で燃え上がる道具小屋から立ち上る煙の向こうに、村の北側の辻《つじ》を走り抜けて山へと逃げ去るまぐるの姿を見た。その足音のたてる地響きを聞いた。

「おでも、まぐるが去《い》んだのを見て、ようよう屋根裏部屋から降りたんでがんすが、怖ぐて怖ぐって、また半分方死んだようになっておりました」

恐れ戦《おのの》いているのは、尼木村の人びとも同じだった。もう誰も、「まぐるとは限らん」と笑いはしなかった。強気だった男たちも一人残らず、沢で一郎太を助けてくれたときのいっぺおんじと同じように顔色を失っていた。

まず火事を消し、被害のほどを確かめると、尼木村は守りを固めることになった。いっぺおんじと鉈屋と蔵屋が指図をする。こうなると、子供らを宗願寺に集めておくのはかえって危ない。急ぎ連れ戻して、村長《むらおさ》の家と、屋号持ちの三軒に隠すことにした。

「まぐるは大食らいでがんすが……女子供の柔らかい肉が好きでぇ、匂いをかぎつけるんでがんす」

なおさらに恐ろしい。

村のぐるりには松明や焚《た》き火を置き、常に火を絶やさないようにする。薪だけでは足りないので、さっきの襲撃でまぐるに壊された家や小屋も焚きつけに使った。山狩りには行かれなかった老人たちや若者も、鳴り物を持って見回りにあたる。家々の屋根にも物見が登る。戦が始まったような眺めだった。

陽が傾くころになって、悪い報《しら》せが舞い込んできた。尼木から南に五里(約二十キロメートル)ばかり向こうの小沢村《おざわむら》というところから、一人の村人が尼木村にたどり着いたのだ。弱り切って足取りもおぼつかなく、見るからに命からがらという様子だった。

「あのまぐるは、尼木で出たんじゃねえ。最初は小沢村の近くでぇ、もう五日も前のことだというんでがんす」

初めのうちは南の山で杣《そま》を喰っていたまぐるは、人の匂いの濃い村へ近づくようになり、とうとう一昨日の夜明け前に、小沢村を襲った。小沢村では多くの死人が出て、壊滅状態だ。使者は二人、小沢村の村長の命で尼木に急を知らせに来たのだが、たった五里の、それも慣れているはずの山道で、まぐるに出くわして一人が喰われ、残った者も怯えて迷い、迷った先でまぐるの足跡を見つけてはまた逃げて、こんなにかかってしまったという。

一郎太が見つけた哀れな杣の二本の腕は、まぐるが小沢村からこっちへ移ってくるあいだに襲われたものだろう。さらに、まぐるは小沢村で人の動きや反撃されることを学んだのか、尼木村では、武器を持つ力の強い男たちが山狩りに出て、老人と女子供が残るのを待っていた。

——コンまぐるさ、だちこい（狡賢《ずるがしこ》い）。

もう人を襲うことに慣れてきている。

ここでこうして当時のことを思い出しても、まだ心が戦くのだろう。信右衛門の目が落ち着きを失って泳ぐようになり、言いよどみがちになったので、おちかはこちらから問いかけた。

「赤城様、いったい、まぐるという生きものの正体は何なのでしょう」

直截《ちょくせつ》な問いに、信右衛門もちょっと我に返ったようになり、おちかの顔を見た。

「他所《よそ》の土地には、こげなもんご——化け物の話はありませんか」

「はい。少なくともわたくしはこれまで、まったく聞いたことがございません」

考え込むように、信右衛門はひとつ、ふたつとうなずいた。

「これは、その日の晩になってぇ、いっぺおんじがおでを呼びましてな。じゅんじゅんに教えてくれたことでがんす」

まぐるは、この土地の生きものだ。尼木村を中心に、東西南北に山を三つから五つぐらい数えるくらいの範囲に、何十年かに一度ぐらいの希《まれ》な割合で現れる。必ず夏で、まぐるが現れる夏はひどく暑い。

「よっぽど昔、ここらの山に人が住み着いて、村を作る前から、まぐるはおった。ここらはまぐるの住処《すみか》で、おでらの方が他所者じゃと、いっぺおんじは言いよりました」

――そンだら、まぐるはここらの山のヌシなのか。

幼かった信右衛門が問うと、いっぺおんじは首を横に振った。

――いんにゃ、ヌシ様ではねえ。まぐるはただ人を喰《く》うだけの意地汚い獣じゃ。そンでも、おでらより前からこの山におる。おでらがここに住むためには、まぐるが出たらしのがねば（退治しなくては）なんね。

退治するのは難しいが、方法はわかっている。だからおとなしく待っておれと、いっぺおんじは言い聞かせた。

――ンでな、ぼん。

いっぺおんじは赤城家の嫡男の肩に手を置き、その目を覗《のぞ》き込んで、言った。

――そのために、光恵様サおいでいただぐ。おめのおっかなら、まぐるを退治できるんさ。

もう村長が使いを立てたがら、明日の昼頃には、光恵様サ村においでになる。

驚きのあまり、一郎太は声も出なかった。

なして、おでのおっかが。

その夜、秤屋に集められた子供たちと雑魚寝《ざこね》しながら、一郎太はぐるぐると考えていた。何故、とうに嫁いで村を離れ、城下で暮らしている光恵が、まぐるを倒すために呼ばれるのか。

光恵は武家の妻女ではあるが、武道をよくする人ではない。いや、一郎太が知らないだけで、たとえ光恵が剣や弓に秀でているとしても、屈強な杣たちが束になってもかなわぬと匙《さじ》を投げた怪物を、女一人でどうやって倒すというのだ。

一夜が明けて、翌日の早朝、もう一度まぐるが村を襲ってきた。最初のときとは反対側の、宗願寺へ登る道の方から降りてきたが、物見が目ざとく見つけて騒ぎ立て、松明を持った男たちが駆けつけて何とか追い払った。

このとき、鉄砲持ちも何人か来たが、いっぺおんじは声を張りあげて彼らを制した。

「撃づな、撃ってはなんね！　まぐるサ手負いにしてはまいね！」

それでも一発二発と撃つ者があり、あとでいっぺおんじが秤屋で、語気荒く彼らを叱っているのを、一郎太はこっそりと盗み聞きしていた。光恵のことを聞かされて以来、まぐるに関わるやりとりなら、どんな些細《ささい》なことでも知りたかったのだ。

「まぐるさ、おでらの手には負えん。何じょわからんが」

鉄砲持ちたちも言い返していた。

「頭《かしら》だぁ、おなごの手ぇ借りねばまぐるさ狩れんて、何じょわがる？　まぐるらぁ、獣じゃ。鉄砲なら倒そうが」

古い言い伝えなどあてにできるかどうかわかったものではない、というようなこともまくしたてる。いっぺおんじは、それも厳しく退けた。

「おめら、光恵様の御前でそげなこと、へんげ（ひと言）らぁ言うだら、おでが首さへし折ってくれるど」

その場には鉈屋と蔵屋の当主もいたが、二人ともいっぺおんじに気を合わせたように、逸《はや》る男衆を諫《いさ》め、宥《なだ》めていた。

——古い言い伝え？

ますます謎めいてくる。

光恵はその日、夏の日差しが少し傾いたころ、小さな荷を背負い、二人の供を連れて尼木村にやって来た。供はどちらも野袴《のばかま》に陣羽織を着込み、刀ばかりか弓と矢筒を帯びた番方の武士である。

光恵たちは秤屋に入ると、奥の座敷ですぐいっぺおんじたちと評定にかかった。懐かしい母の姿を垣間《かいま》見ただけで、近づくことができずにいた一郎太は、半刻《はんとき》ばかりしてようやく呼ばれた。宙を踏むような心地で奥へ行くと、評定は済んで座は散り、そこには供の武士を従えた光恵と、いっぺおんじだけが待っていた。

一郎太は思うさま母にすがりつき、泣いて訴えたいことが山ほどあったけれど、こんな危急の時に、それは許されない。光恵もまた、眼差《まなざ》しこそ優しいが毅然《きぜん》とした態度で、一郎太の甘えと弱気を退けた。

こんなことがあるかもしれないから、あなたをこの村には遣《や》りたくなかったのに――一郎太を前にして、光恵はそう言った。

「庄一平殿から聞ぎました。おんし、まぐるら見んさったね」

一郎太はまぐるを見た。その恐怖を目の当たりにしてしまった。

「あげなもんご（化け物）のおるだら、山サ怖いとこだ。そんでも、ここらの山はお国の宝だでね、まぐるに負けて、捨てて逃げるわけにはいかんで。昔っから長いことかかって、山の衆はまぐるサしのぐ技を見っけたぁで」

光恵は己の胸に手を置いてみせた。

「今はわで（わたし）が、その技サかついで（受け継いで）おります。あんじょうしんされ（安心しなさい）」

但し、一郎太は光恵がこの技を使うところを見てはいけない。母子《おやこ》であっても見せてはいけない決まりになっている。この、まぐるを退治する技は、おなごの間だけで受け継がれ、おなごしか使うことができない。大人であれ子供であれ、男はごく限られた者しかその場に立ち会うことが許されていないというのであった。

「おっか――」

一郎太はこらえきれず、叫び出しそうになった。行かないでくれ。一人であんなものを倒すなど、できるわけがない。おっかが喰われてしまう。身体が震え、涙がこみ上げてきた。懸命にまばたきして散らそうとしても空しく、涙は溢《あふ》れて一郎太の頬を伝った。

「光恵様は、おでらがお守りする」

いっぺおんじが傍らに寄り添ってきた。ごつい手が一郎太の肩をつかんだ。

「まぐるさ鳥目で、夜さ動きが鈍るっがら、今夜のうちにしのげるで。明日になればすっかり片付いとる」

一郎太の目からは涙の粒が落ちた。

「おっかは、どがんして、まぐるさしのぐんだ？」

息も切れ切れに泣きながら、一郎太は問いかけた。少しでも長く母といて、母の声を聞きたかった。これが今生の別れになるのだと思えてならない。

しかし、返事はなかった。光恵は黙って微笑んでいるだけであった。

「そういう次第で――」

赤城信右衛門はしゅんと鼻を鳴らし、慌てたように指で鼻をつまんだ。当時の心細さと悲しさ、恐ろしさを語るうちに、目に涙が浮かんできたらしい。

まさに武士の情けで、おちかは見ないふりをした。もっとも、ふりだということは信右衛門にも知れている。それがかえって恥だと思うのか、信右衛門は妙に厳《いか》めしい顔つきになり、

「それがしの母はまぐる退治に赴きました。事が滑らかに運ぶならば、それがしは、それ以上のことを何も知らず、知らされず、何もできずに、ただ秤屋で母の帰りを待つだけでござった」

よそ行きの言葉で語りに戻った。

「ところが、そう易々《やすやす》とは運ばなかった。だからこそ、それがしがこの秘事を知ることにもなったのですが」

あのガキ大将の藤吉のせいなのだという。

「藤吉は、どこから聞きつけたのか、まぐるが村を襲ってきたとき、それがしが秤屋の屋根裏に隠れて見ていたことを、知っておりました」

そして、あのとき竹林で喰われた見張りの若者は、やはり鉈屋の倅《せがれ》だった。四人兄弟の次男である。

「それが悔しかったのでしょう。藤吉はそれがしに腹を立てておったのです」

気持ちはわかりますと、信右衛門はしんみり言った。

「銘屋の兄弟は仲がよかった……」

こんな形で兄を失った藤吉は、その悔しさと悲しみを一郎太にぶつけてきたのだ。

「いっぺおんじの計らいで、その夜、それがしはほかの子供らからは引き離され、納戸で寝かされておりました」

母がまぐる退治に出かけていることを知りながら、ほかの子供らに混じっているのは辛《つら》かろうという思いやりである。

「無論、眠れたものではありません。ただ夜具をかぶってまたべそたれておりました」

そこへ、藤吉と銘屋の三男が忍び込んできたのだった。

「いきなり夜具の上から押さえつけられ、口をふさがれて、頭から糠袋《ぬかぶくろ》をかぶせられました。どうすることもできないまま縛り上げられ、納戸から連れ出されてしまった」

銘屋からは、長男が村の守りに出ている。だから残り二人の兄弟で、一郎太を掠《さら》いにやってきた。銘屋の三男はこのとき十三歳だったが、藤吉をそのまま大きくしたような力持ちだったから、小柄な一郎太を小脇に抱えて、楽々と運び出した。

――騒いだら喉《のど》さ捌《さば》いてやンぞ。

銘屋の三男は一郎太の喉元に小刀を突きつけ、脅しつけた。

――おめサ、兄サの仇《かたき》じゃ。

藤吉の声も不穏に低く、破れたようにかすれていた。

鉈屋の裏庭で、一郎太は荷車に乗せられた。その上から筵《むしろ》で覆われ、すぐに荷車は動き始めた。

「後でわかったことですが、藤吉たち兄弟は、村の守りを固めている男衆に、宗願寺に薪と松明《たいまつ》を届けにいくと、嘘をついていたのです。住職は寺に残っておりましたし、まぐるを寄せつけないために、一晩じゅう火を焚《た》いておかねばなりませんでしたから、焚き木になるものはいくらでも要りました」

荷車はごろごろと走り、怯《おび》えて縮み上がるだけの一郎太を宗願寺へ運んでゆく。荷車のなかに、徳利のような何か小さな土器《かわらけ》がたくさん積んであり、荷車が揺れるとかちかちと音をたてた。

力持ちの鉈屋の兄弟は、荷車を引いて宗願寺へと登りながら息を切らしていた。

「今となって思えば、彼らも怖かったのでしょう」

語る信右衛門の心にも恐怖が蘇《よみがえ》っているのか、目元が強張《こわば》っている。

「でも、赤城様をお寺に連れ出して、いったいどうするというのでしょう」

思わず、おちかの口調も尖《とが》ってしまう。九つの藤吉が兄を失った怒りと悲しみはわかる。だが、それは一郎太のせいではない。悪いのはまぐるだ。兄の仇は一郎太ではない。まぐるなのだ。

「そういう理屈は、藤吉には通じません。二人はそれがしを囮《おとり》に、まぐるをおびき寄せて、彼らの手で退治してやるというのですよ」

首尾よく宗願寺にたどり着くと、鉈屋の兄弟は一郎太を荷車からおろし、手足をきつく縛り直した上で猿ぐつわをかまして、まるで犬のように鐘《かね》撞き堂の柱に繫《つな》いだ。仕上げに、鉈屋の三男はさっきの小刀で、一郎太のやわらかで肉の薄い二の腕に傷をつけた。たちまち血がにじみ出て、肘《ひじ》の方まで伝っていく。

――まぐるサ夜目はきかんが、臭いはわかる。

血の臭いをかぎつけて、必ず寄ってくる。昨晩から、村の衆に追われて人を喰《く》っていない。まぐるは腹を減らしているはずだ。

――まぐるサおめに喰らいついたなら、こンで丸焼きにしてやるで。

鉈屋の兄弟は両腕いっぱいに、荷車にあった土器を抱え込んでいた。

――油さ、詰めてあんど。

土器のなかには魚油が入れてある。鉈屋の兄弟は、まぐるが一郎太を襲いにきたら土器を投げつけ、油まみれにしてやって、そこに火をかけようというのであった。

「十三と九つの子供らが知恵を絞ったにしては、大したものです」

信右衛門の言葉に、おちかは呆《あき》れた。

「赤城様、それはお人好《よ》しに過ぎませんか」

信右衛門は照れ笑いをした。「確かに、それがしも今こうして無事に命を永らえておりますから、こげなねんまい――呑気《のんき》なことも言えるのですが」

そのときは生きた心地もしなかった、という。当たり前である。

「母とは昼過ぎに別れたきり、まぐるを追ってどこかへ行ったのか、あるいは藤吉たちと同じようにどこかに囮か罠《わな》を仕掛け、まぐるを待っているのか。何もわかりません。いっぺおんじの姿も、しばらく前から見ておりませんでした」

一郎太は孤立無援、絶体絶命である。

御仏を置き去りに寺を空けるわけにはいかないという住職も、さすがにその夜は読経をやめていた。あたりは静まりかえっている。

風のない、蒸し暑い夜だった。空には分厚い雲が垂れ込め、星も月も隠されている。本堂のまわりには明々と松明が焚かれているが、その明かりは鐘撞き堂までは届かない。寺を囲む山と森の闇は濃く、一郎太にのしかかってくるようだった。

一郎太を鐘撞き堂に繋いでいる縄は、三尺（約九十センチ）ばかりの長さがあった。逃げようとじたばたしたところで、柱のまわりを回るばかりだ。猿ぐつわがきついので、下手に動くと息が苦しい。

「おでは何度もえずいてしまいました。まぐるに襲われる前に、息が止まって死んでしまう。んでも、まぐるに喰われるくらいなら、いっそその方がましかとも思ったもんで」

腕の傷から流れ出ていた血はようやく止まったが、臭いは残っている。それがなくても、まぐるは夜気のなかで鼻をきかせて、柔らかくて旨《うま》い子供の肉の臭いを嗅《か》ぎ当てるかもしれない。

「泣くと、なおさら息が詰まります。ンでも涙と汗がとまりませんでした」

鉈屋の兄弟は、鐘撞き堂から離れて身を潜めている。どこにいるのか、目を凝らしても見て取れない。ただあの荷車は、山門のそばに置き捨てられている。

「それが——松明の具合を見に出てきた小吉の目にとまったんでがんす」

うっかり者だと住職に叱られ、村人たちに笑い者にされている小吉だが、昔は杣《そま》だ。芯《しん》まで莫迦《ばか》になったわけではない。常にないおかしなことには、ちゃんと気づくのだ。

小吉は松明から薪を一本取り、それをかざしながら荷車に近づいていく。一郎太は身をもがき、繋がれた縄をうんと引っ張って転がり回った。

闇を透かして、小吉はこちらを覗《うかが》う。そして見た。

——ぼん！

腰を抜かしそうになってから、その及び腰のまんま泳ぐようにして一郎太のところに飛んできた。

——なしてこげなとこに。

縄をほどこうとして、苦しさにもがいている一郎太の訴えに気づくと、まず猿ぐつわへ手をかけた。

そのとき。

宗願寺を包む夜の闇がぞわりと動くのを、一郎太は感じた。

雲は動かず、風のない夏の夜に、鐘撞き堂を見下ろす山の森が、ぞわりぞわりと身動きしている。木立が鳴り、しなっている。

ぶるると、鼻息のような音を一郎太は耳にした。

近づいてくる。

暗がりのなかでも、小吉の目がいっぱいに広がるのがわかった。寺男の指はやたらに震えて、早く一郎太の猿ぐつわと縄を解いてやろうとするのに、気ばかり焦ってうまくいかない。

鐘撞き堂の後ろから、闇よりなお濃く、生臭《ぐさ》い臭いを放ちながら、夏の夜気よりもじっとりと熱い気を放つものが現れた。

まぐるに押し倒された木が、ゆっくりとこちらに倒れかかってきて、鐘撞き堂の屋根にもたれかかった。

まぐるの巨体は、鐘撞き堂の土台を半分がた巻いてもまだ余りがあった。鼻先を一郎太と小吉に向けて、ゆるりと頭を低くする。

夜の森がまたしなった。まぐるのしっぽが現れる。それは曇り空に優美な弧を描くと、それもまたひとつの生きものであるかのように身をくねらせて、するすると鐘撞き堂の柱の一本に巻きついた。

一郎太は動けなかった。小吉も動けなかった。松明の明かりがちらちら揺れて、それがまぐるの目に映るのが見えた。

まぐるの目が動いた。まばたきではない。目玉がぐるりと下から持ち上がり、瞬間、白目を剝《む》いたようになるのだ。

まぐるは、食い物を見つけた。

その大きな口が開いた。一郎太と小吉にどっと臭い息を吐きつけながら、まぐるはいっぱいに咆哮《ほうこう》した。

逃げようと思うなら、小吉はまだ間に合ったろう。だが寺男は逃げなかった。かえって一郎太の上に覆い被《かぶ》さり、彼を守った。

一郎太を抱きしめる小吉の枯れ木のような腕がものすごい力で引きはがされ、次の瞬間には、小吉は消えた。

猿ぐつわのせいで、うぐうぐという声しか出ない。目は涙と汗で曇る。それでも一郎太は見た。まぐるは頭から小吉をくわえ込み、たかだかと宙に持ち上げた。逆さまになった小吉の両脚がばたついている。

まぐるは胴震いをしていったん口を開けると、喉《のど》をうごめかせて小吉を呑《の》み込んだ。餌を喰らう喜びに、まぐるの身体はわないている。鐘撞き堂の柱に巻き付いていたしっぽがほどけて空を切り、鐘撞き堂にあたってまたしなり、勢い余って鐘を打った。場違いに時違いに、鐘は涼しい音を放った。

誰かが叫んでいる。鉈屋の兄弟だ。小さな黒いものが飛んできて、まぐるに届かずその足元でぱっと砕けた。油の臭いがつんとたつ。

「このもんごが、もんごが！」

「兄サの仇《かたき》じゃ！」

鉈屋の兄弟は次から次へと土器を投げつける。どれもまぐるにはぶつからない。よっぱらいがしゃっくりするように喉を鳴らすと、まぐるは脹《ふく》れた腹を持ち上げて兄弟の方へと足を踏み出した。その口が開き、ふたたび咆哮が轟《とどろ》いた。本堂を守る松明《たいまつ》のそばから土器を投げつけていた藤吉が、まぐるの咆哮をまともに浴びて尻餅《しりもち》をつく。

本堂から住職が飛び出してきた。藤吉を助け起こし、しがみつかれて一緒に転げてしまった。二人が松明にぶつかり、松明も倒れて派手に火の粉が散った。火の色を嫌い、猛《たけ》り立ってまたまぐるが吼《ほ》えた。

その声に、別の音が混じった。

鳥の囀《さえず》りだと、一郎太は思った。まぐるに怯《おび》えた森の鳥たちの声。

いや、違う。囀り交わす鳥の声とは違う。もっと真っ直ぐな、一本の矢のように飛んでくる、細くて高く、涼しい音。

杣たちの指笛に似ている。

まぐるの動きが止まった。頭が少し持ち上がる。耳をそばだてているかのように、そしてまわりを見回すように、まぐるは軽く頭をかしげた。

また音がした。今度ははっきり、指笛だとわかった。だが杣の指笛とは違うということも聞き取れた。もっと長く、もっと豊かで、もっと彩りのある音。

まるで、唄《うた》をうたっているかのように。

山門をくぐって、一群の人びとが姿を現した。急ぐふうもなく、足元を探るようにして歩んでくる。

先頭にいるのは、白装束に白い鉢巻きをしめた光恵である。すぐ後ろに松明を掲げたいっぺおんじが付き、光恵に供してきた武士が、一人は抜刀し、一人は弓に矢をつがえて構えている。その背後には鉈屋と蔵屋の当主に、もう二人の男。皆の手に松明がある。

指笛を吹いているのは光恵だった。

見たことのないやり方だ。右手の人差し指をくちびるの脇にあて、口をすぼめたり、半開きにしたりしながら、少しずつ音調を変えて吹く。言葉を発しているわけではない。だが、微妙な音の違いが言葉のように、呪文《じゅもん》のようにも聞こえるのだった。

光恵は武器を帯びていない。ただ、左手に小さな香炉のようなものを載せていた。それだけで、まぐるに近づいてゆく。母の目は食い入るようにまぐるを見つめ、まばたきさえしない。浅瀬を渡るような足取りで、一歩、また一歩とまぐるに歩み寄る。

まぐるは動きを止めていた。まぐるもまた、光恵を見ていた。目玉がぐるっと白目になり、元に戻った。

光恵は指笛を吹き続ける。高くなり、低くなる。耳たぶを撫《な》でられるような心地よい囁《ささや》き。それが一転して突き刺さるように鋭くなると、次の瞬間には地を這《は》うように沈む。

鐘《かね》撞き堂の柱に繋《つな》がれたまま、一郎太は震え始めた。今さら、恐怖のためではない。だが震えて震えてどうしようもない。指が震え、膝《ひざ》が笑う。背中を逆手に撫で上げられるような、身体の内側で臓腑《ぞうふ》という臓腑がゆっくりとその位置を入れ替えているような。

まぐるが前脚を折り、ついで後ろ脚を折った。巨体が伏せて小山になる。しっぽがその身体に巻き付いた。

光恵はさらに近づいてゆく。指笛に混じって、まぐるが喉を鳴らす音がたち始めた。

いっぺおんじと男たちが、まぐると光恵から少し離れたところで半円を描いた。松明がぱちぱちと爆《は》ぜる。

指笛がやんだ。光恵がくちびるから指を離した。そして今度は喉から声を出し始めた。

指笛と似ているが、もっと優しく、たとえるなら子守歌のような声だ。やはり言葉ではない。ただの音の連なりだ。だが、そこに意味が含まれているのを聞き取れる。

まぐるは目をつぶり、すっかりおとなしくなった。

光恵は左手の香炉のようなものをいったん目の高さに掲げると、絶え間なく喉声を放ちながら、その蓋《ふた》を開けた。器のなかに指を差し入れる。そうしながらまぐるに近づいてゆく。ずっと同じ足取りだ。急ぎもせず、臆《おく》してもいない。

光恵は腕を差しのばし、まぐるの右の前脚に触れた。人なら、ちょうど肘《ひじ》のところだ。

そこに、何か書き始めた。模様のような、漢字のようなものを書く。

――おっかは、まぐるに字を書いてる。

あの器のなかには墨があるのか。いや、黒くはない。松明の明かりに映えている。朱色だ。血のように赤い。あるいは紅のように。

右の前脚が済むと、光恵はそのまままぐるの後ろ脚に移った。それが済むと、しっぽの真ん中あたりに移った。左の後ろ脚に書き、前に戻って左の前脚に書く。ひとまわりして正面に戻ると、まぐるの頭、ああしてべたりと伏せていても、光恵の目の高さに達している、人ならば額にあたるところに、ひときわ大きくあの模様のような漢字のようなものを書き記した。

そこで、光恵の唄が止まった。

香炉のような器の蓋を閉じると、しっかりまぐるを見据えたまま、光恵は後じさりしてまぐるから離れた。

まぐるは動かない。目も閉じている。

前を向いたまま、光恵は手を後ろにやって、いっぺおんじに香炉のような器を渡した。おんじはそれを受け取ると、きつく握って胸に押し当てた。

光恵はまぐるに一礼し、合掌した。そしてまた人差し指をくちびるにあてると、指笛を吹き始めた。

最初の音調とは違っていた。もっと急《せ》くような、追い立てるような、耳に刺さるような調べだった。鐘撞き堂に繋《つな》がれて転がったまま、一郎太は身もだえした。この指笛を聞いていると、総身を蚤《のみ》に嚙《か》まれるようだ。不愉快でいたたまれない。鳥肌が立ち、もしも両手が自由になるものならば、身体じゅうを掻《か》きむしりたい。

見れば、光恵の背後を守る男たちも苦しんでいる。鉈屋の当主は腹痛に襲われたかのように前屈《かが》みになり、供の武士たちは耐えきれないように耳を塞《ふさ》いでいる。

突然、まぐるがかっと目を開いて身を起こした。しっぽが地面を打ち、地響きがした。

それから眼前に広がった光景は、その後も長く一郎太の夢に現れた。一郎太の心に焼きつき、そこに傷跡を残す景色だった。

まぐるが大きな口を開くと、己の右脚を喰《く》らい始めたのだ。

人を喰うときと同じだった。名前の由来そのものだった。まぐらう、まぐらう。かぎ爪の生えた指から始めて、付け根のところまでむさぼり喰らう。まぐるは血を流し、そのどす黒い血は腐ったような臭いを放ち、地面に吸い込まれて染みをつくる。

右脚を喰らってしまうと、次は左脚だ。身体を支えていられなくなって、まぐるは横倒しになった。そうして次にはうしろの右脚を持ち上げ、大きな口が届くところまでぐいぐいと嚙み千切っては吞み込んでゆく。それからしっぽをあらかた喰い、不器用に寝転がって左脚に食いついた。

まぐるはどんどん弱ってゆく。もう残った脚が持ち上がらない。と、その大きな口が脹れた青白い腹を喰い始めた。生きものが、己の身体を喰らってゆく。喰らったものが納まるべき腸を引きずり出し、どろどろと血を流し、激しく鼻息を吐きながらも喰い進んでゆく。

このまま、まぐるが己の腹を食い破っていったら、さっき丸呑《の》みにされた小吉が出てくるのではないか。もしかしたら、まだ小吉を助けられるのではないか。

誰かの手が一郎太に触れた。いつの間にか、いっぺおんじがそばに来ていたのだ。

――じきに終わる。

縄をほどくと、いっぺおんじは一郎太の目を手で塞ぎ、まぐるに背中を向けさせた。

――もう、見てはなんね。

哀れだかンな、と呟《つぶや》いたようだった。その口の端から血がひと筋流れていた。おんじは今にも倒れそうにふらついていた。

目を背けても、まぐるの鼻息が、切れ切れに聞こえる。光恵の指笛が続いている。

まぐるが己を喰う音と、己を喰う痛みと苦しみに身もだえする音。

とうとう、それが止《や》んだ。

光恵の指笛も止んだ。

入れ替わりに、泣き声が聞こえてきた。藤吉だ。身も世もなく泣きじゃくっている。

夏の淀《よど》んだ夜気と血の腐臭のなかに、宗願寺の住職の南無阿弥陀仏《なむあみだぶつ》が響き始めた。

まぐるにまぐる自身を喰わせる。

それが、唯一の退治する術《すべ》だった。それこそが受け継がれている技だった。

「あの指笛を吹けるのは、おなごだけです」

赤城信右衛門は言って、顔を上げた。言葉もなく座り込んでいるおちかを、案じるような目の色だった。

「必ずおなごの声でなくてはならん。男では、上手《うま》くできた例《ため》しがないそうでござった」

おちかはようやく、ひとつふたつと息をして、おののく胸を宥《なだ》めた。

「だから、赤城様のお国ではおなごが大事にされるのですね」

「そういう事情でござる」

「でも、いったい誰がそんな技を――」

信右衛門はかぶりを振った。

「昔のことでござる。おでの故郷《ふるさと》では、ただそれを知恵として受け継いできました。まぐるという災いをしのぐために、なぐてはならんものとして」

一郎太や鉈屋の兄弟があの場に居合わせてしまったのは、本来なら掟破《おきて》りであった。だから当時は、目で見たこと以上の詳しいことは教えてもらえなかったという。

「母はすぐ村を離れましたし、いっぺおんじに聞いても、叱られるばかりでした」

「お辛《つら》かったですね」

子供でしたからと、信右衛門は言った。

「おでは意気地なしのまんまでしたし」

だから、ずっと謎を抱えたまま信右衛門は長じたのであるが、

「今般、それがしが出府する際に、既に母は病んでいたと申しましたが」

「はい」

「その折に、黙ったまま逝《ゆ》くのは忍びないと思ってくれたんでしょう。密《ひそ》かに打ち明けてくれました。もっとも、母も先《せん》のまぐる笛使いのおなごから受け継いだことしか知らぬと申しておりましたが」

まぐる笛使い、か。

「いっぺおんじは、まぐるはただの意地汚い獣だと申しましたが、それはその――そう思っていた方がいいということでぇ」

実は、異説があるという。

「まぐるは、ある恨みが形をなしたものだというんでがんす」

昔、かの国の山々が豊かに開かれる以前、人びとが狩りや炭焼きでかつかつと暮らしていたころに、領主の圧政に苦しみ、戦に駆り出され、飢え渇いて無惨に死んでいった山の者たちの怨念《おんねん》がまぐるとなって現れるのだ、と。

「ならば、まぐるを殺すことはできません。恨みは、殺せるもんでねえ。殺しても殺しても残ります」

むしろ、殺されてはなお恨みが募るばかりではないか。

「だから、まぐるという恨みに、己を喰わせて消し去るんですね」

しかし、それでも恨みは晴らされるわけではない。だからまぐるは蘇《よみがえ》る。年月を経て、何度も何度も。

「母がまぐるの身体に書いていた模様は、そのころの領主の旗印を逆さまにし、裏返したものだということでござる」

うなずきながら、おちかもようやく胸のざわめきが落ち着いてきた。

「まぐる笛使いになるおなごは、ある決まった家や村に生まれるのでございますか」

「確かに、まぐるが現れて暴れ回る土地の生まれの者に多いですが、家や血筋はまったく関わりがござらん。まぐる笛使いの母が、まぐる笛使いの娘を産むとも限りません」

おちかはハッとした。

おちかの気持ちを読み取ったのか、信右衛門はかすかに笑った。

「お察しのとおりでござる。おでは、いつかは妹が母の跡を継ぐのではないかと恐れておりました。母もそれを思いやって、おでに打ち明けてくれたのです」

「では、妹さんは」

「まぐる笛使いにはなれません」

なれません。そのひと言に想いがこもっている。妹は免れました。

「そういうことは、どうやって見分けるのでしょう」

「最初に、国にはおなごだけで賑《にぎ》やかに祝う祭りがあると申し上げました」

ああ、それがそうなのか。

「おなごが六つくらいになると、指笛を教えて、吹かせてみます。すぐとわかることでがんす」

「でも、それはあくまでも、まぐるがいない場所で試してみるだけでしょう？」

おちかが訝《いぶか》しむのに、信右衛門は言う。

「ンです。そのおなごに本当にまぐるサしのげっかどうかは、その場になってみんとわかりません。おでのおっかも、まぐる笛サ習って身につけておりましたけども、まぐるさ見たのはあれが初めてでがんした」

ならば、信右衛門の母親も命がけだったのだ。受け継いだ知恵と技だけを頼りに、まぐるに相対《あいたい》したのである。

何という勇気だろう。

「赤城様のお母様は――」

おちかは声が詰まってしまった。今さらのように震えがくる。その顔色を見て、信右衛門は慌てたように身を乗り出してきた。

「そんでも、そのおなごのまぐる笛が効き目があるかどうかは、まぐるサおらんとこでもわかるんで」

あれは人にも効くからだ、という。

「母のまぐる笛サ聴いて、おでは身もだえしたり、鳥肌ぁ立ったりしました。いっぺおんじは口から血ぃ吐きましたし、あん時その場におった男衆はみんなそうで、鼻血出したり、目がくらんで倒れたり、鉈屋の当主はあれっきり半月は寝込んでしまったです。まぐる笛サぁ、そげなものなんです」

ある女の子が教えられたとおりに指笛を吹き、喉声《のどごえ》で歌い、まわりの人びとがそのようになったら、その女の子はまぐる笛使いだとわかるわけである。しかし裏返せばそれは、ほかに見分ける方法はないということでもある。いざ、まぐるに相まみえるまでは。

何と辛く、恐ろしいことか。積年の恨みが凝《ここ》って形をなしているのは、まぐるだけではない。その技、受け継がれている秘事そのものもそうではないか。おちかにはそう思われてならなかった。

だがしかし、いっぺおんじが言うとおり、山を開いて暮らしてきた人びとは、山を捨てることはできない。人は生きていかねばならない。

「母の持っていた香炉のような器は、ただの紅入れでがんした。中身も紅ですが、まぐるサしのぐ時には、そこに、まぐる笛使いのおなごの血ぃを混ぜます」

その血の臭いが、まぐるをおとなしくさせるのだという。

「己の身体を喰《く》らってゆくと、喰らいきらんうちに、まぐるサ死んでしまいます。残った身体は――」

「ええ、どう始末するのでしょうか」

「尼木のあたりでは、宗願寺のある山の、大峠に埋めるごた、決まってぇおりました。塚があって、だからあの峠には、普段は登っちゃなんねがったンです」

大峠には確かに突風が吹くが、そのせいばかりでなく、鳥も兎《うさぎ》もいないという。

おちかはあらためて、赤城信右衛門の小作りに整った顔を見つめた。

「亡くなったお母様は、おなごだけで見送られる。それもしきたりなのですね」

「はい。まぐる笛使いは何人かおりますが、まぐるをしのいだ笛使いは、なかでも尊ばれますんで」

同じ役目を負い、同じ恐怖と共に暮らす女たちで、まぐるを退治した女を送る。

「それでも、赤城様もお母様をお見送りしたかったでしょうに」

言ってしまってから、余計なことだったと、おちかは目を伏せた。

信右衛門はまたちょっと洟《はな》をすすって、そわりと着流しの襟元に手を触れた。

「母はおでに、小吉の墓参りサ欠かすなぁ、言いよりました」

うっかり者の寺男は、一郎太の命の恩人なのだから、忘れてはいけないと言ったのだ。赤城家の光恵様は、心優しい女丈夫だ。

おちかは茶を替えた。信右衛門は黒白の間の雪見障子をほとほとと叩《たた》く風の音を聞いている。

「他所《よそ》の国の人だらぁ、そげん山になしておるんサ、もまえしよる――訝しいと思うでしょうが」

いっぺおんじはあのころ、一郎太にこう言ったそうである。

――まぐるサ、目に見える。火で追えるし、まぐる笛サ使ってしのげる。目に見えず正体もわからず、どうやって逃れたらいいかわからない災厄よりもましだ、と。

「ざっと、こげな話です。んで……しょうしいこど申しますが、おちか殿」

お恥ずかしいことという意味だ。

「はい」

「おでは、妹サまぐる笛使いにならんで、どんなにか安堵《あんど》しました。母にもそう申しましたけども」

信右衛門の声が、少し細った。

「まぐる笛使いになれんおなごは、ただのおなごです。母が、村から番方の家に縁づいたような玉の輿《こし》には恵まれません。それどころか、赤城の家とつり合う縁組みも、来んかもしれません」

まぐる笛が使えなければ、えらいおなごではないからだ。

「でも、まぐるには遭わずに済むじゃありませんか」

「わかりません。どこぞ郷士の家サ嫁いだら、山で暮らして、そこにまぐるサ出たら」

おちかは手を止めて信右衛門の顔を見た。泣き虫で意気地のない子供の面影はもうない。だが、泣き虫でも意気地なしでもなくなっても、人が何かを恐れることはやまない。人は何かを恐れずには生きられない。その顔には、そう書いてあった。

「妹は、まぐるに喰われてしまうかもしれんで」

まぐるは女子供を好んで襲う。

「そんだら、まぐる笛使いになれた方が、いっそいかったんじゃなかろか。おっかには申せませんでしたけンど、おではつい、そうも思います」

信右衛門の眼差《まなざ》しには、切実な光があった。

「おでは、間違っておりましょうか」

おちかは、答えることができなかった。

その夜、三島屋の奥で、おちかは寝支度を調えながら、ふといたずら心を起こし、指笛を吹いてみた。調子っぱずれの音が出た。途端に、廊下の向こうからお民《たみ》の叱責《しっせき》が飛んできた。

「こんな遅くに口笛を吹くなんて、誰だい？　蛇が出るよ！」

おちかは首をすくめた。口笛じゃないのよ、叔母《おば》さん。

――あたしは下手っぴぃだ。

奥州のどこかのまぐるの出る山に生まれても、まぐる笛使いにはなれそうにない。でも、それでよかったと思うだけではおさまらないものがある。

おちかのまぐるも、どこかにいる。三島屋のまぐるも、どこかにいるのだろう。それが現れたとき、まぐる笛にあたるものを、おちかは持っているだろうか。三島屋は持っているだろうか。

人は、ただまぐるに遭わなければ幸《さち》なのか。それとも、まぐるに遭ってもしのげる力を持つ方が幸なのか。

わからない。

今夜はせめて、別れ際の赤城信右衛門のあの笑顔、

――母のことを語れて、胸が晴れました。

あれをお守りに眠ることにしよう。

第六話　節気顔《せっきがん》

本日の三島屋《みしまや》・黒白《こくびゃく》の間には、しめやかな雰囲気が立ちこめている。

百物語をするための座敷だから、普段からそう華やかにしているわけではない。そこに輪をかけてしんみりしているのは、上座にいる今日の語り手の、うち沈んだ表情のせいであろう。

歳のころは四十過ぎ、いわゆるお多福顔で、温和な面差しの女《ひと》だ。朽葉色に黒の混じった縞縮緬《しまちりめん》に黒地の帯を締め、丸髷《まるまげ》には飴色《あめいろ》になるほど使い込んだ柘植《つげ》の櫛《くし》をひとつさしている。立ち居振る舞いからして裕福そうな様子とは裏腹に、身を飾ることを控えているのは、ただ怪談を語りにきたからだけではなさそうだと思っていると、

「先年秋に、夫を見送りまして」

と、女は囁《ささや》くような声で切り出した。

「それはお悔やみを申し上げます」

おちかは丁重に頭を下げた。

「半年経ちましたが、なかなか気持ちを持ち直すことができないままでおります。子供たちには、それではかえっておとっつぁんが心配すると叱られるのですが」

きっと仲睦《むつ》まじい夫婦だったのだろう。寂しさに、残された妻はまだ喪に服したままなのだ。

「世の中はもうすっかり春なんだから――」

今日は春分である。

「少しは春らしい支度をして出かけなさいと、今日も出がけに娘がいろいろ見立ててくれたのですが、どうにも浮き立つ気分にはなれませんでした」

あいすみませんと、女はさらに声を細める。

「どうぞお気持ちのままになさってください。ここはそういう場でございます」

床の間には、まだ固くつぼんだつぼみをつけた梅の枝を活《い》けてある。ひとつの枝に紅白が混じっている珍しい梅だから、ぜひ咲きかけるところから見てほしいというのが出入りの花屋の口上だったが、この語り手には、つぼみのままの方がふさわしいようだ。

「こうしてお招きいただきまして、有り難く思っております。それでも――」

遠慮するという以上に先んじて謝るように、女は下ばかり向いている。

「ふた月ほど前になりますか、灯庵《とうあん》さんに、こちら様の変わり百物語の評判を伺ってから、ずっと迷っておりました。他所様《よそ》で話すくらいなら、いっそ家の者に打ち明けた方が胸が晴れるのではないかと思うときもあり、いえ他所様の方が気が楽だ、娘や息子たちに話したら、わたしが悲しみのあまり少しおかしくなったのではないかと思われると、恥ずかしいような怖いような」

そういう逡巡《しゆんじゆん》も、おちかにはよくわかる。

「この黒白の間でのお話は、聞いて聞き捨て、語って語り捨てが決まりでございます。もちろん、ここに座られてからお客様のお気持ちが変わり、やはり話さずにおこうと思われたなら、それでもまったくかまいません」

おちかの微笑みに、女はようやく、おそるおそるという様子で目を上げた。

「お嬢様にも、きっと夢見が悪くなるようなお話でございますよ」

「お心遣いありがとうございます。もろもろを重々覚悟の上で、わたくしは聞き手を務めております。ご安心くださいませ」

この前のときなど、人を襲って喰《く》らう獣の話を聞いたのだ。夢見が悪くなるというのなら、その前の話はもっとそうだった。

詳しく教えてあげるわけにはいかないから、おちかはせいぜいどんと構えてみせるしかない。女の眼差《まなざ》しからは、逡巡の色が消えない。

「まさか本当に、聞き手がお嬢様のような方だとは……。いえ、灯庵さんの口上を疑っていたわけではありませんけれど」

おちかも短く思案した。こちらから少し手をさしのべてみようか。

「三島屋の当主、わたくしには叔父《おじ》にあたります伊兵衛《いへえ》がこの変わり百物語を始め、その聞き手にわたくしを据えましたのは、ほかでもないわたくし自身が、今の奥様と同じような悲しみに沈んでいた時期があったからでございます」

まあ——と、女は細い目を見開いた。

「二年ほど前、わたくしは許婚者《いいなずけ》を亡くしました。その人は幼馴染《おさななじ》みでもあり、子供のころから慣れ親しんだ間柄でございましたから、いっそう辛《つろ》うございました。ですから、差し出がましい口のききようではございますが、ご主人様を亡くされた奥様のお悲しみも、少しはお察しできると思います」

顔つき身体つきと同じようにふっくりとやわらかそうな手を口元にあて、女はひとつうなずいた。

「そういうご事情があったんですか」

呟《つぶや》いて、急に慌てた。

「お嬢様、わたしは奥様などというものではございません。小間物屋の女房でございますから、おかみで充分でございます」

いつものとおり、おちかは語り手に、名前や立場を訊《き》かないまま向き合っている。

「ではおかみさん、わたくしもお嬢様ではなく、ちかでございます」

二人でやっと、ささやかな笑みを交わした。

「それにしても、そんな悲しい思いをなすっているあなたに、わざわざ百物語を聞かせるというのは、三島屋さんも風変わりな方でございますねえ」

おちかは大きくうなずいてみせた。「はい、叔父は変わり者でございますから」

胸を張って言うようなことではないか。

「あら、まあ。もちろん、何か格別に思うところがおありになって、そのように計らわれたのでしょうけれど」

「叔父はわたくしに、少し世間というものを知らせてやろうと思ったのでしょう」と、おちかは言った。「様々な不思議話を耳にしているうちに、わたくしはだんだんと、目が開けるような思いがして参りました。この世には本当に、思いがけないことが起こります。人が生きる道も、亡くなって去ってゆく道も様々でございます」

残される者の想いもとりどりである。

女は小首をかしげ、しばしおちかの顔を見つめた。それから、ひょいとこちらに乗り出すようにして問うてきた。

「おちかさんは、亡くなった許婚者の方に、ひと目でいいからまた会いたいと思うことはおありでしょうか」

おちかはちょっと息を止めた。

普通なら、あると答えるものだろう。だがおちかの場合は返答が難しい。

会って——詫《わ》びたいと思う。

詫びても——詮無《せんな》いとも思う。

そんなことを思うのは——勝手だ。

が、強いて返答を探す必要はなかった。女は膝《ひざ》の上に手を揃えると、小さくため息を落として、こう続けた。「こんな不躾《ぶしつけ》なことを伺いますのも、わたしが打ち明けようと思うお話が、そういうお話だからなのでございますよ」

死者との再会を願う話、か。

「とはいっても、亡くなった主人に直《じか》につながる話ではございません。なにしろ事の起こりは古くって」

わたしの伯父《おじ》の話なんですよ、と切り出した。

「わたしが十《とお》のときに亡くなりました。数えてみれば三十年も昔の出来事でございます」

語りが始まる。おちかは聞き手の支度を調えた。

「わたしの名は末《すえ》と申します。生家も小間物屋でございましてね。お店《たな》は芝口橋《しばぐち》のたもとの新町というところにございました」

屋号を〈丸天《まるてん》〉といったそうだ。

「天井の天を丸で囲んで、そう読んでおりました。特に謂《い》われがあるわけではなく、縁起のいい、音の響きのいい字をふたつ使ったというだけの素朴なものでございますよ」

親しみのわく屋号である。

「わたくしの実家の旅籠《はたご》は、同じ丸に千をつけて〈まるせん〉というのです」と、おちかは言った。「屋号の謂われを聞いたことはありませんが、やっぱり素朴で覚えやすくて、わたくしは好きです」

「一字違いのご縁でございますね」お末は嬉《うれ》しそうににっこりとした。「それに、祖父の興した〈丸天〉本店は、神田富松町《とみまつちょう》にございましたんですよ」

華やかだった本店の様子を、お末はよく覚えているという。

「お近くですね」

「はい。勝手ながら、それにも何か、こちら様とのご縁のようなものを覚えますね」

語り手がここに来るにも縁が要るのだ。

「新町の方は分店で、お店も小さいものでございましたが、あのあたりは武家屋敷とお寺が多ございますから、客筋は上等で、おかげさまで滑らかに商いをしておりました」

懐かしそうな口ぶりになった。母を気遣う息子や娘のいる今のお末の家がそうであるように、お末が生まれ育った家も、温《ぬく》もりのあるところだったのだろう。

「わたしの父は三男坊でございまして、名前も三蔵《さんぞう》と申します。ですから分店してもらったのですが」

本店を継いだのは長男ではなかった。

「父のすぐ上の兄、次男が継いだのです。それというのも、跡取りの長男がどうしようもない道楽者で、飲む打つ買うの三拍子が揃った上に、泣いて止める母親を蹴《け》り倒して、博打《ばくち》につぎ込むために家の金を持ち出すようなろくでなしだったものですからね」

言葉は厳しいが、そこに苦みは混じっていない。その理由はすぐに知れた。

「この長男が、三十半ばを過ぎたころになって、何を悟るところがあったのか、不意に正気を取り戻しまして、家に帰ってきたんでございます」

お末の目が遠いところを見る。

「とはいえ、本人はとうに勘当された身の上でございましたし、本店はもう次男の代になり、両親も――わたしの祖父母でございますが、とっくにお墓に入っておりました」

「まあ、それでは」

「はい。長男がどれほど詫びて、自分は改心したと訴えてみたところで、それこそ墓に布団《ふとん》は着せられません。寄り合いの頭《かしら》や名主さんが取りなしてくださいましたが、今の当主の次男がうんと言わない限り、勘当を解くこともできません」

お末はまだ幼かったので、当時、〈丸天〉のなかでどんなやりとりがあったのか、深く知らされることはなかった。それでも両親の憂い顔を眺め、ときおり耳に飛び込んでくる話の断片を聞き取るだけでも、子供心に心配でたまらなかったそうだ。

「本店の方では、そうとう長男に腹を立てておりましてね。跡を継いだ次男は、放蕩《ほうとう》三昧《ざんまい》の兄さんのせいで両親がどれほど苦労したか知っておりますから、あっさり許すことはできなかったのでしょう」

過ぎてしまったことだからこそ、それを洗い流す水も涸《か》れている。

「結局、わたしの父が間に入りまして」

行き場のない長男を、新町の分店で引き受けることにした。

「父は、娘のわたしが言うのもおこがましゅうございますが、気の優しい人でした。昔のことはどうあれ、血の繋《つな》がった自分の兄さんが、泣き泣きこれまでの身勝手を詫びるのを、すげなく見捨てることはできなかったんでしょう」

――春兄さんがそんなに悔い改めたというのなら、見せてもらいましょう。

「父の長兄、わたしの伯父は、春一《はるいち》と申しました。春分に生まれたので、その名をつけたそうでございます」

それなら、今日のこの日のことだ。

「同じ春分の日に伯父のことをお話しするようになったのも、不思議な巡り合わせでございます」

語るお末の眼差《まなざ》しも優しい。

「これはあとあとになって聞いたことでございますが、当時は両親も、伯父の詫び言を丸呑《の》みにしたわけではございませんでした。飲む打つ買うを好む悪い虫は、人の骨の髄に棲《す》み着くものでございます。本人は、そんな虫などもういない、すっかり下したと思っていても、虫はただ眠っているだけで、いつまたうごめき出すかもしれません」

それを見極めるには、まずひとつ屋根の下に暮らしてみなければならない。

「そうして少しずつ商いを覚えてもらい、働きぶりも見てみよう。両親はそのつもりで伯父を引き受けたのでございますが」

いざ本人と向き合ってみると、春一は、こっちの思惑とは違うことを言った。

——俺は今さら、まっとうな商人になろうというわけじゃねえ。もう遅いよ。だから、おまえたちにたかって楽に暮らそうというわけでもないから、安心してくれ。ただ、一年だけ分店に置いてくれ、という。

「本店でも同じことを頼むつもりだったというのです。自分でよくよく考えて、己の身の振り方がわかるまで、一年ほしいと」

お末の両親は困惑した。そもそも、身の振り方というのは考えて〈わかる〉ものではない。働いて身につけていくものだ。せっかく帰ってきて、あんなに詫びたのに、商人になるつもりがないというのも解せない。

——俺がどうしてこんなことを言うのか、そのうちわかるよ。隠しきれるもんじゃねえっていうのは、俺がいちばんよく知っている。

「それでも今、これこれこういう事情だとしゃべったところで、みんな信じちゃくれねえだろうと、伯父は申したそうです」

——だから、黙って承知してくれねえか。

頭を下げる姿は、本店で叱られているときよりも、さらに神妙だった。

「楽に暮らすつもりではないというのも、本気のようでした」

春一は家のなかに住まなかった。裏庭の一角にある物置を選んで、

——すまんが、ここを俺に貸してくれ。

さらに、懐に包んでいた金子《きんす》を差し出した。三両あったという。

「これで一年養ってくれというのです」

——これっぽっちで恥ずかしいが、足らんことはないと思う。よろしく頼む。

煎餅《せんべい》布団とくたびれた夜具と、瓦灯《かとう》をひとつ持ち込んで、本当にそこで寝起きをし始めた。

「最初に言ったとおり、商いにはまったく手を出しませんでしたが、何もしないわけではないんです。薪割りとか水汲《く》みとか掃除とか、それはそれはまめに働くのですよ」

かつての放蕩息子の面影はそこになかった。

——もうそんな心配は要らんだろうけれど、もし〈丸天〉の春一の顔を覚えている人に見かけられるようなことがあっちゃ、バツが悪いから。

「そう申しまして、働くときにはいつも手ぬぐいですっぽりと頬被《ほおかむ》りをして、顔を隠しておりました」

おちかは考えた。春一が「バツが悪い」と言ったのは、自分のことばかりではなかろう。お末の父母が傍目《はため》から、兄を下男のようにこき使っていると見られたら嫌だろう、という気遣いも入っていたはずだ。

「わたしも何度か、手ぬぐいをかぶった伯父《おじ》を見かけましたけれども、そのたびにこそ泥の類《たぐ》いを見るようで——何とも落ち着かない気分になったものでございます」

三度の食事も、最初は台所で食べていたが、春一の方から頼んだものか、そのうち女中が物置に運んでゆくようになった。

「お酒は一滴も呑みません。それはもう見事に断っておりました。たまにお八つの甘いものを出しても、自分にはもったいないからと、手をつけずに返して寄越《よこ》すほどでした」

「そうすると春一さんは、奉公人のように働き、つましく暮らしながら、なるたけおうちの皆様とは顔を合わさないようになさっていたんですね」

おちかの問いに、お末は深くうなずいた。

「さらに、念がいっておりましてね」

――うっかり物置に来ないでくれよ。とりわけ、お末を近づけないでくれ。

「わたしは一人娘でございましてね。そのころは丁稚《でっち》もおりませんでしたので、家に子供はわたしだけでございました」

ならば、子供を遠ざけておいてくれという意味か。

「きっと怖がらせてしまうからと、伯父は申したそうでございます。それともうひとつ」

お末はひと息の間を置く。語りに緩急がついてきた。

「伯父はこんなことも申したんでございます。自分はときどき出かける、それも二十四節気の日には必ず一日じゅう出かけているから、その日は放っておいてくれ、と」

飯も要らない。黙って出かけて黙って帰ってくるから、気にするな。

「裏庭の物置で暮らすことにしたのも、そこなら出入りが勝手で、家の誰にもいちいち断らずに済むからだったようでした」

ふふん——と、おちかは息を吐いた。その顔が可笑《おか》しかったのか、お末が微笑む。

「妙でございましょう？　理由を教えてくれないくせに、注文がいちいち細かくて」

「謎めいていますね。春一さんは、そういう注文をするとき、どんなご様子だったのでしょう。真面目でしたか。あるいは笑っておられたとか、逆に少し怖がっているとか、何かを用心しているようだったとか」

お末はすぐに答えた。「真面目でございました。大真面目でした。何か、信心でもしているような顔つきで」

言ってから、急いで首を振って打ち消した。「いいえ、信心じゃございませんわ。ただ、何かを恃《たの》んでいるというふうでした」

嚙《か》みしめるように呟《つぶや》いている。

「事情が知れた後になってみれば、伯父がいちいち言うことには、みんな筋が通っていたんでございますけどね」

気を持たせる。

「春一さんがどこへいらしていたのか、見当がつくときはありましたか」

「いいえ、まったく」

「外へ出かけてゆくのだから、人に会っていた……あるいは人や物を探していたのでしょうか。でも、二十四節気の日には必ずというのは、どういう理由《わけ》なのかしら」

二十四節気というのは、〈立春〉から〈大寒〉まで、一年に二十四ある節目の日である。どんな安い暦にも記してあり、子供でも知っている。農事のない町場の暮らしでは意味の薄い日もあるが、暑さ寒さの変わり目や、年中行事と関わりのある節気の日は大事な区切りだ。

「それがですね、おちかさん」

お末は少し、いたずらっぽい顔になった。語り手がこういうふうに、聞き手のおちかの気をそそるようになるのは、打ち解けて興が乗ってきたしるしである。

「大した意味はございませんの。ただ、そうしておいた方が、伯父が楽だろうということだったそうでございます」

ちょっと意味がつかみにくい。

「しておいた方がといいますと、何かの約束事のようでございますね？」

「はい、そういう取り決めだったのですよ」

取り決めか。誰と、何を決めたのか。それが〈楽だろう〉とは？

聞き手が急《せ》いてはいけない。おちかは口を閉じ、お末は続ける。

「あの年、春一伯父が分店に参りましたのが、〈霜降《そうこう》〉を過ぎて間もなく、ですから九月のことでございました。それから〈立冬〉〈小雪《しょうせつ》〉を迎えて——その二日とも、伯父は確かに一日じゅう物置を空けて、出かけていたようでございました」

出るところも帰るところも、分店の誰も見ていない。暗いうちに出て、暗くなってから帰ってきたのだろう。

「怪しいふるまいでございましたが、出かけていないときの伯父は、先ほど申しましたように奉公人さながらに働いておりましたので、文句をつけるところはございません。父も、しばらくは好きにさせてみるしかないと、半ば呆《あき》れ、半ばは辛《つら》そうな顔をしていたものでございます」

居候というのは、本来もっと図々《ずうずう》しいものだろう。その方がこっちも気が楽だと、こぼしていることもあったという。根っから優しい人だったのだ。

「つまり、伯父の隠し事が、本人が『隠しきれるもんじゃねえ』と言っていたとおりにはならないまま、わたしどもには子細がわからずに、ひと月余りが過ぎてしまったわけでございますが——

〈小雪〉の次の〈大雪《たいせつ》〉を迎えて、その隠し事は一気にほどけることになった。

「それもこれも、その日わたしが手習所で、仲良しの女の子と喧嘩《けんか》したのが始まりなんでございます」

お末は言って、思い出したように小さく笑った。

――あたしが悪いんじゃないもん。

まだべそっかきの顔のまま、手習帳と筆箱の包みを胸に抱きしめ、お末は早足で道を歩いていた。手習所から家に帰る途中である。

今朝方、お末は起き抜けにいくつかくしゃみをした。少しだが鼻水も出る。どうやら風邪を引きかけているらしいと案じたおっかさんが、きれいな首巻きを貸してくれて、お末はそれを巻いて手習所へ行った。

そして喧嘩になったのだ。いつもはいちばんの仲良しのおみっちゃんと。

だけど、今日のあれはぜったいに、おみつが悪い。きれいな首巻きだね、ちょっと見せてというのはまだしも、あたしも巻きたいから貸してとねだり、これはおっかさんのだから駄目だというと怒り出した。挙げ句にむりやり取り上げて、巻いたら気に入ったから返さないというから、お末も怒ったのだ。

おみつには、ときどきそういうことがある。妙に機嫌が悪くてつっかかってくるのだ。おまけに口が達者で、目から鼻に抜けるようにすばしっこいところがあり、そうなるとお末なんかはてんでかなわない。

いっぺん、お末がおっかさんにそのことを話したら、

――きっと寂しいんだよ。

と言われた。

――おみっちゃんにはおとっちゃんもおっかさんもいなくって、おばさんのところで肩身の狭い想いをしているからね。

だから、何かとあんたの方から譲っておやりと説かれたけれど、今日のあればかりはひどすぎて勘弁できない。お末がどうにか首巻きを取り戻すと、おみつは悔しがって、お末の顔に墨壷《すみつぼ》いっぱいの墨汁を引っかけたのだ。顔の墨は洗えば落ちたが、着物と首巻きは黒い染みだらけだ。

この喧嘩で、二人とも先生に大目玉を食らった。表で立っていなさいと言いつけられたけれど、お末は先生の目を盗んで逃げ出した。叱られてもまだ目を吊《つ》り上げて、「お末ちゃんがケチだからいけないんだ」と言い張るおみつと並んで立ってるなんて、どうやっても我慢できなかった。だいいち、寒くってたまらない。

いつものお末は、朝ご飯を済ませるとすぐ手習所に行き、お昼にいっぺん家に戻ってまた出直し、お八つになったら帰る。だが今日はまだお昼前だ。家に帰れば、いったい何がどうしたのと、今度はおっかさんに叱られるだろう。着物がこんなに黒い染みだらけでなかったら、やっぱり風邪で辛いから帰ってきたと言い抜けできるだろうが、この有様ではその手は通用しない。九つの女の子の頭でも、それぐらいは考えられる。

こっそり帰って、まず着替えよう。お末は洟《はな》をすすり、手で顔をごしごし擦《こす》った。〈丸天〉のお店《たな》の方はまわりを板塀で囲ってあるが、家の裏手は柵《さく》になっている。そう高い柵ではないし、身軽なお末はのぼって越えることができる。実は何度もやったことがあった。廁《かわや》と物置に近い北側のところだ。あそこなら、誰にも見つからないだろう。廁へ出入りする人に気をつけていればいい。

お末はなかなか抜け目なく立ち回った。小猿のように器用に柵を越え、裏庭に飛び降りるといったんそこでしゃがみこみ、庭木の陰に隠れて耳を澄ました。

今日は〈大雪〉。朝から曇り空で、日差しがないからなおさら冷える。お末はまたくしゃみが飛び出しそうになり、あわてて手で鼻をつまんだ。

どこかで木戸が開く音がする。がたがたと建て付けが悪い。

——あ、春一伯父《おじ》さんだ。

うっかりしていた。伯父さんは物置に住んでるんだ。日頃の暮らしのなかでは、お末はほとんど伯父さんと関わりがない。ときどきちらりと姿を見かけるくらいだ。つい忘れてしまっていた。

そろそろと庭木の陰から顔を出してみると、伯父さんは物置から出てきたところだった。いつものようにすっぽり手ぬぐいをかぶっている。こちらに背中を、というより尻《しり》を向けている。なぜかといえば、うんと前かがみになっているからだ。

――ヘンなの。

水汲《く》みや薪割りをしているところを見かけるときは、伯父さんは、いつももっとしゃんとしている。あんなふうに、おじいさんみたいに腰を曲げたりしていない。

伯父さんはのろのろと動き、身をよじって歩き出した。足を引きずるようにしている。厠に行くのかな。

お末はぎょっとして庭木に抱きついた。

伯父さん、血だらけだ。

着物の袖《そで》に血が飛び散っている。よく見れば、裾《すそ》をからげて剝《む》き出しになっている臑《すね》にも、腕にも。

気配が伝わってしまったのか、伯父さんが頭を持ち上げ、お末が隠れている方へ目を向けてきた。それで身体の正面が見えた。そっちも血だらけだった。

――怪我してるんだ。

だからあんなふうなんだ。身体中が痛んでいるんだ。やっとこさ歩いてるけど、今にも倒れそうじゃないか。

前後を忘れて、お末は庭木の陰から飛び出した。今度は伯父さんがぎょっとして、たたらを踏んだかと思うと、そのまま尻餅《しりもち》をついてしまった。

「おじさん、そのケガ」

どうしたのと聞きかけて、お末は声を呑《の》み込んだ。

この人、伯父さんじゃない。

いくら手ぬぐいをかぶっていても、こうして近づけば、目の下から鼻筋、口のまわりまで見てとれる。目の前で尻餅をついている男の顔は、お末が知っている春一伯父さんの顔とは違っていた。

きちんと挨拶《あいさつ》をした（させられた）のは、一回こっきりだ。だが春一伯父さんの顔は、お末にも忘れようがなかった。だって、おとっちゃんの顔とよく似ていたからだ。おとっちゃんも自分で言っていた。兄弟でも、こんなに顔立ちが似てるのは珍しいんだよ。これで背恰好《かっこう》も似ていたら、そっくりになってしまう、と。

「あんた、誰」

お末は問うた。子供なりにきつく問いかけたつもりだったけれど、か細い震え声しか出てこなかった。

尻餅をついていた男は、その声に目が覚めたようになって身を起こすと、遅まきながら手ぬぐいを引っ張って顔を隠そうとした。その手の甲にも擦り傷があった。

「いいから、あっちへ行きな。俺にかまうな」

声も違う。春一伯父さんの声じゃない。いっそう怯《おび》えて、お末は固まってしまった。

すると、男はふと目をしばたたいた。

「お末、どうしたんだその恰好は。墨壺をひっくり返したのかい」

黒い染みだらけのお末である。

「顔にもついてるぞ。おでこのところに」

お末は手を挙げておでこに触った。

ははぁ——と、男は言った。口を動かすと痛そうなのに、その顔で笑おうとする。

「さては、手習所で喧嘩《けんか》でもしたな。だからこんなに早く帰ってきたんだろう」

図星である。

「おっかさんにめっかったら大事だな。俺なら黙っていてやるから、早くうちのなかに入っちまいな」

男は地面に手をついて、思わずというようにうなり声をあげながら身を起こした。

「だけど、あんた」

お末の声は、さらに震えた。

「ひどいケガをしてるよ」

「俺にはかまわなくっていいんだよ」

早く行けと、手振りでお末を追っぱらう。

「あんた、伯父さんなの？　伯父さんじゃないの？」

お末は膝《ひざ》まで震えてきた。怖いのだが、何が怖いのかよくわからない。この知らな

い顔の男が怖いのか、男の怪我がひどいのが怖いのか、それとも、

――この人、あたしを知ってる。

伯父さんじゃないのに、伯父さんみたいに「お末」って呼んだ。

「どこの誰なの」

人を呼ばなくちゃ。だがお末は動けないし、大きな声も出せない。

男は物置の引き戸に手をかけて、開けようとしている。がたぴしと鳴る戸はなかなか開かない。

「俺のことは気にするな。俺は何《なん》にも見てねえし、お末も何《なん》にも見てねえ」

苦しそうに息を切らして、それでも男はお末をあやすように笑っている。

「うっかり出てくるんじゃなかった。悪かったな」

お末は思わず、男の手に手を添え、引き戸を開けるのを手伝った。がたんと戸が鳴って、狭い物置のなかがひと目で見えた。

きゃっと叫んでしまいそうになり、お末は両手で口に蓋《ふた》をした。物置の地べたには簀《す》の子が並べてあり、その上にせんべい布団《ぶとん》が一枚延べてある。その布団にも血がいっぱい染みていたのだ。

「ありがとうよ。もういいから、行きな」

男は何とか布団まで近づくと、膝を折って、その上にうずくまった。

「よくないよ！　あんた、ケガしてる。ほっといたら死んじゃうかもしれないよ。あたし、おっかさんを呼んでくる」

「おまえが叱られるぞ」

「叱られてもいいよ！」

またぞろ泣きべそ顔になって言い返したお末を、男は頭を持ち上げて振り返った。そして、ゆっくりと手ぬぐいを取った。顔ぜんたいが露《あら》わになる。やっぱり、春一伯父さんの顔ではない。

「おまえ、優しいなあ」

お末はやっぱり三蔵の娘だな、と言った。

「気性が似てるんだ。だがおまえはけっこうなお転婆《てんば》だ。そこんとこは、おとっちゃんとはちょっと違う」

三蔵はおとなしい子だったから――と呟《つぶや》き、そこで気が遠くなったのか、男はどうっと布団の上に倒れ伏した。

「わたしは金切り声をあげて両親を呼びながら、家のなかに駆け込みました」

気は優しいがお転婆だった女の子は、今はお多福顔の大年増《おおどしま》になり、そのときのことを思い出しながら語りを続けている。

「ずいぶん後になっても、父が苦笑いしながら申しておりました。あのときのおまえはおかしかった。気がおかしいように見えるだけでなく、面白いという方の意味でも可笑《おか》しかったと」

お末は、「伯父《おじ》さんが大変だ」と言ったり、「伯父さんじゃないけど伯父さんみたいなことを言う人が物置にいる」と言ったり、「伯父さんらしいけど伯父さんじゃなくって大怪我をしてる」と言ったり、まあ用件は通じるものの、取りのぼせていたのだそうだ。

「それでも父と母は、〈伯父さん〉というだけで察するものがあったのか、奉公人たちを寄せつけず、二人ですぐに来てくれました」

物置のせんべい布団の上で気を失っている血だらけの男を見ると、お末の両親も仰天して騒ぎ始めた。これはどこの誰だ、このひどい怪我は何事だ、春兄さんはどこ行ったんだ、お末はこいつに何かされたのか、言ってごらん何があったんだい？

「父と母だって、わたしのことを笑えた義理じゃなかったんですよ。可笑しいといったらありゃしませんでした」

間近で騒いだからだろう、気絶していた男が目を覚ました。そして、慌てふためき混乱するばかりのお末たち一家三人を宥《なだ》めにかかった。

――少し落ち着いてくれ。その戸を閉めて、座ってくれよ。俺は春一だ。

顔は違っているけれど、三蔵の兄の春一だという。

――今日は〈大雪《たいせつ》〉だろう。二十四節気のうちのひとつだ。節気日になると、俺は顔が変わっちまうんだ。その日一日だけ、別人の顔になる。そうすると声も変わるんだ。

にわかに信じられるようなことではないが、男が着物の裾《すそ》をまくり、左膝の裏側にある一文銭ほどの大きさの痣《あざ》を見せると、三蔵の顔色が変わった。

「春一伯父さんにも、そういう痣があるというんです」

――春兄さん、なのか。

お末の両親は手を取り合ってへたへたと座り込み、お末は父親の背中にしがみついた。春一なのに春一とはまったく違う顔をした男は、傷だらけ血だらけで痛ましく、見ている方まで辛《つら》いほどだ。それでも、息を切らし、ときどき苦痛に声を詰まらせ顔を歪《ゆが》ませながらも、淡々と語り出した。

「こんなおかしなことが始まったのは、その年の五月、節気日の〈夏至〉のことだったと、春一伯父はいうのです」

そのころの春一の暮らしは、左前という以上の悲惨なところに落ちていた。

「遊び人の暮らしは、上辺は気楽なように見えますが、船乗りと同じでございます。板子一枚下は地獄、運が尽きればお足も尽きて、おまけに春一伯父はそのころ、いくらか肺を病み始めておりました。朝晩、嫌な咳《せき》が出るというのです」

自堕落な暮らしのツケがまわってきていたのである。

「博打《ばくち》の負けが込み、悔しいから深酒をして、勘が鈍るからまた負ける。そんなこんなで、それまで二年近くも、いい情夫《いろ》としてべったりくっついていた常磐津《ときわず》の師匠の家からも追い出され、どこへ行くあてもありません」

賭場《とば》仲間のお店者《たなもの》に頼み込んで借りた裏長屋の店賃さえ思うように工面できず、差配人がうるさいし、借金取りも来るので、夜具をかぶって狸寝入りを決め込むわけにもいかない。陽のあるうちは伝手《つて》をたどり、金策を兼ねて市中をうろうろと歩き回る日々であった。

「そうやって少しでもお金が手に入ると、賭場へしけこんで」

負けて帰って、また一文無しだ。春一の身に寄り添っているのは、空の財布と嫌な咳ばかり。

「そんなことを繰り返しているうちに、賭場の借金もいよいよかさんで参りました」

馴染《なじ》みの胴元に睨《にら》まれ、積もった借金の半金でも月の内に支払わないと、命と引き換えにしてもらわにゃならんと凄《すご》まれた。

――ああいう場所で胴元が、客の命をとるなんて、ただ脅すことはめったにねえ。殺しちまったら、みすみすカモを失うことになるんだからな。

「だから、殺すというのならそれは脅しではなく、本気なのだそうでございます」

「負けの込んだ春一さんは、もう胴元にとっても旨味《うまみ》のある客ではない。片付けてしまってかまわないのだという意味でしょうか」

おちかの問いに、お末はうなずいた。

「当時の伯父の顔からは、運気が抜け落ちていたそうでございます」

──てめえでわかるくらいだったから、胴元にはお見通しなのさ。

「伯父は、運気が抜け落ちたばかりか、博打への執着も薄れ始めていたそうでした」

負けが込んだから嫌気がさしたのか。運気が落ちたから執着が薄まったのか。あるいは逆なのか、あるいはそれらのすべてが合わさって降りかかってきたのか。

「いずれにしろ、どんな博打好きにもそういう時がくる。来るときはくる。そして一《いっ》旦《たん》そうなってしまったら、もうどうしようもなくなるのだそうでございます」

道楽者の暮らしには、面白いことも山ほどあった。風向きのいいときは、くそ真面目な商人になど、一生味わうことのできない豪奢《ごうしゃ》な想いもできた。

──それもおしまいだ。

おつもりの時がきた。これが俺の人生だったんだと、春一はぼんやり思っていた。

「博打でこしらえた借金の形《かた》に命をとられるくらいなら、その前に自分でけりをつけよう。死ぬならどこがいいか。どんな死に方をしようかと、夢うつつの気分で考えながら町なかをうろついていたら、あるところで弔いの場にぶつかったのだそうでございます」

赤坂の裏町のどこか、武家屋敷の狭間《はざま》に町屋がこぢんまりと固まっているところだった。

「おちかさんはご存じでしょうか。賭場の開帳には、武家屋敷の中間《ちゅうげん》部屋がよく使われるものなのです。ですから赤坂あたりなら、伯父は何度も足を運んだことがあり、町筋にも道筋にも馴染みがあったのですが、そんなところに迷い込んだのは初めてでした」

さっぱり見覚えのない場所で、角を曲がったらふいと弔いをしていたのだ。今、亡《なき》骸《がら》を納めた早桶《はやおけ》が出てゆくところだ。

質素な弔いで、早桶のほかには目につく支度もなく、身寄りの者らしい人びとと、近所の連中が鉦《かね》太鼓を手に、しんみり寄り添っているだけだった。

春一はその場に射止められたように足をとめた。年配の女が泣いている。子供が二人、手を合わせている。念仏の声が低く聞こえる。

五月の日盛りのことであった。日向《ひなた》は明るく、影は濃い。そよ風に流れる雲に日差しが遮られてはまた顔を出し、そのたびに、弔いの光景は明るくなったり暗くなったりした。それを見つめる春一の目の奥も。

――そのうちに、どうしてか俺は急に泣けてきてしまってな。

弔いの短い列が動きだした。春一はその場で手を合わせ、頭《こうべ》を垂れた。胸の奥底から、ものすごい勢いで嗚咽《おえつ》がこみあげてきた。

見ず知らずの他人の弔いだ。死者に何の縁があるわけでもない。なのに、いつしか春一は声をあげて泣いていた。肩が落ち、合掌していた手がほどけ、ただもうおいおいと泣き続けた。まさに手放しの泣きようだった。

何も考えることはできなかった。涙は尽きずに流れ出る。

そうやってひとしきり泣いていて、気がついたら弔いの列は消えていた。道筋の町屋も表戸を閉じ、人気《じんき》は失《う》せて、春一は一人で道端に佇《たたず》んでいた。

初夏の日差しがさしかけたかと思うと、また翳《かげ》る。

泣くだけ泣いたら、ぽんと胸の奥に落ちてきたものがあった。

——ああ、俺はつくづく親不孝だった。

己の濃い影を踏んで、そう思った。

——勝手放題に遊び暮らして、てめえの両親《ふたおや》を見送ることさえしなかった。

そこまで語り、お末はつとまばたきしておちかの目を見た。

「春一伯父は、自分が生家を出された後に、両親が亡くなったことを知っていたんでございます」

「そういうことが耳に入るくらい、少しは気にかけておられたのでしょうか」

お末はうなずき、ほんのりと寂しそうに微笑んだ。

「これも春一伯父《おじ》の言葉ですから、放蕩《ほうとう》息子がみんなそうだとは限りませんが、勘当者というのは存外、自分が追い出された家のその後を気にしているものなのだそうでございます。家が栄えておれば嬉《うれ》しいけれど面憎く、傾いておれば悔しいし、また少し心細い」

勘当された後の春一の身を案じ、何かと取りなそうとしてくれる人もいたというから、

「伯父も、まったく生家と切れたわけではなかったのでございます。ただそれまでは、細々と繫《つな》がっているその縁を、進んで顧みたことはありませんでした」

日盛りの弔いに出くわして、にわかに己の生き方を振り返ってみるまでは。

——死のうと思ったからかもしれねえ。

間近に自分の死を想い、心の向きが変わったのかもしれないと思ったという。

「だからといって、今さら本店に帰れるわけもありません。どの面下げて帰れるかと、伯父にもそれくらいの分別はありました」

涙を拭《ぬぐ》い、春一はまた歩き出した。懐はすかすかで、腹も減ってはいるが、まだ歩ける。歩いて歩いて死に場所を探そう。

「あたりには人っ子ひとりおりません」

町屋を過ぎ、武家屋敷の塀と藪《やぶ》が連なる細い坂道を、春一はうなだれて歩いていった。

と、にわかに首筋がひやりとした。

風が吹き過ぎたのだ。確かに感じた。だが、まわりの藪はざわめくことなく、ただ頭上に雲がかかって、お天道《てんとう》様を隠した。

——もし、そこの人。

声が聞こえて、春一は目を上げた。

——あなたのことですよ。

背後から呼びかけられている。春一はびくりとして振り返った。すぐそばに、袖《そで》がすり合うほどのところに、男が一人立っている。あんまり近いので、春一は思わずのけぞって一歩退いたほどだった。

いつ現れたのだ。すれ違ったとは思えない。後ろから追いついてきたのか。それだって、気配ぐらいは感じてよさそうなものだった。

——驚かせたなら、あいすみません。

男はよく通るいい声を出して謝った。

——それでも、ちょっとお教えしようと思いましてね。

あなたの、それはね。

たった今、見ず知らずの他人の死に手放しで泣いたのは。

――発心《ほっしん》というものでございますよ。

驚きのあまり、春一は返事もできず、その場を動くこともできなかった。それをいいことに、見知らぬ男は馴《な》れ馴《な》れしく迫ってくる。

――せっかくの発心を無駄にしたくないでしょう。ここはいちばん、考えどころです。

囁《ささや》くように、そう言った。

語るお末の口調に冷え冷えとした力が籠《こ》もり、おちかも思わず手を握りしめた。

「見知らぬその男は小柄で痩《や》せぎす、鬢《びん》に白いものが混じっていたそうでございます。青梅縞《おうめじま》の着物に雪駄《せった》を履いていたから貧乏人ではなさそうで、どこぞの家守《いえもり》か、商家の主人のように見えたそうでございます」

ただ、このくだりを話したとき、春一は妙なことを言ったという。

――あのとき、鼻先がくっつきそうなほどのところでよくよく顔を見たっていうのに、ちょっと経ったらもう、その男の人相風体をよく思い出せなくなっていたんだよ。

「今、こうして話していても曖昧《あいまい》だ。小柄で痩せぎすと言ったけれど、痩せてはいても背は高かったかもしれない。鼻が尖《とが》っていたように思えることもあるし、耳が小さかったように思えることもある。思い出すたびにこんがらがっていくんだよ、と」

しかし、あの声ばかりはよく覚えている。忘れようにも忘れられない。慇懃《いんぎん》で穏やかで、響きのいい声だった。口元をほとんど動かさないのに、言葉ははっきり聞き取れた。

そして、その声でさらにこう言った。

――いいことをしようとは思いませんか。

「いいこと？」

おちかは声を低めて問い返した。

「はい。善いこと、他人様《ひと》のためになることの意味でございましょう」

呆気《あっけ》にとられるのを通り越し、呑《の》まれたようになって突っ立っている春一の耳元に口を寄せて、男は言った。

――うん、とおっしゃい。

さあ、「うん」と。

春一は、蚊の鳴くような声で「うん」と言った。てんで太刀打ちすることができない。木偶《でく》のように操られている。

青梅縞を着た、家守のような商人のような、いい声の男は晴れやかな笑顔になった。

――よくおっしゃいました。ならば、働いていただきましょう。

――働く？

——なぁに、大した仕事じゃない。汗水垂らすこともありません。ごくごく易しいこと。

——あなたのその顔をお借りします。

響きのいい声がまた、春一の耳たぶを舐《な》めんばかりの近いところで、そう囁いた。

——日を決めないと、あなたも何かと不便だろうし、落ち着かなくっていけません。そうさな、顔をお借りするのは、必ず節気日にいたしましょう。ちょうど、明日は〈夏至〉だ。話が早くって案配がいいと、男は勝手につるつる言う。

——最初に、わかりやすい顔が寄りついてくれるとよござんすねえ。

鼻歌を唄《うた》うように呟《つぶや》いて、男は懐から財布を取り出した。身形《みなり》に似合わぬ、古ぼけて端がほつれた財布である。

——仕事を始める前に、あなたに行き倒れられたんじゃ困る。こいつは手間賃の前払いでございますよ。

これまたボロな財布とは不釣り合いの、ぴかぴかの小判を三枚、春一の手に握らせた。

——この三両、どう使おうとあなたの勝手だが、これを元手にしたって博打《ばくち》のツキは戻っちゃきませんよ。

続けて男が囁いた言葉が、春一の耳に忌まわしく響いた。

——あなたには、もう、別のものが憑《つ》いていますからね。

そして男はくるりと踵《きびす》を返すと、青梅縞の裾《すそ》をしゅっと鳴らして歩き出した。

思わず胴震いをした春一は、かろうじて切れっ端の気丈さを取り戻し、男に呼びかけた。

——あんた、何者なんだ。

男は立ち止まった。背中を向けたまま、首だけよじって振り返る。

春一の目を見据えて、こう答えた。

——私は商人《あきんど》ですよ。

私が売るものを欲しがる人に売り、私が売りたいものを持っている人から仕入れる。

——あいにく、お店《たな》は持っておりませんがね。なにしろ私のお客は、あっちにもこっちにもいるもので、私も行ったり来たりしなくちゃいけませんから。

そのとき、春一は気がついた。

この男には影がない。

こいつは、この世のものではない。

冷たい風が、また吹きつけてきた。とっさに春一は手で目を覆い、その手をのけてみたら、男の姿は消えていた。

おちかは膝《ひざ》の上で両手を握りしめていた。

思い出していた。頭の奥から鮮やかに蘇《よみがえ》ってくる。

おちかは、その〈商人〉と名乗る男を知っている。その男が春一に述べた口上も聞いたことがある。

おちかはその男を知っている。

変わり百物語を始めたばかりのころに聴いた、人を吸い寄せ、閉じ込め、その魂を喰《く》らう、『凶宅』と恐れられた屋敷の話のなかに現れたのだ。そのときも家守か番頭のような姿をしていた。

のちにおちかは、その凶宅に囚《とら》われた人びとを助けようと、自らそこへ赴いた。この世でもなくあの世でもない場所にあった屋敷のなかで、やはり家守のような出《い》で立ちのその男と対峙《たいじ》した。そのとき、男が言ったのだ。

——私は商人です。

ふたつの場所をつなぐ道筋で、お客を相手にしているんです。

「おちかさん」

呼びかけられて、我に返った。お末が心配そうにこちらに身を傾けている。

「どうなさいました？　お顔が真っ青です」

おちかは汗をかいていた。

「ごめんなさい。何でもないんです」

今はまだ、こちらの話をするのは早い。とにかくお末に語りきってもらわないと。

「お茶が冷めてしまいましたね。淹《い》れ替えましょう」

ぎこちなく笑いながらも立ち働くと、だんだん気持ちの揺れも収まってきた。鉄瓶の口からあがる湯気が心地よい。

「春一さんは、それからどうなさったんでしょうか」

お末の方はまだ心配顔だったけれど、おちかの差し出した香ばしい茶の香りに、気を取り直したようだ。

「――その日は、妙に寒気がしてどうしようもなかったそうでして」

男に釘《くぎ》を刺された言葉が耳に残っていたが、そうでなくても、三両握って賭場《とば》へ駆けつけようという気力は湧いてこなかった。長屋へ帰って差配人に一両渡せば、とりあえずそこで寝起きはできるだろうが、残りの二両では借金取りの方は片付かない。

「どうにも気分が悪いし、できるだけそこから遠いところへ離れたいという気持ちもあって、わざわざ大川を渡りましてね。深川《ふかがわ》まで行って木賃宿を探し、そこに転がり込んだそうなのです」

手ぶらで来たので米もない。愛想のない女中に金を渡して買い物を頼み、あとは身を縮めて横になっているばかりだった。

何が何だかわからない。狐か狸に化かされたのか。ならばこのぴかぴかの小判も、そのうち木の葉に変わるんじゃないか。齧《かじ》ってみるとかちんと硬く、頼んだ買い物をしてきた女中にも変わった様子はない。駄賃をはずんでやっても、愛想はないままだったが。

「その夜は嫌な咳《せき》も出なくって、伯父《おじ》はぐっすり眠ったそうでございます」

――死んだように眠ったよ。

気弱に笑って、お末たちにそう言った。

「夏至の朝は早《はよ》うございます。夜が明けて伯父は目を覚まし、厠《かわや》に立ちました」

木賃宿の厠は裏手にあって、離れている。春一があてがわれた座敷は二階の奥にあり、軋《きし》むはしご段を降りていく。

「そのときからもう、おかしいような気がしていたそうでございます」

何気なく己の顔に触ったときの感じが、微妙に心地が悪い。

「一夜で、髭《ひげ》が伸びております。それはいいとして、鼻や顎《あご》の形が自分のものではないような気がする」

とはいえ、人は日頃、わざわざ自分の顔を触ったりしないものだ。顔を洗う、口をすすぐ。男なら髭をあたる。そのとき触れるぐらいがせいぜいだろうし、そのたびにいちいち、これが自分の顔だと確かめるわけではない。春一もそうで、だから確信はなかった。

「厠を使って出てきて、薄汚れた手水鉢《ちょうず》の方にちょっとかがみ込んだとき――」

朝陽が、鉢の水の面に春一の顔を映した。

いや、男の顔を映した。春一の知らない顔、春一ではない男の顔。眉毛《まゆげ》が違う、鼻筋が違う、くちびるの形が違い、顎のしゃくれ具合が違う。

春一はわっと叫んだ。両手で自分の顔をなで回したり引っ張ったり、頬を叩《たた》いてみたりもした。だが何をどうやっても、手水鉢に映る顔は変わらない。

――いったい、どうしたことなんだ？

大声をあげ、さらに驚いて、ぎゃっと叫んでしまった。

「声まで違っていたのです」

ただ、顔は顔だ。人の顔であり、男の顔である。よくよく検分すると、春一より少し若いように見える。右の小鼻の脇に小さな黒子《ほくろ》があり、目尻《めじり》が下がっているところが好人物ふうに見える。

「べつだん、化け物の顔になったわけではありません。そのまいたって困るわけではないんですけれど」

昨日泊まった春一と、今朝の顔が違っている。宿の方では別人と思うだろう。現に、春一が厠のそばでうろたえているとき、件《くだん》の愛想のない女中が焚《た》きつけを抱えて通りかかったのだが、いきなりこう問われた。

──お客さんかい？　勝手に入ってもらっちゃ困るよ。

いや違うんだ昨日の客だ、顔が変わっちまったんだと、説いたところで話がややこしくなるだけだ。春一は新しい客のふりをして、その場で前金を払うことにした。幸い、財布は胴巻きのなかにしまってある。

「お足を取り出そうとして驚きました」

ぴかぴかの三両が、そのまま入っている。

金が減っていない。

──手間賃の前払いでございますよ。

あらためて、春一はぞぉっと震えた。

「とにかく、昨日の男に会おう。会わなきゃいけないと、伯父は思い決めました」

こんな取り決め、俺の方は呑《の》んだつもりはない。勝手に決めて、勝手に金を押しつけて、俺の顔を変えやがった。

──あの野郎。

この世のものでなくたってかまうもんか。どのみち、こちとら一度は死のうと決めた身だ。肺腑《はいふ》を病んで、永くはないかもしれない。取り殺されようが、かえって手間が省けるってもんじゃねえか。

「一途《いちず》に思って宿を出て、赤坂目指して歩き始めました。大川を渡り、両国広小路《りょうごくひろこうじ》を横切って、神田川沿いをずんずん歩いて」

和泉橋《いずみ》が見えてきたあたりで、後ろの遠いところから、しきりと誰かが誰かを呼んでいる声がする。女の甲高い声である。

「行き交う人が大勢おりますから、伯父は自分のこととは思わなかったのです」

呼ぶ声も、「しゅんきちさん、しゅんきちさぁん」と言っている。

春一は振り返ることもなく、ただ赤坂へ向かって足を急がせていたのだが、とうとうその声が追いすがり、追いついてきて、背後からいきなり彼の腕をつかまえた。

——俊吉さん！

驚いて振り返れば、襷《たすき》で袖《そで》をくくった若い女が、裾《すそ》をからげ顔を真っ赤に、息を弾ませている。女はなぜか、片手に渋団扇《しぶうちわ》を持ったままだ。

——俊吉さん！　まさか俊吉さんなの？

ああやっぱりそうだと、団扇を取り落とし、両手で春一の顔に触れようとする。抱きつかんばかりの勢いだ。

おい、ちょっと待ってくれ。春一は慌てるだけでなく怖くなり、女を振り払おうと

して手を上げた。女はますます強くしがみつき、鼻先がくっつかんばかりに顔を寄せてきて、

――でも俊吉さんでしょう？

上ずった声を出し、それからいきなり顔色を失った。

――ああ、違うの？　あんた俊吉さんじゃないのね。他人の空似なの？

こんなにそっくりなのに。

「そりゃそうだよねと、若い女は肩を落とし、その場に崩れるように座り込んで、泣き出したんだそうでございます」

――だって、そうだよね。俊吉さんは死んじまったんだもの。もう、戻ってくるわけないんだよう。

泣きじゃくる女のそばに呆然《ぼうぜん》と突っ立って、春一は横っ面を張られたように悟った。

――俺の、この顔だ。

おちかにも話の筋が見えた。

「春一さんの顔は、その女《ひと》の言う俊吉という人の顔に変わっていたんですね？」

お末はゆっくりと二度うなずいた。

「はい。その女の亭主で、大工職の男でございました。歳は三十。ほんの五日ばかり前に、うっかり足場から落ちて亡くなって」

女は一人、残された。その亡き亭主の顔が町なかをずんずん歩いていたものだから、

——死人が生き返ってくるわけはないんだけども。

思わず追いかけ、追いついてきたのだ。

「その女はおぶんという名で、浅草御門そばの田楽屋で働いておりました。渋団扇を持っていたのもそのせいでして」

その田楽屋の前を、俊吉の顔をした春一が横切ったのだった。そりゃあ分別も消し飛んで、追っかけずにはおられなかったろう。

——あなたのその顔をお借りします。

青梅縞を着たいい声の男の言葉に、嘘はなかった。ただ、正しくは、借りられるのは春一の顔ではなく、〈顔という身体の部分〉。

そこが一日、死者の顔になる。死者の顔が、春一の顔の場所を借りて、この世に舞い戻ってくる。これは、そういう取り決めだった。

そうだ、そうこなくっちゃ平仄《ひょうそく》が合わない。おちかは一人、さらに深く得心した。

おちかの会ったあの男。もう間違いない。春一が会ったのも、同じ男だ。落ち着き払って、「ふたつの場所をつなぐ道筋でお客の相手をする」と言った。それは生者と死者の双方を客に、望み望まれるものを売り買いするという意味だ。

だから、男の言う〈ふたつの場所〉、あっちとこっちとは。

あの世とこの世なのである。

「春一伯父《おじ》は、その日は一日、おぶんさんと一緒に過ごしたそうでございまして」

俊吉を知る人びとに、いく人も会った。みな一様に驚き、俊吉が生き返ってきたようだと喜んだり涙ぐんだりしたそうだ。

「件の男との取り決めの話は、口に出せるものじゃありません。あくまでも他人の空似ということで押し通しましたが」

それでも俊吉を惜しむ人びと――わけてもおぶんには充分だった。

「なにしろ急死でございましょう。朝、行ってくらぁ、気をつけてねと送り出したきりの別れです。心が残って諦《あきら》めがつかずにいたところでございますよ」

だからこそ、おぶんは前後を忘れて春一を追っかけてきたのである。

春一が俊吉の顔で笑い、泣くおぶんを宥《なだ》め、俊吉との話のあれこれを聞き、彼の人となりを問う。おぶんは飽きずに語り、また泣き、楽しかったことを思い出しては笑った。そのひとつひとつが、残されたおぶんの心に空いた穴を埋める慰めになる。またそうしているうちに、春一の心も満たされてきた。おぶんと初めて会った気がしない。再会したという気がする。顔が俊吉になったことで、春一の心が、その一部であっても俊吉に通じて、想いを分け合っている。

――どのくらい似ている？

――そっくりよ、本当にそっくり。

「身体つきは違うんだけど不思議ねえと、笑ったそうでございますよ」

――でも、声まで似てる。

――顔が似ると声も似るんだろうよ。

結局、赤坂には行きはぐってしまったが、ささやかな夕餉《ゆうげ》をおぶんと二人で囲み、何かの縁だと俊吉の形見の帯を一本もらって、春一は夜道を、深川の木賃宿までとぼとぼと帰った。

「そのころには何だか満腹したようになって、とっくり納得していたそうでございます」

――いいことをしようとは思いませんか。

これが、あの影のない男が俺にくれた仕事だったんだ。

悪くねえ――と、思った。

「そしてひとつ気がつきました。今日は丸一日、あの嫌な咳《せき》が出なかった」

翌朝目を覚ますと、春一は前日と同じようにはしご段を降りていった。今度は、手水鉢《ちょうず》を覗《のぞ》く前に用が足りた。またあの愛想のない、だが早起きで働き者の女中とばったり会って、こう言われたのだ。

――お客さん、昨日は一日どこ行ってたんだい？

春一の顔は元どおり、本人の顔に戻っていたのである。

「放蕩《ほうとう》者でしたから学はありませんが、いっときは博打《ばくち》で羽振りよくしていたくらいですから、春一伯父は度胸があり、勘もいい人でございました」

〈夏至〉の一日の出来事で、春一はこの取り決めの仕組みを呑《の》み込んだ。じたばたせずにこれを引き受け、こなしていこうと腹も決めた。では、先々どうするか。実に面妖《めんよう》なことだから、関わりのない者には知られずにおくに越したことはない。世間から上手に隠れ、しかし節気日に限っては表へ出て、死者の顔を知る者を探してやらねばならない。

「使ってもなくならない手間賃三両がございましたから、暮らしの心配はございません」

怪しまれないよう、木賃宿を泊まり歩くコツもすぐにつかんだ。

「〈夏至〉の次の節気日は〈小暑《しょうしょ》〉、その次は〈大暑《たいしょ》〉でございます」

どちらの日にも、春一の顔はまた変わった。〈小暑〉のときには老人の顔で、〈大暑〉のときにはひどく窶《やつ》れた病人の顔になった。

「残念ながら、おぶんさんに会えたときのように、すいすいと運びはしませんでした。〈小暑〉でも〈大暑〉でも、伯父の顔に宿った死者の顔を知る人には巡り合えず――」

終日、市中を歩き回ったが空しかった。

「あの男に出会った赤坂には、その後、行ってみたのでしょうか」

おちかの問いに、お末はかぶりを振る。

「何度足を運んでも、どう歩いても、あの場所には二度と行き着けなかったそうでございます」

さもありなん。おちかは心中でうなずく。あの男は、探して出会える者ではないのだ。

「伯父も、そっちの方は早々に見切りをつけました。それより、自分の顔に宿る死人の顔を見知っている人、身内や知り合いを見つけてやろうと、一所懸命になりましてね」

〈丸天〉分店の三蔵、自分の弟を「優しい」と言い、その娘のお末にも同じことを言って眼差《まなざ》しを和らげた春一本人も、どうして優しい人柄ではないか。

「じゃあ、節気日が来るたびに、そうやって市中を歩き回って」

「はい」

〈立秋〉の日には縁に恵まれ、牛込《うしごめ》の古着店筋を歩いているところを、木戸番に声をかけられた。その日の春一は、ひと月ほど前に病で亡くなった、そこの差配人の顔になっていたのだ。

――身体つきは違うんだけどなあ。

と、また言われた。

――歳も違うのに、あんた、顔はそっくりなんだよ。声も差配さんに似てらぁ。

場数を踏んでゆくうちに、春一はいろいろと気がついた。寄りついた死者の顔の身元がすぐわかるときもあれば、わからないときもある。その違いは、その人が死んだ時期よりも、死んだ場所に左右されるようだ。

――俺の顔に宿る死人は、朱引の内の人ばっかりじゃなさそうなんだ。

魂よく千里を行くという。まさか千里の向こうから死者の魂が春一に寄ってくるわけはあるまいが、彼の足で、それも一日のうちに歩き回れる範囲で死んだ者ばかりがくるわけではないということだ。その場合は、残念ながら、死者を知る者には出会いにくくなる。

宿った死者の顔が、しきりと春一の心をせっつき、あるところに行きたがる――ある景色を見たがることもある。そういうときは、目が向きたがる方へ足を運んでいれば、死者の知り合いに会えることが多い。誰にも会えなくても、せっつかれるような気分は収まる。それも学んだ。

「春一伯父はこの仕事に熱を入れましてね。回を重ねるたびに、いっそう気持ちも入るようになりました」

節気日ではないときも、先に出会った死者の身内——おぶんのように残された者たちの、その後の様子を見に行ったり、それができるならば適当な口実をこしらえ、春一の顔で死者の知り合いのふりをして、話をしてみることもあった。

「伯父が最初にわたしどもに、ときどき出かける、節気日は必ず一日じゅう出かけると言ったのも、そういう理由だったのでございます」

春一は死者の顔を運び、その縁者を探し、たった一日再会させることに没頭した。去年の〈夏至〉に始まったこの風変わりな〈仕事〉は、彼に生き甲斐《がい》を与えることになった。

「あのとき死なないでよかったと思ったそうでございます」

春一を侵していたあの肺腑《はいふ》の病、嫌な咳は、拭《ぬぐ》ったようにきれいに消えていた。

「取り決めをしたとき、俺がちゃんと働けるように、あの男が病をとっぱらってくれたんじゃねえかなと、伯父は申しておりました」

死神みてぇに気味悪かったのに、俺には生神様だったわけだ、と。

「でも、こんな面妖な次第ですから、いいことばかりではなかったんですよ」

お末の眼差しが、少し翳《かげ》った。

「時には、伯父に宿った死者の顔を見つけた縁者に、白地《あからさま》に嫌な顔をされたり、怖がられたりすることもあったそうでございます」

死者と残された者とのあいだが、平らかでなかった場合だろう。厄介者が死んでくれてせいせいしたのに、薄気味悪い、あいつとそっくりな顔をした男だなんて。

「塩をまかれたり、お化けが出たと騒がれたり、箒《ほうき》で掃き出されかけたり……」

「そういうこともあるでしょうねえ」

ところで春一は、寄りついてくるならどの死者の顔にもなれるというわけではなかった。

「まず、女はいけません」

これは当然だと思われる。宿っても、それらしくならないだろう。

「男に限ります。体格の違いや歳は、あまり障りにはならないということでした。ただ、相手が子供ではいけません」

いっぺん、〈白露《はくろ》〉の日だったから、まだ春一が分店に来る前だ。その日は少年の顔が宿った。どうやら士分の人らしく、目鼻立ち凛々《りり》しく賢そうなのだが、

「元服を終えたばかりの年頃のようで、伯父《おじ》に比べたら若すぎるのでございますよ」

宿った顔と、三十代も半ばの春一の身体との釣り合いが悪く、その日は起き上がるのも難儀で、思うように市中を歩くことができなかったという。

「翌朝、自分の顔に戻ったときに、申し訳なかったと、西に向かって手を合わせたそうでございます」

お末は目を潤ませている。おちかもしばし、その想いに寄り添って黙っていた。

「とにかく、話はわかったと」

お末の両親は、手を取り合ってへたりこんだままながら、気丈に納得した。

「とりわけ父は、話を聞いているうちに、顔も声も違うけれど確かにこの人は春兄さんだと、身体で悟るところがあったのでしょう」

そこが兄弟というものだ。

「それにしたって、訝《いぶか》しいのはこの怪我だ。何がどうしてこうなったと、伯父を問い詰めましたところ」

春一は困ったように笑って頭を掻《か》いた。

――こいつは俺の手抜かりだ。いや、とんだ災難だったというしかねえ。

「その日、伯父に寄りついた死者の顔は、歳なら三十かそこらというところで、伯父の身体との釣り合いはとれておりました。でも顔は――そうやってしげしげ見てみてわたしも気がついたのですが、いわゆるげじげじ眉毛《まゆげ》というのですかね」

しかも白目の多い三白眼で、はっきり言うなら人相が悪かった。

「もしかして凶状持ちだったとか」

問い返したおちかに、お末は笑ってみせた。

「まずそう思うところでございますが、違いますの。平川《ひらかわ》天神のそばの料理屋の庖丁《ほうちょう》人だったのでございますよ」

起き抜けから死者の眼に急かされたものだから、春一はその導くところに従って、容易にその料理屋へたどり着いた。目を剝《む》くような立派な構えの、高そうな店である。

が、そこから先がいけない。

「店の前で掃除をしていた小僧さんが、伯父を見るなりわっと叫んで逃げてしまい、すぐにもわらわらと人が出てきて」

いきなり剣呑《けんのん》な様になった。

――権次郎《ごんじろう》、てめえ生きていやがったか！

――しぶとい野郎だ！　それともてめえ、あの世から舞い戻った亡者の類《たぐ》いか？

色をなして詰め寄ってくる男たちは、怒っているだけでなく、明らかに怯《おび》えていた。

「ちょっと待ってくれ、何だか知らんが人違いだと、伯父が必死で言い訳するのを聞きもせず、寄ってたかって店の裏手まで連れていって、殴るわ蹴《け》るわ」

皆、料理人や下働きの者たちだろうが、妙に腕っ節が強いし、頭に血がのぼっているのか、とにかく手加減も隙もない。春一はただ袋だたきにされるばかりだ。そのあいだもずっと、春一に拳《こぶし》をふるう男たちは、権次郎というこの顔の持ち主を罵《ののし》ったり責めたりしていたという。その声は悲鳴のようにも聞こえたという。

「大騒ぎに、ようよう店の主人とおかみさんが駆けつけて参りましたが、その二人もやっぱり、伯父の顔を見るなり腰が抜けたようになりまして」

主人の方は青くなって立ちすくみ、おかみはいきなり小さくなって、ガタガタ震えながら念仏を唱え始めた。ごめんよ、権次郎、済まなかった済まなかった、このとおりだから、どうぞ成仏しておくれ。

その声が水を差すことになり、男たちの勢いも失《う》せて、春一は何とか息をついた。瞼《まぶた》が切れて血が流れ、目もよく見えないし、足腰が立たない。

——事情はわからんが、あんたらは人違いをしていなさる。俺は権次郎なんて男は知らないよ。

他人の空似だ。そう説くしかない。

——本当におまえ、権次郎じゃねえのか。

——ここは料理屋だろう。あんたらは庖丁人だね。権次郎という男もそうだったんだろうが、俺は生まれてこの方、大根一本切ったことがねえ。嘘じゃねえよ、何ならこの手に庖丁を握らせてみろ。てんで素人だから。

男たちがひるんで顔を見合わせる。青くなっていた主人が前に出てきて、春一のそばにしゃがみこんだ。底光りするような目つきをして、言った。

——確かに、顔は似てるが権次郎じゃねえよ。手を見てみろ。

そのとき。

「伯父は自分の顔に、かあっと血がのぼるのを感じたのだそうでございます」

そんなことは初めてだったが、こいつはいけねえと、とっさにわかった。

――これは全部、なかったことにしよう。俺は二度と、こちらさんには足踏みしねえ。

ふらつく身体を持ちこたえ、春一は立ち上がって歩こうとした。がくりと膝《ひざ》が折れる。

――済まんが、肩を貸してくれ。外へ出たい。俺をここから帰してくれ。

血に混じって、春一の額からは汗が流れ始めた。冷たい汗だ。それなのに顔は熱く、身体もだんだん火照ってくる。自然と拳を握ってしまいそうになるのを、懸命に堪《こら》えた。

「伯父のふるまいに、ただならない気配があったのでしょう。勢いとはいえ自分たちのしでかしたことも恐ろしい。料理屋の男たちは、伯父に言われるままに肩を貸し、半ばは引きずるようにして、伯父を表へ連れ出したそうでございます」

――これでいい。もう放っておいてくれ。俺は消える。ただひとつだけ請け合っておくよ。権次郎は確かに死んでいる。だから、あんたらが案じるようなことはねえ。

捨て台詞《ぜりふ》としてはおかしなものだが、料理屋の男たちには効き目があった。皆、みるみる憑《つ》きものが落ちたようになり、先を争って春一のそばから離れていった。

――で、よろよろ帰ってきたんだよ。

「何とか逃げ出せたのですね」

「ええ、逃げました。でも伯父は、料理屋の男たちから逃げたのではございません」

死者の怒りから逃げ出したのだ。

「殴られ蹴られ、罵られているうちから、伯父は、権次郎という死人の怒りを感じていたそうでございます。宿った顔が恨みに歪《ゆが》み、その恨みが伯父の総身に染み渡るのを覚えたというのでございます」

料理屋の主人が間近に寄ってくると、それが大波のようになって春一を包み込んだ。主人の首っ玉をつかまえ、音をたててへし折ってやりたいという衝動がこみ上げてきた。

〈こいつはいけねえ〉というのは、そっちの意味だったのだ。

なるほど。おちかは目をしばたたいた。

「その権次郎という死人は、自分を手にかけた料理屋の男たちに、仕返しをしたかったのですね。だから、起き抜けからまっしぐらに春一さんをせき立てた――」

まったく面食らったと、春一は頭を掻き掻き、苦笑いをしていたそうだ。

「死人が仕返しを企《たくら》むこともあるんだ。よくよく覚えておかねえといけないと、神妙に申しておりました」

医者を呼ぶという三蔵を押しとどめ、血止めの薬と湿布の手当だけで、春一はその傷を癒《い》やした。幸い、骨は折れていなかったが、まともに歩けるようになるまで十日もかかってしまったそうだ。

「それでも、頑として物置から動きませんでね。せめてもう少しいい布団《ふとん》を敷かせよう、火鉢も置こうと、両親が説きつけてもうんと言わなかったのですが」

お末が泣いて頼むと、ようよう呑《の》んでくれた。

――おめえには、おっかないもんを見せちまったからなあ。弱みがあらぁ。

それをきっかけに、お末はしばしば物置の伯父《おじ》の様子を見にいくようになった。

「薄気味悪いと思いましたよ。でも一方で、何だか伯父が可哀相なような……いえ、子供のくせに生意気ではありましたが」

傷で弱っていたのも幸いしたのか、春一も、口先でこそ「ここには来るな」「子供は嫌いだ」などと邪険なことを言ったが、本気でお末を追っ払おうとはしなかった。

お末の心配も通じたのだろう。彼の傷が癒えるころには、二人は少しばかり打ち解けていた。

〈大雪《たいせつ》〉の次の節気日は〈冬至〉である。大怪我をしたばかりだったせいか、この日の春一は、早起きしたお末が物置に行くと、まだそこにいた。

「伯父は、皺《しわ》だらけですがどことなく品のある老人の顔に変わっておりました」

――おじさん、今日も出かけるの？

春一は自分の顔に触りながら首をひねる。

――どんな顔になってる？

――おじいちゃんだよ。

――おっかない顔か。

――ううん、そんなことない。

そうかと呟《つぶや》き、春一は顎《あご》を引っ張って、馬面のじいさんだなあと笑った。その老人の顔は顎が長かった。

――このおじいさんは、どっかに行きたがってる？

――さあな、まだわからん。

――おじさん、今日は冬至だよ。南瓜《カボチャ》の煮付けを食べて、ゆず湯に入らなくっちゃ。出かけないで、うちにいなよ。

――そうもいかねえ。俺はもう、あんまりぐずぐずしていちゃまずいんだ。

おじさん、おかしなことを言うと、お末は思った。肺腑《はいふ》の病は消えた。大怪我もどうにか治ったのに。

――どうして？

そのときには、春一は答えなかった。

――どっちにしろ、俺は先のあの料理屋に行ってみてぇんだよ。あそこで何があって、どうして権次郎という男が死んだのか。

おそらくは、店の者たちに寄ってたかって殺されたのだろうけれど、――ちっとは事情を知りてぇからな。殴られっぱなしじゃ俺も癪《しゃく》だし、知ってやるのも供養の内だ。

「そうやって出かけていく伯父の後ろ姿を見送りましたとき、何ですかこう風が吹いたら飛ばされてしまいそうだな。

そんな感じを、お末は覚えた。

「あんな怪我から癒えたばっかりで、窶《やつ》れたから頼りなく見えるんだろう。そのときはそう思いました」

それまでは何とも思わなかったというか、思う折もなかったから、引き比べることもできない。

「ただ、その後も何度か、伯父が家のなかで立ち働いたり、縁側に腰をおろしてひと息入れているところをひょいと目にしたりして、やっぱりまだ本復しきっていないのかな、窶れたっきり元に戻らないなと思うことはあったんです」

お末の語りが、話の順番を迷うように、ちょっと淀《よど》んだ。

「あのころのわたしには、それをうまく言い表せませんでね」

おちかは黙ったままうなずいた。

「それはそれとして、〈冬至〉の日のことですが、春一伯父は、日暮れ前には物置に帰って参りました」

お末が首尾を問うと、

――どっちもおけらだった。

と笑った。今日、宿っている老人の縁者は見つからず、権次郎の死の経緯もつかめないままだったということだ。

――権次郎さんて、仲間と喧嘩《けんか》したんじゃないの？

――わかったようなことを言うねえ。

だが、当たりだろうと春一は言った。

――内輪もめがあったんだろうな。権次郎って野郎は、嫌らしい顔つきだったんだろ？

――うん、何となく意地悪そうだったよ。

――なんか酷《ひど》いことか卑怯《ひきょう》なことをやらかして、こいつはもう勘弁ならんというところまで、仲間を怒らせちまったんだろうな。

春一がされたように、権次郎もああして袋だたきにあったのだろう。殴る蹴《け》るの狼藉《ろうぜき》に及んだ方も、最初《はな》から殺すつもりがあったわけではあるまい。怒りに逆上《のぼ》せ、互いに煽《あお》り合うように権次郎を痛めつけているうちに、気がついたら死んでいた。そんなところだったのだろう。

亡骸《なきがら》はどこかに隠されたか、捨てられた。そこへ、そっくりな顔の男がひょっこり現れたものだから、後ろめたいところのある料理屋の男たちは泡を食ってしまったのだ。

「俺と権次郎は、身体つきも似ていたのかもしれないと、伯父は申しました」

「だから、手を検分するまではわからなかったのですね」

「はい、そういうことだったんじゃないでしょうか。いずれわたしには怖いお話でございましたけど、伯父がぽつりと、こう言い添えたのを覚えております」

——権次郎、今も恨んで迷っていやがるのかなあ。

早いとこ、行くところへ行けよ。

お末たちに事情を打ち明けてからも、分店での春一の暮らしぶりは変わらなかった。三蔵は何度か、春一に物置から出るように勧めたが、本人は聞いてくれないし、節気日のたびに顔が変わってしまうというこの面妖《めんよう》な癖を、奉公人たちに知られたら面倒《めんどう》なことになる。強くは言われなかった。

それを埋め合わせるように、お末は春一に馴染《なじ》んでいった。およそ子供の相手をするような暮らしはしていなかった男だが、どういうわけか竹とんぼをこしらえるのが上手《うま》くて、お末はよく作ってもらって遊んだという。

節気日が来るたびに春一の顔は変わり、その顔を知る人を訪ねる彼の仕事も続いた。平川天神の料理屋の一件のような厄介がまた起こったらと、お末ははらはらしていたが、その後はそういうこともなかった。

首尾はよかったり悪かったりしたが、春一が「今度は上々だった」と、嬉《うれ》しそうに帰ってきたときには、お末も嬉しかった。

「わたしが伯父の帰りを待つようになると、伯父も早目に戻ってくるようになりましてね。次の年の立春でしたか、大きな包みを持って帰ってきまして、待ち受けていたわたしに」

――開けてみな。いいものをもらったよ。

「まだほの温かいあんころ餅《もち》が、山ほど包んでございました」

その日の春一の顔は若者で、本来の顔よりふくよかだった。

――今日の死人のおっかさんって人に会えたんだ。この人の好物だったんだってさ。

春一はそのふくよかな顔を指でさして笑った。もういっぺん母親のあんころ餅が食べたくてこの世に戻った死者の顔も笑っていた。

「そのときでございますよ。一緒にあんころ餅を食べながら、伯父がふっと思いついたように、わたしに聞きました」

——そういえば聞きはぐっていた。去年の〈大雪《たいせつ》〉に、おまえ、何でまたあんなふうに墨だらけの真っ黒けになってたんだよ。

「わたしは正直に、仲良しだったおみっちゃんと喧嘩した経緯《いきさつ》を打ち明けました。おみっちゃんは寂しい身の上なのだから、何かと譲ってあげなくてはいけないと、以前母に説かれたことも話しました」

春一はふうんとうなずき、

——それで、もう仲直りはしたのか。

仲直りはできていなかった。

「わたしにも片意地なところがございましてね。おみっちゃんの方が悪いんだから、あっちから折れて謝ってくるまでは勘弁しないって、避けておりました」

それはいけないと、春一に叱られた。

——おみっちゃんの両親は、何で死んじまったんだ？

——火事だって。おみっちゃんは、おばさんとこにもらわれて来るまでは、両国橋の先に住んでたんだよ。おとっちゃんが二八蕎麦《そば》の屋台を引いてたんだって。

遠くはねえなと、春一は言った。

——夫婦が揃って、子供一人を置いて逝《い》っちまったんだ。さぞかし想いが残ったろう。

「そうして、おみっちゃんの顔はどんな顔だ、本人は、自分はおとっちゃん似だとか、おっかちゃん似だとか言ってるかとか、おみっちゃんは親の声を覚えてるだろうかとか、いろいろ尋ねましてね。わたしにはわからないことばかりでしたが」

——しょうがねえなぁ。年頃は三蔵ぐらいなんだろうが。

春一は腕組みをして、おみつの母親では無理だが、父親の顔なら、もしかして寄りつくことがあるかもしれない、と言った。

——次に、三蔵ぐらいの歳の男の顔がついたら、俺をおみっちゃんに引き合わせてくれ。おみっちゃんになら、おとっちゃんの顔がわかるだろうからさ。

聞き入るおちかの胸に、ぽっと温《ぬく》もりが宿った。

「いい思いつきでございますね」

お末もうなずいて微笑む。

「はい。わたしも、そのように上手く運ぶといいと思いました」

亡くなった父親の顔を見れば、おみつの寂しさも少しは慰められるかもしれない。

次の〈雨水《うすい》〉、その次の〈啓蟄《けいちつ》〉はどちらもまた老人の顔で、おみつの父親というよりは祖父のようだった。さらにその次、〈春分〉を迎えてどうにか、これくらいならおみつの父親でもおかしくなさそうな年頃の男の顔が寄りついた。

「どんぐり眼のところが、おみっちゃんに似ていたんです」

春一と示し合わせ、お末は昼時、春一と手をつなぎ、道端の天水桶《てんすいおけ》の陰に隠れて、手習所から帰るおみつを待った。

「わたしと仲違《たが》いをしたっきり、おみっちゃんには仲良しができていませんでしたから、一人でとぼとぼ歩いて参りました」

春の優しい日差しに照らされても、おみつの顔は暗かった。

――おみっちゃん。

声をかけると目を上げて、ひどくびっくりした様子だ。当たりかと思って、お末は一瞬、春一と顔を見合わせて喜んだ。

が、おみつはみるみる、子供らしくない険しい目つきになり、口を尖《とが》らせてこう言った。

――お末ちゃん、そんなところで何してんのさ。

春一の顔ではない春一に向かっても、

――〈丸天〉さんの人じゃないよね。あんた、お末ちゃんをどっかに連れてこうってんじゃないの？

お末はあわてて、春一の手を離した。

「外れだったんです。おみっちゃんは勝ち気ですから、わたしが知らない男と手をつないでいるのを見て、人さらいだと思ったらしかった」

大きな声を出すよ、あっち行ってしまえ、お末ちゃん、こっちおいで！　おみつの剣幕に、春一はほうほうのていで逃げ出す羽目になった。

ころころ笑いながらその顛末《てんまつ》を語り、しかしお末は袖《そで》の先でつと目頭を押さえた。

「伯父《おじ》が消えた後も、お末ちゃんったらぼうっとしてるんだからって、わたしはさんざんおみっちゃんに叱られました。世間には怖い人がいっぱいいるんだからねって」

——うん、わかった。

——わかったらいいけど。

——おみっちゃん。

——何よ。

——ごめんね。

——何がごめんなのよ。

怒った顔をして、わざとそっぽを向いて、しかしおみつもこう言った。

——ごめんね。

二人で手をつないで帰った。

「子供ながらに胸に痼《しこ》っていたものが溶けて、わたしは本当に嬉しかったんですが」

道々、おみつが気になることを言った。

──さっきの変な男の人さぁ。影が薄かったね。

お末はどきりとした。春一伯父と打ち解けるようになってからこっち、お末がときどき見てとっていた伯父の頼りなさ、風が吹いたら飛ばされてしまいそうな風情を言い表す、それがまさに絶妙の言葉だったからである。

おみっちゃんは、いっぺんでそう思ったんだ。

──絵草紙に描いてあるお化けみたいだったよ。何だかこう、薄っぺらくって。

さらにおみつは、険しく言い足した。

──あたしは最初、お末ちゃんが亡者につかまったんじゃないかって思った。

うんと怖かったよ、と言った。

しばらく間を置いてから、おちかは静かに切り出した。「そのことを、春一さんには」

お末はすぐには口を開かなかった。やがて語り出すと、声が少し細くなった。

「わたしもね、その日の伯父には確かに亡者が──死人の顔が宿っていたわけだから、事情を知らないおみっちゃんの目にはそう見えたのかな、などと考えてもみたんですが」

今まで春一から、そういうときは影が薄くなるなんて話を聞いたことはない。やっぱり胸が騒ぐので、家に帰ると真っ直ぐ春一のところに行き、

――今日はうまくいかなかったなあ。

次があるさと慰め顔の彼を遮って、これこれこうだったんだけど、と話してみた。

すると春一は、本来の顔ではないその顔を曇らせた。

――そうか。

呟《つぶや》いて、何だか寂しそうにあさっての方を眺める。

――今日のこの顔のまんまじゃいけないし、俺はこれからちっとでもこの顔を知ってる人を探してみようと思うから、明日になったら話そう。

済まないがお末、おまえのおとっちゃんとおっかちゃんとも話したい。大事な話だから、明日、そうだな夕飯が済んだら、みんなで物置に来てくれないか。

――おまえは来なくってもいいよ。

――何でさ。大事な話なら、あたしだって聞きたいよ。

――おまえには聞かせたくないんだが。

せっかく打ち解けた、可愛い姪《めい》の耳には入れたくない話。

「翌日の夕餉《ゆうげ》の後、わたしどもが三人で物置に参りますと、伯父は布団《ふとん》の上に正座しましてね」

前の日の出来事から切り出して、初めてこの面妖《めんよう》な〈仕事〉について語ったときと同じように、淡々と言い出した。

——前置き抜きであっさり言うと、俺の命はもうほとんど尽きかけているらしい。

おみつが彼を見て「影が薄い」と言ったのも当然だという。その子ははしっこいな、おませな子なんだろうと、お末に言った。

——このごろの俺は、本当に影が薄いんだよ。

瓦灯《かとう》の弱い光の前に手をかざし、ひらひらと振ってみせる。

——三蔵、おまえもやってみな。俺の影とはぜんぜん違うから。

確かに、お末の父の手影は瓦灯の光を遮って濃く落ちるのに、春一のそれは薄墨のように頼りない。

——水たまりや手水鉢《ちょうずばち》の水の面にも、顔が映らなくなってきてるんだ。

はっきりしてきたのは、三月《みつき》ほど前からのことだという。だが、もっと以前から本人は気づいていた。俺はうすっぺらくなってきている。

——例の男と取り決めをして、節気日を五つほど過ごしたころからだったかな。おや、と思うことが増えてね。

身体が妙に軽い。ときどき頭がぼうっとして、目の前がかすむ。

大いに慌て、それはどんな障りなのだとうろたえるお末の両親に笑いかけた。

——心配しなくても、病じゃねえ。本当のところ、死ぬっていうことでもねえような気がするんだ。

ただ、薄れていく。この世にある春一の身体が。

——俺は、節気日ごとに死人の顔を寄せて、一日付き合っているんだよ。それを繰り返してきたんだ。こうなっても仕方がないさ。

——宿った死人に生気を吸い取られているんじゃないのかい。

いやいやそういうことでもないと、春一は落ち着いていた。

——おおかた、引っ張られてるんだろうな。

あっちの側に。

——今まで黙ってて悪かったが、死人に顔を貸しているあいだ、俺の顔はあっちに行っていたんだよ。

あっち。あの世。彼岸の彼方《かなた》。

——珍しい景色を見ていたぜ。

三途《さんず》の川というのは本当に、向こう岸が見えねえくらい大きな川なんだ。

——怖いとこじゃねえ。ちっと寂しいけど。

その景色にどんどん目が馴染《なじ》んで慕わしく、節気日が待ち遠しく思われるようにさえなってきた。

――そういうことかと悟ってね。こっちに留《とど》まっていられるのは、一年ばかりじゃないかと思った。だから帰ってきたんだ。

本店でも分店でもいい。己が捨て、見限られた家族のそばに戻りたい。ひょいと親父の顔が俺に寄りつくことがあるかもしれない。そうしたら三蔵、おまえに会わせてやれるだろう。おまえの口から、俺が知らないまんまになってしまった親父とおふくろの話が聞けるだろう。恨み言だっていい。叱られたってかまわねえ。

――何より落ち着いて〈仕事〉に打ち込めるし、もしかしたら、ひょいと親父の顔が俺に寄りつくことがあるかもしれない。


――親父は迷っていねえんだ。こっちに帰ってきたいと、思いを残すこともなかった。それはそれで、俺はほっとした。

お末たち三人は、春一の奇矯な〈仕事〉について知らされ、日々を過ごすうちに何となくそれを呑《の》み込んでしまっていたから気づかなかったけれど、おみつという傍目《はため》には、春一が節気日ごとにあの世と関わり、そのために異変をきたしていることが見えてしまった。

――人が少しずつ太ったり痩《や》せたりしても、毎日そばにいる者には、意外とわからなかったりするだろう。それと同じだろうな。

お末は、あたしもちっとは気づいていたんだよと、言いはぐってしまった。

いよいよ、おつもりだ。春一はそう言った。いつか、借金に苦しみ行き場を失くし、死に場所を求めたときと同じように。

——そのときが来ても、俺はちっとも怖くねえし、きっと苦しんだりしないと思うよ。

そういう取り決めだ。こいつは〈仕事〉で、罰を喰《く》らったわけじゃねえからな。

——あの三両、どうした？

問われて、実は使っていないと、三蔵は言った。あんな謂《い》われを聞いたら使えなくって、包んで大事にとってある。

春一は笑って、三蔵らしいと言った。

——そんなら、それで俺を葬ってくれ。

次の〈霜降《そうこう》〉まで、何とか保《も》ってくれるといいんだがなあ。ほとんど気楽そうな顔をして、明日は天気になるといいなあとでもいうように呟く春一の目は明るかった。

その影は、見間違いようがないほどに、確かに薄くなっていた。

「恃《たの》んだとおりに、伯父《おじ》の身体は〈霜降〉まで保ちましたが」

その日が最後になった。朝、春一は起きてこなかった。お末が様子を見に行くと、仰向《あおむ》けになったまま動けずにいた。

――とうとう、身体が持ち上がらねえ。

顔は変わっていなかった。春一の顔のままだった。もう〈仕事〉ができないということである。

急いで、このときばかりは奉公人たちも呼び、春一を家の座敷に移して看護したが、

「病ではないのです。苦しそうではないし、熱もないし、どこか痛がるわけでもない。ただ、こんこんと眠っておりました」

お末は手習所も休んで、春一の床のそばにつきっきりでいた。目を離したら、枯れ葉が風にさらわれるように、春一がどこかに消えてしまうような気がしてたまらなかった。

一日そうしていて、秋の短い陽が傾くころ、お末はちょっと厠《かわや》に立ち、戻ってみて仰天した。声も出せず、その場に腰を抜かしてしまった。

春一の顔が失くなっていた。

「目も鼻も口もないのです。のっぺらぼうでございました」

しばらくして我に返り、それでもまだ声は出せず、足も立たないまま、床をひっかくようにして両親を呼びに行き、三人で戻ってみると、

「伯父は伯父の顔に戻っておりました」

眠りから覚めて目を開けると、お末たちの顔を見て、晴れ晴れと笑った。

――さっき、あの男が来た。

取り決めは終わった。俺の年季は明けたとさ。

――つい今し方まで、足元にいた。

言われて、お末たちは寝床の足元から跳び退いた。

「そのとき気がついたんですが、畳がほんのり湿っておりました」

――今日もりゅうとした身形《みなり》をしていたが、どうしてか奴め、裸足《はだし》だったなあ。

春一の口調は穏やかに凪《な》いでいた。

――後払い分の手間賃に、もう金は要らんだろうと言うんだよ。何がいいかと聞くからさ。

今度は俺が顔を借りることにした、という。

――自分で出かけて行くことなんざできやしねえ、気まずい人のところへ、この顔だけ遣《や》ってもらって詫《わ》びてきた。

――ああ、すっとした。

そう言って、深く、大きくひとつ息をした。

「そして事切れてしまいました」

成り行きに唖然《あぜん》としながらも、三蔵は、兄に頼まれたとおりに葬ってやることにした。お末は泣き泣き、それを見送った。

春一を容《い》れた早桶《はやおけ》は、担ぎ手が驚くほど軽かったという。

「これだけのお話でございます」

お末は静かに息を吐《つ》き、おちかに向かって頭を下げた。

「伯父が逝《い》ってしまった後、わたしの両親は、死に際になって伯父が自分の顔を貸し、会いにいったという人がどこの誰なのか、しきりと気にしておりましたが」

「ご両親はどうお考えだったのでしょうか」

「母は、女だろうと申しました。昔いっとき昵懇《じっこん》で、でもすげない切れ方をした女に、末期にひと目だけ会いに行ったのだろうと」

三蔵の見解は違った。相手が女であるならば、春兄さんはまだ身体がしっかりしているうちに、何とでも口実をつくって、自分の足で歩って会いにいかれただろう。

「男は女にはそういうものだ。甘えられる。どんなに情のないふるまいをした相手にでも、いけ図々《ずうずう》しくできるんだ、と」

だからその相手は女ではなく、春兄さんがよっぽどの不義理をした男だろう。うんと泣かせた両親のほかにもそういう人がいたとしたら、春兄さんはさぞ苦しかったろう。

「最後にそれがほどけてよかったと、父は申しておりました」

その言葉が含む温《ぬく》もりを充分に噛《か》みしめてから、おちかは座り直してお末を見つめた。

「おかみさん、実はわたくしも――件《くだん》の〈商人《あきんど》〉と称する男を知っております」

りゅうとした身形で、いい声の男。

お末は「まあ」と目を瞠《みは》った。

「ここで、お話のなかで聞いたことがあるのです」

おちかは心して言葉を選んだ。わたくしが直《じか》に会って話をしたのですと、剝《む》き出しに言わない方がいい。いや、言いたくない。

「そのお話も、伯父の話と似ていましたか」

「いいえ、お話の筋はまったく別です。起こった出来事も違います」

しかし、あの男は同一人物だ。

「わたくしが聞いたお話でも、その男は家守《いえもり》か羽振りのいい商人のように見えましたが、奇妙なことに、着物も帯も贅沢《ぜいたく》なのに、足だけは足袋《たび》も履かず、赤裸足でございました。それが何とも異様で恐ろしくて」

そう、裸足で――と呟《つぶや》き、小首をかしげて考え込んだお末だが、やがてその目が晴れた。

「これも父が話していたのですが」

春一が、「さっきまでそこにあの男が来ていた」と言った寝床の足元が、ほのかに湿っていたという不可思議。

「春一伯父に件の〈仕事〉を与えた男、本人は商人だというけれど、むしろ仲介屋のように思われる働きをする男」

死者と生者のあいだを行ったり来たりして、互いが求めるものをやったり取ったりする。

「そういう者なら、あの世とこの世のあいだも自在に行き来するのだろうと」

「はい、わたくしもそう思います」

「ならばその男は、いちいち渡し守に頼まずとも、歩いて三途《さんず》の川を渡れるのだろう。だから裸足でいて、その足が濡《ぬ》れていることもあるんじゃないのかと、父は申しておりましたねえ」

おちかの胸にも、その解釈はすとんと落ちてきた。履き物を脱ぎ、足袋をとり、今日は此岸《しがん》へ、明日は彼岸へ。

〈仲介屋〉というのも、なるほどぴったりだ。

「わたしはね、おちかさん」

見れば、お末はまたうっすらと涙ぐんでいる。

「春一伯父のことを忘れた日はございませんでした。あれが幸せな最期だったとは思えず、数奇なものに魅入られて気の毒だったと、思い出すたびに胸が痛むようでございましたが」

先年、夫を見送ってからは、少し気持ちの向きが変わってきた。

「この世のどこかに」

お末の目が悲しく宙をさまよう。

「ほかにも伯父《おじ》のような人がいて」

あの〈商人〉と取り決めをして。

「死者に顔を貸してくれるということが、今もあるのかもしれない。いえ、あったらいいなと思うのですよ」

そうならば、お末もまた、懐かしく恋しい夫の顔に、ひょっくり再会することができるかもしれない。

「もしもそんな折に恵まれたなら、わたしは夫の顔をしたその人をうんともてなして、夫の昔話をたんとお聞かせしましょう」

手前勝手ではあるけれど。

「そう思うと、春一伯父は確かに、〈いいこと〉をしていたのです」

おぶんを驚かせ、喜ばせた。逆縁で先立った息子に、今一度おふくろさんのあんころ餅《もち》を食べさせることができた。

「ならば、伯父もまた満足していたかもしれない。件の〈商人〉は、怪しいものではありますけれど、けっして邪《よこしま》なものではなかったのかもしれない」

今も、いてくれたらいいのに——

お末の表情に、後ろ暗いものはなかった。ただ切なく、恋い焦がれるような色が浮かんでいる。


その夜は、三島屋の夕餉《ゆうげ》もしんみりしたものになった。

お末から聞いた話を打ち明けたあと、おちかが一人で考え込んでいるので、伊兵衛もお民《たみ》もあんまりうるさいことを言わない。その分、夫婦でしきりとしゃべっている。

「その〈商人〉と称する男は、春一さんに、あなたは発心《ほっしん》を起こしたんだと言ったんだろ」

「ええ、そのようですねえ」

「発心といったら、仏道に帰依することじゃないか。菩提心《ぼだいしん》を起こすことだろう？だったら、そいつは仏様の使いじゃないのかね」

お民は目を剝いた。「何を言ってるんですよ、あなた。有り難い仏様の使いが、そんな怪しいふるまいをするわけがないでしょう。だいいち仏様は、いっぺん死んだ者を、碁石を置き換えるみたいに彼岸から戻したりなさいませんよ」

「おや、碁石を置き換えると言うかい。これだから囲碁を知らない者は困るよ。そんな易しいもんじゃないんだよ」

伊兵衛は囲碁を好み、その道に耽溺《たんでき》している。黒白の間も、そもそもは彼が碁敵を招くためにしつらえた座敷だったのだ。

二人がけんけん言い合っているあいだも、おちかはじっと考えに沈んでいた。部屋に引きとってからももの想いは続き、寝つかれなかった。ただ目が冴《さ》えてしまうだけでなく、一人でいるのが辛《つら》くって、少しでもいいから人気《じんき》の残っているところが恋しくなってきて、皆がとっくに寝静まった台所へ出ていき、ぽつねんと膝《ひざ》を揃えて座っていた。もう竈《かまど》の温もりさえ消えているが、それでもよかった。

やがて、灯《あか》りに気づいたのか、足音を忍ばせてお勝《かつ》がやってきた。

「お嬢さん」

風邪をひきますよと、半纏《はんてん》を着せかけてくれる。そしてひっそりと隣に座った。

「おしまさんも、今日はお客様が帰ってからお嬢さんのお顔の色が優れないって、心配していました」

ごめんなさいと、おちかは小声で言った。

「お茶だと余計に眠れませんから、お白湯《さゆ》でもいかがですか」

消し炭を持ってきて、お勝が湯を沸かしにかかる。

「――お勝さん」

土間に目を据えて、おちかは声をかけた。

「はい」

「どう思う？」

「今日のお話でございますか」

守役のお勝も、唐紙の向こうで聞いていた。

「あたしね」

返事を待たずに、おちかは続けた。

「あの〈商人〉だっていう男、悪いものだとばっかり思っていたの」

この世とあの世をつなぐ道筋にいて、双方に求められるものを仕入れ、売りつける。

「忌まわしくって、いけないものだとばっかり思っていたのよ」

それが、わからなくなってしまった。

「あの男を悪いものだと決めつけたら、人が心に願うことも、おしなべて悪いものだってことになってしまうなって」

もう一度、亡き人に会いたい。もう一度、この世に帰りたい。

「お末さんがおっしゃったように、今もまた、別の人が春一さんのようになって、死者に顔を貸しているかもしれない」

それが取引になるのなら、あの〈商人〉は何度だってやるだろう。

「そしたらあたしも、もしかして良助《よしすけ》さんの顔に出会うことがあるかもしれないわよね」

良助とは、おちかが失った許婚者《いいなずけ》の名前である。

問いかけのような独り言のようなおちかの言葉に、お勝はしばらく答えなかった。

白湯を満たした湯飲みをおちかの前に滑らせて、それから静かに言った。

「お嬢さんは、それが怖いんですか」

良助に会いたいのか、会いたくないのか。

今日、お末に問われても答えられなかった。

「わからないの」

おちかは答え、小さな灯りのなかで、お勝のすんなりと美しい影がうなずいた。

「わからなくていいんだと思いますよ。でもお嬢さん、わたしにはひとつだけわかることがございます」

おちかは顔を上げ、お勝を見た。お勝は淡い灯火のように微笑んでいた。

「いつかまた、お嬢さんはその〈商人《あきんど》〉にお会いになるでしょう。向こうからやって来ますよ、きっとね」

探して会える男ではない。だが、この世とあの世のあわいに目を向けている者の前には、ふわりと姿を現す。

「――そうね」と、おちかもうなずいた。

「けど、怖がることなんかありゃしません」

お勝は珍しく、ぞんざいなくらいに強い言い方をした。

「会ったら、存分に問い詰めてやればいいんです。あんたは善いものなのか、邪なものなのか。あんたは何を求めているんだと」

「あたしに、そんなことができるかしら」

お勝は迷いなく即答した。

「できますとも」

眼差《まなざ》しは凜《りん》としている。

「お嬢さんはもう、去年《こぞ》のお嬢さんではありませんからね」

負けませんよ、と言った。

廊下の先に、別の気配がした。おしまだ。気のいいこの女中は、お勝のようにはしとやかに動けなくて、この時刻だというのにどたどたと近寄ってくる。

「こんなところで内緒話ですか」

「はい。でも、おしまさんなら仲間に入れて差しあげます」

お勝が笑い、おしまも笑う。三人のあいだを湯気が漂ってゆく。

「何か甘いものでもほしいところですねえ」

「あら、いけませんよ。虫歯になります」

三島屋の台所、ひそやかに親しく囁《ささや》きかわす女たちを包み込み、春分の夜は更けてゆく。

解説

高橋《たかはし》敏《とし》夫《お》

百物語——人と社会の暗黒領域の華麗かつ果敢な探索者にして、暗黒のただなかにこそ一筋の光をみいだす作家宮部《みやべ》みゆきにとって、これほどぴったりの物語形式はほかにあるまい。

三島屋変調百物語シリーズ第一作の『おそろし』を読んでわたしはそう思い、第二作『あんじゅう』で思いをふかめ、そして、第三作である本書『泣き童子』を読みおえて、わたしはそう確信しないわけにはいかなかった。

このシリーズは、宮部みゆきによる秀逸な宮部みゆき像であり、暗黒領域探索者みずからへの尽きぬ励ましであり、また、読者への温かなメッセージともなっている。

百物語は、昨今の怪談ブームのなかでしばしば目にするようになった。

森鷗外に短篇「百物語」があり、その冒頭近くで以下のように語られる。「百物語とは多勢の人が集まって、蠟燭《ろうそく》を百本立てて置いて、一人が一つずつ化物の話をして、一本ずつ蠟燭を消して行くのだそうだ。そうすると百本目の蠟燭が消された時、真の化物が出ると云《い》うことである」。広辞苑《こうじえん》第六版の「百物語」の項にもほぼ同じ言葉がつづき、最後は「語り終わって真っ暗になった時に妖怪《ようかい》が現れるとされた遊び」としめくくられる。「化物」、「妖怪」ではややイメージが窮屈なら、本書にならって「怪異」とよべばよい。

ひとつひとつに別様の怪異が出現し、ひとつでもじゅうぶん怖い怪談が、次ぎから次ぎへ、これでもか、これでもかと連鎖する。「真っ暗闇」が最後にあらわれるのは、もちろん、ひとつひとつの話に「暗闇」がたっぷりと分有されているからだ。

なんとも面妖《めんよう》な形式の百物語とはいえ、人と社会の闇へ、その奥へ、さらにその奥へとはてしなくすすむ稀有《けう》の暗黒領域探索者宮部みゆきは、現代百物語作家とよぶにふさわしい。

『火車』、『理由』、『誰か』、『小暮写眞館』、そして大作『ソロモンの偽証』まで、社会的怪異譚《たん》としてのホラー小説にも接する現代暗黒ミステリーを書きつぐ宮部みゆきはまた、現代小説には盛りきれぬ超自然的な「怪異」を、時代小説を格好のステージとしてえがいてきた。初めての時代小説『本所深川ふしぎ草紙』以来、『かまいたち』、『霊験お初捕物控シリーズ、『あやし』、『ばんば憑《つ》き』(文庫版『お文《ふみ》の影』に改題)、『荒神』まで、タイトルからもうかがいしれるように宮部みゆきの時代小説は、「怪異」がゆたかに出現する場であった。

これまでの現代暗黒ミステリーおよび時代小説の一作、一作が、宮部みゆき版「百物語」をかたちづくる。いつからか、宮部みゆきはこのことに気づいていたのではないか。すくなくとも、二〇〇六年に本シリーズ第一作の連載をはじめたときには、すでに自覚的であったにちがいない。

傑出した現代百物語作家が、暗黒の物語形式「百物語」とはなにか、なぜ語る（書く）のか、なぜ聞く（読む）のか、総じてどうあるべきかを、物語をとおして問いつづける作品として、本シリーズははじまったといってよい。

江戸は神田三島町《かんだみしまちよう》にある袋物屋の三島屋《みしまや》――。

川崎宿《かわさきじゆく》の実家の旅籠屋《はたご》で起きた惨たらしい事件から心を閉ざし、今は三島屋で黙々と働く一七歳になったばかりのおちかが、叔父《おじ》である主人伊兵衛《あるじいへえ》のはからいで、客のもたらす怖くて不思議な話を次ぎ次ぎに聞く。

語り手ひとりに、聞き手がひとり。語って語り捨て、聞いて聞き捨てがきまりで、黒白《こくびやく》の間と称される部屋に蠟燭の仕掛はなく、茶に上等な菓子がつく。変調百物語たるゆえんである。

最初は暗黒の怪異譚に戸惑っていたおちかも、やがてそれに向きあうとともに、自分の心の闇に向きあって語り手のひとりともなる。兄妹《きようだい》同然に育った捨て子の松太郎《まつたろう》に、許婚《いいなずけ》の良助《よしすけ》を目の前で殺された。おちかはそれを自分のためだと責めて心を閉ざしていたのである。

百物語へのかかわりを心配する兄に、おちかは言う。「うまく言えないけど……たぶんね、あたし、こうして他所様《よそ》の不幸なお話を聞くことで、自分が怖がっているものの正体を知ろうとしているんだと思う。相手の正体がわからないまま闇雲に怖れて逃げ回ってるより、その方がいいってことがわかってきて――」（『おそろし』の「第五話　家鳴り」）。

おちかだけではない。物語中、暗黒怪異譚を語る者、聞く者はともに、遠ざけていた心の闇および人間関係の闇に直面し、それを最も深甚にくぐりぬけた瞬間、前方に一筋の希望の光をみる。

ヘーゲルにならっていえば、わたしたちは遠ざかることで暗黒から解放されるのではなく、暗黒をとおしてただそれをとおしてのみ解き放たれる。

ただし、複雑な社会と人間関係を生きるわたしたちにとって暗黒はひとつではなく、いっとき暗黒から解き放たれても、すぐに次ぎの暗黒がせまる。そんな暗黒の連鎖に正面からむきあう物語形式が「百物語」であり、宮部みゆきはこの「百物語」を、変調を巧みに施したうえで果敢かつ執拗《しつよう》に活用するのだ。

シリーズ第一作『おそろし』が五篇の重苦しい物語で占められたのにたいし、シリーズ第二作『あんじゅう』は、「あんじゅう」がとある屋敷の魂としての「暗獣」であり、かつ「くろすけ」とよばれるように、怪異のなかにときとして点滅する愛《いと》おしさ哀切さをみごとにうかびあがらせる物語を中心に、四篇がおさめられた。

さて、本書『泣き童子』は、「魂取《たまどり》の池」から「節気顔《せっきがん》」まで、シリーズ中最も多い六篇がはいっている。

刊行された折りのインタビューで、宮部みゆきはこう述べている。「おちかには人々から怪談を聞く切実な理由があるんですが、回を重ね経験も重ねて、いろいろな人とのつながりもできていく中で、成長してきました。聞き手としてもだいぶ熟練してきたので、どんな話が来ても驚かずに受け止めてくれるだろうと思ったんです。ですから今回は、若い娘が恋バナをしに来るわ、人殺しが来るわ、怪獣は出るわ……。これまで以上に、やりたい放題やらせていただいた感じです（笑）」（「著者は語る　文春図書館」）

一八歳になったおちかの熟練、自負は、当然、作者宮部みゆきのそれとかさなる。宮部みゆきによる宮部みゆき像をふくめシリーズの意義が定まったがゆえに、ひとつひとつの物語の自由度は増したのだろう。

殺しが折り重なる凄絶《せいぜつ》な「泣き童子」、人食い怪獣まぐるの出現する「まぐる笛」を怪異の暗黒の極とする。そして、過度な焼き餅《もち》をたしなめた「魂取の池」、出稼ぎに出る村の子を案じて山をおりてくる石仏様「おこぼさん」をとらえる「小雪舞う日の怪談語り」を怪異のユーモラスで温かさの極とすれば、本書は、シリーズ第一作と第二作の両極をふくみつつ、シリーズの可能性をぐんとひろげた試みとなっている。締めくくりにおかれた、おちかの近未来を予測させる奇譚中の奇譚「節気顔」はそれを物語る。

おちかの百物語への思いも、深まっている。「小雪舞う日の怪談語り」で、怪談語り会の肝煎《きもいり》役の旦那《だんな》が言った「心の煤《すす》払い」なる言葉に、はっとしたおちかは考える。「怪異を語り、怪異を聴くと、日頃の暮らしのなかでは動かない、心の深いところが音もなく動く。何かがさざめき立つ。それによって重たい想いを背負うこともあるが、一方で、ふと浄《きよ》められたような、目が覚めたような心地になることもあるのだ」。

三・一一東日本大震災のすぐ後に発表された「くりから御殿」は、一〇歳のとき山津波で両親をはじめ仲良しの幼馴染《おさななじみ》たちを失った少年の奇怪な夢と、四〇年後の今なお男の心をとらえる痛切な思いをえがく。男の思いをうけた女房の言葉がまた胸をうつ。この短篇は、多くの作家による秀作がそろう「三・一一後文学」のなかでも、とりわけすぐれた作品になっている。人と社会の「いまとここ」をたえずみすえ、そこに独自の物語をつむぐ宮部みゆきらしい作品である。

本書で三島屋変調百物語シリーズにまとまる変異譚はようやく、一八作となった（「小雪舞う日の怪談語り」内の四人の語りを含めて）。百物語まであと八二作。作品数にも変調がおよぶかもしれぬにせよ、このシリーズ、いよいよ、宮部みゆきのライフワークの趣きを呈しはじめた――。

〈書誌〉
連載　「オール讀物」二〇一一年二月号、七月号、一二月号
二〇一二年八月号、一二月号
「別册文藝春秋」二〇一二年七月号（三〇〇号）
単行本　二〇一三年六月、文藝春秋刊

泣《な》き童子《わらし》

三島屋《みしまや》変調百物語《へんちょうひゃくものがたり》参《さん》之続《のつづき》

宮部《みやべ》みゆき

平成28年 6月25日　初版発行
令和７年 6月５日　36版発行

発行者●山下直久

発行●株式会社KADOKAWA
〒102-8177　東京都千代田区富士見2-13-3
電話　0570-002-301(ナビダイヤル)

角川文庫 19796

印刷所●株式会社KADOKAWA
製本所●株式会社KADOKAWA

表紙画●和田三造

●お問い合わせ
https://www.kadokawa.co.jp/（「お問い合わせ」へお進みください）
※内容によっては、お答えできない場合があります。
※サポートは日本国内のみとさせていただきます。
※Japanese text only

ISBN978-4-04-103991-5　C0193

角川文庫発刊に際して

角川源義

第二次世界大戦の敗北は、軍事力の敗北であった以上に、私たちの若い文化力の敗退であった。私たちの文化が戦争に対して如何に無力であり、単なるあだ花に過ぎなかったかを、私たちは身を以て体験し痛感した。西洋近代文化の摂取にとって、明治以後八十年の歳月は決して短かすぎたとは言えない。にもかかわらず、近代文化の伝統を確立し、自由な批判と柔軟な良識に富む文化層として自らを形成することに私たちは失敗して来た。そしてこれは、各層への文化の普及滲透を任務とする出版人の責任でもあった。

一九四五年以来、私たちは再び振出しに戻り、第一歩から踏み出すことを余儀なくされた。これは大きな不幸ではあるが、反面、これまでの混沌・未熟・歪曲の中にあった我が国の文化に秩序と確たる基礎を齎らすためには絶好の機会でもある。角川書店は、このような祖国の文化的危機にあたり、微力をも顧みず再建の礎石たるべき抱負と決意とをもって出発したが、ここに創立以来の念願を果すべく角川文庫を発刊する。これまで刊行されたあらゆる全集叢書文庫類の長所と短所とを検討し、古今東西の不朽の典籍を、良心的編集のもとに、廉価に、そして書架にふさわしい美本として、多くのひとびとに提供しようとする。しかし私たちは徒らに百科全書的な知識のジレッタントを作ることを目的とせず、あくまで祖国の文化に秩序と再建への道を示し、この文庫を角川書店の栄ある事業として、今後永久に継続発展せしめ、学芸と教養との殿堂として大成せんことを期したい。多くの読書子の愛情ある忠言と支持とによって、この希望と抱負とを完遂せしめられんことを願う。

一九四九年五月三日

角川文庫ベストセラー

今夜は眠れない　宮部みゆき

中学一年でサッカー部の僕、両親は結婚15年目、ごく普通の平和な我が家に、謎の人物が5億もの財産を母さんに遺贈したことで、生活が一変。家族の絆を取り戻すため、僕は親友の島崎と、真相究明に乗り出す。

夢にも思わない　宮部みゆき

秋の夜、下町の庭園での虫聞きの会で殺人事件が。殺されたのは僕の同級生のクドウさんの従妹だった。被害者への無責任な噂もあとをたたず、クドウさんも沈みがち。僕は親友の島崎と真相究明に乗り出した。

あやし　宮部みゆき

木綿問屋の大黒屋の跡取り、藤一郎に縁談が持ち上がったが、女中のおはるのお腹にその子供がいることが判明する。店を出されたおはるを、藤一郎の遣いで訪ねた小僧が見たものは……江戸のふしぎ噺9編。

ブレイブ・ストーリー　(上)(中)(下)　宮部みゆき

亘はテレビゲームが大好きな普通の小学5年生。不意に持ち上がった両親の離婚話に、ワタルはこれまでの平穏な毎日を取り戻し、運命を変えるため、幻界〈ヴィジョン〉へと旅立つ。感動の長編ファンタジー！

お文《ふみ》の影　宮部みゆき

月光の下、影踏みをして遊ぶ子どもたちのなかにぽつんと女の子の影が現れる。影の正体と、その因縁とは。「ぼんくら」シリーズの政五郎親分とおでこの活躍する表題作をはじめとする、全6編のあやしの世界。